LA FEMME DU BANQUIER

Issue d'une grande famille de la finance new-yorkaise, Cristina Alger est diplômée de l'université d'Harvard et de la faculté de droit de New York. Elle a notamment travaillé comme analyste financière pour Goldman Sachs et comme juriste pour Wilmer Cutler Pickering Hale & Dorr. Elle est l'autrice de *Park Avenue*, *Père et fils*, *La Femme du banquier* et *Au nom de nos sœurs*.

Paru au Livre de Poche :

PARK AVENUE

PÈRE ET FILS

CRISTINA ALGER

La Femme du banquier

ROMAN TRADUIT DE L'ANGLAIS (ÉTATS-UNIS)
PAR NATHALIE CUNNINGTON

ALBIN MICHEL

Titre original :
THE BANKER'S WIFE
Publié avec l'accord de G.P. Putman's Sons, an imprint of Penguin Publishing Group, a division of Penguin Random House LLC.

Ce livre est un ouvrage de fiction. Les noms, les personnages et les événements relatés sont le fruit de l'imagination de l'auteur ou sont utilisés à des fins de fiction. Toute ressemblance avec des faits avérés, des lieux existants ou des personnes réelles, vivantes ou décédées, serait purement fortuite.

ISBN : 978-2-253-93633-6 – 1re publication LGF

Pour Jonathan

Prologue

Ce matin-là, très peu d'avions avaient été autorisés à décoller de l'aérodrome militaire de Northolt, près de Londres. Les vents de travers soufflaient fort, et des bourrasques de neige fondue empêchaient toute visibilité. Sur l'unique piste de Northolt, une file de jets privés attendait le feu vert. Il était 6 heures. Les passagers qui patientaient dans la salle d'embarquement étaient peu nombreux, mais très pressés. Pour la plupart ces hommes d'affaires avaient des réunions le matin même à Paris, Luxembourg ou Berlin. Si certains avaient une place réservée dans un avion loué par leur entreprise, d'autres possédaient carrément leur propre jet. Ce n'était pas le genre d'hommes qui aiment poireauter.

Un Russe du nom de Popov était en train de faire un scandale, criant tour à tour sur l'hôtesse au guichet et sur la personne qu'il avait au téléphone. Mais aucune d'elles ne lui fournissait la réponse qu'il attendait, si bien qu'il allait de l'une à l'autre en parlant de plus en plus fort – on l'entendait à l'autre bout du terminal. Sa compagne, une blonde mince à l'air blasé en baskets et manteau de fourrure, était rivée à son portable. Elle paraissait habituée aux éclats de Popov, contrairement aux autres personnes présentes qui le fixaient, abandonnant leur lecture du journal, ou se retournant. Avec son mètre quatre-vingt-dix et ses cent quarante kilos, Alexei Popov pouvait difficilement passer inaperçu, surtout lorsqu'il était furieux.

— Je comprends, monsieur, lui répéta l'hôtesse en s'efforçant de conserver un ton professionnel face à ce déchaînement de violence verbale. Je suis désolée de la gêne occasionnée. Mais pour des raisons de sécurité, nous devons…

Popov jura en russe et lui balança son téléphone à la figure. L'hôtesse se baissa juste à temps ; deux agents de la sécurité arrivèrent rapidement pour voir ce qu'il se passait. Même la blonde leva le nez de son portable. Elle prit Popov par le bras en lui murmurant quelque chose à l'oreille pour tenter de le calmer.

Assis dans un recoin du terminal, Thomas Jensen observait l'esclandre avec un relatif intérêt en se cachant derrière son *Financial Times*. À l'instar de tous les autres voyageurs présents ce matin-là, il portait un costume parfaitement coupé et un attaché-case. Ses cheveux argentés soigneusement peignés et ses mocassins de luxe disaient bien son parcours : études à Oxford, expérience dans la finance, compte en banque bien garni. Pourtant, contrairement aux autres passagers, Jensen n'était pas un financier ou un capitaine d'industrie. S'il se trouvait à Northolt pour affaires, celles-ci étaient d'un genre bien particulier. Il travaillait pour une agence gouvernementale où il occupait une fonction inconnue du grand public. Le seul signe indiquant que son travail, loin d'être un emploi de bureau, pouvait s'avérer une activité dangereuse, voire violente, c'était son nez légèrement déformé, signe qu'il avait été cassé. Ce n'était pas sa blessure la plus grave, mais elle le gênait encore. Pour cette raison il avait toujours dans la poche un mouchoir à monogramme. Il le sortit et s'essuya le nez tout en gardant un œil discret sur les autres passagers dans la salle d'embarquement.

Avec tout le raffut que faisait Popov, Jensen fut le seul à remarquer l'homme et la femme qui traversaient le terminal à la hâte et sortaient en catimini par la porte donnant accès à la piste. Jensen se leva, remit son mouchoir dans sa poche et s'avança à grands pas vers la baie vitrée. Il étudia la silhouette fine de la femme, ses épaules rentrées à cause du vent, ses cheveux recouverts d'un foulard noir, façon Jackie Onassis, qui les protégeait de la pluie. L'homme, de carrure athlétique, dépassait la femme d'une tête. Quand il se retourna, Jensen remarqua ses lunettes à monture écaille de tortue et ses cheveux poivre et sel. Il posa une main protectrice sur l'épaule de la femme et tous deux montèrent dans un Gulfstream G450 – l'avion le plus grand et le plus cher sur la piste de Northolt ce matin-là. Plus tard, on apprendrait par les médias que le pilote aux commandes était d'un calibre exceptionnel. Omar Khoury avait passé une dizaine d'années dans l'armée de l'air d'Arabie Saoudite avant d'aller dans le privé. Bref, un professionnel aguerri, peu susceptible d'être découragé par les conditions de vol défavorables. À peine les portes de l'avion fermées, il reçut l'autorisation de décoller. Popov était encore en train de brailler quand le G450 s'élança sur la piste et disparut dans le ciel.

Une fois l'avion en l'air, Jensen replia son journal et le coinça sous son bras. Laissant derrière lui Popov et le guichet, il sortit du terminal. Une voiture avec chauffeur l'attendait, garée devant la porte.

La voiture venait de s'engager sur la A40 en direction de Londres quand son téléphone se mit à sonner.

— C'est fait, dit Jensen. Un seul avion a décollé et ils étaient dedans.

Il raccrocha, reprit son journal et se plongea dans sa lecture tout le long du trajet.

Moins d'une heure plus tard, le G450 perdit le contact. Quelque part au-dessus des Alpes françaises, il s'évanouit tout simplement des écrans radars, comme s'il n'avait jamais existé.

Marina

Marina regardait les lumières scintillantes de Paris depuis le balcon de sa suite au Meurice. La vue était à couper le souffle, surtout la nuit. À l'ouest, la tour Eiffel et la Grande Roue se dressaient, tout illuminées, sur fond de ciel nocturne. De l'autre côté de la rue de Rivoli, le jardin des Tuileries rayonnait, comme éclairé de l'intérieur. Marina fut tentée de réveiller son fiancé, Grant, pour qu'il puisse profiter du spectacle avec elle. Mais ils auraient tout le temps. Ils n'étaient qu'au début de leur voyage. Alors elle s'installa près de la table et alluma une cigarette. C'était si bon, de ne pas avoir à travailler, à assister à des réunions, à répondre à des mails urgents. Elle pouvait lire un livre. Se faire les ongles. Ne rien faire du tout. La nuit lui appartenait. Ici, à Paris, tout ne faisait que commencer.

Son téléphone sonna. Elle fit la grimace. En voyant qui l'appelait, son irritation monta d'un cran.

— Duncan, c'est toi, dit-elle d'un ton sec. Il est minuit passé ici.

— Tu dormais ?

— Non.

— Forcément. Tu es toujours à l'heure new-yorkaise. Et de toute façon, tu ne dors jamais.

— Ce qui ne te donne pas le droit de m'appeler pendant ma première semaine de vacances.

— J'ai besoin que tu te charges d'une mission pour moi.

Marina réprima un gémissement. C'était précisément à cause de ce genre de choses que Grant voulait qu'elle quitte *Press*, le magazine où elle travaillait. Depuis pratiquement dix ans qu'elle bossait pour Duncan, elle n'avait jamais pris de vacances. Elle passait la plupart de ses week-ends au journal, pour ne rien dire des jours fériés. Elle répondait aux appels en pleine nuit. Elle avait débuté sa carrière comme assistante de Duncan. À présent, neuf ans et demi plus tard, son nom figurait parmi les premiers dans l'ours, mais il la traitait parfois comme si elle était restée à son service. Cela faisait vingt-quatre heures qu'elle était partie en voyage, et déjà il lui confiait une mission. Incroyable ! Mais pas vraiment surprenant.

Marina avait l'intention de démissionner. Elle avait promis à Grant de le faire tout de suite après le mariage. La rumeur selon laquelle James Ellis, le père de Grant, allait se présenter aux élections présidentielles avait été confirmée. D'ici à quelques semaines, la campagne battrait son plein. James avait déjà rassemblé une équipe de conseillers en stratégie et communication dont il aurait bien besoin. Ce milliardaire new-yorkais au caractère emporté était loin d'être le candidat du peuple. Mais une fois que les pros de la com' auraient opéré quelques tours de passe-passe, James Ellis se transformerait en héros méritant de sa propre *success story*, en négociateur hors pair, en alternative rafraîchissante au sénateur Hayden Murphy, candidat démocrate et grand familier des couloirs du pouvoir à Washington. Du moins tels étaient les projets. Murphy, poursuivi depuis des années par des rumeurs de corruption et de favoritisme, était un candidat impressionnant mais fragile. Ellis le savait. Et il tablait là-dessus.

De son côté, Marina entretenait quelques doutes sur la capacité de son futur beau-père à être le leader du monde libre. Elle l'avait vu s'emporter contre des gens adorables à cause d'erreurs négligeables : une nouvelle gouvernante qui s'était trompée dans la marque d'eau minérale à acheter pour la maison de Southampton, un chauffeur qui avait raté la bretelle de sortie pour l'aéroport de Teterboro. Elle savait aussi que Grant avait une influence apaisante sur son père. Grant comptait démissionner de son boulot dans une banque d'investissement pour pouvoir reprendre l'affaire familiale pendant que son père ferait campagne. Une fois placé à la tête d'Ellis Enterprise, il voyagerait sans cesse et s'attendrait à ce que Marina l'accompagne. Être l'épouse du P-DG d'une multinationale entraînait certaines obligations. Sans compter qu'elle pouvait

– sait-on jamais – devenir la femme du fils du président. Impossible de continuer à travailler et d'être Mrs Grant Ellis. Du moins, pas en même temps. Quant à savoir ce qui comptait le plus pour elle, la chose ne se discutait pas. Il fallait qu'elle renonce à son boulot. C'était inclus dans le deal, et d'une certaine manière elle l'avait toujours su.

Pendant quelques secondes, Marina envisagea de plaquer son job sur-le-champ, par téléphone. Les bonnes raisons ne manquaient pas. Les démissions étaient monnaie courante à la rédaction de *Press*. Duncan était un patron difficile, qui payait ses journalistes en dessous du minimum syndical, déjà dérisoire. Seulement voilà, quitter son poste de cette façon, elle ne trouvait pas ça bien. Après tout ce que Duncan avait fait pour elle – après tout ce qu'ils avaient accompli ensemble –, elle voulait poser sa démission dans les règles, en lui disant en face, à un moment qui aurait du sens non seulement pour elle, mais également pour le magazine.

— Tu es vraiment incroyable, dit-elle.

Elle écrasa sa cigarette et retourna à l'intérieur chercher un crayon.

— Je croyais que tu étais en congé sabbatique ?

Duncan ignora la question. Son congé sabbatique… sujet délicat. Il n'y avait consenti que dans la douleur. Disons plutôt qu'il lui avait été imposé par Philip Brancusi, le P-DG de l'entreprise propriétaire de *Press*, qui avait exigé qu'il mette à profit ces six semaines pour se sevrer une bonne fois pour toutes. Sa consommation d'alcool était devenue un problème, et tout le monde dans le milieu le savait. Tout le monde, sauf Duncan.

— Tu es prête à noter ? demanda-t-il.

— Bien sûr.

— Je veux que tu rencontres quelqu'un. Il vient du Luxembourg. J'ignore combien de temps il pourra accorder à cette affaire, alors rends-toi disponible. Il va te donner une clé USB que tu devras m'apporter. Surtout, prends-en grand soin. Et ne dis rien à personne.

— Et Grant, je lui raconte quoi ? Que j'ai un rendez-vous avec un mystérieux Luxembourgeois ?

— Grant ? C'est qui ?

— Tu plaisantes.

— Dis-lui que tu vas faire un footing. Que tu vas retrouver un vieil ami. C'est un grand garçon. Il peut bien survivre sans toi pendant quarante-cinq minutes.

Duncan semblait agacé, ce qui agaça Marina. Elle appuya si fort sur la mine de son crayon qu'elle se cassa.

— Merde, marmonna-t-elle en se penchant pour attraper un stylo.

— Écoute, je comprends ton irritation, dit Duncan. Je sais que ma demande est importune. Mais c'est important, Marina. Il s'agit d'infos hautement sensibles. Ma source ne se fie pas à la messagerie électronique, même cryptée. Il insiste pour remettre les données en main propre. Je comptais me rendre à Genève moi-même la semaine dernière pour le rencontrer, mais je crois que je suis suivi.

Marina eut du mal à ne pas lever les yeux au ciel.

— Suivi ? Par qui ?

Duncan ignora la question.

— Je lui ai dit que tu étais la seule personne en qui j'avais confiance.

— Arrête de me passer la brosse à reluire, Duncan. Je suppose que, bien sûr, je ne dois pas savoir de quoi il s'agit ?

La réponse de Duncan se fit attendre. Marina perçut comme un bruit de chasse-neige. Duncan se trouvait-il à la campagne, terré dans cette maison dans laquelle il passait de plus en plus de temps ? Elle n'aimait pas le savoir là-bas. Il buvait trop, voyait trop peu de monde. Quand Duncan buvait, il devenait parano et hystérique. Et quand il était parano et hystérique, en général c'était elle, Marina, qu'il appelait.

— On en parlera à ton retour, dit-il. Mais, Marina… on l'a. Après toutes ces années, je crois qu'on l'a enfin trouvé.

Marina se figea.

— Qui ça ?

— Morty Reiss.

— Il est vivant ?

— On ne peut plus vivant.

Elle resta un instant silencieuse à assimiler l'énormité des paroles de Duncan. Huit ans s'étaient écoulés depuis le suicide de Morty Reiss. Presque jour pour jour. Ou plus exactement, cela faisait huit ans qu'on avait découvert la voiture de Morty Reiss sur le pont new-yorkais de Tappan Zee avec un dernier message collé sur le pare-brise. Quelques jours après le supposé suicide de Morty, on avait appris que son fonds spéculatif, RCM, était en réalité l'une des plus grandes pyramides de Ponzi de toute l'histoire. Reiss avait compris que la révélation était imminente, et avait sauté. Du moins, selon la version officielle. On n'avait jamais repêché son corps. Au début, Marina et Duncan restèrent dubitatifs, persuadés comme beaucoup que Reiss avait simulé sa propre mort et s'était volatilisé et réfugié avec la fortune malhonnêtement accumulée dans quelque contrée tropicale dépourvue d'accord d'extradition. De tous ceux sur qui Marina avait écrit depuis qu'elle travaillait à *Press*, Morty Reiss était peut-être le plus intelligent et le moins scrupuleux. Ses articles portaient sur des membres éminents de la bonne société new-yorkaise – géants de l'immobilier, pointures de Wall Street, créateurs de mode, publicitaires –, alors ce n'était pas peu dire. Si quelqu'un était suffisamment malin pour se faire la malle avec son fric, c'était bien Reiss.

Reiss était brillant – brillant comme on l'est dans ce monde-là, mais au bout du compte, toute pyramide de Ponzi doit bien finir un jour, et c'était ça qui avait toujours intrigué Marina dans cette affaire RCM. Délit d'initié, détournement de fonds : n'importe qui peut s'en sortir à condition d'être suffisamment malin. Il suffit de prendre l'oseille et de se tirer. Mais une pyramide de Ponzi réclame une réserve inépuisable d'investisseurs. Sans nouveaux investisseurs, tout le système s'effondre comme un château de cartes. Alors pourquoi Morty Reiss se serait-il enfermé dans une combine sans fin ? Il semblait trop malin pour cela. Sauf s'il avait depuis le début prévu de simuler sa propre mort.

Si tel était le cas, alors Marina devait reconnaître que Reiss était peut-être le délinquant financier le plus intelligent de toute l'histoire.

Mais à mesure que les années passaient sans aucune trace de lui, elle avait fini par accepter ce qui avait d'abord paru incroyable. Était-il possible qu'un homme du calibre de Reiss – dont le visage avait traversé les écrans de télévision du monde entier pendant des mois – reste introuvable ? Marina n'y croyait pas. Cela lui paraissait trop tiré par les cheveux, et même carrément fantasque. Un scénario hollywoodien plutôt qu'un sujet d'actualité. Reiss était intelligent, mais c'était aussi un homme. Peut-être son orgueil ou son appât du gain avaient-ils fini par le dominer.

À mesure que l'intérêt de Marina pour Morty Reiss faiblissait, celui de Duncan Sander tournait au contraire à l'obsession. Non content de rédiger avec Marina l'article dénonçant RCM, il en écrivit plusieurs autres sur Reiss et son complice, Carter Darling. Ses théories sur ce qu'il était advenu de Morty Reiss prirent un caractère saugrenu et infondé, et Marina commença à craindre que son obsession n'ait irrémédiablement dégradé sa réputation de journaliste sérieux. Elle avait d'ailleurs failli lui coûter sa carrière six mois auparavant. Au cours d'une émission de télé du matin, Duncan avait affirmé que Reiss détenait des centaines de millions de dollars sur un compte à la Caribbean International Bank aux îles Caïmans. D'après lui, les autorités américaines avaient fait mine de ne rien voir car une clique de responsables politiques de premier plan, lesquels détenaient eux aussi – tiens tiens – des millions de dollars sur des comptes numérotés, protégeait la banque. L'interview fit sensation, à cause non seulement de ce que Duncan affirmait, mais également de sa manière de s'exprimer. Son allure négligée, son visage transpirant et son élocution confuse n'échappèrent pas à l'attention des téléspectateurs. Très vite, les rumeurs circulèrent selon lesquelles Duncan Sander n'allait pas tarder à s'effondrer lamentablement en public. La Caribbean International Bank menaça de poursuites non seulement Duncan, mais aussi *Press* et sa maison mère, Merchant Publications. Poussé par Brancusi, le P-DG, Duncan fit hâtivement publier une rétractation. Puis il se fit « admettre » dans une clinique de désintoxication située dans le Connecticut, pour se sevrer et soigner son ego. Pour autant que Marina puisse en juger, la cure n'avait pas changé grand-chose à sa consommation d'alcool. Mais elle lui permit d'obtenir un sursis à *Press*, et il reprit le boulot un mois plus tard.

Il en était à présent à sa deuxième cure de désintoxication, et pour Marina autant que pour Brancusi, c'était celle de la dernière chance. Il avait lancé à Duncan un ultimatum : cesser de boire une bonne fois pour toutes et revenir au magazine, ou bien ne pas revenir du tout. Duncan ne pouvait plus se permettre un seul faux pas. Une erreur de jugement, et Brancusi aurait sa tête.

— Duncan, tu peux prouver ce que tu avances ? Il le faudra. Nous ne pouvons pas nous permettre…

Marina se tut. Cette phrase, elle ne pouvait pas la terminer. Duncan n'aimait pas qu'on lui rappelle l'interview ratée, ou son problème de boisson, et même toute erreur qu'il aurait pu commettre. Ils n'avaient jamais évoqué le problème qu'à mots couverts.

— Cette fois-ci, oui. Il détient plus de soixante-dix millions à la Swiss United.

Marina écrivit *Swiss United* et souligna le nom.

— À la Swiss United. Donc pas à la Caribbean International, dit-elle sans laisser transparaître son scepticisme.

— Justement, c'est ça le truc. Il y était. J'avais raison à ce propos. Et il l'a transféré. Juste avant que je ne donne cette interview.

— Et tu as des preuves ? Des relevés de compte par exemple ?

— C'est ma source qui les a. Marina, cette histoire, c'est le scoop de nos carrières.

Marina sentit une main se poser sur son épaule.

Elle sursauta. C'était Grant, debout derrière elle l'air penaud.

— Coucou, chuchota-t-il. Désolé, je ne voulais pas te faire peur.

— Bon, il faut que j'y aille, dit Marina à Duncan. On en reparle plus tard.

— Grant est là ?

— Oui.

— OK. Je t'appelle demain quand j'aurai les détails à propos de la transmission d'infos.

— Très bien. Bonne nuit, Duncan.

— Désolé, dit Grant en déposant un baiser sur les cheveux de Marina. En entendant ta voix, j'ai cru que tu étais en train d'appeler le room service. J'ai une faim de loup.

Marina éclata de rire.

— Faux espoir. Mais je peux leur téléphoner maintenant. Qu'est-ce que tu veux ?

— Voyons voir le menu. Au fait, tu parlais à qui ?

— À Duncan.

— Qu'est-ce qu'il voulait ?

— Il travaille sur un article. Il me demandait de l'aider.

Grant leva les yeux du menu.

— J'espère que tu lui as dit non.

— Bien sûr que j'ai refusé.

— Il n'était pas censé être en cure de désintoxication ?

— Non, c'est un congé sabbatique.

— Peu importe. C'est tout à fait déplacé de sa

part de t'appeler au milieu de la nuit alors que tu es en vacances.

— Je pense qu'il est simplement à fond dans son article.

— Il dépasse les bornes, Marina.

— Je sais, soupira-t-elle. Moi aussi il m'énerve. Mais il faut me comprendre : si je suis journaliste, c'est grâce à lui. Quand j'ai commencé à *Press*, honnêtement, je voulais juste travailler pour un magazine de mode parce que ça me donnait l'impression d'être cool. Je croyais que je serais invitée à des mégafiestas, que je porterais des vêtements de créateur et que je rencontrerais des gens intéressants. Sauf que Duncan a décelé autre chose en moi. Si bien qu'il a été plus exigeant. Quand on a travaillé sur les Darling, il m'a traitée comme une collègue, pas comme une assistante de vingt-deux ans. Il m'a vraiment laissée gérer les choses. Et quand tout a été prêt, il a mis mon nom à côté du sien comme coautrice. Alors oui, parfois il me rend folle. Souvent même. Mais c'est à lui que je dois ma carrière.

Grant se pencha pour attraper la main de Marina. Les doigts entremêlés, ils échangèrent un sourire.

— Désolé, dit Grant. C'est juste que je voudrais te protéger.

— Tu es adorable.

Grant releva un sourcil.

— Et sexy ?

— Très sexy.

— C'est sexy si je commande un double cheeseburger bacon avec des frites ?

— Incroyablement sexy.

— Ça ne sera pas prêt avant une demi-heure au moins. Tu viens me rejoindre dans la chambre pendant que j'attends mon casse-croûte nocturne ?

— Alors tu me commandes des frites, OK ? Je suis fille unique. Donc pas partageuse.

— Moi non plus. Alors promets-moi une chose.

— Ce que tu veux.

Marina enroula les bras autour du cou de Grant et lui sourit.

— Promets-moi que je ne serai pas obligé de te partager pendant ces vacances. Juste pendant quelques jours. Je veux qu'on se déconnecte complètement et qu'on profite l'un de l'autre.

— Mmm, fit-elle.

Elle leva la tête pour qu'il l'embrasse. Les mains de Duncan glissèrent le long de son dos et tout d'un coup, elle se retrouva soulevée de terre, les jambes enroulées autour de sa taille.

— Je te le promets, murmura-t-elle, tandis qu'il la portait jusqu'au lit.

Annabel

Matthew Werner était en retard. Annabel, sa femme, patientait, assise sur la terrasse de leur appartement genevois. Elle portait une robe de cocktail noire et le long manteau beige qu'il lui avait acheté quand ils s'étaient installés en Suisse. Une coiffeuse du très chic cours de Rive avait rassemblé ses cheveux auburn en chignon flou. Les escarpins à talons de douze centimètres qu'elle avait, vaincue par les arguments de la vendeuse, achetés dans une boutique rue du Rhône lui comprimaient les pieds. Dans le miroir de la cabine d'essayage, ses jambes lui avaient paru incroyablement fines et interminables sur ces échasses. Deux rubans de satin noir partaient des talons pour venir s'enrouler autour de ses chevilles et ses mollets, lui donnant l'allure d'une danseuse sur pointes. À New York, elle se serait peut-être attardée devant la vitrine du magasin pour les regarder. Mais jamais elle ne serait entrée. Elle ne les aurait pas achetées. Pas pratiques, trop chères. À New York, Annabel portait le plus souvent des chaussures à talons plats ou compensés, bien rondes au bout pour pouvoir passer des journées entières debout. À New York, elle aurait travaillé. Pris le métro, plutôt qu'une voiture avec chauffeur. Elle n'aurait pas dépensé son argent dans des chaussures coûtant l'équivalent d'une semaine de salaire. Mais ici à Genève, elle avait signé le reçu bancaire sans se donner la peine de regarder le montant.

De retour chez elle, elle se rendit compte qu'elle arrivait à peine à marcher avec. Sous la lumière aveuglante de son dressing, le laçage autour des chevilles lui parut trop théâtral. Elle se demanda si elle ne ressemblait pas plus à une courtisane qu'à la femme d'un banquier. Toutes les autres épouses fréquentaient la boutique où elle avait acheté ses chaussures. Elles se ressemblaient toutes, s'habillaient pareil et jouaient au tennis ensemble. Parfois, Annabel avait l'impression qu'on ne lui avait pas donné le mode d'emploi quand elle était arrivée à Genève : Comment être une femme de banquier. Les autres étaient pour la plupart polies, mais distantes. Après une succession d'invitations à déjeuner, elle n'avait plus eu de nouvelles. Ces femmes se comportaient avec courtoisie aux dîners organisés par la banque, mais semblaient comprendre tout autant qu'Annabel qu'elle n'était pas comme les autres. Annabel essaya de se convaincre qu'elle s'en moquait. Les autres ne parlaient que des défilés de mode parisiens, de leur maison de campagne et de leur dernière petite virée en Sardaigne. Et elles étaient toujours tirées à quatre épingles, même pour un brunch informel le week-end. Bien sûr, elle aurait apprécié d'être intégrée de temps en temps. Mais en général, elle était ravie de pouvoir déambuler toute seule dans un musée, de s'asseoir dans un café avec un bouquin, et de se coucher tôt. Les bals de bienfaisance et les dîners en tenue de soirée ne l'intéressaient pas. En plus, elle détestait le tennis.

Les chaussures avaient coûté si cher qu'elle ne supporta pas l'idée de ne pas les porter. Ne serait-ce qu'une fois. Pourvu qu'elles aient l'air aussi chères qu'elles l'étaient ! Matthew aimait la voir porter des choses chères. C'était pour cette raison qu'il travaillait tellement, disait-il. Il aimait s'afficher avec elle.

En attendant, Annabel délaça ses chaussures, délivrant ses orteils de leur carcan. Elle replia les jambes contre ses cuisses minces pour les garder au chaud. Elle fut tentée d'allumer une cigarette pour se calmer un peu mais résista. Matthew serait furieux. Il était persuadé qu'elle n'avait pas fumé depuis New York. Sauf qu'elle avait un paquet planqué derrière ses livres d'art dans le salon. Elle ne risquait pas d'être démasquée : Matthew ne les ouvrait jamais. Il ne s'intéressait pas du tout à l'art, sauf s'il s'agissait d'un investissement pour l'un de ses clients, et alors, ça n'était que cela : un investissement. Annabel s'autorisait une cigarette – parfois deux – mais uniquement lorsque Matthew s'absentait plusieurs jours de suite. Ce qui lui était arrivé souvent ces derniers temps.

Le roulement agréable des tramways et le claquement que faisaient sur les pavés les sabots des chevaux tirant les calèches à touristes montaient jusqu'à la terrasse. D'habitude, Annabel trouvait ces bruits apaisants. Pas aujourd'hui. Elle était trop nerveuse. Elle leva les yeux vers le ciel gris acier. Allait-il se mettre à neiger ? Cela faisait plusieurs jours qu'on annonçait une tempête. Si seulement Matthew pouvait être rentré ! Sans lui, elle avait l'impression d'habiter à l'hôtel plutôt que dans un appartement. Un hôtel de luxe, certes, mais un hôtel tout de même. L'endroit était toujours meublé des canapés couleur charbon avec coussins en soie à motifs ikat et des tables à dessus de verre qu'ils y avaient trouvés en emménageant. C'était chic, mais impersonnel. Il est vrai que l'appartement appartenait à la Swiss United, qui le leur louait à un prix bien inférieur à celui du marché. L'un des nombreux avantages qui allaient avec le poste de Matthew. En deux ans, Annabel y avait ajouté quelques touches personnelles – par exemple dans le salon, l'un de ses tableaux, une vue impressionniste de Florence qu'elle avait offerte à Matthew en souvenir de leur lune de miel. Elle avait rempli les étagères de ses livres. Matthew avait eu beau lui dire que c'était inutile, elle avait apporté ses propres draps de New York, des draps en lin blanc avec des lisérés gris tourterelle et un W brodé sur chacun des oreillers, et les serviettes de bain assorties. Ainsi, elle avait eu un peu plus l'impression d'être chez elle. Au début, elle avait placé des photos un peu partout sur les guéridons, dans les coins des étagères, sur la cheminée. Annabel et Matthew s'embrassant sur la banquette arrière du vieux taxi qu'ils avaient pris pour s'échapper de leur repas de noces à Tribeca. Annabel et Matthew faisant cuire des homards dans la bicoque qu'ils avaient louée sur la plage à Montauk avant leur départ pour l'Europe. Annabel lors de son premier vernissage, entourée de ses amis. Au début, elle avait cru que toutes ces photos l'aideraient à lutter contre le mal du pays. À tort. En les regardant, elle s'était sentie affreusement seule. Si bien qu'un soir, alors que Matthew était au bureau, elle avait bu une bouteille de vin, enveloppé les photos dans du papier bulle, et les avait rangées sur une étagère tout en haut de son dressing.

Elle tenta de les remplacer par des photos plus récentes de leur vie genevoise. Le problème, c'est qu'elle n'en avait pas beaucoup. Matthew voyageait tellement toute la semaine que le vendredi, il préférait rester à la maison, rattraper le sommeil perdu et faire un peu de sport. Parfois, quand il allait voir un client dans un endroit chouette – Madrid ou Berlin, ou bien dans le sud de la France –, Annabel l'accompagnait. Mais il s'agissait là de voyages d'affaires, et elle ne le voyait que par intermittence. Ils étaient bien allés à Venise pour ses trente ans. À part que Matthew avait passé la majeure partie de leur séjour au téléphone avec un client hystérique – un cas de divorce difficile. Annabel s'était retrouvée à errer seule dans la ville, et les seules images qu'elle avait prises étaient celles d'un marchand de glaces que son ami Julian lui avait recommandé et d'un groupe de pigeons sur la place Saint-Marc. Ils étaient allés au ski plusieurs fois, en général à Zermatt, où la Swiss United possédait un chalet à l'usage de ses banquiers et conseillers les plus importants, mais il y avait toujours des collègues de Matthew. Skieurs chevronnés pour la plupart, comme Matthew, ils préféraient descendre les pistes noires, ou bien essayer le hors-piste ou l'héliski. Soucieuse de ne pas jouer les rabat-joie, elle encourageait Matthew à les accompagner, se contentant elle-même d'un cours pour débutants ou d'un bon livre au coin du feu. Activités qu'il était parfaitement inutile de photographier.

À l'origine, ils devaient rester deux ans à Genève. Deux ans pour se faire un bon petit magot, et ensuite ils rentreraient à New York, achèteraient un appartement et songeraient à mettre une famille en route. Annabel n'avait que vingt-huit ans à leur arrivée, et Matthew trente-trois. Ils avaient du temps devant eux. Ça serait une vraie aventure, lui avait-il assuré. Des vacances prolongées. Venise, Prague, Paris, Bruges : il y avait tellement d'endroits romantiques à quelques heures d'avion ou de train. Les œuvres d'art les plus belles du monde seraient à deux pas de chez eux. Elle pourrait travailler ses langues étrangères. Elle se débrouillait bien en français, mais manquait de pratique. Et son niveau en allemand – une langue utile dans le monde de l'art – était très passable. Elle pourrait y remédier. Matthew lui apprendrait à skier. Ils prendraient des cours de cuisine ou d'œnologie. Ils mangeraient de la fondue. Comme c'était pour deux ans seulement, Annabel n'avait pas cherché de boulot. Il fallait parfois des mois pour obtenir un permis de travail, les formalités étant compliquées quand on ne travaillait pas pour une multinationale. Et de toute façon, Matthew gagnerait suffisamment pour eux deux. Il préférait qu'elle ne travaille pas. Il la voulait disponible quand il l'était. Ce n'était pas comme s'il lui demandait de renoncer complètement à son boulot. Ce n'était que temporaire. Tout n'était que temporaire.

Bien sûr, tout n'était pas si noir. Il y avait du bon dans leur vie. Le splendide appartement. La beauté des paysages suisses. Parfois, Matthew rentrait du travail de bonne humeur, et alors Annabel se souvenait pourquoi elle était tombée amoureuse de lui aussi vite. Il l'emmenait sans prévenir dans un restaurant unique. Il se montrait attentif et affectueux. Il la faisait rire. Ils regardaient ensemble le soleil se coucher sur le lac Léman, parlaient d'une exposition qu'elle avait envie de voir, du livre qu'elle lisait. Ils évoquaient leurs amis new-yorkais, allumaient des bougies sur la terrasse et jouaient au Scrabble en buvant du vin. Ces soirs-là, ces soirs où Matthew n'était pas seulement présent mais réellement là, Annabel se disait qu'elle pourrait apprendre à aimer Genève. Sa nostalgie se dissiperait, remplacée par un calme profond et un goût réel pour la beauté et l'histoire de la ville.

Et puis, il y avait l'argent. À New York, Annabel n'avait manqué de rien ; Matthew y gagnait plus que ce qu'elle aurait pu imaginer posséder, elle qui avait passé son enfance dans une petite ville ouvrière du nord de l'État de New York. Mais ici à Genève, leur compte en banque avait gonflé incroyablement vite, se garnissant chaque mois un peu plus. Matthew était fier de tout cet argent gagné, et Annabel tout aussi fière de lui. Elle s'était rendu compte qu'elle aimait avoir de l'argent. Tout d'un coup, tout ce qu'elle n'avait jamais imaginé pouvoir acheter devenait accessible. Les chaussures, par exemple. Un lunch honteusement raffiné seule un mercredi. Un passage au salon de coiffure quand l'envie la prenait. Le fait d'avoir de l'argent offrait un confort qu'Annabel n'avait jamais connu. Elle ne prêtait plus attention aux prix, pas plus qu'elle ne faisait la grimace devant ses facturettes de carte bleue. Elle avait plus qu'assez.

Plus Matthew s'enrichissait, plus il faisait de cadeaux. Il avait toujours été généreux ; c'était l'une des choses qu'elle appréciait chez lui. Il ne s'agissait pas d'offrir des choses coûteuses, mais d'avoir de petites attentions. De se souvenir de ce qui comptait. En général, le matin, il lui écrivait des petits mots qu'il cachait dans des endroits où il était sûr qu'elle tomberait dessus. C'était devenu un petit jeu entre eux. Elle en trouvait dans son sac à main, près de la machine à café, à l'intérieur de son miroir de poche, scotchés sur le pot de crème dans le frigo. Une fois, tout au fond de son portefeuille, elle avait découvert deux billets pour un opéra au Met le lendemain. Matthew devait s'absenter. *Emmène Marcus*, disait le Post-it collé sur les tickets. Marcus, le collègue préféré d'Annabel à la galerie, qui aimait l'opéra plus que tout au monde, lui avait dit : « Celui-là, c'est une perle », lorsque Annabel lui avait montré les billets.

Ces derniers temps, les cadeaux étaient devenus somptueux. Un sac qu'elle s'était arrêtée pour regarder dans une vitrine. Des boucles d'oreilles qu'elle avait remarquées sur la femme d'un collègue. La semaine dernière, un tableau qu'Annabel avait admiré à Art Basel, un petit format de Marshall Cleve, un artiste du Maine peu connu. Annabel avait bien passé dix minutes à le contempler dans un silence méditatif. On y voyait une série de lignes bleues entrelacées qui faisaient penser à Brice Marden, l'un de ses peintres préférés. Brice Marden à la mer. Le genre de chose qu'elle avait tenté de peindre elle-même dans son petit studio à Montauk, sans grand succès.

— Tu t'es souvenu ! dit-elle, le souffle coupé, lorsque Matthew lui offrit la toile.

— C'est à toi qu'elle doit appartenir. Tu l'aimes. Je l'ai lu dans tes yeux quand tu l'as vue pour la première fois.

— Je ne saurais pas expliquer pourquoi. Je ne sais pas grand-chose sur ce peintre. J'ai simplement été attirée par le tableau.

— C'est de l'amour, non ? Un lien. De l'électricité. Tu le sens dans tes tripes. Je l'ai senti la première fois que je t'ai vue. Et je le sens encore chaque fois que je te vois.

Annabel l'attira vers elle.

— Oui, c'est ça, l'amour.

— Tu te souviens quand je passais devant ta galerie tous les jours juste pour te voir par la vitrine ?

Annabel éclata de rire.

— Marcus pensait que c'était lui que tu regardais.

— Il m'a fallu des semaines pour oser entrer et te parler. Et j'avais préparé mon coup. En étudiant les artistes que tu représentais. Je t'ai impressionnée, pas vrai ?

— Tu as fait tomber les catalogues et renversé du café sur la chemise de la personne de l'accueil. Mais oui, tu m'as impressionnée.

— Je n'ai pas perdu l'espoir que tu oublies ces détails.

— Ce sont ces détails que je préfère. C'est trop chou, un bel homme aussi timide.

— Tu étais sacrément intimidante à l'époque. Avec tes cheveux courts, ta garde-robe exclusivement noire et ton tatouage sur le poignet, juste sous les gros bracelets que tu portais à l'époque. Bon sang, tu étais sexy !

— Parce que maintenant non ?

— Tu es encore plus sexy maintenant. De plus en plus.

— Tu regrettes mes cheveux courts ?

— Parfois, répondit Matthew avec un petit sourire, la tête penchée comme pour l'examiner. Mais j'aime bien comme ça aussi. C'est élégant, les cheveux longs. Ça te va bien.

Il l'embrassa, puis s'éloigna plus vite qu'elle ne l'aurait voulu.

— Je tiens à ce que cette peinture t'appartienne, dit-il d'un ton sérieux. Je suis conscient de tout ce que tu as abandonné pour me suivre jusqu'ici. Je sais que tu regrettes de ne pas vivre entourée de belles choses. Si j'ai accepté ce boulot, c'est en partie parce que je voulais pouvoir t'acheter des œuvres d'art. Pour que tu puisses être propriétaire de celles que tu aimes. Avoir ta propre galerie privée.

Annabel resta muette un instant. Quelque chose dans ce qu'il venait de dire sonnait faux. Elle aimait travailler dans une galerie. Certes posséder des œuvres d'art, c'était agréable, mais ça ne remplaçait pas le travail.

— C'est très gentil de ta part, mais je n'en ai pas besoin chez nous. Non, vraiment. J'espère que ce tableau n'a pas coûté trop cher.

— Pas du tout, assura-t-il.

Elle resta dubitative.

— Si tu veux savoir, dit-il, le cadre, c'est ce qui a coûté le plus. Surtout, n'oublie pas : si jamais quelque chose m'arrive…

— Ne dis pas ça.

— Je veux juste que tu te souviennes. Le cadre a une grande valeur. D'accord ?

— En tout cas, il est magnifique.

Il l'était en effet. Elle aimait beaucoup les jolis cadres. Elle passa le doigt sur le bord de celui-ci. Il était en bois épais, doré à la feuille d'or. D'un style tout à la fois moderne et rustique, il rehaussait les teintes bleu-gris du tableau.

— On va l'accrocher au-dessus du lit, dit-elle en s'adoucissant. Comme ça, on pourra se coucher tous les soirs et rêver d'amour.

Le tableau marqua le début de leur deuxième année à Genève. Annabel laissa passer le jour anniversaire sans faire de commentaire. Cela faisait plusieurs semaines qu'elle se demandait si l'œuvre n'était pas une façon de l'acheter elle, de la payer en quelque sorte. Parce qu'ils restaient. Matthew avait commencé par dire qu'il avait besoin de plus de temps. Pour faire quoi, elle n'en savait rien. De l'argent, ils en avaient tellement. Pas suffisamment pour cesser de travailler, ni pour acheter cette maison de plage à Montauk dont ils parlaient tout le temps, celle entourée d'une véranda, avec une grange à l'arrière transformée en studio d'artiste. Mais plus que ce qu'ils avaient cru possible l'un et l'autre. Alors pourquoi Matthew avait-il besoin de temps ? Et combien de temps lui fallait-il ?

Annabel se consola en se disant que quelques semaines de plus à Genève, ça ne faisait rien. Elle se sentait chez elle tant que Matthew était là. Peut-être, mais à dire vrai, ça commençait à faire beaucoup. Depuis le début, ça lui pesait. Jamais elle ne se sentirait chez elle à Genève. Elle s'ennuyait, se sentait sans énergie. Le travail lui manquait. Elle voulait des enfants. Elle voulait retrouver sa vie d'avant. Elle ne pouvait pas vivre dans cet état de réalité suspendue pour toujours. Sous peine de devenir folle.

Pour passer le temps jusqu'au retour de Matthew dans la lumière déclinante de cette fin de journée, Annabel tenta de lire un roman, mais son regard glissait sur les mots pour revenir sans cesse à son téléphone. Le livre, un thriller domestique, mettait en scène une épouse qui disparaissait en rentrant chez elle après le travail. Le genre d'histoire qu'elle avait lue un million de fois, un roman avec le mot « fille » dans le titre et un narrateur un peu tordu, et des personnages dont elle oubliait toujours le nom. Pourquoi Matthew n'avait-il pas appelé ? Ça ne lui ressemblait pas. S'il tardait trop, elle devrait aller à la soirée des Klauser seule. Elle ne se sentait jamais à l'aise chez eux, avec tous ces domestiques en uniforme et ces invités collet monté, dont la plupart avaient trente ou quarante ans de plus qu'elle. Tout cela, Matthew le savait. Il était attentif à ce genre de chose. Jamais il ne lui demanderait de se rendre à cette soirée seule. « Si Jonas n'était pas mon patron… », avait-il l'habitude de dire avec un petit sourire penaud. Une phrase qu'il ne finissait jamais. Jonas Klauser n'était pas simplement le patron de Matthew. C'était le président de la Swiss United, la plus grande banque privée en Suisse. Le parrain de Matthew. La raison même de leur présence ici, à Genève. Tant qu'ils vivaient ici, les Werner devaient soigner leurs relations avec les Klauser. « C'est juste le business », disait Matthew. Mais avec Matthew, tout était devenu business.

Les cloches de l'église se mirent à sonner. Annabel posa son roman. L'épouse avait disparu depuis dix jours, mais elle se foutait bien de ce qui avait pu lui arriver. Elle ne prit pas la peine de marquer sa page. Cela faisait longtemps qu'elle n'avait pas fini un livre. Les terrasses des appartements voisins étaient vides ; même avec une lampe chauffante, la température était trop basse pour rester à l'extérieur comme le faisait Annabel. Mais elle aimait le froid. Ça lui donnait l'impression d'être réveillée, vivante. Un vent frais se leva, faisant pleurer ses yeux. La neige commença à tomber. La soirée chez les Klauser commençait. Si jamais il y avait eu un problème de communication et qu'Annabel était censée retrouver Matthew chez les Klauser, son retard le mettrait dans l'embarras, et elle détestait le mettre dans l'embarras. Cette habitude d'être en retard, il l'avait trouvée délicieuse aux États-Unis, jugeant que cela faisait partie du charme bohème qu'il y avait à sortir avec une galeriste de Manhattan plutôt qu'avec l'une de ces mondaines de l'Upper East Side qu'il fréquentait avant Annabel. Les « Vanity Blondes », c'était ainsi que les appelait Annabel, en référence aux blondes squelettiques du roman de Tom Wolfe, *Le Bûcher des vanités*. Matthew, qui avait grandi dans l'Upper

East Side, semblait toutes les connaître. Toutes ces Lindsey, Bitsy et Kick. Celles qui avaient des noms célèbres en guise de prénoms : Lennox, Merrill ou Kennedy. Des filles auxquelles on avait appris à rédiger des cartes de remerciement sur du papier à lettres portant leurs initiales, et qui arrivaient toujours avec un retard savamment calculé qui restait tout à fait acceptable, contrairement à Annabel. Ici à Genève, ses retards agaçaient Matthew, surtout quand ils étaient invités par quelqu'un travaillant à la banque. Elle ne pouvait pas dire qu'elle avait de bonnes raisons d'être en retard. Elle n'avait pas de boulot. Pas d'enfants. Pas d'amis en dehors de Julian. Non, elle ne pouvait pas prendre de risques. Elle remit ses chaussures à talons.

Les Klauser habitaient à Cologny, une banlieue au milieu des champs au nord-est de Genève, au bout d'une route sinueuse. Ils possédaient également un appartement en ville, pour les soirs où Jonas travaillait tard (ou, comme le soupçonnait Annabel, pour y retrouver en douce sa maîtresse, une actrice française de série B rencontrée à Cannes, et avec laquelle il paradait ouvertement lorsque sa femme était quelque part en balade avec ses chevaux ou en virée shopping à Paris), mais ce n'était jamais là qu'ils organisaient leurs réceptions. Cela aurait été bien dommage, quand leur chalet (ou plutôt leur château) était entouré d'un terrain de golf à neuf trous, d'un court de tennis, d'une piscine, et d'un garage à dix places pour la collection de voitures de Jonas. Leurs œuvres d'art n'étaient pas du goût d'Annabel – trop clinquantes, trop facilement identifiables, le genre de collection qu'un coach pour collectionneurs fourguerait à un client qui n'aurait pas plus de goût que de limites à son budget, le genre scandaleusement, incroyablement cher. Une collection plus impressionnante que ce que l'on voyait de mieux dans les meilleures galeries new-yorkaises, songea Annabel. Dans à peu près chaque pièce de la maison des Klauser on découvrait au moins une œuvre majeure : un Damien Hirst, un Jasper Johns. Une affreuse sculpture de Botero représentant une femme obèse sur une chaise, plantée au beau milieu du salon. « Tant qu'à faire, ils n'avaient qu'à tapisser toute la maison avec des billets de banque », avait commenté Annabel la première fois qu'elle et Matthew y étaient allés. « Ils doivent être riches comme Crésus, pour avoir une telle collection. »

Pour Annabel, plus impressionnante encore que la collection d'œuvres d'art des Klauser était la vue complètement dégagée qu'ils avaient depuis leur chalet sur les Alpes et le sommet du Mont-Blanc. Elle était allée chez eux une bonne douzaine de fois, mais ces montagnes couronnées de neige là-bas tout au loin la plongeaient toujours dans un silence révérencieux. On aurait dit une carte postale, un décor de conte de fées. Qu'une telle vue soit réelle lui paraissait incroyable. Le ciel était si bleu, la neige d'un blanc si cristallin et les formes des montagnes si nettement dessinées que tout cela semblait avoir été photoshopé. D'ailleurs tout chez les Klauser donnait la même impression. Elsa Klauser par exemple. Elle prétendait être la fille d'un aristocrate autrichien, un vicomte ou quelque autre titre tout aussi ridicule. Annabel la soupçonnait d'avoir inventé cette histoire, de s'être en fait soigneusement créé tout un pedigree après avoir réussi à se faire épouser par Jonas Klauser. Un pedigree qui ne collait pas avec sa poitrine un peu trop généreuse, sa crinière de cheveux d'un blond presque blanc, ou son accent pas très clair et difficile à situer. Certes elle avait la garde-robe qu'il fallait – du Loro Piana, du Chanel et du Brunello Cucinelli – mais ses pantalons en cuir étaient toujours un peu trop moulants, ses jupes trop courtes et ses décolletés trop échancrés pour quelqu'un soi-disant de noble extraction. Elle s'enveloppait dans des manteaux de fourrure été comme hiver. « Comme un personnage de *Game of Thrones* », avait plaisanté Matthew un soir qu'ils avaient un peu bu. Peu importait. Les Klauser faisaient partie d'un autre type de noblesse. Dans ce monde de comptes bancaires et d'argent secret, Jonas Klauser était roi.

Contrairement à sa femme, Jonas avait les manières d'un véritable aristocrate. Il se souvenait des prénoms des enfants, des parents, des épouses et des maîtresses de tout le monde, même s'il ne les avait rencontrés qu'une fois, des années auparavant, lors d'un cocktail où ils étaient les invités les moins importants de tous. Il pouvait parler d'art, de vins, de parachutisme ascensionnel ou de timbres de collection – de tout, en vérité – en cinq langues. Il était l'exemple parfait du banquier pour gentlemen, disait de lui Matthew, dont la voix était toujours empreinte de révérence quand il parlait de son patron. Pendant leur première semaine à Genève, les Klauser avaient organisé une fête de bienvenue pour Matthew et Annabel à la galerie Skopia, connue pour sa promotion des artistes suisses. Jonas avait pris Annabel par le bras pour la présenter à des conservateurs, des galeristes et des artistes locaux. Il voulait qu'elle se sente la bienvenue, lui avait-il dit. Matthew faisait pratiquement partie de sa famille, et elle aussi à présent. Si jamais il pouvait faire quelque chose pour qu'elle se sente chez elle à Genève, il lui suffisait de demander.

Annabel appela Armand, le chauffeur. Elle gribouilla un petit message sur une serviette en papier qu'elle laissa sur la tablette dans l'entrée, où Matthew ne manquerait pas de la voir. Il conservait tous leurs messages dans une boîte qu'il rangeait dans son placard. Même ceux écrits sur des tickets de caisse, des serviettes en papier ou des vieux tickets de cinéma qu'Annabel avait tirés du fond de son sac. Elle avait découvert cette habitude après leur mariage et la trouvait toujours romantique en diable. Elle faisait plus attention à sa façon d'écrire maintenant qu'elle savait que ses messages seraient conservés. Parfois elle y incluait des petites histoires dessinées, sachant que ça ferait sourire Matthew. Son talent pour les dessins un peu osés s'était affirmé.

Aujourd'hui, il n'y aurait pas de petite histoire. Elle signa son message *bises, A*. Moins affectueux que *Je t'aime, A.*, qu'elle utilisait parfois, mais plus chaleureux que simplement *A*. Il avait intérêt à avoir une bonne excuse. Si jamais il était avec Zoé…

Elle ouvrit la porte d'entrée, et eut le souffle coupé. Deux hommes se tenaient sur le palier. L'un avait une mallette à la main. Ils portaient tous les deux un costume, un pardessus, et arboraient une mine sombre. Le froid avait rougi leurs joues, et la neige mouillé leurs cheveux.

— Annabel Werner ? dit celui qui portait la mallette.

Il avait prononcé son nom *Verner*, avec une inflexion légèrement germanique. Ses yeux noirs la fixaient derrière des lunettes à monture transparente.

— Oui ?

— Désolés de vous avoir fait sursauter.

Il sortit de la poche de poitrine de son manteau un badge qu'il lui montra, imité par son partenaire.

— Je me présente : Konrad Bloch. De la Fedpol. Et voici mon collègue, Phillip Vogel. Pouvons-nous entrer ? Nous devons vous parler d'une affaire personnelle.

Avant qu'elle puisse répondre, le téléphone d'Annabel se mit à vibrer.

— Il faut que je réponde, dit-elle. Je suis à vous dans un instant.

Bloch hocha la tête sans bouger d'un pouce. Elle

sentit son regard peser sur elle tandis qu'elle fouillait dans son sac à la recherche de son portable.

L'appel ne venait pas de Matthew.

— Allô ? Oui, Armand. Je descends. Vous voulez bien attendre un peu ?

Elle posa la main sur le téléphone.

— C'est le chauffeur. Je m'apprêtais à sortir. Vous pourriez peut-être revenir à un autre moment…

— Mrs Werner, ce que nous avons à vous dire ne peut pas attendre. Je vous suggère de libérer votre chauffeur.

De retour dans l'appartement, elle fit signe à ses visiteurs de s'asseoir. Elle fut tentée de leur proposer un verre d'eau ou du café, mais se ravisa ; elle voulait qu'ils partent le plus vite possible. Dehors, la nuit était tombée. La neige s'amoncelait sur le rebord des fenêtres. Le trajet jusqu'à Cologny serait ralenti. Les deux hommes retirèrent leur manteau. Annabel s'installa tout au bout du canapé sans enlever le sien. Il faisait trop chaud à l'intérieur pour être en manteau de fourrure, et elle se sentit prise de vertige.

— Mrs Werner, commença Bloch, l'avion de votre mari n'a pas atterri comme prévu. Nous pensons qu'il s'est écrasé quelque part dans les Alpes.

Annabel le regarda, hébétée.

— Les recherches ont commencé dans le massif des Bauges, à l'est de Chambéry. Il y a une tempête là-haut, ce qui rend le travail des secouristes difficile. Mais des débris de ce que nous pensons être l'avion ont été repérés au sommet du mont Trélod.

Annabel tenta d'assimiler l'information, les sourcils froncés.

— Non, dit-elle finalement en secouant la tête. Ce n'est pas possible. Mon mari était à Zurich en voyage d'affaires. Il y a erreur.

— Votre mari est bien Matthew Steven Werner ?

— Oui.

— Employé à la Swiss United Bank.

Une sirène se mit à hurler, transperçant l'air. Annabel attendit qu'elle cesse pour répondre. Les sirènes d'ici la déstabilisaient. Elles ne ressemblaient pas aux sirènes de New York. Ici, elles n'étaient pas simplement bruyantes, elles étaient sinistres. Un hurlement de chien, un appel à l'aide.

— Oui, c'est là qu'il travaille.

— Il figurait parmi les deux passagers d'un avion privé qui a décollé de Northolt, près de Londres, ce matin, et devait atterrir à Genève à 8 h 20. L'autre passager était une femme du nom de Fatima Amir. L'avion lui appartenait.

Annabel secoua la tête. Elle n'avait jamais entendu parler de Fatima Amir.

— C'est impossible. Matthew se trouvait à Zurich. Pour une réunion hors site. Ils en organisent une par trimestre. Je lui ai parlé hier soir.

À peine ces mots sortis de sa bouche, elle se rendit compte que ce n'était pas vrai. Elle avait parlé à Matthew deux jours plus tôt. Il était au bureau. Il lui avait dit qu'il devait prendre un train pour Zurich après une réunion. Il serait rentré à la maison à l'heure pour la soirée des Klauser. Il lui avait paru pressé, nerveux même. Percevant d'autres voix à côté de lui, elle avait compris qu'elle n'avait pas toute son attention. Il avait refusé de fixer une heure un peu plus tard dans la soirée pour se parler et se dire bonne nuit. Elle en avait été vexée. Elle avait pris un ton cassant, parlé de l'impression qu'elle avait qu'il n'était jamais à la maison. Il avait répondu qu'il détestait être séparé d'elle, plus encore qu'elle le soupçonnait. Qu'il rentrerait bientôt, qu'il revenait toujours auprès d'elle. Il lui avait fait répéter la phrase : *Tu sais que je reviens toujours, n'est-ce pas ? Dès que je peux ? Dis-moi que tu le sais.*

Bien sûr, avait-elle répété. *Je sais que tu reviens toujours*. Sa peine s'en était trouvée atténuée, mais très légèrement. Depuis, elle n'avait pas eu de nouvelles de Matthew.

De ceci, Annabel ne dit rien à Bloch. Elle ne s'était pas trompée sur l'essentiel, à savoir que Matthew était à Zurich, pas à Londres. Elle en était certaine. Matthew avait des défauts, mais pas celui d'être malhonnête. Elle eut brusquement envie de protéger son mari. Elle ne voulait pas que ces hommes s'imaginent qu'il était du genre à ne pas appeler sa femme quand il était en déplacement. Le banquier américain typique qui ne pensait qu'à l'argent et se foutait de sa famille. Non, Matthew n'était pas comme ça.

— Peut-être y a-t-il eu un problème de communication. Ou bien un changement de dernière minute. Je suis vraiment navré, Mrs Werner.

L'agent Bloch s'exprimait sur un ton sans réplique, comme s'il était impossible qu'il se soit trompé. Annabel se tourna vers son acolyte, Vogel. Lui aussi la regardait avec compassion. Pour la première fois, elle comprit ce qui se passait. Ces hommes étaient là pour lui dire que Matthew était mort.

— Vous vous trompez, répéta-t-elle.

Des mots qu'elle dut se forcer à prononcer. Sa gorge se serrait, l'empêchant presque de parler ou de respirer.

— N'est-ce pas ? Vous vous êtes trompés, hein ?

— Mrs Werner, les chances de survie après un accident de ce genre sont extrêmement faibles. Dans ce cas précis, nous les estimons nulles. Nous sommes bien conscients que c'est une chose difficile à entendre. Y a-t-il quelqu'un que nous pouvons appeler pour vous ? Une personne de la famille peut-être ?

— Ma famille, c'est Matthew. Je n'ai personne d'autre.

Plus tard, Annabel ne se souviendrait pas de ce qui suivit, en dehors du fait qu'elle se mit à crier et tomba par terre à genoux.

Marina

Il s'avéra étonnamment facile d'abandonner Grant. Marina ressentit une pointe de culpabilité en lui mentant – après tout, ils allaient devenir mari et femme –, mais cela ne dura pas. Ce n'était pas vraiment un mensonge, se consola-t-elle. Elle allait effectivement faire un petit jogging. Simplement, sur le chemin, elle rencontrerait la source de Duncan. En laçant ses chaussures de sport, elle sentit son cœur s'affoler sous l'effet de l'excitation. Il n'y avait pas plus enivrant pour elle que ces moments où elle se trouvait sur la piste d'un article exceptionnel.

Le froid de cette fin novembre lui piqua les joues quand elle traversa la rue de Rivoli. Son souffle se cristallisa sous son nez ; le soleil ne dépassait pas encore les cimes des arbres. Elle regretta de ne pas avoir apporté son bonnet ou sa polaire. Elle n'avait pas prévu de faire un jogging. Elle avait prévu de passer les vacances à manger du fromage et à boire du vin. Pourtant, elle se retrouvait là à bosser et à courir, comme toujours.

Marina accéléra l'allure pour se réchauffer.

D'habitude, elle écoutait de la musique pendant son jogging, mais pas aujourd'hui. Elle avait besoin de toute sa concentration. L'échange se déroulerait rapidement, et si tout allait bien, il n'attirerait pas les regards. Pourtant, même à cette heure matinale, Marina constata qu'il y avait quatre ou cinq autres personnes dans le jardin. Un homme en manteau et épaisse écharpe grise lui coupa la route, comme s'il était trop pressé pour la laisser passer. Deux adolescents s'embrassaient près d'une sortie. Un garde se dirigeait vers l'entrée du Louvre.

Elle approchait du musée de l'Orangerie. Son cœur s'accéléra. Comme prévu, près de la grille, un homme en coupe-vent noir et chaussures de course étirait ses quadriceps. Il était plus grand qu'elle se l'était imaginé et en très bonne condition physique. Il semblait avoir la trentaine, comme elle, et une longue pratique du jogging. Marina savait qu'elle n'apprendrait rien de plus sur lui. Elle le soupçonna de ne pas être le véritable informateur, seulement quelqu'un qu'on avait chargé de jouer les intermédiaires. Des mesures radicales avaient été prises pour transmettre les données en toute sécurité, ce que Marina trouva tout à la fois rassurant et exaltant. Après neuf ans de métier, elle avait développé un flair certain en matière de sources. Si quelqu'un avait des motivations secrètes ou cherchait à fourguer de fausses informations, elle le sentait dans ses tripes. Là, il n'y avait rien de louche. Selon Duncan, l'informateur n'avait pas demandé d'argent. Il avait tenu à transmettre ses documents en personne. Il communiquait par message crypté. Il s'était informé sur eux deux comme un investisseur prudent et paraissait être tout aussi méfiant à leur égard qu'eux l'étaient de lui. Surtout, il avait laissé entendre qu'il détenait une mine d'informations, en dehors des données sur Morty Reiss, qu'il promettait de transmettre plus tard, si jamais ils étaient intéressés. Jusqu'ici, tout allait bien. Cette source, c'était visiblement du sérieux.

L'homme se tourna vers elle et leurs regards se croisèrent. Marina ralentit, passa au pas, puis s'arrêta à côté de lui. Elle s'étira, pied plaqué contre ses fessiers, comme lui l'avait fait. Ils inspectèrent tous les deux les alentours pour s'assurer qu'ils étaient seuls.

— Marina ?

Il avait un léger accent qu'elle ne réussit pas à situer.

— Et vous êtes Mark.

C'est le nom qui lui avait été indiqué par texto. Il hocha la tête.

— J'ai quelque chose pour vous, dit-il à voix basse. Vous restez longtemps à Paris ?

— Encore trois jours. Et vous ?

— Un peu plus longtemps. Si jamais vous avez des problèmes, vous pouvez me contacter au numéro qui se trouve en bas de cette carte.

Il sortit une carte de visite de la poche de son coupe-vent. Après avoir de nouveau regardé derrière lui, il la lui tendit. Elle la prit, ainsi que la petite clé USB cachée dessous.

Elle mit le tout au fond de la poche zippée de son jogging.

— Je suppose qu'il y a un mot de passe.

— Le mot de passe externe est le nom de jeune fille de votre mère, suivi du chiffre 1 : russell1. Sans majuscule.

— Comment connaissez-vous le nom de jeune fille de ma mère ?

— Si on vous arrête à l'aéroport, refusez de donner le mot de passe. Dites que la clé contient des données personnelles, des photos par exemple. Mais si on vous y oblige, ce n'est pas grave. Les informations vraiment importantes sont cachées sous les photos, dans une section secrète du disque dur. Le mot de passe pour cette section contient quarante-huit caractères. Pour votre sécurité, j'enverrai ce mot de passe à Duncan Sander par messagerie cryptée. Comme ça, même si vous le vouliez, vous ne pourrez pas fournir aux douaniers américains ou à qui que ce soit d'autre l'accès à ces données.

— Très bien, dit Marina d'une voix qui se voulait calme, alors qu'en fait, l'excitation lui tournait la tête.

Elle n'aurait jamais imaginé qu'elle pouvait être arrêtée ou que le gouvernement puisse convoiter ces informations.

— Quel genre de photos ? Au cas où on me le demande.

— Des photos de Paris. Le genre que vous prendriez en vacances.

Marina hocha la tête.

— Il y a tout ?

— Et encore, ce n'est rien. Rien que le sommet d'un énorme iceberg de données. Mais c'est à ces données que Duncan Sander s'intéressait. J'ai cru comprendre qu'il est à la recherche de Mr Reiss depuis un bon moment.

— En effet. Mais vous êtes prêt à nous fournir plus.

— Oui. Suffisamment pour vous occuper, vous et toute une équipe de journalistes, pendant plusieurs mois. Plusieurs années même. Mr Sander s'intéressait à Reiss. Mais il n'y a pas que lui.

Marina ouvrit la bouche. Elle avait tellement de questions à poser qu'elle ne savait par où commencer.

— Vous savez combien d'argent est détenu dans les comptes offshore, Miss Tourneau ?

— Des dizaines de milliards, je suppose.

— Trente-deux trillions. Plus que le PIB des États-Unis et du Japon combinés.

— Bonté divine !

— Il y a tout un monde offshore, Miss Tourneau. Un monde d'argent sale, caché dans des comptes-écrans, qui appartient à des personnes très puissantes et très dangereuses. Imaginez si vous pouviez consulter le solde de leurs comptes bancaires. Être au courant de leurs transactions. De leur réseau. Je parle de chefs de cartels. De terroristes. De grands dirigeants. Et même, de gens que vous connaissez, de gens que vous avez côtoyés à l'école, qui vivent juste en face de chez vous. Et effectivement, aussi de Morty Reiss, qui se porte comme un charme et vit sur le magot de presque soixante-dix millions de dollars qu'il a planqués à la Swiss United.

— Ces données, vous les avez ? Les soldes bancaires ? Les mails ? Les preuves tangibles que cet argent existe – et les noms de ceux auxquels il appartient ?

Mark fit un signe de tête en direction de la clé USB dans la poche de Marina.

— Et maintenant, vous aussi vous savez. Le monde doit savoir…

Des voix leur firent tourner la tête. Deux joggeurs s'avançaient vers eux en papotant en français.

— Il faut que j'y aille.

— Bien. Je transmets ceci à Duncan dès mon retour. J'imagine qu'il vous contactera.

— Miss Tourneau, dit Mark après un coup d'œil rapide à droite et à gauche, comprenez-moi bien : plusieurs personnes ont risqué leur vie pour vous faire parvenir ces informations. N'en parlez à personne, ne vous fiez à personne. Je vous ai fait confiance uniquement parce que Duncan Sander me l'a demandé, et que le temps nous est compté. Plus vite ces informations seront divulguées, mieux ce sera pour nous tous : ça nous mettra à l'abri.

— Nous ne vous laisserons pas tomber. C'est

comme ça que nous fonctionnons, Duncan et moi. Vous pouvez nous faire confiance.

— Nous y comptons. Il en va de nos vies.

Il la salua d'un signe de tête. Elle le regarda disparaître entre les arbres. Puis elle fit demi-tour et rejoignit le Meurice au pas de course.

Lorsque Marina entra, Grant était encore au lit, ses épais cheveux châtains tout ébouriffés et ses lunettes posées de travers sur son nez. Il y avait du café sur la table de nuit, et un exemplaire du *New York Times* grand ouvert sur les draps. Il ne leva pas les yeux quand elle ouvrit la porte. Elle resta silencieuse quelques secondes à admirer son fiancé. Six ans après avoir quitté la marine, il avait conservé ce corps sec et musclé qu'il avait le jour de leur rencontre. Quand il dormait, il battait des cils ; ses sourcils épais et soucieux étaient froncés comme s'il était plongé dans ses réflexions. S'il avait les cheveux un peu plus longs maintenant, et plus la coupe en brosse qu'il avait arborée pendant ses premières années de vie civile, il les portait toujours bien ras autour des oreilles. Toutes les quatre semaines, il allait chez le barbier au coin de la rue. Marina adorait passer les doigts dans ses cheveux juste après. Il y avait chez Grant un esprit pratique qu'elle trouvait diablement sexy, un dédain pour sa propre beauté qui le rendait encore plus séduisant. Grant avait le genre de physique qui faisait se retourner les femmes dans la rue, même s'il paraissait ne jamais s'en apercevoir.

En fait, il se montrait même timide avec la gent féminine. C'était Marina qui avait fait le premier pas et lui avait proposé de sortir avec elle. Deux fois. La première fois, il avait décliné la proposition, ce qu'elle ne se privait pas de lui rappeler de temps en temps pour le taquiner.

— Il m'a dit non une première fois. Alors quand je l'ai vu au Starbucks six ans plus tard, j'ai exigé qu'il sorte avec moi. Et il n'avait pas intérêt à refuser de nouveau, déclara-t-elle lors de leurs fiançailles officielles (déclaration suivie par un tonnerre d'applaudissements). Je me suis approchée de lui, je me suis présentée, et il s'est souvenu de moi. Nous sommes sortis ensemble pour la première fois ce week-end-là. Et au petit matin, quand il a tenu la porte du taxi pour moi, j'ai su que c'était lui. Hors de question de laisser ce gentleman m'échapper une deuxième fois.

C'était une bonne histoire, le genre d'histoire, elle le savait, qu'ils raconteraient plusieurs fois au cours de leur vie commune. Mais la vérité au fond, c'était que si Grant avait dit oui la première fois, ça n'aurait jamais marché. Marina était une jeune journaliste mondaine et ambitieuse menant la grande vie à Manhattan. Grant, lui, un Navy SEAL – un membre des forces spéciales de la marine américaine – qui s'apprêtait à retourner à Falloujah pour une seconde mission. Leur attirance était intense, mais elle n'aurait pas tenu sur la longueur, compte tenu de la distance et de leurs vies radicalement différentes. De toute façon, Marina avait besoin de mûrir encore. Lors de leur deuxième rencontre, elle avait enfin suffisamment grandi pour reconnaître ce qui était bien pour elle.

Comme souvent, Marina se fit la réflexion qu'elle avait de la chance de s'endormir aux côtés de cet homme toutes les nuits et de se réveiller auprès de lui tous les matins. Elle regretta de l'avoir laissé tout seul, ne serait-ce que pour une heure.

— Bonjour, futur mari.

Marina sourit en prononçant le mot. Instinctivement, elle tendit le bras vers sa bague de fiançailles, qu'elle avait laissée sur la table de nuit. C'était un énorme diamant de cinq carats taillé en émeraude entouré de saphirs en forme de trapèze. Une bague incroyable, le genre de bague qu'elle avait toujours rêvé de porter. Mais maintenant qu'elle était à elle, Marina en avait presque peur. Impossible d'imaginer la porter dans le métro pour aller au boulot, ou bien quand elle interviewait une source, ni même dans son bureau dans les locaux de *Press*. En général, le matin, elle la laissait dans une petite soucoupe sur sa table de nuit. Elle savait que ça tracassait Grant de voir qu'elle ne la portait pas tous les jours, mais il semblait comprendre son souci de ne pas perdre un objet aussi précieux et irremplaçable. Elle avait promis de ne plus la quitter une fois qu'ils seraient mariés et qu'elle aurait quitté son boulot.

— Ça fait longtemps que tu es réveillé ? demanda Marina.

Il leva la tête. En voyant son visage, elle cessa de sourire.

— Qu'est-ce qui se passe ?

Grant secoua la tête. Sans un mot, il lui tendit le journal, ouvert à la page consacrée aux nouvelles locales. Marina parcourut rapidement les articles.

— *Du « Penthouse » à la « White House ».*

Elle jeta un coup d'œil rapide à la photo du père de Grant. Elle lut l'article en diagonale – il paraissait neutre, se contentant d'évoquer l'éventualité de liens entre la famille Ellis et des financiers du Moyen-Orient. Rien qui n'ait déjà été publié.

— Ce n'est pas trop mal, dit-elle. Ton père a belle allure sur cette photo. En fait il te ressemble. Simplement avec moins de cheveux.

— Non, répondit Grant, ce n'est pas ça qu'il faut regarder. Là, lis-moi ça. Il était à Harvard avec moi. Matthew Werner. Il n'avait que trente-six ans.

Elle lut l'article.

— Oh, non ! C'est trop triste ! Il était marié ?

— Oui. Tu les as rencontrés une fois.

— Je ne m'en souviens pas.

— Lors d'une soirée au Whitney Museum. Sa femme travaillait dans une galerie à Chelsea.

Oui, Marina se souvenait d'elle. La pièce était pleine de jolies femmes, mais Annabel Werner sortait du lot. Elle n'était pas belle à proprement parler, mais elle impressionnait. Elle portait une robe très avant-gardiste, blanche et asymétrique, le genre de modèle que seules quelques femmes peuvent mettre sans devenir ridicules. Son visage exprimait un calme discret. Elle avait des pommettes hautes soulignées par sa coupe courte à la garçonne. Ses yeux bleus brillaient d'une intelligence sereine et prévenante. Marina l'avait tout de suite trouvée sympathique. Elles avaient échangé quelques mots, tandis que leurs maris parlaient d'anciens camarades de promo. Elles s'étaient même donné leurs numéros de téléphone respectifs, mais ni l'une ni l'autre n'avait entretenu le contact. Quelques mois plus tard, Marina apprit que les Werner s'étaient installés en Europe. Elle en éprouva une pointe de déception. Il n'y avait pas tant de femmes avec lesquelles Marina pouvait s'imaginer devenir amies. Annabel en faisait partie.

— C'était un chic type. Très apprécié. Il travaillait à la Swiss United avec…

Grant continua à parler, mais Marina ne l'écoutait plus. Son regard était tombé sur un petit article tout en bas de la page, en dessous de celui sur Matthew Werner.

— « Un journaliste mondain découvert mort dans sa maison du Connecticut », lut-elle à voix haute.

Sous le titre se trouvait une photo d'une typique maison blanche de style colonial avec des volets noirs, et les rebords de fenêtres couverts de neige. La porte était ouverte. En sortait un ambulancier en train de pousser un brancard sur lequel se trouvait un corps. Un cordon de police délimitait une partie du porche d'entrée. Marina aperçut à travers une fenêtre une horloge de parquet qui lui parut familière.

— Oh, mon Dieu…, murmura-t-elle d'une voix brisée.

Cette maison, elle la connaissait. Elle y était allée pas plus tard que le mois précédent.

— Qu'est-ce qu'il y a ?

— Duncan. Duncan Sander. Il est mort.

Annabel

Pendant quarante-huit heures, Annabel garda espoir que Matthew serait retrouvé vivant. Quand elle n'était pas au téléphone avec les autorités aéroportuaires, les secouristes ou Bloch et Vogel, elle se plongeait avec l'énergie du désespoir dans les statistiques sur les accidents d'avions privés. Elle avait trouvé un article sur un Gulfstream G450 qui s'était écrasé dans les Rocheuses canadiennes pendant un orage. Trois des passagers avaient survécu. On les avait découverts trente heures après l'accident, à plusieurs kilomètres de l'endroit où le fuselage de l'avion avait fini. Affamés, blessés, mais vivants. Elle avait mémorisé leurs noms : Paul Gagnon, John Leblanc, Alec Roy. Le soir, après avoir avalé un cocktail de somnifères, elle se les répétait, comme une incantation, un mantra. Les survivants lui donnaient de l'espoir.

Elle dénicha encore un article sur un autre vol de G450, un avion hollandais qui s'était écrasé dans les Alpes. L'accident s'était produit douze mois auparavant, également durant un orage. Les faits n'étaient guère rassurants. Il n'y avait eu aucun survivant. On n'avait pratiquement rien retrouvé de l'avion – juste la boîte noire et de petits fragments du fuselage et des ailes. Annabel le relut encore et encore. Finalement, elle effaça l'historique de ses recherches, les reléguant aux limbes d'Internet.

Annabel fit également des recherches sur Fatima Amir. Comment résister ? Matthew était mort avec elle, dans l'avion de cette femme. Une femme dont elle-même n'avait jamais entendu parler avant que les agents de la Fedpol ne viennent frapper à sa porte.

Il y avait sur Fatima Amir étonnamment peu d'informations sur Internet. Plusieurs journaux commentaient son peu de goût pour la publicité ; un article récent du *Financial Times* la décrivait comme la « prodige solitaire du monde de la finance ». En un sens, Annabel fut soulagée qu'il y ait si peu à lire sur elle. Tout était hors norme chez Fatima Amir : sa fortune, sa réussite, son éducation, sa beauté. Regarder ses photos, c'était comme une séance d'autoflagellation. Ça ne servait à rien, sauf à se plonger encore plus profondément dans le désespoir.

La veille, une équipe de secours avait localisé la boîte noire de l'avion au sommet du mont Trélod. Selon Bloch, qui annonça la nouvelle à Annabel en personne, les enregistrements montraient que le système de protection antigel était tombé en panne en plein vol. Ce qui avait causé l'accumulation de glace sur les ailes de l'appareil, sans que le pilote en soit conscient. Un problème relativement fréquent avec les avions privés, ajouta Bloch, d'une voix neutre, comme s'il s'agissait d'un problème de conception mineur. Par exemple de sièges qui ne s'inclineraient qu'à moitié, ou bien de tablettes penchées.

— Un accident, conclut-il. Un accident tragique.

— Vous êtes certain ? Personne n'envisage que…

Annabel laissa la fin de sa phrase en suspens. Un présentateur de la BBC avait ouvertement posé la question d'un éventuel lien terroriste avec Fatima Amir et son pilote, Omar Khoury. Annabel avait immédiatement éteint la télévision, refusant cette éventualité. Mais le soupçon la rongeait. Elle devait reconnaître, un peu honteuse, que le fait qu'ils venaient tous deux du Moyen-Orient y était pour quelque chose.

— Que ce soit un acte intentionnel ?

— Oui.

— L'hypothèse a été examinée, bien sûr. Avec le climat politique actuel, elle l'est toujours, surtout quand une famille comme celle des Amir est impliquée. Mais pour l'heure, il ne semble pas que ce soit la piste privilégiée. Les boîtes noires contiennent une grande quantité d'informations, Mrs Werner. Les données et les enregistrements du cockpit vont dans le sens d'une défaillance du système.

— « Une famille comme celle des Amir » ? C'est-à-dire ?

— Fatima Amir. La propriétaire de l'avion. C'était elle, le deuxième passager.

— Oui, je sais, répondit Annabel sèchement.

Elle n'aimait pas entendre Bloch parler de Fatima Amir au passé, comme s'il la supposait déjà morte. C'était si froid, si impersonnel. Elle aurait voulu le corriger mais n'osait pas. Elle était trop fatiguée pour chercher le conflit.

— Comme je vous ai dit, je n'avais jamais entendu son nom avant… Avant ça.

Annabel se tourna vers Julian. Depuis l'accident il venait la voir tous les jours. C'était lui qu'Annabel avait appelé en premier après le départ de Bloch et Vogel. Et personne d'autre. Il était, elle s'en rendit compte, la seule de ses connaissances genevoises qu'elle aimait vraiment, et qui l'aimait.

Comme Matthew, Julian White était un avocat spécialisé en droit fiscal. Il était arrivé à Genève sept ans auparavant pour les mêmes raisons que lui : gagner de l'argent, beaucoup d'argent. Avant de quitter Londres, Julian travaillait pour l'HMRC, *Her Majesty's Revenue and Customs*, l'équivalent britannique de l'administration des douanes, où il était surmené et sous-payé. Ici, à Genève, il officiait dans une banque privée, avait un portefeuille et un carnet d'adresses aussi épais l'un que l'autre.

La première fois qu'elle le vit, Annabel le trouva détestable. Il était pontifiant, extravagant, bref, tout ce qu'elle craignait voir Matthew devenir s'il fréquentait trop longtemps les milieux bancaires suisses. Trois mois après leur installation à Genève, elle avait accompagné Matthew en voyage d'affaires à Zurich. Tandis qu'il participait à des réunions, elle avait pris le train pour aller visiter le musée Oskar Reinhart, une villa privée abritant l'une des collections d'art français du XIXe les plus raffinées au monde. Le genre d'endroit où Annabel passait la majeure partie de sa semaine en Suisse – à déambuler seule dans des musées et des galeries. Pas si différent de ce qu'elle faisait à New York, se disait-elle. Même si, bien sûr, ici, on ne la payait pas pour ça.

Lorsqu'elle sortit de la gare de Winterthour, la pluie avait commencé à tomber. Elle s'assit sur un banc et resserra les lacets de ses chaussures en se préparant à affronter quelques minutes de marche déplaisante jusqu'au musée. Elle n'avait pas de parapluie et n'avait pas pensé à prendre un imperméable. Brusquement, elle ne sentit plus les gouttes tomber. Elle releva la tête. Julian se tenait juste à côté d'elle, la protégeant avec un parapluie Swiss United.

— Je suppose que vous allez au même endroit que moi, dit-il. Je peux vous accompagner ?

— Vous n'êtes pas censé assister à la réunion ? Je croyais que ça concernait tous ceux qui travaillent à la banque.

— C'est vrai. Raison pour laquelle personne ne remarquera que j'ai fait l'école buissonnière.

— Alors vous avez préféré Renoir et Cézanne à… Excusez-moi, impossible de me souvenir du nom de celle que vous nous avez présentée la dernière fois.

Elle avait bien conscience de faire du sarcasme, mais c'était plus fort qu'elle. Matthew et elle étaient tombés par hasard sur Julian quelques semaines auparavant dans un restaurant en compagnie d'une jeune femme vêtue d'une robe extrêmement courte. Peut-être majeure, mais tout juste.

Visiblement, l'allusion ne dérangeait pas Julian.

— Oh, Natasha ? Une jeune femme très intelligente. Elle m'a plaqué presque tout de suite.

— Alors en effet, elle doit être intelligente.

— Pour ma part, je serais plutôt du genre à préférer Daumier. Quel sens de l'humour ! Vous le connaissez ? Sinon, je peux tout vous dire sur lui.

— Bien sûr que je le connais ! s'exclama Annabel, surprise. J'ai fait ma thèse sur lui à Yale.

— Alors vous en savez juste un petit peu moins que moi. Venez. Nous allons apprendre l'un de l'autre.

Il lui tendit le coude. Annabel passa son bras sous le sien et se colla à lui tandis que le tonnerre retentissait dans un grand fracas au-dessus de leurs têtes.

Quand ils rentrèrent à Zurich, ils étaient devenus amis. Il semblait percevoir sa solitude. Il l'invita à des vernissages. Lui présenta des artistes, des collectionneurs et des conservateurs. Il l'encouragea à chercher du travail. Il avait des relations avec des clients qui avaient besoin de coaches pour leurs collections, et avec des amis travaillant pour des sociétés de ventes aux enchères qui seraient ravis d'embaucher une experte chevronnée. Matthew ne paraissait pas gêné par le temps qu'Annabel passait avec Julian. Même, il se réjouissait qu'elle semble enfin plus heureuse à Genève. Jamais il ne donna l'impression de se sentir menacé par cette relation. Annabel aurait aimé en dire autant. À New York, elle était à mille lieues d'être jalouse. Peut-être simplement parce qu'elle n'avait pas le temps. À Genève, du temps, elle en avait trop. Matthew était toujours par monts et par vaux. Il dînait au bureau, voyageait pour le travail. Il avait une jolie assistante, une jeune Française du nom de Zoé, qui l'accompagnait partout. Annabel se rendit compte que lorsqu'elle était seule, son imagination la tourmentait. Elle commençait à faire des rêves affreux où Matthew la trompait, ou la quittait. Au moins, quand elle était avec Julian, elle ne pensait pas à ce genre de choses. Avec lui, elle se sentait de nouveau elle-même : un être humain avec des amis et des centres d'intérêt. Une identité autre que celle d'expat' et femme de banquier.

Julian s'éclaircit la gorge. Il se tenait près de la fenêtre, les mains enfoncées dans les poches, l'air épuisé. Ses yeux bleu pâle étaient cernés, son front plissé. Ses cheveux blonds clairsemés qu'il coiffait d'habitude avec grand soin étaient ébouriffés. Annabel se rendit compte qu'il n'avait pas changé de vêtements depuis la veille. Était-il rentré dormir chez lui ? Impossible de s'en souvenir. Les jours se confondaient. Elle dormait par à-coups, une heure par-ci, une heure par-là, à peine consciente de la différence entre jour et nuit. Les pilules que Julian lui donnait ne l'aidaient guère. Elle les faisait passer avec du vin, dans l'espoir de trouver le repos. Une sensation de fatigue extrême lui pénétrait les os. Elle était tout le temps épuisée, mais la peur l'électrisait, obligeant son cerveau et ses nerfs à fonctionner à la vitesse d'un éclair.

Julian avait quelque chose à dire. Annabel le sentait rien qu'à voir sa façon de pincer les lèvres, comme s'il voulait se retenir de prononcer des mots qu'elle ne voudrait pas entendre.

— Qui est-elle, Julian ? Dis-moi. J'ai besoin de savoir.

— Fatima est l'une des clientes de Matthew. D'après ce que j'ai compris, c'est une lointaine cousine de Bachar el-Assad.

— Une cousine proche, corrigea Bloch.

— Ce n'est pas une terroriste. Elle a investi dans un fonds spéculatif. Elle habite à Londres, où elle est née et a grandi. Son père est médecin. Ils n'ont aucun contact avec le côté syrien de la famille. Sinon, la Swiss United n'aurait pas accepté de faire des affaires avec eux. Je te le promets.

Annabel fronça les sourcils, soucieuse.

— Comment a-t-elle connu Matthew ?

— Je suppose que Jonas les a présentés. Le frère de Fatima est client de la banque depuis des années.

— Alors c'est pour cela que Matthew se trouvait à Londres, n'est-ce pas ? Pour la voir ?

Elle se retint de dire : *Pour être avec elle*.

— Je l'ignore, Annabel. Honnêtement, je n'en sais rien. Le secret est le fondement même de notre travail. Je ne parle jamais avec Matthew des gens dont nous gérons le portefeuille. Ça ne se fait pas, c'est tout.

— Mais tu sais qu'elle est sa cliente.

— Il ne me l'a jamais dit. Je me suis contenté de tirer mes conclusions en les voyant ensemble plusieurs fois.

Annabel haussa les sourcils.

— Dans un contexte professionnel, je veux dire, s'empressa d'ajouter Julian. À la banque. Tu sais, entre deux réunions.

— Je ne vois vraiment pas pourquoi il m'aurait menti. S'il m'avait dit qu'il allait voir un client à Londres, ça ne m'aurait pas dérangée. Même s'il s'agissait d'une belle femme comme Fatima Amir.

Bloch et Julian échangèrent un regard. Annabel se rendit compte qu'elle donnait l'impression d'être jalouse. De fait, elle l'était. Fatima Amir était belle. Objectivement belle, et c'en était intimidant. Sur les quelques photos d'elle qu'Annabel avait trouvées, elle semblait avoir un peu moins de quarante ans. Elle avait un visage frappant, photogénique, avec un nez à la romaine, des pommettes prononcées, des lèvres pulpeuses. Sa peau couleur café était rayonnante et ses cheveux épais si noirs qu'ils avaient des reflets bleus au soleil. Sur chaque photo Fatima était habillée avec élégance, toujours en pantalon, col roulé et blazer. Elle était du genre à ne pas avoir besoin de faire étalage de son exceptionnelle beauté. De l'avis de tous, une femme avec qui il fallait compter. Ce qui était pire. Zoé, l'assistante de Matthew, aurait pu être une maîtresse, une passade, une erreur regrettable commise par Matthew lors d'un voyage d'affaires après un verre de trop. Fatima, elle, n'était pas une erreur, ni une passade, plutôt le genre de femme pour laquelle un homme quitterait son épouse.

— Il avait une liaison avec elle ? Tu me le dirais si c'était le cas ?

— Annabel, arrête. Il t'adorait. Tu le sais. Simplement, tu es épuisée.

— Elle est morte avec mon mari. J'ignorais tout de ce voyage, du pays où il se trouvait. Comment tu expliques ça ?

Sa voix était montée dans les aigus. Elle devait se calmer, retrouver son sang-froid, mais cela lui était impossible. Elle aurait voulu aller sur le balcon pour hurler vers les nuages à pleins poumons, le plus longtemps possible, jusqu'à l'épuisement.

— Je vais voir ce que je peux trouver. Je suis certain que ce voyage à Londres peut s'expliquer de manière rationnelle.

Julian s'approcha d'elle et posa une main sur son épaule en regardant Bloch.

— Annabel pourrait-elle rencontrer la personne qui mène l'enquête ? Cela lui permettrait peut-être de trouver un peu de paix.

— Bien sûr. Elle peut m'appeler quand elle veut. Et je l'invite à poser ses questions à l'expert qui a examiné la boîte noire. Il lui en dira plus sur cette défaillance technique.

— Je suis sûr que ça l'aiderait beaucoup. Merci. Et les équipes de secours ? Elles continuent à chercher, n'est-ce pas ?

— Oui, répondit Bloch. Selon le protocole habituel, elles vont continuer encore pendant vingt-quatre heures.

Vingt-quatre heures. Le cœur d'Annabel fit un bond. Elle n'avait jamais imaginé que les recherches puissent cesser. Du moins pas si vite.

— Cela me semble précipité, dit Julian. Je vais parler à Jonas. Peut-être qu'avec des fonds privés nous pouvons continuer à chercher.

— Je pense que je vais aller m'allonger. Je ne me sens pas bien. Désolée.

Comprenant l'allusion, Bloch se leva pour partir.

— Oui, ça te fera du bien, ma belle, dit Julian. Va te reposer. Je me charge de raccompagner Mr Bloch.

Annabel s'arrêta devant sa chambre. Ils parlaient à voix basse dans le vestibule. Elle tendit l'oreille.

— Les recherches vont probablement s'arrêter demain. Mrs Werner est-elle prête à ça ?

L'inquiétude était perceptible dans la voix de Bloch. Elle imagina son visage sérieux, son front plissé. Il tripotait ses lunettes quand il n'était pas sûr de lui, avait-elle remarqué. Sans doute était-il en train de le faire à cet instant.

— Est-on jamais prêt pour ce genre de choses ? répondit Julian. Elle a trente ans, bon sang !

— Bien sûr. Je m'excuse. Je ne voulais pas être brusque. Je voulais seulement dire…

— Alors vous ne croyez pas que son corps sera retrouvé ? Je me disais que peut-être cela permettrait de tourner la page.

— Nous n'y croyons pas. En général, avec ce genre de défaillance technique, les avions sont en grande partie consumés en plein vol par le carburant.

— Si c'est une question d'argent...

— L'argent n'a rien à voir là-dedans. À mon avis c'est dans l'intérêt des familles de mettre un terme aux recherches le plus vite possible. Une enquête prolongée, ça peut être très dur pour elles. Cela sème le doute là où rien ne le justifie.

— Alors votre service est sûr qu'il s'agit uniquement d'une défaillance technique ? Rien de louche ? Vous en êtes certain ?

— Oui. Nous avons eu la chance de pouvoir récupérer une boîte noire intacte. Nous avons affaire à un accident tragique, rien de plus. Je sais que cela ne change pas le résultat pour Mrs Werner. Mais au moins elle peut se consoler en se disant que personne n'a délibérément fait subir cela à son mari.

À ce moment-là, Julian dit quelque chose qu'Annabel ne put entendre. Elle s'avança sur la pointe des pieds, jusqu'à se retrouver à moins de trois mètres d'eux.

— La famille Amir est en train d'organiser une messe souvenir. Vous savez si Mrs Werner compte faire de même ?

— J'en parlerai à Annabel quand elle aura pris un peu de repos.

— Merci. Autre chose… un détail un peu délicat…

— Dites-moi.

— Certaines des affaires personnelles de Mr Werner ont été retrouvées chez Mrs Amir à Londres. Voulez-vous que je les fasse envoyer ici ? Je ne voudrais pas la bouleverser.

Annabel eut le souffle coupé. Ce que venait de dire Bloch lui faisait l'effet d'un coup de poing dans le ventre. Jamais elle n'aurait imaginé que Matthew séjournait chez Fatima Amir à Londres au lieu de descendre à l'hôtel. La chose lui parut d'un caractère si privé, si intime… Une preuve irréfutable qu'ils avaient une liaison.

— Je peux m'en charger, dit Julian. Dites-moi juste qui contacter.

— On fait comme ça. Merci de votre aide.

— C'est tout naturel. Si vous obtenez d'autres informations, adressez-vous à moi. Annabel est très fragilisée. Si vous découvrez quoi que ce soit de louche, ou si vous avez une raison de douter de la version de l'accident, parlez-m'en d'abord. C'est un choc terrible pour elle. Pour nous tous, bien sûr, mais surtout pour Annabel. Il était tout pour elle. Je pense qu'elle acceptera mieux les nouvelles si elles viennent de quelqu'un en qui elle a confiance.

— Elle a de la chance d'avoir un ami comme vous, Mr White. Elle va avoir besoin de vous maintenant.

Annabel entendit la porte se fermer. Elle retourna discrètement dans sa chambre avant que Julian puisse la voir, puis sortit de son placard la boîte contenant les petits mots.

Elle les disposa en rangées sur le lit, comme un patchwork composé de bouts de papier. Des tickets de concert pour leur troisième rendez-vous. Un Polaroid de Matthew en train de dormir, qu'il avait placé sur l'oreiller à côté d'elle un matin avant de prendre l'avion. Une boîte d'allumettes de leur lune de miel. Une page déchirée d'un agenda pour le jour où il l'avait demandée en mariage. Elle les regarda tous jusqu'à ce que ses yeux soient complètement embués de larmes, puis elle s'allongea dessus. Elle fixa longuement le plafond blanc et vide. Puis elle glissa dans un sommeil lourd et profond.

Quelques heures plus tard, elle se réveilla en sursaut, le cœur battant la chamade. Elle avait fait un rêve affreux. Il n'y avait pas un bruit dans la rue. La pleine lune éclairait la fenêtre. Elle regarda autour d'elle, retrouva ses repères dans la chambre. Le pull de Matthew posé sur le dossier de la chaise devant le bureau. Le roman qu'elle était en train de lire posé sur l'ottomane. Pendant quelques instants, elle se demanda si les jours qu'elle venait de vivre n'étaient pas une sorte de cauchemar effroyable dont elle était enfin sortie. Peut-être Matthew se trouvait-il à Zurich. Peut-être était-il sur le chemin du retour. Peut-être tout ceci n'était-il qu'une terrible méprise.

Elle se redressa dans le lit. Une voix dans le salon. Une voix d'homme. Elle était complètement réveillée à présent. Et si c'était Matthew ? Son cœur fit un bond. *Non, c'est absurde. Arrête.* Pourtant, elle sauta du lit et s'avança en trébuchant vers la porte.

Quand elle l'ouvrit, la voix lui parvint plus clairement. Elle s'arrêta dans le couloir, l'oreille aux aguets.

— Il y a quelque chose qui ne va pas, disait Julian à voix basse. Que je ne sens pas.

Annabel s'avança sur la pointe des pieds et glissa un œil dans le salon. Julian se tenait à côté de la bibliothèque, le dos tourné, le portable coincé entre l'épaule et l'oreille gauche. Il tenait une photo encadrée dans les mains.

— Je ne sais pas, disait-il. J'ai l'impression que l'enquête est un peu expédiée… Oui. Exactement. Moi aussi j'ai ce sentiment. Quand même, deux personnes sont mortes. Deux personnes importantes.

À ce moment-là, Julian se retourna pour replacer la photo sur l'étagère. En la voyant, Annabel se mordit la lèvre. C'était celle où ils étaient tous les trois, bras dessus, bras dessous devant un télésiège à Zermatt. Matthew était au milieu, la tête penchée en arrière, la bouche fendue d'un sourire. Annabel adorait ce cliché de lui. L'un de leurs moments les plus heureux depuis qu'ils avaient quitté New York. Ils avaient passé un week-end dans le chalet de Julian. Seuls tous les trois. Matthew était complètement détendu, libéré de tout souci. Sur la photo, il rigolait de quelque chose que Julian avait dit. Une plaisanterie sur Jonas, se souvint Annabel. Julian avait fait une imitation parfaite de leur chef quand il avait un petit coup dans le nez.

Annabel regarda Julian reprendre la photo et passer doucement son pouce sur la surface.

— Jonas est tout aussi choqué que moi, dit-il à son correspondant. Oui, il est d'accord. J'ai un service à te demander. Renseigne-toi sur Bloch à la Fedpol. Vois ce que tu peux trouver sur lui et tiens-moi au courant.

Pendant le court silence qui suivit, elle le vit hocher la tête tandis que l'autre personne parlait.

— Merci, reprit-il. Ça nous aiderait beaucoup. Bien entendu, tout ceci reste entre nous.

Annabel se pencha en avant, faisant grincer le plancher sous son poids. Julian tourna la tête vers elle.

— Je te rappelle, dit-il, puis il reposa la photo et raccrocha.

— Désolée. Je ne voulais pas t'espionner. J'allais juste me chercher un verre d'eau.

— Arrête. C'est ton appartement. Je ne t'ai pas dérangée, j'espère.

— Non. J'étais réveillée de toute manière. Je suis contente que tu sois resté.

— Je n'allais quand même pas te laisser seule. Je me suis dit que je pourrais dormir sur le canapé.

— À mon avis, on ne va pas beaucoup dormir cette nuit, toi et moi.

Annabel s'installa sur le canapé et tapota le coussin à côté d'elle.

— J'adore cette photo, dit-elle.

— Moi aussi. C'était un super week-end.

— La première fois que je me suis sentie chez moi ici. En fait, c'est l'une des seules fois où je me suis sentie chez moi.

— Vraiment ? Ça ne se voit pas.

— Quand je me suis installée à Greenwich Village, je me suis sentie tout de suite à la maison. Mais ici…

Julian hocha la tête, comme s'il comprenait. Il tapota le genou de la jeune femme.

— Ce n'est pas facile d'être une expat'. Surtout à Genève. Mais tu t'en es très bien sortie.

— Je ne sais pas. Je ne trouve pas vraiment ma place parmi les autres femmes de banquiers.

— Peut-être est-ce pour cela que je t'apprécie tellement.

— Parce que je suis une pauvre petite parvenue sortie de sa banlieue ouvrière ?

Julian éclata de rire.

— Parce que tu es intelligente, intéressante, et que tu as du caractère.

— Je ne sais pas. Ce week-end à Zermatt, c'était la première fois que j'avais l'impression d'être moi-même. De ne pas être en train de jouer un rôle. Honnêtement, avant de te rencontrer j'étais perdue.

— Tu n'as pas idée du nombre de femmes qui m'ont dit la même chose.

Elle sourit.

— Tu parlais à qui ? demanda-t-elle, la voix redevenue sérieuse.

— À un ami. Qui a des relations à la Fedpol.

— Pourquoi ?

— Tu tiens à le savoir ?

— Oui.

— Je ne suis pas certain de pouvoir me fier totalement à Bloch. Du moins, je ne suis pas certain qu'il fasse son boulot à fond.

— Tu n'es pas convaincu qu'il s'agissait bien d'un accident…

— Je trouve qu'ils ont bien rapidement conclu à l'accident. Je n'ai pas l'intention de t'inquiéter, Annabel, mais Matthew était mon ami. Et si jamais c'est quelqu'un qui a causé ça, je veux savoir qui.

— Moi aussi. Et moi non plus je ne lui fais pas confiance.

Ils restèrent quelques instants silencieux. Puis le bras de Julian s'enroula autour des épaules d'Annabel et elle posa la tête dessus. Elle ferma les yeux, mais ils s'emplirent de larmes qui se mirent à couler sur ses joues.

— Tout me semble louche, murmura-t-elle. Pourquoi quelqu'un voudrait-il…

Elle s'arrêta, incapable de finir la phrase.

— Je l'ignore, dit Julian en lui déposant un baiser en haut du front. Mais crois-moi, s'il y a quelqu'un derrière ça, je le saurai.

— Laisse-moi t'aider.

— Non. C'est déjà beaucoup pour toi. Je t'en prie. Laisse-moi mener ma petite enquête. Je connais les personnes à qui s'adresser. Si jamais quelqu'un peut creuser l'affaire... Je te promets de te dire tout dès que j'apprends quelque chose.

Annabel fronça les sourcils. Elle n'aimait pas ce ton supérieur qu'il avait pris, mais elle sentit bien qu'elle ne pourrait pas le convaincre.

— D'accord. Merci. Je ne sais pas ce que je ferais sans toi.

— Repose-toi, OK ? répondit-il avec une petite tape affectueuse sur sa cuisse. Tu en as besoin.

— On en a besoin tous les deux. Ça va aller sur le canapé ? Je t'apporte des draps et un oreiller.

— Ça ira parfaitement. Je dors partout. J'ai quelques coups de fil à passer.

Elle réprima un bâillement.

— Ne reste pas debout toute la nuit, dit-elle, puis elle l'embrassa sur la tempe. Dors bien.

Elle se leva et retourna dans sa chambre. Elle resta éveillée un bon moment, à écouter la voix étouffée de Julian au téléphone. Depuis sa chambre, elle ne pouvait pas entendre ce qu'il disait. Peu importait. Elle-même avait sa propre enquête à mener. Elle tapota sur son ordinateur jusqu'à ce que le jour entre dans la chambre et que ses paupières se ferment d'elles-mêmes. Elle poursuivit ses recherches, même après que la voix dans le salon se fut tue. Pendant que Julian dormait, elle se leva, prit sa douche et sortit pour attraper le premier train en direction de Berne.

Marina

Sander est mort. On a un gros problème là.

Le tintement signalant l'arrivée du mail réveilla Marina. Elle n'avait pas vraiment dormi, mais plutôt somnolé après s'être pratiquement crevé les yeux à lire l'écran de son portable dans la pénombre avec Grant assoupi à côté d'elle. Une fois parcouru l'article annonçant la mort de Duncan, elle avait envoyé un mail à tous les journalistes qu'elle connaissait à New York. Personne ne savait quoi que ce soit. On disait qu'il s'agissait d'un vol qui avait mal tourné. D'un amant éconduit. Qu'il y avait eu une série de cambriolages dans ce coin d'habitude tranquille du Connecticut où habitait Duncan. Selon certains, des antiquités de grande valeur et un tableau avaient été volés tandis que d'autres avaient entendu dire que rien n'avait été dérobé. D'après la police, Duncan avait surpris un cambrioleur et l'avait payé de sa vie.

Le mail avait été envoyé par un certain Mark Felt. L'esprit embué, Marina se creusa les méninges. Le nom lui semblait familier. Mark – le nom par lequel on avait désigné son contact aux Tuileries. Était-ce lui ?

C'est alors qu'elle se souvint : Mark Felt était l'agent du FBI qui avait aidé Bob Woodward et Carl Bernstein à révéler le scandale du Watergate dans les années 70.

Mark Felt, alias *Deep Throat*, « Gorge profonde », surnom donné à l'informateur à l'origine des révélations.

Marina sentit les poils se dresser sur ses bras.

Cette personne – ces personnes étaient les Gorges profondes de Duncan. Maintenant, ils seraient les siennes.

Je sais. Comment communiquer entre nous ?

Uniquement par système crypté.

Elle hésita. Elle tenait à ne pas commettre d'erreur. *Bon sang, Duncan ! T'es où quand j'ai besoin de toi ?*

Elle pouvait attendre d'être rentrée à New York. Là, au moins, elle serait en mesure de consulter un autre journaliste sur la façon de communiquer en toute sécurité. Owen Barry, du *Wall Street Journal*, peut-être. Un autre protégé de Duncan qui avait la réputation d'être un as de l'informatique. Elle pouvait lui faire confiance. Mais elle n'avait pas prévu de rentrer à New York avant la semaine suivante.

Impossible d'attendre jusque-là. Elle était en possession d'une clé USB bourrée de données qu'elle avait planquée au fond d'une de ses chaussures de course tout en bas de son placard – une clé USB contenant des informations si sensibles que son patron était mort : la question, ce n'était pas de savoir si ça pouvait attendre une semaine, mais si ça pouvait attendre vingt-quatre heures. Elle devait rentrer, le plus vite possible.

— Merde, dit-elle tout haut en tapant quelque chose dans la barre de recherche sur les communications cryptées.

Puis elle appuya sur Enter.

— Salut, toi !

Marina se retourna. Grant la regardait, assis dans le lit. Il était torse nu, avec le drap le couvrant seulement à partir de la taille. Dans la demi-pénombre il lui adressa un sourire encore tout ensommeillé.

— Ça va ?

— Désolée, je ne voulais pas te réveiller. Je n'arrivais pas à dormir.

Il tendit le bras, posa tendrement la main sur son visage.

— Je sais. C'est affreux.

— Je n'arrive pas à croire qu'il n'est plus là.

— Écoute, je te suis, quoi que tu veuilles faire. À toi de décider. Mais je pense qu'on devrait rentrer à New York. Ce matin si possible.

— Mais, ce voyage… Tu as passé tout ce temps à le préparer…

— Paris ne va pas s'envoler. On reviendra une autre fois.

— Et tout cet argent…

— Oublie l'argent.

Marina se couvrit le visage et laissa échapper un sanglot.

— Oh non… pas ça…, supplia Grant. Je t'en prie, je ne veux pas te voir triste.

— Tu es tellement gentil. J'ai vraiment de la chance.

— C'est moi qui ai de la chance.

— Ça ne te contrarie pas si on part ?

— Je préfère, répondit-il d'un ton ferme. Duncan était ta famille, Marina. Et la famille, c'est la chose la plus importante au monde. Le reste, c'est juste des dommages collatéraux. Ne t'inquiète pas pour ce voyage.

Marina lui embrassa la main.

— Merci, chuchota-t-elle. Merci de me comprendre.

— C'est normal.

Grant l'attira vers lui et l'enlaça. Il la tint serrée contre lui un bon moment en silence. Puis il recula, décrocha le téléphone, et appela la compagnie aérienne.

Annabel

Il neigeait à Berne. Debout devant la fenêtre de la salle de conférences du quartier général de la Fedpol, Annabel regardait les flocons recouvrir le rebord. Un téléviseur à écran plat accroché au mur en face d'elle clignotait, le son coupé. Elle y jeta un coup d'œil. Une journaliste de la BBC avançait dans une rue poussiéreuse d'Alep, entre les squelettes éventrés de ce qui avait été des immeubles. Elle se couvrait le nez d'un mouchoir et avait enfilé un gilet pare-balles. Mais à quoi lui serviraient ces protections si une autre bombe tombait sur cette malheureuse ville ? Annabel surprit son propre reflet dans la vitre. Penser à Alep la mettait encore plus mal à l'aise.

Il y avait là une tasse de café froid que lui avait préparée l'assistante de Bloch. Pas de lait, ni de sucre. Annabel avait abandonné après une gorgée. Une horloge accrochée en hauteur faisait tic-tac. Elle patientait depuis plus d'une heure. Rien de surprenant à cela – après tout, elle n'avait pas annoncé sa venue.

— Monsieur Bloch est en pleine réunion, avait

dit l'assistante lorsque Annabel avait débarqué à la réception.

— Ce n'est pas grave.

L'assistante avait pris un air irrité, mais sans faire de commentaire, en dehors d'un hochement poli de la tête et d'une offre de café. Ensuite, elle avait rejoint la salle de réunion, laissant Annabel seule. Elle n'avait pas expliqué où la trouver, ni combien de temps l'attente risquait de durer.

Enfin à midi, on frappa à la porte. Bloch entra avec un gros classeur sous le bras. Il s'était coupé les cheveux, remarqua Annabel. Comment avait-il trouvé le temps d'aller chez le coiffeur au beau milieu d'une enquête ? Peut-être s'était-il coupé les cheveux lui-même. Ils étaient ras, maintenant, à la militaire. Si ça se trouvait, il avait fait ça avec un rasoir électrique, penché au-dessus de son lavabo. Il était bien du genre à se couper les cheveux lui-même. Ses vêtements, ses manières, ses lunettes : tout chez lui était utilitaire. Elle se demanda à quoi ressemblait son appartement. Des murs blancs et vides, sans doute. Rien de chaleureux.

Elle se leva, esquissant un sourire.

— Merci de m'accorder quelques instants, dit-elle. J'aurais peut-être dû appeler avant. Je savais que si je ne venais pas aujourd'hui, je serais dans tous mes états.

Il fit un signe de tête, lui proposa de s'asseoir d'un geste.

— Désolé que vous ayez dû patienter. Julian

White m'a dit que vous aviez quelques questions à me poser au sujet de l'enquête.

— Oui.

Elle marqua un temps d'arrêt. Maintenant qu'elle était là, elle ne savait plus trop pourquoi elle s'était déplacée. Ce matin, elle n'avait pas pu attendre, au point de traverser la gare de Genève-Cornavin au pas de course comme si sa vie en dépendait. Elle fixa le classeur que Bloch portait sous le bras.

— Ce sont des photos ? Celles de l'avion ?

— Des photos, oui. Des enregistrements de la boîte noire. Les témoignages du personnel de l'aéroport et le rapport du fabricant de l'avion. Vous pouvez regarder, pas de problème. Nous tenons à ce que vous ayez la certitude que l'enquête a été approfondie.

— Je n'en doute pas. Simplement je…

— Nul besoin de vous justifier, Mrs Werner. Il est tout naturel d'avoir des questions à poser.

— Merci. Je ne sais pas pourquoi je veux les voir, ces photos, vraiment. Je suppose que, pour moi, tout ça est encore irréel.

— Il n'y a pas de recette miracle pour faire face à ce genre de perte.

— Ils ont arrêté de chercher ? Je parle des secouristes.

— Oui. Tôt dans la matinée. Désolé.

Annabel hocha légèrement la tête, bouleversée. Même si elle s'y attendait, le fait d'entendre la nouvelle lui coupa presque le souffle.

— Les recherches ont été intenses. Jonas Klauser y tenait. En fait, il a proposé d'en financer lui-même la poursuite.

— Je l'ignorais. C'est très gentil de sa part.

— Nous aurions continué si nous pensions qu'il restait des choses à trouver.

— Je peux ? fit Annabel en désignant le classeur.

— Bien sûr.

Bloch sortit une petite pile de photos qu'il fit glisser sur la table en direction d'Annabel.

Elle passa la main sur l'image en haut de la pile. Il s'agissait d'une vue aérienne d'un sommet montagneux haché de zones sombres et recouvert de neige. Elle regarda de plus près. Les zones sombres étaient en réalité des débris. Une aile cassée en deux. Une partie du fuselage, rond comme un tonneau. Des morceaux de métal tordu étalés sur la neige immaculée telles des sculptures. Une installation d'art moderne. Le soleil faisait luire leurs arêtes. Le spectacle était presque beau, songea Annabel. À condition de ne pas savoir de quoi il s'agissait exactement. La dernière demeure de son mari. Elle sentit un goût âcre lui remplir la gorge. Elle ferma les yeux quelques secondes, le temps de retrouver son calme.

Les photos suivantes montraient les détails des débris. C'était un catalogue de morceaux d'avion. Certains des clichés étaient pixélisés, sombres, difficiles à interpréter, comme les taches d'encre du test de Rorschach. Annabel s'intéressa en particulier à l'un d'entre eux, ses yeux suivant la courbe de ce qui, au premier regard, ressemblait à un crâne humain, un corps en position fœtale. Mais plus elle l'examinait, moins la forme lui paraissait humaine.

— Ça, c'est un hublot, expliqua Bloch. Nous regardons de près les endroits où le fuselage de l'avion a été touché. Ça nous aide à déterminer les causes de l'accident.

— Et ça, qu'est-ce que c'est ? demanda Annabel en pointant le doigt vers un morceau de métal blanc.

Elle prit la photo, plissa les yeux. Il y avait des lettres à peine visibles tout en haut. Elles s'étalaient sur la courbe du fuselage, puis l'éclat de la neige les faisait disparaître. Elles lui parurent familières.

— JKE, murmura-t-elle.

— Vous avez une bonne vue. Même pour moi, c'est difficile à lire.

— Je suis conservatrice. Du moins je l'étais dans une vie antérieure. J'ai passé beaucoup de temps à regarder des petits détails de photos et de tableaux.

— Vous travailliez où ?

— Chez Christie's, pendant quelque temps. Au département des impressionnistes. Plus tard dans une galerie. Je suis diplômée de Yale.

Elle se mit à rougir. Pourquoi se sentait-elle obligée de dérouler son CV devant cet homme ? Pour être prise au sérieux, sans doute. Elle le faisait plus souvent maintenant. À New York, elle ne ressentait pas le besoin d'asseoir sa légitimité. Mais il est vrai qu'à New York, quand on lui demandait ce qu'elle faisait dans la vie, elle pouvait répondre.

— Vous ne travaillez pas ici à Genève ?

— Non.

— C'est le cas de la plupart des femmes d'expats.

Annabel s'efforça de ne pas accorder trop d'importance à cette affirmation.

— Tenez, voici l'une des équipes de recherche, dit Bloch en lui montrant une autre photo.

On y voyait un groupe d'hommes en tenues orange vif entourant l'avion. Quelques-uns avaient des haches à la main, et la plupart portaient un casque. Derrière eux, le ciel brillait comme un rideau d'acier.

— Comme vous le voyez, la zone est périlleuse. L'avion s'est écrasé sur la face ouest de la montagne, au-dessus d'une paroi verticale de plusieurs centaines de mètres. Il est difficile, en particulier dans des conditions météo défavorables, d'atteindre ce site et d'y retrouver des débris, même pour les équipes les plus chevronnées.

— Pourtant, ils ont bien trouvé la boîte noire.

— Oui. Ici, juste sous l'aile. Je peux vous expliquer son contenu, si vous le souhaitez.

Annabel examina la photo, analysant les moindres détails. Il y avait quelque chose de bizarre. Ses yeux tombèrent de nouveau sur les lettres tracées sur le fuselage. Tout d'un coup, elle se souvint.

Elle se leva.

— Ce n'est pas la peine. Je peux garder ces photos ?

— C'est-à-dire, officiellement, elles ne sont pas…

— Matthew avait une assurance-vie. Ils me demandent un certificat de décès et plein d'autres documents, alors je voudrais juste être certaine de leur fournir tout ce dont ils ont besoin. C'est monstrueux, toute cette paperasse.

Elle mentait, et espérait que Bloch ne s'en apercevrait pas. Elle attendit sa réponse, inquiète. Pourquoi avait-elle parlé de l'assurance-vie ? C'était la première chose qui lui était passée par la tête. Ces photos, elle devait partir avec.

— Pas de problème, dit finalement Bloch après avoir hésité.

— Merci infiniment.

Elle glissa les photos dans son sac et tendit la main.

Au moment où elle allait partir, elle marqua un temps d'arrêt.

— Puis-je vous poser une dernière question ?

— Bien sûr.

— Vous auriez une photo de l'avion ? Avant l'accident, je veux dire.

Bloch fronça les sourcils.

— Non, je ne crois pas. Souhaitez-vous que j'essaie d'en trouver une ?

— Non, ce n'est pas grave. C'était juste une question comme ça. Merci pour votre aide.

— Je vous en prie, Mrs Werner. On annonce une tempête venue du nord. La neige commence déjà à tomber plus fort. Vous n'êtes pas venue en voiture, au moins ?

— J'ai pris le train. Je vais me débrouiller, merci.

— Bon retour, Mrs Werner.

Annabel lui fit un signe de la tête en marmonnant quelques remerciements. Dans le couloir, elle consulta sa montre. Si elle attrapait le prochain train, elle arriverait à temps pour faire un tour à la bibliothèque de recherche de Genève avant l'heure de la fermeture.

Annabel se retrouva seule dans la salle des microfilms. Deux étudiants avaient passé là une bonne partie de l'après-midi, mais étaient sortis à l'heure du dîner. À présent, la fatigue et la faim lui donnaient mal au crâne, et à force de regarder un écran lumineux, ses yeux étaient douloureux. Mais peu importait. Elle était habituée à étudier des images jusqu'à l'échelle du pixel. Elle avait l'œil pour cela, une capacité naturelle à repérer des détails minuscules affinée pendant toutes ses années à travailler dans le commerce de l'art. Aujourd'hui, elle en récoltait le fruit. Après des heures de recherches vaines, elle avait trouvé ce qu'elle cherchait. C'était là, devant elle, en noir et blanc.

Elle tourna le bouton pour agrandir l'image. Puis elle sortit l'une des photos qu'elle avait prises à la Fedpol. Ce n'était pas le même cliché, ainsi qu'elle l'avait soupçonné dès le départ. L'image sur l'écran paraissait avoir été prise plus tard dans la journée. La paroi montagneuse était zébrée de longues ombres noires, et les secouristes présents sur le site étaient moins nombreux. Sur la première photo, celle que lui avait donnée Bloch, Annabel compta vingt-trois hommes en tenue orange. Sur l'écran, seulement neuf. Mais il s'agissait bien du même avion. Elle en était sûre. Les bords de la brèche ouverte au milieu du fuselage comportaient les mêmes irrégularités ; une aile gisait sur la neige étincelante, séparée net de l'appareil. Sur la seconde image les lettres étaient plus distinctes : JKE.

Ce fut à force d'acharnement qu'Annabel parvint à traduire l'article de journal écrit en allemand. La version abrégée qu'elle avait lue sur Internet avant son entretien avec Bloch avait été traduite en anglais pour le *Daily Mail*. Elle connaissait déjà les faits déprimants : l'avion était un Gulfstream G450 parti des Pays-Bas qui s'était écrasé dans les Alpes, pratiquement un an jour pour jour avant l'accident de l'avion où se trouvait Matthew. Il n'y avait eu aucun survivant. À l'époque, quand elle avait appris la nouvelle, elle n'avait pas eu envie d'en apprendre davantage.

Maintenant, elle voulait tout savoir. L'avion, lut-elle, s'était écrasé dans le massif des Bauges, à l'est de Chambéry.

L'épave avait été repérée au sommet du mont Trélod.

L'appareil faisait partie de l'aviation royale néerlandaise, la Koninklijke Luchtmacht. Ce qui expliquait les lettres JKE inscrites sur ce qui restait du fuselage. Les trois dernières lettres de KONINKLIJKE.

Au terme de recherches poussées, la boîte noire

avait été récupérée. Elle indiquait une défaillance du système antigel. Un problème courant, expliquait l'article, pour les jets privés de ce type.

Annabel sentit ses mains trembler en cliquant sur « impression ». L'imprimante située dans un angle de la salle des microfilms se mit à ronronner. Annabel se précipita pour récupérer les feuilles dès qu'elles sortaient de la machine et les mettre encore chaudes dans son sac.

— *Arrêtez ça, madame !* fit une voix derrière elle en français, la stoppant net dans son élan.

— Pardon ?

Un moustachu aux doigts tachés d'encre la fusillait du regard depuis le seuil de la salle.

— Vous n'avez pas le droit d'imprimer depuis un microfilm sans carte de la bibliothèque ou de l'université.

— Désolée. Je ne savais pas. Comment puis-je me procurer cette carte ?

L'homme désigna d'un geste impatient l'horloge sur le mur.

— Il est trop tard maintenant. Le bureau ferme à 17 heures. Il faudra revenir demain.

— Non, pas possible. Je suis prête à payer pour, mais il me faut cet article ce soir.

Il fit la moue. Puis, tendant la main :

— Faites-moi voir, je vous prie.

À contrecœur, Annabel lui donna l'article.

L'homme lécha le bout de son doigt, puis compta les pages.

— Cinq pages. Cinquante cents, s'il vous plaît.

Elle fouilla dans son sac, en priant Dieu d'avoir cinquante cents. Tout au fond, à côté de son ChapStick, elle trouva un euro, qu'elle tendit à l'homme.

— Gardez la monnaie, dit-elle.

Et elle lui prit l'article des mains sans lui laisser le temps de protester.

— À l'avenir, procurez-vous un permis d'imprimer, lui lança-t-il tandis qu'elle sortait à la hâte.

Au moment de s'engager dans l'escalier, elle entra en collision avec un jeune homme qui portait un sac à dos.

Tombant à la renverse, elle atterrit sur les fesses. La bretelle de son sac glissa, et tout le contenu s'éparpilla sur le sol.

— *Je suis vraiment désolé*, dit le jeune homme.

Il s'agenouilla pour commencer à ramasser les photos.

— *C'est bon*.

Annabel se releva d'un coup, ignorant la douleur dans le bas de son dos. Elle arracha les photos des mains du jeune homme et les remit dans son sac. Il la regarda, les yeux écarquillés. Elle fut un peu honteuse de la sécheresse avec laquelle elle lui avait parlé.

— *Merci beaucoup*, ajouta-t-elle. *C'est de ma faute*.

— Pas du tout. C'est moi qui allais trop vite, répondit le jeune homme en anglais. C'est ici la salle des microfilms ?

— Oui. Ils sont en train de fermer.
— Alors il faut que je me dépêche.
— J'espère que vous trouverez ce que vous cherchez.
Et elle descendit les escaliers vers la sortie.

Vingt minutes plus tard, le jeune homme réapparut en haut des marches de la bibliothèque. Il faisait nuit. Le silence régnait dans le parc paysagé. Il regarda à droite et à gauche. Annabel Werner était partie.

En traversant la rue De-Candolle, il sortit son portable.

— Allô ? Elle a eu une journée très remplie, dit-il. Tout d'abord, elle est allée voir Bloch à la Fedpol. Il lui a donné des photos du site de l'accident. Toute une pile. Elle les a dans son sac. Ensuite, elle a passé plusieurs heures à la bibliothèque.

— Elle cherchait quoi exactement ?

— Elle est partie avec la version imprimée d'un article. Au sujet d'un accident d'avion l'année dernière. Des faits similaires. Un G450. Accident dans les Alpes. Aucun survivant.

— Pourquoi, à votre avis ?

— Peut-être soupçonne-t-elle Bloch de ne pas avoir dit tout ce qu'il avait à dire sur les circonstances précises de l'accident.

— Il y a quelque chose que je ne sens pas chez Bloch. Je vais mettre quelqu'un sur lui. Vous avez une copie de l'article ?

— Oui, Mr Klauser.

— Apportez-la-moi. Et continuez votre filature. Je veux être mis au courant de tous ses faits et gestes. Où elle va, à qui elle parle. Je veux savoir ce qu'elle pense. Au fait, du nouveau à propos de l'ordinateur de Matthew ?

— Non. On ne l'a pas retrouvé.

— Il était peut-être avec lui dans l'avion.

— Je ne crois pas. Selon la sécurité des Amir, il ne l'avait pas avec lui quand il s'est rendu à l'aéroport.

— Bon. Poursuivez les recherches. Et ne lâchez pas la femme.

Sur ces mots, Jonas raccrocha. André Lamont sauta sur sa mobylette et disparut dans la nuit.

Marina

Du plus loin qu'elle s'en souvienne, Marina n'avait jamais vu autant de sécurité à l'aéroport de Roissy. Partout, il y avait des policiers en tenue. Des soldats, en uniforme également, patrouillaient par groupes de deux, équipés d'armes d'une taille impressionnante.

— À ton avis, qu'est-ce qui se passe ? chuchota-t-elle dans l'oreille de Grant tandis qu'ils faisaient la queue pour faire inspecter leurs bagages à main. On dirait une base de l'armée.

— Moi je trouve ça rassurant. Au moins ils ne prennent pas ces questions de sécurité à la légère.

Marina hocha la tête, sans pouvoir se débarrasser de l'impression qu'il y avait anguille sous roche. Elle percevait une tension dans l'air, un je-ne-sais-quoi d'électrique.

— Cela fait dix minutes que la queue n'avance pas, dit-elle.

Elle se haussa sur la pointe des pieds pour tenter de comprendre la raison de ce blocage.

— Tu es tendue, lui dit Grant en posant la main

sur son épaule pour masser son point de tension. Fatiguée. Désolé d'avoir réservé un vol si tardif, mais je n'ai pas trouvé mieux.

— Mmm, mon Dieu, ronronna Marina, ça fait du bien !

— J'avais pris un massage pour deux à l'hôtel demain. Mais vu qu'on va le rater, j'ai demandé à Rachel de nous en réserver un à New York. Je me suis dit que ça te ferait du bien après le vol.

Marina lui jeta un regard faussement méfiant.

— Qu'est-ce qui cloche chez toi ?

— Ce qui cloche chez moi ?

— Sérieusement. Il doit bien y avoir une entourloupe. Tu es beau, intelligent, drôle, en plus d'être sans doute l'homme le plus prévenant du monde. Il y a anguille sous roche, forcément.

— Des défauts, j'en ai plein.

— Cite-m'en un.

— Je suis très poilu.

— Je trouve ça chou. Ça fait gros chat.

— Je mange un demi-litre de glace par soirée.

— Ça aussi c'est trop chou.

— Je travaille trop.

— Je suis mal placée pour te le reprocher.

— Je devrais aller à la salle de sport plus souvent.

— Tss... Les types qui sont tout le temps fourrés à la salle de sport sont ennuyeux. Toi, tu as la forme. Une forme d'enfer. Et des fesses du tonnerre.

— Et encore, tu ne les as pas vues quand j'étais dans la marine.

— Si, une fois. Je t'avais proposé de sortir avec moi. Tu te souviens ?

— Allez zou ! lui dit Grant en la gratifiant d'une petite tape sur les fesses. La file avance. C'est ton tour.

Marina lui rendit la pareille en accompagnant son geste d'un clin d'œil. Elle se sentait plus légère à présent. Heureuse même. Grant avait cet effet sur elle. Elle laissa glisser son sac de son épaule et le posa sur le tapis roulant.

Le sac de Grant passa le scanner en premier. Marina le regarda remettre ses chaussures et ranger son ordinateur portable. L'homme et la femme qui les suivaient récupérèrent eux aussi leurs affaires et se dirigèrent vers leur porte d'embarquement. La queue avançait, constata Marina, les sourcils froncés, mais aucun signe de ses affaires à elle.

— *Excusez-moi*, fit-elle à l'agent derrière le scanner. *Où est mon sac ?*

— Il va arriver, j'en suis sûr, dit Grant, le bras passé autour de sa taille.

Marina l'ignora.

— *J'ai besoin de mon sac*, dit-elle en haussant la voix.

Elle sentit alors qu'on lui tapotait l'épaule. Elle se retourna. Un policier au visage sévère se tenait derrière elle. Il lui montra rapidement son badge.

— Madame, veuillez me suivre, s'il vous plaît.

Grant s'avança.

— C'est quoi, le problème ?

L'homme planta ses yeux dans ceux de Marina.

— Suivez-moi.

Marina prit une longue inspiration. Les gens regardaient la scène, ébahis.

— Ne t'en fais pas, dit-elle à Grant, je suis sûre que ce n'est rien.

— Je t'accompagne.

— Si vous y tenez, répondit le policier.

Grant prit la main de Marina. Sans prononcer un mot, ils franchirent à la suite du policier une porte blanche discrète.

— Monsieur, attendez ici, dit l'homme en désignant un banc. Et vous, madame, suivez-moi, s'il vous plaît.

Grant serra la main de Marina trois fois. *Je t'aime.*

Elle répondit par deux pressions. *Moi aussi. Tellement.*

— Ne t'en fais pas, ajouta-t-elle.

— Notre embarquement commence dans quarante minutes, précisa Grant, plus à l'adresse du policier qu'à celle de Marina.

Elle lui sourit d'un air qui se voulait calme. Tout en emboîtant le pas au policier, elle passa en revue dans sa tête tous les scénarios possibles. Un malentendu, ou peut-être avait-elle été choisie au hasard pour des vérifications supplémentaires. Ou encore elle aurait pu avoir mis par erreur quelque chose dans son sac qui aurait alerté la sécurité. Par exemple, un coupe-ongles. Ou bien une bombe aérosol.

Le scénario le plus inquiétant, c'était celui d'un lien avec la clé USB. Elle tenta de se rappeler ce que son contact lui avait dit de répondre. Le mot de passe était russell1. La clé contenait des informations personnelles. Des photos. Rien qui soit en lien avec le boulot.

— Je vous en prie, asseyez-vous, dit le policier en faisant un signe en direction de la petite table et des chaises métalliques. Quelqu'un va arriver.

Sur ces mots, il quitta la pièce. Marina s'assit et patienta, les mains croisées posées sur la table. Au-dessus d'elle, une horloge égrenait les secondes. *Plus que trente-sept minutes avant d'embarquer.* Elle ferma les yeux et prit une longue inspiration pour tenter de se détendre.

— *Bonsoir*, mademoiselle Tourneau.

Marina ouvrit brusquement les yeux. Un homme fluet avec des lunettes à monture métallique et un blazer mal ajusté était entré. Il avait un carnet de notes calé sous le bras et portait son bagage, qu'il déposa sur la table entre eux deux avant de lui tendre la main.

— Antoine Fournier. Police nationale.

Marina se leva et lui serra la main en souriant.

— Je parie que vous vous demandez ce que vous faites ici.

— En effet.

— Mademoiselle Tourneau, quelle était la raison de votre séjour à Paris ?

— Je fêtais mes fiançailles.

— Aucune raison professionnelle ?

— Non.

— Quand vous êtes-vous entretenue pour la dernière fois avec Duncan Sander ?

— Il m'a appelée il y a quelques jours, mais nous n'avons parlé que très brièvement.

— De quoi ?

— Il voulait me souhaiter bon voyage.

— Vous n'avez pas parlé de travail ?

— Non. Je suis en congé. Et Duncan avait pris un congé sabbatique.

— Vous n'êtes pas sans savoir que Mr Sander a été assassiné peu après ce coup de fil.

— Non, bien sûr. C'est pour cette raison que je rentre. Pour les funérailles. Alors vous enquêtez sur le meurtre de Mr Sander ?

— Non, mademoiselle. Il s'agit d'un citoyen américain. En revanche, tout porte à croire que Mr Sander préparait un voyage à Genève et aurait tenté de se procurer illégalement des informations auprès de quelqu'un travaillant pour une banque privée suisse.

— Ça ne tient pas debout, votre histoire. Duncan ne travaillait pas à ce moment-là. Comme je vous l'ai expliqué, il était en congé sabbatique.

— Il y a des gens qui travaillent pendant leur congé sabbatique, mademoiselle Tourneau.

— Peut-être. Mais je ne vois pas en quoi tout cela me concerne. Ou vous concerne vous, d'ailleurs.

— Il s'agit du vol d'informations confidentielles dérobées à des citoyens français. Donc ça me concerne.

— Désolée, mais je ne peux rien faire pour vous. Cela fait des semaines que je n'ai pas parlé boulot avec Duncan.

— Avez-vous rencontré des gens lors de votre séjour à Paris, mademoiselle Tourneau ?

— Nous avons dîné avec un copain de fac de mon fiancé.

— Personne d'autre ?

— Non.

— Quelqu'un aurait-il déposé quelque chose à votre hôtel ou vous aurait-il demandé de rapporter un objet à Mr Sander ?

— Non. Je vous proposerais bien de fouiller mon sac, mais je suppose que c'est déjà fait.

Fournier sourit et écrivit quelque chose sur son carnet.

— Avez-vous fait des achats à Paris ?

— J'ai pris quelques photos. Et j'ai acheté à ma mère un foulard Hermès. L'embarquement ne va pas tarder à commencer.

— Je sais, dit Fournier sans lever les yeux de son carnet.

Marina le regarda écrire. Elle se rendit compte qu'il ne lui avait pas montré sa carte. Elle se demanda à qui elle avait affaire et pour qui cet homme travaillait. Duncan, dans quel pétrin tu t'es fourré ? se dit-elle en remuant nerveusement.

— Parfait, mademoiselle Tourneau. Merci de votre aide. Juste une dernière question.

— Je vous écoute.

— Mr Sander vous aurait-il parlé de la Swiss United Bank ?

— Pas que je m'en souvienne.

— Vous ne pensez pas qu'il était en train de travailler à un article ?

— Ça fait deux questions, ça.

Fournier sourit une deuxième fois.

— Non, reprit Marina, je ne pense pas. Pour tout vous dire, Duncan buvait trop. C'était devenu un vrai problème. Il avait pris ce congé pour raisons médicales. Sincèrement, je ne pense pas qu'il avait le temps ni même la capacité de travailler.

Fournier hocha la tête et se leva. Marina fit de même.

— Merci de nous avoir accordé quelques minutes, mademoiselle Tourneau, dit-il en tendant la main.

— Je vous en prie. Je peux reprendre mon sac ?

— Bien sûr.

Marina prit son bagage en bandoulière. Elle remarqua tout de suite que la fermeture Éclair était entièrement fermée, ce qui n'était pas le cas lorsqu'elle avait posé le sac sur le tapis roulant de la sécurité. Le plus discrètement possible, elle l'ouvrit, y glissa la main et chercha à tâtons la poche intérieure, dans laquelle se trouvait la clé USB. En la sentant sous ses doigts, elle étouffa un soupir.

Grant faisait les cent pas dans le couloir.

— Ah, te voilà ! Je commençais à m'inquiéter.

— Il n'y avait aucune raison, répondit Marina

avec un sourire contraint, tandis que son cœur battait à tout rompre. Désolée de nous avoir retardés.

— Ça va aller. On va y arriver.

Ils se dirigèrent au pas de course vers la porte d'embarquement. Marina prit la main de Grant.

— Qu'est-ce qu'ils voulaient ?

— Je n'ai pas bien compris. Apparemment, il s'agissait d'une erreur.

— Bizarre.

— Oui, c'est vrai.

L'embarquement n'avait même pas commencé. En fait, il n'y avait personne derrière le petit comptoir des hôtesses. Marina regarda autour d'elle. Une foule importante était regroupée autour d'un écran télé.

— Qu'est-ce qu'il se passe ? chuchota Marina dans l'oreille de Grant. Ce n'est pas normal.

— Il y a eu un attentat au Stade de France, expliqua une femme. Des kamikazes, d'après ce qu'ils disent. Pendant un match de foot. En présence du président Hollande.

— Mon Dieu ! s'exclama Marina. Il y a des victimes ?

— On ne sait pas encore. C'est du direct.

— Alors c'est pour ça, la sécurité renforcée, dit Grant.

Il enlaça Marina et la plaqua contre lui. Elle hocha la tête, incapable de parler et de détacher les yeux de l'écran. Ce dernier était trop petit et trop éloigné pour qu'elle distingue grand-chose, en dehors de la fumée et de ce qui ressemblait à des gens s'enfuyant en tous sens.

— Dans quel monde vivons-nous ! dit Grant.

— C'est terrible.

Marina appuya la tête contre sa poitrine. À droite, un groupe de soldats en tenue de combat bouclait le périmètre de la zone d'embarquement. Même si elle comprenait à présent la raison de leur présence, elle restait convaincue que son propre interrogatoire n'avait rien à voir avec l'attentat. Elle n'avait pas été retenue au hasard. Antoine Fournier – si tel était effectivement son nom – l'attendait. Il la soupçonnait, à juste titre, de tenter de quitter le pays avec des informations extrêmement précieuses. Soit il n'avait pas pensé à ouvrir sa clé USB, soit il l'avait ouverte, mais n'avait pas pu accéder aux données dissimulées. Marina penchait pour la seconde hypothèse. S'il avait pu lire les informations, elle serait restée dans la petite pièce blanche aux chaises métalliques. On serait peut-être même en train de la menotter et de lui conseiller d'appeler son avocat. À cette pensée, elle frissonna. Le percevant, Grant l'enveloppa dans ses bras et l'embrassa sur le sommet de la tête.

— Je suis là, chuchota-t-il. Je te protège.

— Je sais.

Elle mentait, bien sûr. Maintenant, Grant ne pouvait pas la protéger. Personne ne le pouvait plus. Si Antoine Fournier l'avait trouvée aussi vite, d'autres ne tarderaient pas à le faire. Et quand ils l'interrogeraient, ils se montreraient plus… convaincants.

Annabel

Six jours après l'accident, une messe de souvenir pour Matthew Werner fut organisée au domicile des Klauser à Cologny. Ce n'était pas Annabel qui l'avait préparée. Julian s'était occupé de la logistique. Jonas Klauser avait invité tous les employés de la banque ainsi que leurs clients les plus importants. Elsa Klauser avait fait venir les fleurs, imprimer les programmes et préparer la collation pour la réception qui suivrait la messe. Le matin, la neige se mit à tomber, recouvrant le parc des Klauser d'un manteau blanc. Le ciel était gris, dégagé, même si une nouvelle tempête était attendue pour le soir. Au loin, des nuages sombres planaient au-dessus des montagnes. Annabel les contempla tandis que le père Moreau, un prêtre qu'elle avait rencontré pour la première fois la veille, prononçait l'oraison funèbre. Il parla surtout de Dieu et très peu de Matthew. Très vite, Annabel cessa de l'écouter. Tout cela lui semblait irréel, comme si elle était en train de regarder un film plutôt que d'assister à la messe de souvenir pour l'homme qu'elle avait épousé quatre ans auparavant. Autour d'elle, des gens pleuraient. Elle, elle se sentait étrangement, désagréablement vide.

À la réception, tous s'accordèrent à dire que la messe avait été belle, élégante, organisée à la perfection. Bref, l'hommage idéal pour Matthew Werner. En les entendant, Annabel hochait la tête, sans pouvoir prononcer un mot. Elle avait l'impression de vivre un cauchemar éveillé.

— Elle n'a pratiquement rien dit, entendit-elle une femme souffler à sa voisine.

— Difficile de s'imaginer ce qu'elle endure.

— Elle est seule ici ?

— Je crois. Elle rentrera très vite à New York, c'est certain.

En s'avançant vers la table où étaient servies les boissons, les deux femmes passèrent à côté d'elle sans la voir. De toute façon, elle ne connaissait pratiquement aucun des invités. La plupart étaient des gens de la Swiss United, employés ou clients. Avec en plus quelques connaissances genevoises. La tante et les cousins de Matthew étaient venus de New York, mais Annabel ne les avait vus que deux ou trois fois auparavant. Sa propre sœur, Jeannine, vivait toujours au nord de New York. Mère célibataire avec deux enfants, elle ne pouvait pas se payer l'avion jusqu'à Genève et Annabel n'aurait pas voulu qu'elle engage une telle dépense. Les deux sœurs n'avaient jamais été proches. Le décalage entre elles deux s'était transformé en un véritable fossé quand Annabel avait déménagé à New York et épousé un avocat. Jeannine désapprouvait déjà la vie d'Annabel à Manhattan, alors qu'aurait-elle pensé de celle qu'elle menait à Genève ? Annabel ne ressentit que du soulagement lorsque sa sœur s'excusa de ne pas venir, et perçut le soulagement de Jeannine quand elle lui dit qu'elle comprenait.

Les Klauser n'avaient pas demandé les coordonnées de leurs amis new-yorkais, et Annabel ne leur avait pas proposé de les fournir. Son unique souhait, c'était que cette épreuve cesse, le plus vite possible, sans douleur. L'idée que des invités puissent s'attarder lui était insupportable, tout autant que de penser que ces gens, descendus dans des hôtels cinq étoiles à Genève, pourraient l'inviter à dîner le lendemain et lui dire en la regardant bien en face qu'elle pouvait compter sur eux pour tout, absolument tout. Ces gens, elle les connaissait. Ils payeraient l'addition, puis disparaîtraient. Ils l'appelleraient une fois par mois, puis les appels s'espaceraient, juste ce qu'il fallait pour qu'ils soient convaincus de l'avoir aidée, de l'avoir vraiment soutenue. Et en privé ils diraient que toute cette histoire était vraiment triste, mais qu'ils pouvaient être contents d'eux, parce que vraiment, ils avaient fait ce qu'il fallait.

— Tous ces gens, qui sont-ils ? demanda-t-elle à Julian. Comment se fait-il que je ne les connaisse pas ?

— Ce sont des clients de la banque. Vraiment, c'est plutôt dingue, le nombre de gens qui sont venus lui rendre un dernier hommage. Lui, c'est

Vitaly Abramovich, ajouta Julian en désignant un homme parlant à d'autres près du bar. Patron de la plus grande compagnie pétrolière de Russie. Celui auquel il s'adresse, c'est Clive Currie, le propriétaire de la maison de disques. Clive vient de vendre à Vitaly ses parts dans Chelsea.

— Chelsea… le quartier ?

— Non, l'équipe de foot.

— Et lui, c'est qui ? demanda Annabel en pointant le doigt vers un homme.

Elle l'avait rencontré une fois, mais doutait qu'il se souvienne d'elle. Il fallait que Julian fasse les présentations.

— Celui qui est avec Jonas ? C'est Rohan Agarwal. Un magnat de l'acier. Il vit à Monaco.

— Non, l'autre. Celui qui parle à Zoé.

— Ah. Lorenzo Mora. Un client de la banque. Héritier de la plus grosse fortune du sucre.

— Un client de Matthew ?

— De Jonas je crois.

— Présente-moi.

Julian haussa les sourcils, mais sans faire de commentaire. Annabel devina ce qu'il pensait. Lorenzo Mora était d'une beauté renversante. Grand et large d'épaules comme Matthew, il avait des cheveux noirs ondulés et le genre de sourire d'autant plus parfait qu'il était imparfait. Ses deux dents de devant se chevauchaient légèrement, et une fossette creusait l'une de ses joues. Malgré la lumière hivernal, il portait des lunettes de soleil et un foulard autour du cou, comme s'il souhaitait ne pas être reconnu, même dans ce genre de réception privée avec invités influents. Annabel se doutait bien que les femmes souhaitant être présentées à l'héritier de la fortune des Mora se bousculaient au portillon. Mais elle n'était intéressée ni par sa beauté, ni par sa fortune. Non, ce qu'elle voulait, c'était lui parler de Matthew.

Julian guida Annabel vers l'endroit où Zoé et Lorenzo se partageaient une cigarette. Annabel songea comme souvent que Zoé était vraiment très jolie et très jeune. Sa peau pâle et ses yeux bleus translucides semblaient encore plus éthérés sur ce fond de ciel gris ardoise. Elle avait tiré ses longs cheveux blonds en arrière pour se faire un chignon bas avec des petites mèches qui s'échappaient et encadraient son visage. Visiblement, elle ne portait pas de maquillage, mais chez elle c'était pour ainsi dire inutile. Annabel savait qu'elle était jeune – vingt-quatre ou vingt-cinq ans, sortie de fac depuis un an en gros. À la Swiss United, toutes les assistantes ressemblaient à Zoé. Élégantes, jeunes, suffisamment minces pour ne pas se faire remarquer quand elles entraient ou sortaient d'une salle de réunion remplie d'hommes. Annabel avait mentionné cette particularité à Matthew la première fois qu'elle était venue le voir au bureau. Il avait haussé les épaules, dit que c'était un effet d'optique. Un effet d'optique. Ces mots, Annabel y pensait souvent depuis six jours. Elle aurait dû y penser plus souvent au cours des deux dernières années. Dans tout ce qui se passait à la Swiss United, quelle était la part de l'effet d'optique ?

— Bonjour, Zoé.

Se penchant vers la jeune femme pour l'embrasser sur la joue, elle se retrouva à sa grande surprise enlacée très fort.

— Oh, Annabel, j'ai tellement pensé à vous ! lui chuchota Zoé à l'oreille, en plaquant son corps léger contre le sien.

Puis la jeune femme recula en lui tenant le bras. Annabel vit à son visage tourmenté que son inquiétude était sincère. Elle se sentit submergée par le regret. Elle s'était toujours montrée un peu froide envers Zoé. La jeune femme avait beau sembler professionnelle et sympathique, Annabel n'avait jamais pu réprimer une certaine gêne à l'idée que son mari passait de longues heures en compagnie d'une aussi jeune et jolie assistante. Ce qui dérangeait le plus Annabel, c'est qu'ils voyageaient même ensemble.

— Je suppose que vous prenez des chambres séparées, plaisantait-elle parfois. Ou peut-être que le réceptionniste croit que Zoé est ta fille ?

Mais ses taquineries, loin de paraître légères, avaient une tonalité puérile et vulnérable, si bien qu'après coup elle les regrettait toujours.

Matthew lui avait dit à plusieurs reprises que Zoé avait quelqu'un, un avocat français « génial et plein de charme », précisait-il, qui avait quitté sa femme pour elle – enfin il croyait. Matthew craignait que Zoé ne se retrouve un jour avec le cœur brisé. Elle passait ses week-ends avec cet homme dans divers endroits d'Europe, s'échappant parfois tôt le vendredi pour sauter dans un avion, convaincue que Matthew ne remarquerait rien. Sauf que, d'après lui, d'autres personnes à la banque avaient remarqué le manège, et elle se montrait moins efficace, si bien qu'il craignait qu'elle ne se fasse renvoyer. Même Jonas lui en avait touché deux mots.

Pourtant, Matthew ne semblait pas vraiment s'offusquer des absences de Zoé. Annabel en conclut qu'il parlait du petit copain de son assistante comme pour la rassurer. Mais ça n'avait pas marché. Est-ce que ça marchait jamais ? Une épouse pouvait-elle jamais se sentir rassurée lorsque son mari lui parlait aussi souvent d'une jolie collègue ? En fait, pour Annabel, ce petit copain, c'était une raison de plus de se méfier de Zoé. La jeune femme sortait avec quelqu'un du boulot, quelqu'un qui visiblement avait quitté sa femme récemment. Or, n'était-ce pas ainsi que la plupart des liaisons commençaient ? Ce genre de choses devait certainement se produire souvent à la Swiss United. Ces hommes passaient tellement de temps au bureau. En général, le soir, ils dînaient là-bas. Quand ils ne passaient pas le week-end pendus au téléphone, ils avaient l'esprit ailleurs, se montraient incapables de soutenir une conversation suivie qui porterait sur autre chose que les taux de change, les déductions fiscales et le cours de l'or. Ils oubliaient les anniversaires, s'habillaient dans le noir, quittaient la maison avant que le jour ne se lève sans même dire au revoir à leurs femmes. Les jolies assistantes de la Swiss United, ça n'était pas juste un effet d'optique. C'était l'un des à-côtés du métier, une façon de motiver les troupes, une compensation pour ces journées de seize heures passées dans une salle de conférences avec des piles de contrats et de feuilles d'impôt. Chaque jour, des hommes comme le copain français de Zoé quittaient leur femme. Ça aurait tout aussi bien pu être Matthew. Peut-être même Matthew… Annabel décida d'en savoir plus.

— Désolée de ne pas vous avoir appelée, dit-elle à Zoé.

— Je vous en prie, ne vous justifiez pas. J'imagine à peine ce que c'est pour vous. Je voulais juste vous dire que j'étais là, que je pensais à vous.

— Merci, c'est gentil.

— J'aimerais venir vous voir, si ça ne vous dérange pas.

Zoé la regardait avec une telle intensité qu'Annabel détourna les yeux. Elle murmura vaguement « d'accord » puis se tourna vers Lorenzo.

— Je me présente : Annabel Werner, la femme de Matthew.

— Oui, bien sûr, répondit Lorenzo en lui tendant la main. Lorenzo Mora. Toutes mes condoléances, Mrs Werner.

— Nous nous sommes déjà vus. Vous avez sans doute oublié.

— Pas du tout, je me souviens. Mais appelez-moi Lorenzo.

Il retira ses lunettes de soleil et cligna des yeux, gêné par la lumière de l'après-midi. Annabel se demanda si effectivement il se souvenait de leur rencontre ou bien s'il était simplement poli. Ils ne s'étaient vus que cinq minutes, voire moins. Elle était tombée par hasard sur Matthew en compagnie de Mora sur le boulevard Helvétique un soir aux environs de 21 heures. Elle s'était figée en croisant le regard de son mari sur le trottoir d'en face. Elle sortait du cinéma, où elle était allée seule voir un film. Matthew se trouvait avec un homme et une femme, et tous trois riaient. L'homme était en train d'ouvrir la porte du Griffin's Club, un restaurant chic et privé où célébrités et grosses fortunes frayaient ensemble sur fond de musique mixée par des DJ de renommée mondiale. L'espace d'un instant, Annabel crut que Matthew allait s'engouffrer dans le club en faisant semblant de ne pas l'avoir vue. En fait, il lui fit signe de les rejoindre. Elle traversa la rue, le cœur battant à tout rompre, et se prépara à une pénible scène de ménage.

Matthew sourit comme si tout allait bien. Soit c'était un menteur habile, soit il était convaincu de ne pas l'avoir trompée. Était-il en train de faire des heures supplémentaires ? Le Griffin's Club était-il une annexe du bureau ?

— Quelle surprise ! dit-il. Je vous présente ma femme, Annabel. Annabel, ces personnes sont des clients de Jonas. Comme il n'avait pas trop la forme, il m'a demandé de m'occuper d'eux ce soir.

Les lèvres pincées, Annabel sourit du mieux qu'elle put étant donné les circonstances. Elle remarqua que Matthew ne lui proposait pas de se joindre à eux, et ils restèrent plantés tous les quatre devant le club à écouter les échos des basses provenant de l'intérieur.

— Il faut que je rentre, dit Annabel. La journée a été longue et je suis fatiguée.

Elle crut surprendre un regard soulagé entre les invités de Matthew, mais peut-être était-elle parano.

— Je serai vite à la maison, dit Matthew.

Il l'embrassa sur la joue, d'une façon un peu expéditive, puis ouvrit la porte du club.

À présent, Annabel se rendait compte que Matthew ne lui avait pas dit le nom de ses invités. Mais elle les reconnaissait tous les deux : Lorenzo Mora et Fatima Amir.

— Je peux vous dire deux mots, Lorenzo ? En privé.

— Alors je pourrais peut-être vous ramener chez vous ? Dès que vous serez prête, bien sûr.

— Merci. La vérité, c'est que je suis épuisée. Je crois que j'aimerais rentrer maintenant, si ça ne vous dérange pas.

— Annabel, dit Julian en posant la main sur son épaule, il y a plein de personnes ici qui voudraient te parler. Et les Klauser…

— Jonas et Elsa comprendront. La journée a été longue pour moi.

— Bien sûr qu'ils comprendront, s'empressa de

dire Zoé. Allez vous reposer, Annabel. Je leur dirai que vous êtes partie.

— Remerciez-les pour tout.

— Je n'y manquerai pas. Puis, serrant Annabel dans ses bras : Je viens vous voir très vite, ajouta-t-elle en chuchotant.

Annabel embrassa Julian sur les deux joues, puis suivit Lorenzo jusqu'à l'allée devant la demeure. Une Mercedes couleur argent se gara devant eux. Lorenzo ouvrit la portière arrière. Annabel fut prise d'un accès de panique : hors de question que quelqu'un – même le chauffeur – surprenne leur conversation. Mais après qu'elle eut donné son adresse, Lorenzo appuya sur un bouton, et une vitre teintée vint les séparer de l'avant du véhicule. Ils étaient enfin seuls.

— Merci, dit-elle. Vous ne pouvez pas vous imaginer à quel point je mourais d'envie de partir.

— Je suis ravi de vous rendre service. Vous vous souvenez de moi, n'est-ce pas ? C'était un soir, devant le Griffin's Club. J'étais en compagnie de votre mari et de Fatima Amir.

— En effet.

— Et vous voulez en savoir plus sur Fatima, n'est-ce pas ? C'est pour cela que vous êtes venue me parler.

— Je... Je vous ai reconnu, c'est tout. Mais je ne me souvenais plus où je vous avais vu.

— Vous savez qui est ma famille, Mrs Werner ?

— Je vous en prie, appelez-moi Annabel. Votre

famille ? Non. Enfin, oui. Seulement ce que Julian m'a dit, quand je lui ai demandé qui vous étiez.

— Il vous a raconté que mon oncle était à la tête du cartel Mora ?

— Oh non ! répondit Annabel, les yeux écarquillés par la surprise. Pas du tout ! Il m'a expliqué que votre famille avait la plus grosse entreprise sucrière du monde.

— On deale aussi du sucre, dit Lorenzo dans un éclat de rire.

Annabel fut incapable de savoir si oui ou non il plaisantait. Elle se força à sourire. Ici, à Genève, elle avait appris la discrétion en matière d'argent. Il y en avait tellement, et il n'était pas toujours propre. Mieux valait ne pas poser de questions.

— Notre famille a de nombreuses activités. Mora International est devenu un monstre à plusieurs têtes. Moi, je dirige Mora Crystals, la filiale sucre. Vous êtes déjà allée en République dominicaine ?

— Non, jamais.

— Je vis sur une toute petite île au large de la côte sud. Isla Alma. Le plus bel endroit au monde. Nous y possédons un club privé, le Cane Bay. La plupart du temps je suis en déplacement. Miami, New York, Paris, Panama. Mais c'est là-bas que je me sens chez moi. Nos champs de canne à sucre se trouvent sur l'île principale.

— Ça a l'air superbe.

— Ma foi, c'est vrai d'Isla Alma. Mais les champs de canne à sucre, c'est brutal. Seuls des gens d'une certaine trempe peuvent travailler dans l'industrie sucrière. Des gens que ça ne dérange pas de diriger les équipes avec une poigne de fer.

Ne sachant pas quoi répondre, Annabel se contenta de hocher la tête. Elle se rendit compte qu'elle avait peut-être été imprudente. Elle se retrouvait seule dans une voiture avec un homme dangereux, et pour quoi ? Pour lui poser des questions au sujet d'une rencontre fortuite.

— Vous êtes la bienvenue quand vous le souhaitez. Ma porte vous sera toujours ouverte. C'est pour vous dire cela que je suis venu à Genève. Je voulais que vous sachiez que vous pouvez me compter parmi vos amis.

— C'est très gentil de votre part. Où habite le reste de votre famille ?

— Mon frère dirige une autre filiale de l'entreprise familiale à Miami. Ma sœur est à New York. Mon père vit principalement à Palm Beach. J'ai un oncle à Paris et un autre au Venezuela. Il ne nous est pas facile de tous nous entendre quand il s'agit de nos entreprises. C'est la raison pour laquelle nous nous sommes adressés à la Swiss United. Jonas est connu pour sa capacité à gérer des schémas familiaux complexes. Et lui-même se fiait au jugement de Matthew, notamment en matière de fiscalité.

— Matthew était fiscaliste à New York. L'un des meilleurs.

— J'en suis venu à m'appuyer très largement sur ses conseils. Il y avait chez lui quelque chose de très rassurant. D'autant plus que des conflits étaient apparus dans ma famille entre la jeune et la vieille génération.

— J'ai toujours dit que Matthew aurait dû devenir psychologue. Les gens lui confiaient des choses, des secrets. Tout le temps. La première fois que nous sommes sortis ensemble, je lui ai raconté comment mes parents étaient morts alors que j'étais enfant. Il a – il avait – quelque chose de chaleureux. Désolée, je ne peux pas m'empêcher d'utiliser le présent. Je ne suis pas encore habituée. Je pense toujours qu'il va revenir.

— Je comprends tout à fait, dit Lorenzo en lui donnant une petite tape affectueuse sur la main.

Ils restèrent quelques instants silencieux. Annabel crut qu'elle allait pleurer, mais ses yeux restèrent secs. Elle n'avait plus de larmes. Alors elle se tourna vers la fenêtre, le cœur atrocement vide.

— Pourquoi sommes-nous venus vivre ici ? J'ai l'impression d'être dans un mauvais rêve.

— Vous êtes venus pour gagner de l'argent. Matthew voulait acheter une grande maison à Londres ou à Paris, ou bien une belle demeure sur la plage à Malibu, prendre sa retraite à quarante-cinq ans et passer toutes ses journées avec vous. C'est bien ça ?

— Sans doute que c'était l'idée. Mais pas quelque chose de prestigieux genre maison à Londres. Juste un bungalow avec une véranda tout autour et vue sur la mer.

Annabel détourna le regard, torturée par la douleur. Que dire d'autre ? Qu'elle avait fait une fausse couche à cinq mois de grossesse ? Et que deux semaines plus tard, le père de Matthew avait succombé à une crise cardiaque ? Ils avaient été ravagés par le deuil, deux fois de suite. Ils avaient ressenti le besoin d'un nouveau départ.

Après une conversation téléphonique avec Jonas Klauser, le vieil ami de son père, Matthew décida que travailler pour une banque privée lui irait comme un gant. Avec sa formation en droit fiscal, son pedigree universitaire prestigieux, son réseau d'ancien étudiant d'une *prep school* et son charme ravageur, il était fait pour le métier. Jonas lui avait promis qu'il passerait le plus clair de son temps à voler en première classe entre Genève, New York, Paris, Madrid et Hong Kong et qu'il frayerait avec des grands patrons et des sultans. Finis, les dîners tristes passés à manger des sandwiches devant son ordinateur ; à la Swiss United, il emmènerait ses clients dans des restaurants étoilés Michelin partout dans le monde. Il skierait avec eux à Gstaad, ferait bronzette en leur compagnie sur leur yacht au large de la Côte d'Azur. Une banque privée fondait ses activités sur la confiance. L'idée, c'était de gagner celle du client, de lui faire sentir que vous étiez son meilleur ami, et que, quoi qu'il arrive, vous vous occuperiez de lui – et surtout de son argent. Le tout pour un salaire trois fois supérieur à celui que Matthew gagnait chez Skadden, à quoi il convenait d'ajouter une prime conséquente chaque fois qu'il apportait un client à la banque. Quant aux avantages, ils incluaient une Mercedes 500, un appartement de presque deux cents mètres carrés dans la Vieille Ville, un accès au chalet de montagne de la banque à Zermatt et une carte Corporate American Express déplafonnée. Tout cela leur avait paru tellement romantique, exotique, nouveau. Matthew avait hésité, mais Annabel l'avait poussé à accepter. C'était pile ce qu'il leur fallait, avait-elle affirmé.

Essaie deux ou trois ans, avait suggéré Jonas. *Si tu n'aimes pas ce boulot, on te trouvera quelque chose à New York. En attendant, tu vas gagner beaucoup d'argent. T'aérer la tête. Découvrir l'Europe. Que vouloir de plus ?*

— Matthew vous parlait-il de son travail ? De ses clients ? demanda Lorenzo.

— Jamais. Il travaillait tout le temps. C'était à peine si je le voyais. Et il me disait que tout ce qu'il faisait était confidentiel, alors je résistais à l'envie de lui poser des questions.

— Vous avez revu Fatima après cette soirée ?

— Non. C'est la seule fois que je l'ai vue. Il ne parlait jamais d'elle.

— Elle faisait partie de ses clients.

— J'avais deviné.

— Vous ne saviez pas qu'il se rendait à Londres avec elle ?

— Il m'a dit qu'il était à Zurich.

— Il n'y avait rien entre eux, si c'est ce que vous pensiez.

— Comment pouvez-vous en être sûr ? fit Annabel d'un ton dubitatif.

— Je les connaissais tous les deux relativement bien. Ce soir-là au Griffin's, ce n'était pas la première fois que je voyais Fatima. Matthew nous avait présentés un an auparavant. Fatima et moi avions beaucoup de points communs. Matthew pensait que je pouvais l'aider. Ce que j'ai fait. Du moins j'ai essayé.

— Désolée, mais je ne comprends pas.

— La famille de Fatima est dans le pétrole comme la mienne est dans le sucre. Les Amir ont des pratiques légales, et d'autres qui le sont moins. Vous saisissez ?

— Oui.

— Fatima dirigeait son propre fonds d'investissements. Elle ne voulait rien avoir à faire avec le côté illégal des finances familiales. Seulement, il est difficile de garder les mains propres quand l'eau est sale.

— Je vois.

— Matthew l'aidait. Mais c'était compliqué. Et périlleux. Soit dit entre nous, Fatima est la cousine au second degré de Bachar el-Assad. Son frère travaille pour lui. Ce sont des gens dangereux, qui ont beaucoup, beaucoup d'ennemis. Et pour eux, la loyauté familiale, ça n'est pas rien. L'idée d'être trahis ne leur plaît pas. Même pour des broutilles. Et surtout par une femme.

Annabel sentit un frisson lui parcourir le corps.

Elle se blottit dans sa veste. Pourquoi Matthew s'était-il impliqué dans les combines de ces gens-là ?

— Julian m'a affirmé que les Amir n'étaient pas des terroristes, dit-elle. Que si c'était le cas, la Swiss United ne ferait pas affaire avec eux.

— Ce ne sont pas des terroristes. Ils blanchissent juste de l'argent sale. Les terroristes, ce sont leurs cousins.

Elle lui lança un regard exaspéré.

— De toute façon, la Swiss United prend n'importe qui comme client. Des terroristes. Des dictateurs. Des trafiquants de drogue. Sinon, la banque ferait faillite. À votre avis, qui place son argent dans une banque suisse ? Des comptables ? Des mères de famille de l'Oklahoma ?

Lorenzo partit d'un grand éclat de rire. Annabel sentit ses joues s'empourprer. Bien sûr qu'elle avait entendu dire des choses sur les banques suisses. Elle avait même rencontré certains des clients de Matthew – en général de vieux copains de fac qui avaient gagné du fric à New York ou Londres et souhaitaient mettre leur petit magot à l'abri sur un compte numéroté. Annabel savait qu'ils le faisaient pour échapper au fisc, ou peut-être à une épouse qui tenterait éventuellement un jour de tout rafler à l'occasion d'un divorce. Légalement, on était face à une zone grise. Mais tout cela semblait relativement inoffensif, comme un crime sans victime. Et puis, Matthew était avocat. Avocat fiscaliste. C'était pour ça qu'on l'avait engagé, non ? Pour s'assurer que toutes ces opérations restaient dans les limites de la légalité. N'était-ce pas à cela qu'il consacrait toutes ces heures de travail ? À trouver des combines et des mécanismes permettant de protéger l'argent de ses clients sans les exposer à des mesures fiscales.

— Si votre ami Julian vous a dit cela, alors il ment. Il sait bien que ce n'est pas vrai. Choisissez soigneusement les personnes en qui vous avez confiance, Annabel. Vous êtes au Pays des Merveilles, ma chère. Ici, à Genève, un criminel peut fort bien être votre ami, et votre ami un criminel. Vous me suivez ?

— Et vous, vous êtes quoi ?

La voiture fit une embardée. Annabel poussa un petit cri. Lorenzo tendit brusquement le bras pour la plaquer contre le siège. Le chauffeur baissa la paroi vitrée.

— *Lo siento, Señor Mora. Hay hielo en la carretera.*

— *¿Es el plano de los neumáticos ?*

— *No, no.*

Lorenzo fit signe qu'il avait compris. Comme il se penchait en avant pour appuyer sur le bouton faisant remonter la vitre, Annabel aperçut une courroie noire sous sa veste. Tout d'abord, elle crut qu'il s'agissait d'une bretelle. Puis elle comprit. Lorenzo Mora portait une arme à feu.

— Juste du verglas sur la route. Les pneus sont bons.

— Je parle espagnol, chuchota Annabel.

— Tiens donc... Une femme intelligente ! D'autres langues à votre actif ?

— Le français. Un peu d'allemand. Vous n'avez pas répondu à ma question.

— Annabel, dit Lorenzo avec un sourire mystérieux, à l'heure qu'il est je suis le meilleur ami que vous ayez. Alors écoutez-moi bien : méfiez-vous de quiconque travaille à la Swiss United. Méfiez-vous de Julian White. Méfiez-vous de Jonas Klauser. Ce ne sont pas vos amis. Vous n'avez aucun ami ici à Genève. Je vous conseille de rentrer à New York. Ou bien d'aller voir votre sœur. Vous pouvez venir à Isla Alma si vous le souhaitez. Peu importe. Mais à votre place, je partirais au plus vite, sans regarder en arrière.

Marina

Les funérailles de Duncan Sander eurent lieu à l'église épiscopalienne de St James, dans l'Upper East Side, un choix étrange vu que Duncan ne fréquentait pas plus l'Église épiscopalienne que les beaux quartiers. Mais St James était le lieu de culte de rigueur pour les dames à la mode auprès desquelles Duncan jouait l'homme de compagnie, en plus d'être l'endroit idéal pour des funérailles mondaines à Manhattan. Certes Duncan Sander était mort seul à son bureau devant un malheureux sandwich, le crâne fracassé par une balle de calibre .45 tirée à bout portant, mais il aurait tout fait pour tirer sa révérence de façon digne et élégante. Visiblement, il avait laissé à son avocat une longue liste d'instructions et de conseils pour ses funérailles, choisissant tout, depuis la musique jusqu'à la couleur de l'urne où seraient récoltées ses cendres. La cérémonie se déroulait exactement comme il l'aurait voulu. Marina trouva l'idée réconfortante.

Les bancs étaient pratiquement tous pris lorsqu'elle arriva, si bien qu'elle s'installa dans l'un des derniers rangs. Devant, à gauche près du pupitre, elle vit les journalistes de *Press* qui s'embrassaient avec solennité tout en manœuvrant habilement pour se placer non loin de Philip Brancusi ou, à défaut, vers l'allée centrale – de façon à être vus. Dans la travée de droite, le Tout-New York faisait de même. Marina sourit. Duncan aurait adoré le spectacle. Tous ceux qui étaient un tant soit peu connus étaient là. Les invités les plus élégants qu'elle ait jamais vus en dehors de la Fashion Week. Tous en noir, bien sûr, mais vêtus des tout derniers modèles des défilés parisiens. Jamais Marina n'avait vu autant de sacs Birkin noirs regroupés en un seul et même lieu. L'autel était décoré de lys et de roses blanches, ainsi que de compositions de tulipes hollandaises géantes qui inclinaient leurs pétales jusqu'au sol comme si elles-mêmes pleuraient le défunt. Ces compositions étaient-elles l'œuvre du fleuriste de ces dames, Jérôme Cotillard, avec qui Duncan avait eu une brève et orageuse liaison ? Elle espéra que oui. Après tout, c'était lui le meilleur.

Elle-même était en robe noire toute simple à manches trois quarts, avec un manteau Lanvin vintage que Duncan avait qualifié un jour de « perfection ». Elle était peu maquillée et ne portait aucun bijou en dehors de sa bague de fiançailles. Elle s'était fait une queue de cheval. Le manque de sommeil rendait son teint de porcelaine quasi transparent, et des cernes bleus soulignaient ses yeux comme deux marques de coups. Elle avait sale mine, mais s'en fichait. Contrairement aux autres journalistes de *Press*, elle était là pour pleurer la mort d'un ami, pas pour qu'on la voie pleurer. Mais elle n'arrivait pas à se concentrer : son regard ne cessait de parcourir l'église dans la crainte d'être surveillée ou suivie. Elle serrait contre elle sa petite pochette noire, qui contenait ses lunettes de soleil, un paquet de mouchoirs et le porte-clés en forme de cœur que Grant lui avait donné quand elle était venue s'installer avec lui. Au porte-clés étaient accrochées les clés de chez elle, mais surtout la clé USB.

Elle l'avait conservée sur elle depuis l'aéroport. L'idée de l'avoir avec elle la terrifiait, mais plus encore celle de la perdre. Elle n'avait pas osé la lire sur son ordinateur, alors qu'elle en mourait d'envie. Et si son ordinateur se faisait pirater ? Dès qu'il y avait une connexion Internet, le risque était réel, elle le savait. Ces derniers temps, les hackers étaient capables d'espionner n'importe qui grâce à son téléphone portable ou sa caméra d'ordinateur. Elle devait absolument s'assurer que les informations demeuraient protégées. Il lui fallait l'aide d'une personne aux compétences informatiques plus pointues que les siennes, mais une personne à laquelle elle pouvait se fier. Il n'existait qu'un homme qu'elle estimait apte à cette mission, et si la chance lui souriait, elle le trouverait ici même.

— La place est prise ?

Au son familier de cette voix, Marina leva la tête. Justement, il était là.

Elle glissa les fesses sur le banc pour faire de la place à Owen Barry. Il ne semblait pas avoir changé, même s'ils ne s'étaient pas vus depuis au moins un an. Il était toujours aussi grand et dégingandé, l'air encore plus maigre avec ce costume qui flottait. Quelques mèches grises autour des oreilles parsemaient ses cheveux blond vénitien. Il les portait courts, ce qui lui donnait un air plus distingué que d'habitude. Owen Barry avait passé la cinquantaine, mais il avait conservé ce charme d'adolescent. Marina ne put s'empêcher de répondre à son sourire.

— J'espérais te voir ici.

— Comment vas-tu, ma belle ?

Il l'embrassa sur les deux joues.

— Tu as l'air sexy en diable, comme toujours.

Une dame plus âgée assise devant eux se retourna et leur lança un regard outré.

— Désolé, chuchota Owen dans l'oreille de Marina. Il n'empêche, tu es resplendissante.

Marina étouffa un rire. Duncan aimait Owen, et on comprenait facilement pourquoi. Quand Owen ne lui faisait pas du gringue – et même quand il lui en faisait –, il avait un charme fou. En outre, c'était un journaliste du tonnerre. L'un des rares que Duncan considérait comme son égal. Il les avait aidés à révéler le scandale Morty Reiss ; depuis, il avait remporté deux prix Pulitzer – l'un pour un reportage sur les trafiquants d'armes au Moyen-Orient, l'autre sur le scandale de l'eau potable polluée à Flint, dans le Michigan. Une rumeur circulait selon laquelle il avait quitté le *Wall Street Journal* pour prendre la direction de *Deliverable*, un webzine, sans être à ce jour confirmée par l'intéressé. Owen et Marina n'étaient restés en contact que très épisodiquement, au gré d'échanges de mails ou de rencontres fortuites lors de soirées entre journalistes ou à la fête de Noël qu'organisait Duncan chaque année. Elle appréciait sa compagnie, mais faisait tout depuis qu'elle était fiancée pour le maintenir à distance. Il aimait tout simplement trop flirter pour qu'elle se sente à l'aise avec lui.

— Merci, articula-t-elle silencieusement.

Elle lui désigna d'un coup de menton le chœur de l'église, où un organiste avait entamé un air de procession lugubre.

— Il faut qu'on parle après la cérémonie, chuchota Owen, l'épaule collée à la sienne. Dans un endroit à l'écart.

Marina hocha la tête. Puis, regardant autour d'elle pour s'assurer que personne ne les entendait :

— Je me disais exactement la même chose.

— Chez toi ou chez moi ?

Elle lui lança un regard outré.

— Quoi ? fit Owen, l'air innocent. On habite le même quartier. C'est tout ce que je voulais dire.

— Owen, je suis fiancée ! Je ne peux pas te ramener chez moi au beau milieu de l'après-midi.

— Tu veux que je te propose quoi ? Un hôtel chic ? On ne va tout de même pas aller dans un café. Quant à mon bureau, il est à Tribeca. Je peux venir chez toi.

— Mon fiancé ne sera pas enchanté.

— Ah c'est vrai, le fiancé ! dit Owen en levant les yeux au ciel. Il est passé où ? Serait-il en train de faire quelques longueurs dans une piscine de pièces d'or ?

Marina se tourna pour examiner le fond de l'église.

— Justement, le voilà.

Grant se tenait près d'un groupe d'amis du défunt amassé derrière les bancs. En voyant Marina, il sourit et lui fit un signe de la main indiquant qu'il essayait de la rejoindre.

— Vous voulez bien vous taire, s'il vous plaît ! siffla la dame devant eux. Ce sont des funérailles, au cas où ça vous aurait échappé.

Owen et Marina firent mine de prier, tête baissée.

— On parlera plus tard, chuchota Marina aussi discrètement que possible. On trouvera bien un endroit.

— Parfait. Parce que moi j'ai quelque chose à te montrer. Qui me vient de lui.

— De lui ? reprit Marina en désignant l'autel d'un hochement de tête.

— Yes.

— Pour nous ?

— Oui.

— Nom de Dieu !

— Tu l'as dit.

Owen fit alors le signe de croix tandis que les fidèles se levaient et que la procession descendait l'allée centrale.

Après les obsèques, Grant retourna au bureau. Marina lui fit un signe de la main tandis que sa voiture s'éloignait. Puis discrètement, Owen et elle convinrent de se retrouver chez lui. Marina salua quelques collègues pendant qu'Owen s'éclipsait. Si les gens les avaient vus partir ensemble, ils n'y auraient probablement pas accordé grande importance. Néanmoins, deux précautions valaient mieux qu'une.

Owen Barry occupait le dernier étage d'un vieil immeuble sur East 69th Street. Dans l'ascenseur déglingué qui les hissait jusqu'à l'appartement, Marina se demanda pourquoi ils ne se rencontraient jamais. Grant et elle habitaient à cent mètres. Leur appartement, un immense trois pièces dans un immeuble sophistiqué de Park Avenue, était bien plus luxueux que celui d'Owen. Mais New York était ainsi fait qu'on trouvait à louer des studios minuscules face à des penthouses valant cinquante millions de dollars. Marina et Grant vivaient peut-être dans un monde différent de celui d'Owen Barry, mais ils allaient probablement chez le même teinturier. Ils descendaient à la même station de métro. Ils faisaient leurs courses à la même petite bodega à l'angle de Lexington et de 68th Street.

— Désolé pour le bazar, dit Owen en ouvrant la porte et en tenant la main de Marina pour l'aider à enjamber une pile de vieux journaux. Je n'avais pas prévu de recevoir du monde.

Marina examina l'appartement. En fait, Owen

avait reçu du monde, visiblement pas plus tard que la veille. Il y avait une bouteille de vin vide sur la table du salon. Deux verres – dont l'un portait une marque de rouge à lèvres – s'étaient mystérieusement retrouvés par terre devant la cheminée. Marina fit semblant de ne pas remarquer. Elle se demanda un instant si Owen ne vivait pas avec quelqu'un. Mais elle chassa vite l'idée de sa tête. L'Owen Barry qu'elle connaissait ne croyait pas vraiment aux vertus de l'engagement. Et quelle femme aurait accepté de vivre dans une telle porcherie ?

— Je te propose une bière ? Du café ?

— Du café. Merci.

Owen disparut dans la cuisine.

— Trouve-toi un endroit où t'asseoir, lança-t-il. Ou si tu préfères, monte l'escalier jusqu'au toit. Je te rejoins là-haut.

Marina choisit le toit. Elle grimpa l'escalier métallique en colimaçon jusqu'à ce qui ressemblait à une trappe découpée dans le plafond. Elle la poussa, et sentit immédiatement une bouffée d'air froid accompagnée des rumeurs de la circulation montant de la rue. L'appartement d'Owen ne lui avait pas laissé espérer grand-chose en matière de toit-terrasse. Or elle se retrouvait dans ce qui ressemblait à un jardin secret, avec plein de plantes en pot et suffisamment de chaises en fer forgé pour y organiser des petits dîners. Une vue panoramique sur Central Park se déployait devant elle.

— Waouh ! murmura-t-elle.

La plupart des arbres avaient perdu leurs feuilles, mais cette palette discrète de bruns et de gris sur fond de skyline new-yorkaise, avec les toits des autres maisons bordant 69th Street, avait quelque chose d'élégant. Pas tout à fait la vue depuis le balcon du Meurice, mais pas loin.

— C'est chouette là-haut, non ?

Owen émergea, avec un ordinateur portable coincé sous le bras et deux tasses de café.

— L'appart' est plutôt merdique, mais avec cette vue… Je travaille ici quand je peux. C'est là que je trouve mes meilleures idées.

— Tout ça est à toi ?

— Yes. La seule façon d'accéder au toit, c'est par mon appart'. Ça compense l'air conditionné pourri et la propriétaire dingue qui occupe le rez-de-chaussée. Mauvaise comme la gale. Elle a un shih tzu qui s'appelle Zsa Zsa Gábor.

Marina s'esclaffa.

— Elle trouve toujours une bonne raison d'être furieuse contre moi. Je crois que je suis le vilain petit canard de l'immeuble.

— Trop d'invités la nuit, peut-être ?

— Oui, sans doute, répondit Owen en éclatant de rire.

Il s'assit à la table et ouvrit son ordinateur portable.

— OK. Alors voilà : il y a environ un mois, Duncan m'appelle brusquement. Il m'explique qu'il a besoin de mon aide pour un article. Il me fait venir en bagnole jusqu'au fin fond du Connecticut. Il s'est planqué là-bas, sans savoir vraiment, dit-il, quand il va rentrer à New York. Il est convaincu d'être suivi – bref, le délire. Je sais que tu l'aimes beaucoup, mais franchement, quel comédien !

— Continue.

— Alors je me pointe et tout de suite, je me dis qu'il s'est remis à boire. Les rideaux sont tirés, il y a un de ces bordels dans la baraque. Lui, il a une mine terrible. Pas rasé, épuisé, bouffi.

— Mauvais signe, fit Marina. D'habitude quand il prépare un article, il ne boit pas.

— Il n'a pas bu tout le temps que j'étais là-bas. Simplement, il avait cette mine complètement défaite. Il m'a dit que cet article, c'était le scoop de sa vie. À l'en croire il avait une source à l'intérieur d'un établissement financier qui avait accès à des montagnes d'informations confidentielles. Il voulait que je lui montre comment créer un site sécurisé pour qu'ils puissent communiquer.

— Tu l'as fait ?

— Ouais, mais la source s'est dégonflée. Le type n'était visiblement pas certain de l'absence de risques. Il voulait transmettre l'info à Duncan directement.

— Je pense que c'est là que j'entre en scène. J'ai rencontré un informateur lors de mon séjour à Paris. Il m'a donné une clé USB à remettre à Duncan.

— Qu'est-ce qu'il y a dedans ?

— Aucune idée. J'ai trop peur de l'ouvrir. Et de toute façon, je n'ai pas le mot de passe.

— Eh bien, figure-toi, *baby*, que j'ai la clé de ton petit secret.

— Arrête ! C'est sérieux !

— Mais je suis sérieux.

— Tu as le mot de passe ? Pour de vrai ? Comment ça ?

— La veille de sa mort, Duncan m'a appelé. Il m'a dit qu'il allait m'envoyer quelque chose, et que tu en aurais l'autre moitié, et que si jamais quelque chose lui arrivait à lui, il fallait que je te voie pour te donner ça. Quelques minutes plus tard, il m'a envoyé une série de chiffres et de lettres par BlackBerry. Franchement, là, je me suis demandé s'il n'était pas en train de perdre la boule. Et là, vingt-quatre heures plus tard, il meurt.

Marina frissonna.

— Ça pourrait être une coïncidence, dit-elle en se blottissant dans son manteau. L'hypothèse d'un cambriolage ne peut être exclue. Tu ne crois pas ?

Owen lui lança un regard dubitatif. Marina fouilla dans son sac.

— Bon, la voici, dit-elle en sortant la clé USB. On y va ?

— T'es sûre ? Je peux simplement te donner le mot de passe si tu veux. C'est ton article.

— Tu as peur ?

— Pour moi, quand ta vie n'est pas menacée, c'est que tu te trompes de sujet.

Marina inséra la clé USB dans le portable d'Owen et tapa le mot de passe que lui avait donné Mark.

Quelques dossiers d'apparence insignifiante apparurent sur l'écran.

— OK, je t'explique. D'après mes sources, il y a d'autres informations cachées quelque part. Mais où, c'est une autre paire de manches…

— Tu as frappé à la bonne porte.

Owen rapprocha l'ordinateur, et après quelques clics, une deuxième fenêtre apparut lui demandant un autre mot de passe. Il copia la série de chiffres et de lettres envoyée par Duncan sur son BlackBerry.

L'écran devint noir.

— Zut, fit Marina en se mordant la lèvre.

— T'inquiète. Il est en train de réfléchir.

Brusquement, un dossier apparut, intitulé « Morton Reiss ».

Owen cliqua dessus. Le premier document était un relevé de compte de la Caribbean International Bank.

Marina resta bouche bée en découvrant le crédit : 73 542 980,11 dollars.

Owen laissa échapper un sifflement.

— J'ignore qui est le client numéro 437-65-9881, mais bon sang, il se débrouille pas trop mal.

— C'est bizarre. Il n'y a pas de nom. C'est juste le relevé d'un compte numéroté. Il doit bien y avoir un autre document qui atteste que Reiss et 437-65-9881 ne font qu'un. Ça ne pourrait pas être son numéro de sécurité sociale ?

— Certainement pas. Ces comptes sont créés de sorte que personne ne puisse remonter jusqu'à leur propriétaire. Les comptes bancaires offshore, ça te dit quelque chose ?

— Pas vraiment.

— Alors voilà comment ça fonctionne en gros. Morty Reiss confie son fric à un cabinet d'avocats plus ou moins louche. Le cabinet fait l'intermédiaire entre Morty et une banque internationale. Il crée une société-écran – mettons Dinero & Co. Ensuite, le cabinet s'assure que le propriétaire de Dinero & Co est bien protégé derrière un rideau opaque. Il nomme des directeurs – des hommes de paille en réalité, payés par lui – qui se contentent de signer tous les documents qui leur sont présentés. Ensuite le cabinet va voir la banque – dans notre cas, CIB – et lui dit : nous représentons Dinero & Co, voici les directeurs de l'entreprise, et ils aimeraient ouvrir un compte numéroté. C'est ainsi que la CIB se retrouve à gérer ce genre de compte – mais bien sûr sans aucun lien avec Morty Reiss.

— Mais, dans ce cas, comment fait Morty Reiss pour avoir accès à son argent ? Il doit bien faire des retraits de temps en temps, non ?

— En général, le vrai propriétaire obtient une procuration de la part des « directeurs », si bien qu'il peut accéder au compte ou au coffre de Dinero & Co. Ou bien le cabinet d'avocats s'en charge pour lui.

— Et c'est légal, tout ça ?

— Nous sommes dans une zone grise. Dans le cas d'une personne comme Morty Reiss, non. Un cabinet n'a pas le droit de faire des affaires avec lui. Il n'a pas le droit d'aider en toute connaissance de cause un criminel à dissimuler ses avoirs. Mais dans le cas d'un P-DG ordinaire ? Ce n'est pas très catholique, mais ce n'est pas non plus illégal.

— Et la banque ? Ça ne la gêne pas de traiter avec des sociétés qui ont des directeurs fantoches ? Elle est censée savoir qui sont ses clients, non ?

— En théorie, oui. Mais les banques privées comme la CIB font sans arrêt affaire avec des criminels. Ça ne les dérange pas, tant qu'elles en tirent une bonne commission. Tout ce qu'elles veulent, c'est une protection au cas où les autorités viendraient frapper à leur porte, pour qu'elles puissent faire semblant de ne pas savoir qui se cache derrière la société-écran.

— Mais il doit bien y avoir une personne à la banque qui sait. Quand Morty Reiss se pointe avec sa procuration pour avoir accès au compte de Dinero & Co, il se retrouve bien face à un employé de Dinero & Co, non ?

— Oui. En général, un conseiller.

— Alors je suppose que Duncan a trouvé un employé de la CIB prêt à parler.

— Si c'est le cas, chapeau ! Cela fait des années que j'essaie de me « rapprocher » d'une banque privée offshore – ou de l'un de leurs beaux mecs. Jusqu'à maintenant, aucun résultat.

Owen se balança en arrière sur sa chaise, au point que Marina commença à frémir.

— Au fait ! s'exclama-t-il, revenant brusquement au sujet. La CIB a bien poursuivi Duncan en justice ? Parce qu'il affirmait que la banque hébergeait le magot de Reiss, non ?

— Je crois qu'ils se sont contentés de le menacer de poursuites. Il a publié une rétractation et l'histoire en est restée là.

— Tu te rappelles quand c'était ?

— Euh… il y a six mois ? Oui, c'est ça. Duncan a passé quelques semaines à Silver Hill. Tu sais, la clinique de désintoxication dans le Connecticut. Ça faisait partie de son mea culpa. Il était censé y retourner, mais maintenant, je me demande s'il l'a bien fait, ou s'il utilisait son congé sabbatique pour travailler sur cette histoire.

— Regarde !

Owen tapota l'angle du document. Marina examina la date : 1er avril 2015.

— Si c'est bien le compte de Morty Reiss, Duncan avait raison. Morty avait du fric planqué sur un compte de la CIB.

Owen ferma le document et ouvrit le suivant.

— Ça, c'est une chaîne d'e-mails, envoyés par une compagnie qui s'appelle Schmit & Muller. Ça te dit quelque chose ?

— Pas vraiment. Le nom fait penser à un cabinet d'avocats. Mais c'est la première fois que je le vois.

Ils se tournèrent tous les deux vers l'écran et lurent les messages en silence.

De : Peter Weber
À : Hans Hoffman
date : 2 avril 2015
objet : CONFIDENTIEL : Usage exclusivement interne

La CIB ne souhaite plus héberger les avoirs de Mr Reiss. Nous devons lui trouver une autre banque. La CIB a exigé qu'il vide son compte d'ici à la fin du mois.

De : Hans Hoffman
À : Peter Weber
date : 2 avril 2015
objet : Re : CONFIDENTIEL : Usage exclusivement interne

Compris. Je vais parler à mon contact à la Swiss United. Je crois qu'il vaut mieux ne pas utiliser le nom de Mr Reiss pour des communications externes. Dites à la Swiss United qu'il s'agit d'un très bon client à nous qui ouvrira un compte chez eux à condition de rester anonyme. Quand ils verront les montants concernés, je pense qu'ils se montreront souples.

De : Peter Weber
À : Hans Hoffman
date : 4 avril 2015
objet : Re : CONFIDENTIEL : Usage exclusivement interne

J'ai parlé à Julian White, de la Swiss United. Il sera très heureux d'accueillir un nouveau client. Il comprend la clause d'anonymat et n'y voit aucun inconvénient. Je lui ai assuré que nous avons procédé aux vérifications d'usage avant d'ouvrir un compte pour ce client. Il a créé un compte numéroté à la Swiss United, sur lequel un virement de la CIB sera possible avant la fin de la journée de jeudi. Merci d'informer Mr Reiss des frais pratiqués par la Swiss United pour un compte de ce montant, et de notre commission pour le transfert. Si les conditions lui conviennent, il serait bon de lancer l'opération tout de suite.

De : Hans Hoffman
À : Peter Weber
date : 4 avril 2015
objet : Re : CONFIDENTIEL : Usage exclusivement interne

J'ai parlé à Mr Reiss. Il est tout à fait d'accord pour les frais et la commission.

Il y a un journaliste américain du nom de Duncan Sander qui a débarqué aux îles Caïmans hier soir. Visiblement, cela fait des années qu'il essaie de retrouver Mr Reiss. Il se pourrait hélas qu'il ait un informateur au sein de la CIB qui lui procure des infos sur Mr Reiss, mais également peut-être d'autres clients.

Mr Reiss demande que les fonds soient transférés demain. Je lui ai promis que l'opération serait réalisée et qu'après, il n'y aurait plus aucune trace de lui à la CIB. Pour la CIB, le client n° 437-65-9881 est une veuve panaméenne du nom d'Alicia Marcos. Dès demain, son compte sera clôturé.

De : Hans Hoffman
À : Peter Weber
date : 5 avril 2015
objet : Re : CONFIDENTIEL : Usage exclusivement interne

Quelqu'un s'occupe de cette histoire de fuite à la CIB ? Ça serait vraiment dommageable pour les affaires, pour eux et pour nous.

De : Peter Weber
À : Hans Hoffman
date : 6 avril 2015
objet : Re : CONFIDENTIEL : Usage exclusivement interne

La fuite a été traitée.

— Nom de Dieu ! murmura Owen.

Il ferma le message et ouvrit le document suivant. Il s'agissait d'un compte numéroté à la Swiss United, avec le même montant : 73 542 980,11 dollars.

Owen tapota l'écran.

— Deux ou trois semaines après ces échanges, Duncan a donné cette interview où il affirme que Morty Reiss a planqué ses sous sur un compte de la CIB. Sauf qu'à ce moment-là, Reiss avait déjà transféré son argent vers la Swiss United.

— Exact. Si bien que la banque l'a menacé de poursuites et Duncan est apparu comme un complotiste fou. À ton avis, il veut dire quoi quand il dit : « la fuite a été traitée » ? L'expression laisse imaginer le pire.

— Je l'ignore, mais je pense que si on commence à creuser un peu, on va tomber sur un cadre de la CIB mort dans des circonstances mystérieuses à peu près à la même période.

Marina se leva et commença à faire les cent pas. Matthew Werner, cet ami de Grant, était mort dans un accident d'avion le même jour que Duncan. Il travaillait pour une banque privée. Mais pas à la CIB. Une banque suisse. Swiss United ? Impossible de s'en souvenir. Elle s'arrêta de déambuler, regarda Owen.

— Tu crois que c'est l'habitude chez les banquiers suisses d'assassiner leurs collègues de sang-froid ?

— Le offshore, c'est pas propre. Ces types, ce ne sont pas des banquiers, ce sont des cowboys. Ils obéissent à des règles d'un tout autre genre.

— Alors tu penses qu'ils peuvent très bien avoir tué Duncan ? Ces gens de la CIB ?

— J'ignore qui a tué Duncan. La CIB ? Schmit & Muller ? Ou un pauvre type qui travaille pour Morty Reiss ? Je ne suis pas plus avancé que toi. Mais on va tout faire pour savoir.

— Je crois qu'on est complètement dépassés, dit Marina en se renfonçant dans sa chaise.

— Chérie, tu es dépassée depuis le jour où tu as accepté cette clé USB.

— Imaginons que je n'en fasse rien, de cette clé.

— La personne qui a tué Duncan te trouvera. Si elle était prête à le descendre pour s'assurer que les infos restent secrètes, crois-moi, elle te zigouillera toi aussi.

— Alors je fais quoi ?

— Tu la trouves avant.

— OK. Et ensuite ? fit Marina d'un ton exaspéré. Je leur donne la clé USB et je leur dis quoi ? Désolée, mais maintenant je voudrais juste m'occuper de mes gosses et de mon petit intérieur, alors on en reste là ? Tu crois vraiment que ça va les calmer ?

— Parce que tu veux devenir mère de famille ? Sérieux ? Oh putain, non ! Me dis pas que t'es enceinte !

— Mon Dieu, Owen ! Arrête ton délire. Je flippe, là, vraiment.

— Je sais, je sais. Désolé. Je plaisante quand j'ai la trouille.

— Eh bien, arrête. Je pense qu'on devrait aller voir la police.

— Et moi je pense qu'on devrait trouver la source de Duncan pour en obtenir le maximum d'infos. Ensuite, on met tout sur le site de *Deliverable*, le plus vite possible. Ils ne peuvent pas s'en prendre à toi une fois que c'est publié.

— Toi, tu es persuadé que c'est le scoop de l'année.

— Euh… en effet, je ne peux pas te le cacher. Mais je pense aussi que cette histoire dépasse les compétences de la police. Elle sera incapable de te protéger contre la plus grosse banque du monde. Contre tous les chefs d'État qui y ont leur compte, contre les chefs de cartel, les terroristes et les dictateurs. Ces gens qui ont tout intérêt à ce qu'aucune information ne fuite. Tant que tu détiens la clé USB et que les infos ne sont pas publiques, ta vie est menacée, je crois. Et mon petit doigt me dit que tu sais que j'ai raison.

Marina se mordit la lèvre. Elle détenait des données précieuses et explosives. Des données qui avaient causé la mort de Duncan. Tant qu'elle les avait en sa possession, elles provoqueraient sa mort à elle aussi. Peut-être pouvait-elle rentrer chez elle et jouer le rôle de Mrs Grant Ellis jusqu'à la fin de ses jours. Quitter son boulot, devenir membre du prestigieux Colony Club, se consacrer à l'organisation de déjeuners de charité pour la Croix-Rouge et à la décoration de leur maison de Southampton. Elle pouvait détruire la clé USB et faire comme si le séjour à Paris n'avait été rien de plus que des vacances agréables écourtées par la mort d'un vieil ami et collègue.

Mais les choses pouvaient-elles être aussi simples ? Marina en doutait. Il y aurait toujours quelqu'un sur ses traces, à la recherche des informations mystérieusement disparues quelque part entre Paris et New York. Et même si personne ne la suivait, elle y penserait toujours. Elle regarderait toujours derrière son épaule, remarquerait les voitures noires stationnant un peu trop longtemps devant son immeuble, les inconnus qui la frôleraient d'un peu trop près dans la rue.

— Si on se lance là-dedans, dit-elle, il faudra agir vite.

— Forcément. Le compte à rebours a déjà commencé.

— Et s'il se passe quelque chose et que je décide que ça devient trop dangereux, alors on va direct à la police.

— Ça me paraît raisonnable.

— Et les signatures. C'est moi qui décide qui signe, déclara Marina.

Elle pensait à Duncan, voulait que si jamais ils retrouvaient Reiss, ce soit à lui qu'en soit attribué le mérite.

— C'est toi le chef. C'est ton scoop.

— Non, c'est le scoop de Duncan. Moi, je m'occupe de le faire publier.

Il s'agirait de leur dernier reportage ensemble. Elle ferait tout pour que ce soit leur meilleur.

— Alors, tu es partante ?

— Oui, dit-elle.

Et elle se tourna vers le clavier.

Annabel

Annabel dormait quand la sonnerie de son portable retentit. Elle se redressa en sursaut, resta assise sur le lit quelques secondes à se demander si elle rêvait. Elle passa la main sur la place de Matthew dans le lit. Elle était vide et froide. Elle répondit juste avant que le téléphone ne passe en mode répondeur.

— Désolée d'appeler si tard, dit la voix à l'autre bout du fil. Je voulais être sûre que vous seriez seule.

— Qui est à l'appareil ? fit Annabel en réprimant un bâillement.

L'heure s'affichait en clignotant sur le réveil posé sur sa table de nuit : 23 h 45.

— Désolée, c'est Zoé. Je peux monter ?

— Vous êtes où ?

— En bas de votre immeuble. Je voulais m'assurer que vous étiez seule avant de sonner chez vous.

— Oui, je suis seule. Je vous fais entrer.

Quand elle ouvrit la porte, Annabel était complètement réveillée. Elle avait enfilé le peignoir de Matthew par-dessus sa chemise de nuit et, poussée par une coquetterie de dernière minute, s'était donné un coup de brosse à cheveux. Même en pleine nuit, Zoé avait le teint frais et beaucoup de classe avec son jean noir, ses sneakers montants et son gilet en fourrure. Son visage resplendissait dans la pénombre du hall, et la lumière de la lune soulignait ses pommettes. Annabel regretta d'avoir répondu au téléphone.

Aux pieds de Zoé était posé un carton, qu'elle ramassa, avant de suivre Annabel dans le salon et de le lui donner.

— C'est quoi ?

— L'ordinateur portable de Matthew. Celui du boulot. Ils ont déjà pris le fixe. Alors ils vont venir chercher celui-là. Il y a tout dedans. Tous ses clients. Toutes leurs données bancaires. Tout.

— Comment se fait-il qu'il soit en votre possession à vous ?

— Matthew me l'a confié. Avant l'accident. Il m'a dit de le cacher. Il ne leur faudra pas longtemps pour comprendre que c'est moi qui l'ai.

— Vous parlez de qui ?

— Des gens de la banque. Les agents de la sécurité m'ont interrogée à propos du portable hier. Je le cachais dans mon appartement, mais ce n'est plus possible. Il faut que je parte, Annabel. C'est dangereux pour moi ici.

— Mais qui à la banque ? Pourquoi est-ce que ces personnes-là ne pourraient pas avoir les dossiers de Matthew ?

— Parce qu'il faisait fuiter des infos. Et ils savent

qu'il y a une fuite. Simplement, ils ignorent qui c'est. Ou qui c'était. Si jamais ils trouvent ceci…

— Une minute, fit Annabel en posant la main sur l'épaule de Zoé. Qu'est-ce que vous essayez d'insinuer ?

— Si je comprends bien, il ne vous a vraiment rien dit…

— Matthew était mon mari, répondit Annabel d'une voix glaciale. Il ne me cachait rien.

— Désolée, je ne l'entendais pas dans ce sens-là. Je voulais dire qu'il ne vous parlait pas du tout de son travail. C'est rassurant. Il vous protégeait. Moins vous en savez, moins vous êtes en danger.

— Moins j'en sais sur quoi ?

— Ça sera plus sûr pour vous si vous leur donnez ce portable quand ils viendront le chercher. Posez-le sur son bureau, tout simplement. Dites-leur que vous ne connaissez pas le mot de passe. Et ensuite, partez. Rentrez à New York. Fuyez.

— Le mot de passe, je ne le connais pas.

— Super. Alors ils vous croiront, voilà, fit Zoé, incapable de cacher son agacement. Si vous ne savez rien, ils ne vous feront aucun mal.

— Mais vous pensez qu'ils ont fait quelque chose à Matthew ?

— Oui. Je pense que cet accident d'avion n'en était pas un.

Annabel plissa le front. Zoé paraissait si sûre d'elle. L'impression désagréable que Matthew et Zoé avaient entretenu des relations plus intimes que ce qu'il avait bien voulu lui dire l'envahit. Ce n'était pas la première fois.

— Zoé, que savez-vous ? Si vous êtes au courant de ce qui est arrivé à mon mari, il faut me le dire. Maintenant.

Zoé se leva, s'approcha de la fenêtre, inspecta la rue avant de tirer les rideaux et de se retourner.

— Vous êtes sûre que vous êtes prête ?

— Tenez, asseyez-vous, dit Annabel en posant le carton sur la table basse. Vous voulez du café ? Du thé ? Quelque chose à manger ?

— De l'eau, plutôt. Mais ne vous dérangez pas, j'y vais.

— Restez assise, je vous en prie. Je reviens dans une seconde. Et là, on pourra parler.

Une fois dans la cuisine, Annabel mit l'eau à bouillir. Brusquement prise d'un vertige, elle se retint en s'agrippant au marbre frais du plan de travail. Elle ferma les yeux, s'efforça de contrôler sa respiration. Pendant quelques secondes, elle réfléchit à la situation. Si Zoé avait raison – si Matthew était impliqué dans des opérations bancaires dangereuses ou illégales –, tenait-elle tant que cela à le savoir ? Le fait d'être au courant la mettrait-elle vraiment en danger ? Peut-être devrait-elle rendre ce portable à la Swiss United et sauter dans le premier avion à destination de New York. Et oublier ce cauchemar.

Mais serait-elle un jour capable de tout recommencer de zéro ? Ou bien passerait-elle sa vie à se demander ce qui était arrivé à Matthew ? Serait-elle à jamais hantée par l'idée de ne pas savoir ce pour quoi il avait été prêt à risquer sa vie ? Se repasserait-elle éternellement la liste du peu qu'elle savait en y cherchant des signes et des indices qu'elle aurait jusque-là négligés ?

Zoé détenait des informations. Elle pouvait au moins les écouter. Sinon, il lui serait à jamais impossible de se le pardonner.

La bouilloire se mit à siffler. Annabel leva la tête. Elle inspira profondément, puis versa l'eau bouillante dans deux tasses. Elle les posa sur un plateau, avec des sachets de thé et une boîte de cookies envoyée la veille par quelque vice-président de la Swiss United qu'elle n'avait jamais rencontré.

En la voyant revenir avec le plateau, Zoé lui adressa un sourire de gratitude et se jeta sur les cookies.

— Merci. Je n'ai rien mangé aujourd'hui. Je ne me rendais pas compte à quel point j'avais faim.

— Moi non plus, reconnut Annabel en prenant elle aussi un cookie. Servez-vous.

Son premier cookie fini, Zoé en prit un second. Puis elle s'essuya la bouche.

— Matthew et moi avons commencé à travailler à la Swiss United le même mois. Je l'ai tout de suite apprécié. Il était gentil avec tout le monde, même avec les assistantes. Et il vous aimait tant. Il parlait de vous sans arrêt. C'était l'un des rares mecs à avoir une photo de sa femme sur son bureau, bien en évidence. Alors que d'autres reluquaient le moindre jupon qui passait.

« Je savais que Jonas le préparait à un poste très important au sein de la banque. Tout le monde le disait. Matthew était intelligent, bosseur. Jonas lui faisait confiance. Il faut du temps pour gagner la confiance de Jonas, mais avec Matthew, c'était différent. Je suppose que c'est parce que Jonas avait été tellement proche de son père.

« J'étais contente d'être attachée au service de Matthew. Je savais qu'il me traiterait correctement et que si je me montrais à la hauteur, mon étoile grimperait en même temps que la sienne. L'assistante de Jonas, Therese, travaille avec lui depuis dix-sept ans. Elle gagne plus d'argent que certains des conseillers les plus haut placés. Je me suis dit que peut-être je pourrais atteindre ce niveau, si je bossais comme il faut pour Matthew. Je faisais en sorte d'être toujours disponible pour lui, me décarcassais pour faire tout ce qu'il me demandait de faire.

« Tout de suite, la Swiss United m'a paru la boîte de rêve. Je gagnais nettement plus que mes copains de fac. Et les avantages n'étaient pas négligeables. Quand on voyageait, on descendait toujours dans les hôtels les plus luxueux, on mangeait dans les restaurants les meilleurs. Moi, j'ai grandi dans une petite ville du sud de la France. Le genre où les gens ne voyagent jamais. La plupart de mes amis y habitent toujours. Alors, prendre l'avion pour aller à Monaco, New York ou Paris, c'était palpitant. Ça vous paraît sans doute idiot.

— Pas du tout. Moi aussi j'ai grandi dans une

petite ville. Et l'une des raisons pour lesquelles j'ai accepté de suivre Matthew à Genève, c'étaient les voyages. Une vie romantique. Du moins, en apparence.

Zoé hocha la tête. Elle parut soulagée de constater qu'Annabel ne la jugeait pas.

— Les journées de travail étaient dingues, bien sûr. Je bossais du matin au soir. Vous connaissez. Parce que c'était pareil pour Matthew. Personne dans le genre de poste que j'occupais ne prend de vacances. Nous sommes censées être opérationnelles chaque fois que les banquiers ont besoin de nous. La nuit, le week-end, quelle que soit l'heure. Mais ça ne me dérangeait pas. Je savais que c'était la raison pour laquelle on nous payait autant.

« Il y a quelques mois de cela, je suis entrée dans le bureau de Matthew. Jonas était là. Ça bardait entre Matthew et lui. Ils se sont tus en me voyant, alors je suis ressortie vite fait. Après, j'ai vu que Matthew n'était pas dans son état normal. Alors je l'ai emmené prendre un verre après le boulot. Il s'est saoulé, ce qui ne lui ressemblait pas. Là, j'ai compris que quelque chose n'allait pas.

Annabel, mal à l'aise, croisa et décroisa les jambes. L'idée que Matthew se confie à Zoé dans un bar ne lui plaisait pas. Mais elle se contenta de hocher la tête sans rien dire.

— Il m'a confié qu'il avait des doutes sur certains des clients de Jonas. OK, certains de nos clients ne sont pas vraiment… comment dire ? Désolée, mon anglais me lâche quand je suis fatiguée… Disons qu'ils ont des petits problèmes. Ce que je veux dire, c'est qu'ils viennent chez nous pour mettre leurs sous à l'abri. Du gouvernement, de leur épouse, que sais-je. C'est notre spécialité. On cache de l'argent dans des comptes numérotés pour que personne ne puisse savoir à qui il appartient. Vous comprenez ?

— Oui, je crois. Vous sous-entendez que vos activités sont illégales ?

— Oh, pas au regard de la législation suisse. Mettons qu'un client américain vient nous voir et dépose dix millions de dollars sur l'un de nos comptes numérotés sans payer d'impôt sur cette somme, c'est lui le criminel, pas nous.

— Je vois. Alors vous pouvez très bien aider quelqu'un à violer les règles fiscales de son pays, tout en restant dans le cadre de la légalité en Suisse, c'est ça ?

— Sur le papier, oui. Sauf qu'il y a des exceptions. Et c'est là que Matthew a marqué son désaccord avec Jonas.

— Ces exceptions, quelles sont-elles ?

— Il y a des personnes avec lesquelles la banque n'est pas censée traiter. Des personnes sur liste noire. Des terroristes, des trafiquants d'armes, des dictateurs. La Swiss United n'a pas le droit de faire affaire avec ces gens-là. Aucune banque n'y est autorisée. Il existe au sein de la banque une unité en charge de la conformité censée faire appliquer cette règle.

— Mais Jonas ne la respectait pas…

— En effet. Pourvu que ça lui rapporte suffisamment. Avec Bachar el-Assad, par exemple.

— Le dictateur syrien ?

— Oui. Assad, tous les membres de sa famille, tous ses ministres sont sur liste noire. Ces listes, c'est une façon pour les Nations unies, l'Europe et les États-Unis de punir ce genre de personnages. Une façon de dire : si vous faites des affaires avec quiconque se trouve sur cette liste, vous en payerez les conséquences.

— Donc, si la Swiss United leur ouvre ses portes, elle enfreint la loi internationale.

— Ce qui ne l'empêche pas de le faire. Pas officiellement. Officieusement, Jonas est le banquier personnel de la famille Assad.

Annabel frémit. Les vidéos et les photos provenant de Syrie montraient l'horreur. Des attaques à l'arme chimique. Des villes réduites à l'état de ruines. Des empilements de corps décharnés, brûlés, torturés, dans les prisons. Comment pouvait-on faire des affaires avec un homme comme Assad ? Comment Jonas pouvait-il dormir sur ses deux oreilles ?

— Matthew a-t-il…, commença-t-elle, la voix tremblante. Matthew était-il…

Zoé secoua la tête.

— Non. On ne confie pas ce genre de clients à des collaborateurs non confirmés. En revanche, Jonas le préparait à ce genre de mission. Il l'y amenait petit à petit. Il voulait que Matthew s'occupe de Fatima Amir, une cousine des Assad, pour commencer. Elle n'est pas sur liste noire. Elle dirige une entreprise tout à fait recommandable. Mais quand Matthew a compris qui elle était, il s'est senti mal à l'aise. En plus, il n'aimait pas la façon dont Jonas s'arrangeait avec le département Conformité. Matthew n'approuvait pas cette manière de faire fi des sanctions. C'est illégal, et Jonas le sait pertinemment.

— Alors pourquoi a-t-il accepté de prendre Fatima comme cliente ?

Zoé lui adressa un petit sourire triste.

— Quand Jonas vous dit de faire quelque chose, vous obéissez.

— Il aurait pu démissionner.

— Peut-être. Mais ce n'est pas si simple. Jonas sait s'y prendre. Il était en mesure de faire en sorte que Matthew ne trouve plus jamais de boulot aux États-Unis.

— Impossible ! Jonas considérait Matthew comme un fils.

— Mettons. Vous savez comment est mort le père de Matthew ?

— Il a succombé à une crise cardiaque, répondit Annabel d'un ton sec.

— Il s'est suicidé.

— Comment pouvez-vous le savoir ? s'offusqua Annabel.

Matthew parlait rarement de son père. Jusqu'à présent, Annabel pensait être la seule personne au monde à savoir que Tom Werner s'était suicidé. Pour les autres, Tom était un philanthrope très apprécié qui avait réussi dans la vie. Il possédait des maisons à Manhattan, à Southampton et à Palm Beach, était membre de plusieurs conseils d'administration de grandes entreprises et avait été président du très prestigieux et vénérable Knickerbocker Club de New York. Seul Matthew savait que son père avait fini par avoir des ennuis financiers. L'idée de mourir sans un sou lui avait visiblement été insupportable. Si bien qu'il s'était pendu dans son appartement de la Cinquième Avenue. Matthew avait découvert son corps. Il avait dit ce qui s'était passé à Annabel, mais racontait aux autres que son père avait succombé à une crise cardiaque. Une histoire répétée si souvent qu'Annabel en oubliait parfois que c'était un mensonge.

— C'est Jonas qui me l'a dit.

— Jonas ? répéta Annabel, abasourdie. Comment Jonas peut-il savoir ?

— Tom Werner était l'un de ses clients. Il a volé des millions de dollars discrètement prélevés sur les excédents de sa société d'investissement. Puis il a confié le tout à Jonas pour qu'il le cache sur un compte de la Swiss United. Il s'est tué quand le fisc américain a commencé à le soupçonner de fraude fiscale et ouvert une enquête.

— Mon Dieu…, murmura Annabel. Je savais qu'il avait des ennuis financiers, mais pas de cette ampleur.

— Personne aux États-Unis n'a jamais su. Tout le monde a cru qu'il était effectivement mort d'une crise cardiaque. Jonas s'en est assuré. Sinon, la Swiss United aurait fait l'objet d'une enquête. Et la honte aurait rejailli sur la famille de Matthew. Alors Matthew avait une dette envers Jonas.

— Je savais juste que Tom et Jonas étaient amis. C'est tout.

— Pendant sa dispute avec Matthew au sujet de la famille Assad, Jonas s'est mis dans une rogne ! Je les entendais crier, même depuis le couloir. Jonas a dit qu'il avait les moyens de détruire Matthew et l'héritage de son père. Il a menacé de révéler la vérité sur le suicide de Tom.

— C'est affreux.

— Oui. Mais c'est comme ça qu'il fonctionne, Jonas. Il a une équipe de détectives privés qui mettent au jour les petits secrets honteux des banquiers qui travaillent pour lui. Rien de ce qu'ils font ne lui échappe. Jonas connaît tous leurs points faibles. Il les utilise comme moyen de pression. Comme ça, il s'assure de leur loyauté. Et s'il n'y a pas de secret à trouver…

— S'il n'y a pas de secret ?

— Il en crée. Il trouve des failles et les exploite.

— Comment ça ?

Zoé ferma les yeux, brusquement secouée d'un frisson.

— Il les tente. Il est comme le diable, Annabel. Vraiment.

— Vous en avez la certitude ?

— Je l'ai aidé pour ce genre de manœuvre.

— Comment ?

Zoé parut brusquement mal à l'aise. Elle baissa les yeux.

— Je n'en suis pas fière. Mais quand j'ai commencé dans la boîte, Jonas nous a emmenés, moi et quelques autres collègues, à Monte-Carlo pour un week-end de détente. Nous avons tous bu plus que de raison. Certains des conseillers ont même pris de la coke. Jonas le savait. Je pense que c'est lui qui a fourni la drogue. J'étais nouvelle et je ne voulais pas donner l'impression que je ne m'amusais pas. Et là, brusquement, je ne voyais plus clair. J'arrivais à peine à me tenir debout. Ils m'avaient droguée. Jonas a insisté pour que l'un des banquiers m'aide à monter. Je ne me souviens pas de grand-chose, mais on a fini au lit tous les deux. Il ne voulait pas. Il était marié. Mais tout aussi défoncé que moi. Lui aussi il l'avait drogué, je pense. Je ne me rappelle pas vraiment ce qui s'est passé. Mais quelqu'un prenait des photos…

— Mon Dieu, Zoé, désolée !

— Ce n'est pas de votre faute. C'est la mienne. J'aurais dû démissionner après ça. Je ne sais plus exactement pourquoi je ne l'ai pas fait. Cette boîte, c'est affreux.

Zoé ferma les yeux pour arrêter ses larmes.

— Vous savez qui prenait des photos de vous ?

— Je ne me souviens pas de grand-chose. Je… J'ai toujours voulu demander pardon à l'épouse de cet homme. Mais je n'ai jamais eu le courage.

— Peut-être cela vaut-il mieux ainsi. Ça lui aurait fait mal. Ça aurait engendré des soupçons.

— C'est vrai. Alors qu'elle n'a aucune raison d'en avoir. Ce qui est arrivé ne voulait rien dire, que ce soit pour lui ou pour moi. C'était juste une situation créée par Jonas. Il utilisait de nombreuses assistantes de cette manière. Il lui arrivait même de nous demander de coucher avec des clients.

— Je n'arrive pas à croire que Matthew ait travaillé pour ce genre de personne. Ce n'est pas le Matthew que je connaissais.

— C'était contre son gré. Je lui ai dit d'aller voir les autorités, mais il a répondu que Jonas avait mis le gouvernement suisse dans sa poche. Ça, je veux bien le croire. La Swiss United est l'une des plus grosses banques du pays.

Annabel frissonna en pensant à Vogel et Bloch et à la vitesse avec laquelle ils avaient clos l'enquête. Elle songea aux photos qu'ils lui avaient données, à leurs explications sur le système de protection antigel. Un mensonge, mais jusqu'à maintenant elle ignorait qui ils protégeaient ainsi.

— Je pensais qu'on devait en parler à la presse. Mais Matthew disait que ça serait trop dangereux. Les journalistes ne sont pas en mesure de vous protéger contre des gens comme Assad. Du moins, à son avis.

— Il a changé d'avis, c'est ça ? On l'a tué, Zoé. J'en suis sûre.

— Quelques semaines plus tard, il m'a confié

que quelqu'un au département de la Justice l'avait contacté. Je crois me souvenir qu'il s'appelait Morse. Il enquêtait sur la Swiss United depuis plusieurs années et cherchait à infiltrer la banque. Matthew est allé le voir à New York. Il ne me l'a jamais dit, mais je crois qu'il a accepté de coopérer avec lui.

— Qu'est-ce qui vous fait dire ça ?

— Quand il est rentré de New York, il avait complètement changé. Il s'est excusé auprès de Jonas. Il s'est mis à bosser deux fois plus. Il participait à des réunions avec la famille Assad. Jonas était ravi. Visiblement il pensait que Matthew avait fini par adopter son point de vue. Moi, je restais dubitative. Il refusait de me parler, sur quelque sujet que ce soit. Il n'ouvrait pas la bouche, travaillait seul. Ce n'était plus Matthew.

— Je vois tout à fait ce que vous voulez dire. Moi non plus il ne me parlait presque plus. Il travaillait tout le temps, sans jamais m'expliquer ce qu'il faisait. Franchement, j'ai commencé à le soupçonner d'avoir une liaison.

— Impossible. Il vous aimait tellement. Croyez-moi.

Annabel hocha la tête, sans répondre.

— Parfois ça me tourmentait, l'idée que vous puissiez penser que nous étions amants. J'avais tellement peur de vous la première fois que je vous ai vue.

Annabel leva les yeux, interloquée.

— Oh, mais pas du tout. Enfin je veux dire, oui.

L'idée m'est venue en effet. Mais pas à cause de quelque chose que vous auriez fait. Simplement, c'est difficile – peut-être qu'un jour vous comprendrez – de savoir que votre mari travaille avec une femme jolie et plus jeune…

— Je comprends.

— Cela dit, Matthew m'a raconté que vous aviez quelqu'un.

— En effet. Il est avocat au Luxembourg. En fait, on s'est rencontrés par la Swiss United. C'est l'amour de ma vie.

— D'après Matthew, il est marié.

Le visage de Zoé se décomposa.

— Oh non, je suis désolée, dit Annabel en posant la main sur celle de Zoé. Je ne sais pas pourquoi j'ai dit ça. Oubliez.

— Il est séparé. Il était marié avant que je le rencontre.

— Je vous assure, ça n'est pas important.

— Lui aussi il déteste ce métier. Tous les deux on voudrait s'échapper, fuir ce monde-là. Au début, j'étais tentée par l'argent, mais maintenant, l'argent me dégoûte. Il fait faire des choses moches aux gens, il les rend moches eux-mêmes.

— Et vous pensez que Matthew était pareil ? Que lui aussi voulait s'échapper de là ?

— Parfois, je le trouvais au bureau tard le soir, après qu'il m'avait dit de rentrer. Il fermait alors sa porte, faisait semblant de ne pas m'avoir vue. Il était toujours sur ce portable-ci, même à son bureau. Il travaillait sur quelque chose. Je crois qu'il rassemblait des preuves pour Morse.

— Mais alors, pourquoi vous ne le contactez pas, Morse ? Vous pourriez lui donner le portable...

— Parce que je ne veux pas finir comme Matthew.

Annabel eut le souffle coupé.

— Vous comptez aller où ?

— Annabel, vous aussi vous devez partir. C'est dangereux pour nous deux ici. Si les gens de la banque se mettent en tête que l'une de nous sait quelque chose, je peux vous assurer qu'ils nous tueront.

— Vous me conseillez de faire quoi ?

— Quelqu'un sera envoyé par la banque pour venir chercher le portable de Matthew. Donnez-leur. Faites comme si vous ne saviez rien, comme si on ne vous avait rien dit, comme si vous n'aviez rien vu. Faites-leur croire que vous ne risquez rien. Inutile que vous soyez impliquée dans toute cette histoire. Matthew ne le voulait pas. Rentrez à New York sans regarder en arrière.

— Et vous ?

— Je me débrouillerai. Mais j'ai un service à vous demander. Si on vous pose des questions sur moi, dites que vous m'avez parlé après les funérailles, que ma mère est malade et que je rentre en France pour m'occuper d'elle. Avec un peu de chance ils n'iront pas me chercher là-bas. Sinon... Je préfère ne pas y penser.

— Très bien. Ne vous en faites pas. Je ferai en

sorte que le message passe. Vous pouvez me faire confiance.

— Il faut que j'y aille.

Elles se levèrent toutes les deux et s'enlacèrent.

— Zoé, vous êtes sûre que vous ne risquez rien ? demanda Annabel devant la porte.

— Non, répondit Zoé en souriant, je ne suis pas sûre de pouvoir un jour être hors de danger. C'est pareil pour vous. Alors soyez prudente, Annabel. Nous avons des ennemis puissants maintenant.

Annabel s'attarda près de la porte, comme pour retenir Zoé. Mais la jeune femme devait quitter Genève, et le plus tôt serait le mieux. Elle avait pris des risques en venant chez elle, Annabel le savait, et lui en était reconnaissante. Avant, elle avait l'impression d'être devant un grand puzzle dont aucune des pièces ne concordait. Plus maintenant.

Après le départ de Zoé, elle sortit sur le balcon et se pencha pour regarder la rue. Elle vit Zoé sortir de son immeuble et descendre la rue d'un pas rapide. Elle était entièrement vêtue de noir, sa silhouette mince à peine visible entre deux réverbères.

Zoé traversa la rue comme une flèche et grimpa dans un quatre-quatre garé à l'angle. Quelques secondes plus tard, le véhicule alluma ses feux et commença à déboîter. Annabel était sur le point de rentrer lorsqu'elle remarqua les feux d'un second véhicule à une centaine de mètres de là. Elle le vit suivre lentement le quatre-quatre dans la rue presque vide, tel un prédateur traquant sa proie.

Marina

Le temps presse. L'entreprise pour laquelle je bosse sait qu'il y avait une fuite.

Marina se garait devant la maison de Duncan au moment où le message s'afficha sur son portable. Elle coupa le moteur, se mordit la lèvre. Que faire ? D'une part, elle voulait que sa source sache qu'elle travaillait avec Owen, qui était beaucoup plus calé qu'elle en informatique et avait l'expérience des grandes enquêtes menées à l'échelle mondiale : il avait déjà créé un site sécurisé pour leur permettre de recevoir plus de données, avait accès à un ordinateur capable de gérer un énorme flux d'informations. Sans son aide, Marina ne pourrait jamais traiter efficacement les données auxquelles sa source affirmait pouvoir accéder.

D'un autre côté, elle craignait de créer un réflexe de peur chez sa source en mentionnant un collègue. L'inquiétude était légitime. Moins il y avait de gens impliqués, plus ils seraient en sécurité. Duncan n'avait de toute évidence pas pu maintenir le secret autour de son enquête ; sinon, il serait toujours vivant. Chaque nouvelle personne mise au courant était une fuite potentielle. Une fuite, c'est-à-dire un risque qu'ils ne pouvaient pas prendre.

Marina n'avait aucun moyen de prouver à sa source qu'Owen Barry était fiable. Elle n'aurait pas trop su expliquer pourquoi elle lui faisait confiance. Ce n'était vraiment pas le genre de type qu'elle aurait présenté à une copine. Pour autant qu'elle sache, jamais il n'avait eu de relation stable avec une fille, et elle en connaissait quelques-unes qui le détestaient franchement. Owen était un vrai accro à l'adrénaline, le genre à trouver excitant de s'infiltrer en Corée du Nord simplement parce qu'il en avait l'occasion. Si bien qu'il était par nature imprévisible. Il avait violé suffisamment de règles pour se faire virer ou arrêter plusieurs fois. Marina avait même entendu dire qu'il avait été renvoyé du *Wall Street Journal*, malgré les nombreux prix qu'il avait gagnés depuis qu'il y travaillait. Le rédacteur en chef ne lui faisait plus confiance, d'après les on-dit. Il en avait eu assez de payer la caution d'Owen Barry. Owen coûtait plus au journal qu'il ne lui rapportait.

Cela dit, Marina avait travaillé assez longtemps avec Owen pour savoir que son intégrité était impeccable. Impossible de l'acheter, de le mettre dans sa poche, de le corrompre. Il aurait préféré mourir plutôt que de révéler l'identité d'une source. Owen était un journaliste vrai de vrai. Pour lui, la vérité, c'était tout.

J'ai un collègue qui peut nous aider, tapa Marina.

Il peut créer une base de données à sécurité renforcée et a les compétences techniques nécessaires pour trier rapidement de grandes quantités de données. Il a déjà fait ça pour des enquêtes de cette envergure. Il s'appelle Owen Barry ; il a travaillé pour le *Wall Street Journal* pendant plusieurs années et dirige à présent le website Deliverable. J'ai déjà travaillé avec lui et je lui fais confiance.

Elle cliqua sur l'icône Envoyer et patienta.

Même si votre vie en dépendait ?

Oui. Même si ma vie en dépendait.

OK. Vous êtes prêts à recevoir les données ? Il y en a beaucoup. Plus d'un téraoctet.

Nous sommes prêts.

Vous commencerez à les recevoir d'ici quelques heures. Vous avez pu identifier la personne à laquelle Duncan Sander a parlé avant sa mort ? Nous devons surtout ne pas faire la même erreur que lui.

On y travaille. Vous pouvez me croire, nous ne referons pas l'erreur. Nous savons tous les deux ce qui est en jeu.

Elle pensa à Matthew Werner. Impossible de chasser de son esprit l'idée qu'il était impliqué dans tout ça. Il était mort le même jour que Duncan, dans un accident d'avion, en même temps qu'une personne très en vue qui était cliente de la plus grosse banque suisse et du cabinet Schmit & Muller. Quelqu'un chez Schmit & Muller cherchait à débusquer une taupe. Et s'il avait cru que c'était Matthew Werner ?

Marina se garda de poser la question à son correspondant. Elle ne voulait pas lui donner l'impression qu'elle tentait de deviner son identité et sa localisation. Il faudrait qu'elle mène ses propres recherches sur la mort de Matthew. Elle se promit de s'en occuper plus tard dans la soirée.

Plus vite les informations deviennent publiques, mieux ça sera pour nous.

D'accord. On y travaille.

Soyez prudents.

Vous aussi.

Un coup sur la vitre de la voiture fit sursauter Marina. Elle leva la tête : un jeune homme en veste de la police du comté de Somerset la regardait.

Elle ouvrit la fenêtre.

— Marina ? fit-il avec un sourire timide.

Elle lui rendit son sourire. Elle n'avait pas vu Miles Leonard depuis le collège, mais le reconnut immédiatement. Sa tignasse rousse avait pris une teinte blond vénitien, et le collégien maigrichon et dégingandé était devenu un homme imposant à larges épaules et petite bedaine. Il avait conservé le sourire chaleureux et les yeux bleu clair qu'elle avait connus à l'école de Lakeville. Pendant quelque temps, Miles et Marina avaient habité l'un en face de l'autre. Sandra Leonard conduisait Marina à l'école deux fois par jour quand sa mère à elle travaillait. En regardant le visage de Miles, Marina se souvint du parfum vanillé de sa mère et du goût des cookies au beurre de cacahouètes que les deux enfants mangeaient à l'arrière de la voiture après les cours. L'été précédant leur entrée en sixième, Sandra avait demandé le divorce et était allée s'installer avec Miles à Somerset, à quelques kilomètres de là, où elle avait trouvé un boulot de secrétaire au commissariat du coin. Grâce à Facebook, Marina savait que Miles avait débuté une nouvelle carrière d'inspecteur dans la police du comté de Somerset. Jamais elle n'aurait imaginé qu'ils se croiseraient un jour ou qu'il l'aiderait comme il était sur le point de le faire.

— Miles Leonard ! s'exclama-t-elle. Mon Dieu ! Ça fait des années…

— Vingt ans environ.

Miles ouvrit la portière et Marina sortit de la voiture. Il lui tendit la main, mais elle le serra dans les bras.

— Merci de m'avoir rappelée, et de venir me retrouver ici. Je sais que ça n'est pas tout à fait dans les règles.

— Tu vas peut-être pouvoir m'aider. Je suis visiblement le seul ici à penser qu'il ne s'agissait pas d'un simple cambriolage qui aurait mal tourné.

— Ce qui semble être l'hypothèse privilégiée.

— Écoute, Marina, tout ce que nous nous disons reste entre nous, OK ?

— Bien sûr. Tu as ma parole.

— Le commissaire Dobbs veut clore le dossier. Ce quartier, ce n'est pas le genre où les gens se font zigouiller. Tu comprends ? Merde, avant les cambriolages, les gens ne verrouillaient même pas leur porte ! C'est le genre d'endroit où ils laissent la clé sur le contact quand ils se garent en ville. Tu te souviens. Tu as grandi ici.

— Oui, Somerset est une ville tranquille. Ça fait partie de ce que Duncan aimait ici. À propos des cambriolages, des pistes ?

— Aucune. Cette affaire-ci ne colle pas avec les autres, mais Dobbs répète à qui veut l'entendre que c'est le même gars.

— Pourquoi, à ton avis ?

— J'suis pas sûr. Peut-être qu'il ne veut pas que les gens paniquent en s'imaginant qu'il y a un tueur qui se balade dans la région. Ils sont déjà suffisamment inquiets.

— Pourquoi cette affaire ne colle pas avec les autres ?

— Je vais te montrer.

Miles lui fit signe de la suivre jusqu'à la maison. La porte était toujours barrée avec du ruban de police jaune sur lequel était inscrit « Scène de crime – Ne pas franchir ». Miles monta les marches jusqu'à une porte de service et fit entrer Marina dans la cuisine.

Elle avança dans la pièce. Tout était comme dans ses souvenirs : le grand évier de ferme encore rempli de vaisselle sale. La crédence à carreaux bleus et blancs derrière la cuisinière, le coin petit déjeuner avec sa banquette capitonnée et les poutres apparentes sur toute la longueur du plafond. Cette maison, c'était le havre de Duncan. Il l'avait restaurée avec amour et rendue à la fois stylée et accueillante. Les mois précédant sa mort, il s'y était pour ainsi dire installé, ne revenant à New York qu'en cas d'absolue nécessité.

Une pile de courrier était posée sur le plan de travail, et la cafetière était à moitié pleine. On aurait dit que Duncan venait de sortir faire une course. Sauf qu'il régnait une atmosphère étrange. Il faisait froid dans la maison, trop froid pour y habiter. Frissonnante, Marina boutonna le col de son manteau.

Elle avait déjà vu des scènes de crime, certaines vraiment atroces. Mais celle-ci était la première impliquant un ami. Owen avait proposé de prendre en main l'enquête sur la mort de Duncan, mais Marina avait tenu bon. Cette idée que peut-être elle ne pourrait pas contrôler ses émotions lui déplaisait. Après tout, Owen et elle étaient aussi proches l'un que l'autre de Duncan. Le simple fait d'être une femme, expliqua-t-elle, ne signifiait pas qu'elle était moins capable que lui d'affronter une scène de crime violent. De toute façon, c'était elle qui connaissait quelqu'un au sein de la police du comté. Mieux valait qu'Owen utilise son temps précieux à créer une base de données sécurisée – ce que Marina ne pouvait pas faire. C'est ainsi qu'elle avait pris la route du Connecticut pendant que lui se concentrait sur les données qu'on leur avait fournies. Ils prévoyaient de se retrouver le lendemain matin pour comparer leurs notes.

— Ça va ? demanda Miles.

— Ça va, répondit Marina. Désolée. C'est juste que… j'étais venue le voir le mois dernier.

Miles hocha la tête. Oui, il comprenait.

— Il était où ? Je veux dire, quand il est mort.

— Dans son bureau. Je vais te montrer. Ne touche à rien.

Ils longèrent le couloir, traversèrent le salon. Miles se pencha pour passer sous le ruban jaune de police et aida Marina à faire de même. Elle s'arrêta, figée, devant le bureau de Duncan et son fauteuil, renversé par terre.

— Il semble que le tueur s'est introduit à l'intérieur par là, expliqua Miles en lui montrant la porte-fenêtre qui ouvrait sur le patio. C'était fermé, mais il a forcé la serrure. Très habilement, je dois préciser. Ensuite, le type s'est avancé jusqu'ici (Miles traversa la pièce et s'arrêta devant l'écran tactile commandant l'alarme) et a tapé le code. Du moins, je suppose, parce que l'alarme était désactivée quand nous avons trouvé le corps. La voisine nous a dit que la vic… désolé… que Mr Sander était un peu obsédé par la sécurité. Visiblement, il activait l'alarme dès qu'il sortait. Ce que la femme de ménage a confirmé.

— Il était un peu parano à ce sujet, en effet. Surtout ces derniers temps.

— Alors le – ou les – tueur a neutralisé le système de sécurité et attendu le retour de Mr Sander. Il a fait preuve de patience : Duncan est entré par la cuisine avec ses courses, il les a rangées, s'est préparé un sandwich. Ensuite il est entré dans son bureau et s'est assis là.

Mais Marina n'écoutait plus. Elle fixait une tache rouge-brun qui s'étalait sur le mur derrière le bureau. Le sang de Duncan ! Il avait éclaboussé le mur, le sol, le fauteuil, la table. Le corps lui-même avait été enlevé, bien sûr, et quelqu'un avait visiblement nettoyé les lieux, retiré les morceaux de cerveau, de crâne et de peau que l'impact avait fait exploser. Demeurait la tache, ainsi qu'un trou là où la balle s'était logée après avoir traversé la tête de Duncan. Marina avala sa salive.

— La balle a été retirée du mur, poursuivit Miles. Un tir parfaitement ajusté, si l'on en juge par l'endroit visé, juste entre les deux yeux. Du calibre .45 je pense.

— Professionnel ?

— Je dirais que oui. Je suppose qu'il s'est caché ici (Miles désigna une porte de placard ouverte) et qu'une fois Duncan assis à son bureau, il est sorti et l'a abattu. Ça fait environ deux mètres et demi jusqu'au bureau. Un tireur moins confirmé se serait approché pour un tir à bout portant, avant de viser la tête. Mais dans notre cas, il n'y a eu qu'un tir, en plein dans le mille.

Marina fit la grimace.

— La voisine, qui était chez elle, n'a rien entendu. Donc, j'en conclus qu'il a utilisé un silencieux.

— A-t-elle relevé quelque chose d'anormal ? Une voiture garée devant la maison… ce genre de chose ?

— Pas le soir du crime. Mais en effet elle a dit qu'elle avait vu une berline bleu vif faire le tour du pâté de maisons plusieurs fois dans la journée. Elle raconte qu'elle aime observer les oiseaux. Moi je pense que ce qu'elle aime, c'est espionner ses voisins. Elle est âgée. En gros, elle ne quitte pas son fauteuil.

— Est-ce qu'elle aurait par hasard identifié la marque ou le modèle ?

— D'après elle, c'était une voiture genre caisse à savon, une Kia peut-être. Elle a relevé une partie de la plaque.

— Vous l'avez vérifiée ?

— Elle n'avait que les trois derniers numéros : 434. Une plaque jaune. New York ?

— Y a-t-il des objets qui ont disparu ?

— Pas sûr. Tu connaissais Duncan. Il y a quelque chose qui manque, d'après toi ?

Marina inspecta la pièce. Sur les étagères était alignée la collection de premières éditions de Duncan, certaines de grande valeur. Il y avait une ancienne horloge dorée sur la cheminée et plusieurs cartes rares accrochées aux murs. Elle s'avança vers le bureau.

— Je peux ?

Miles fouilla dans ses poches.

— Enfile ça, dit-il à Marina en lui tendant une paire de gants en latex.

Elle s'exécuta, puis s'approcha en prenant soin d'éviter les taches de sang sur le tapis.

— Vous avez trouvé son ordinateur ? demanda-t-elle en examinant la surface du bureau, nue à l'exception d'un pot à crayons en cuir et d'une boîte de trombones.

— Non.

— Il avait un ordinateur ici. Et il avait l'habitude d'écrire des notes sur des carnets à feuilles jaunes.

— Il y en a des vierges dans le tiroir du haut.

Marina secoua la tête.

— Regarde, dit-elle en lui montrant sur le bureau une petite tache de sang bien nette en forme de L.

Miles s'approcha et se pencha pour mieux voir.

— Tu as vu ? On dirait que le sang est tombé à un endroit où il y avait un bloc-notes. Du moins, quelque chose à angle droit. Un livre, peut-être ?

Marina s'accroupit à côté du fauteuil. Elle pointa le doigt vers un stylo par terre.

— Il pourrait être tombé au moment où on a tiré sur Duncan. Ce qui voudrait dire qu'il était en train de prendre des notes. Le problème, c'est que le carnet a disparu.

— Peut-être que ce stylo était là avant.

— Non. Duncan était un maniaque du rangement, répondit Marina en montrant à Miles une paire de mocassins soigneusement rangés près de la porte. Il ne portait pas de chaussures dans cette pièce. Et regarde les bouquins. Organisés par genre, puis par ordre alphabétique. Duncan n'aurait jamais laissé un stylo par terre, surtout sur un tapis aussi coûteux. Il était en train d'écrire quand on l'a tué.

— Tu ferais une bonne enquêtrice.

— Il se trouve simplement que j'en sais beaucoup sur cette victime.

Marina ouvrit le premier tiroir du bureau. Derrière la pile de carnets vierges elle trouva ce qu'elle cherchait. Un petit agenda en cuir bleu marine. Elle le sortit et le leva à la lumière. En bas, à droite, dans l'angle, les lettres en or du monogramme de Duncan, *DST*.

— Il l'utilisait pour tout. Ses rendez-vous. Les notes qu'il prenait au cours de ses interviews. Je lui en achetais un neuf chaque année. Pour son Noël.

Les yeux de Miles se mirent à étinceler. Il tendit le bras.

— Je pensais que son agenda était sur son ordinateur.

— Surtout pas. Il y avait du technophobe chez Duncan. Il pensait toujours qu'on allait lui voler son identité.

Ou la lui pirater, ajouta-t-elle in petto. Maintenant qu'elle savait ce sur quoi Duncan travaillait, sa peur obsessionnelle des écoutes téléphoniques et de l'espionnage électronique paraissait justifiée.

— Tu connais un certain Hunter Morse ? demanda Miles en posant le doigt sur une page de l'agenda de Duncan. Il a eu une conversation téléphonique avec lui juste avant sa mort et devait le retrouver à Washington DC le lendemain. Regarde, il a souligné le nom deux fois.

— Ça ne me dit rien.

— Il préparait un article ? Je croyais qu'il était en congé sabbatique. Du moins, c'est ce que la voisine fouineuse m'a dit.

— Officiellement oui, il était en congé. Mais Duncan était toujours en train de préparer un article.

— À ton avis, cette fois-ci, c'était quoi le sujet ?

Marina marqua un temps d'hésitation. D'un côté, Miles ne lui avait absolument rien caché. Il lui avait même permis de voir la scène de crime. Et plus il y avait de personnes à rechercher l'assassin de Duncan, plus il y avait de chance que l'enquête avance.

Cela dit, Marina avait des doutes sur le commissaire Dobbs, le supérieur de Miles. Elle ne comprenait pas la logique qu'il y avait à assimiler comme il le faisait la mort de Duncan à la récente vague de cambriolages, à moins d'être d'une paresse sans bornes ou de vouloir dissimuler quelque chose. Miles pouvait bien lui faire confiance, mais Marina s'y refusait.

De toute façon, elle ne voulait pas qu'il arrive quelque chose à Miles. Il n'était qu'un simple inspecteur. Enquêter sur ce genre d'affaire avec le salaire qu'il avait, c'était absurde. Si Miles commençait à mettre son nez dans le business d'une banque offshore comme la CIB ou la Swiss United, il finirait très probablement avec une balle entre les deux yeux, comme Duncan.

— Je l'ignore. Je peux demander à des collègues. Écoute, Duncan avait beaucoup d'ennemis. Il écrivait des articles qui déplaisaient à certaines personnes. Je pourrais te faire de mémoire une liste d'une page entière de gens qui auraient de bonnes raisons de vouloir sa mort.

— OK, je m'en doutais. La voisine fouineuse le détestait elle aussi, soit dit en passant. Elle m'a dit que, quand il faisait beau, il lisait le journal en slip dehors sur la véranda.

— Comment elle sait ça ? demanda Marina, hilare.

— J't'ai dit. Elle « observe les oiseaux », répondit Miles en faisant des guillemets en l'air.

— Va la revoir. Il se peut qu'elle se souvienne d'autres détails sur cette nuit-là. Ou sur la Kia.

— OK. Je note.

— Et moi je vais essayer de voir ce que je trouve sur Hunter Morse.

— Parfait. Tiens-moi au courant. (Puis, après un coup d'œil à sa montre :) Bon, je file au commissariat, ajouta-t-il.

— Merci, Miles. J'apprécie ton aide, vraiment.

— Moi de même. On reste en contact, OK ?

Marina sortit de la maison à la suite de Miles. La température avait chuté et le ciel avait pris une teinte grise menaçante. Miles raccompagna Marina jusqu'à sa voiture.

— Dis bonjour à ta maman de ma part, dit Marina en lui donnant l'accolade.

— Je n'y manquerai pas. Et tes parents, ça va ?

— Bien. Ils vieillissent.

— Passe-leur le bonjour. C'est des gens bien.

— Des gens super.

Elle regarda Miles regagner son pick-up et le laissa sortir de l'allée en premier. Il se retourna pour lui adresser un dernier signe de la main avant de prendre Walnut Street à gauche.

Marina roula en première jusqu'au bout de l'allée. C'est alors qu'elle remarqua une berline de couleur sombre garée en face, à trois maisons de là. Elle tourna à droite, avançant le plus lentement possible afin de pouvoir observer la maison de la voisine. Il s'agissait d'une vieille construction victorienne, coiffée d'un belvédère et entourée d'une véranda. Marina crut voir à travers les voilages blancs de la fenêtre donnant sur la rue la silhouette d'une femme.

Elle accéléra après la maison. D'un coup d'œil rapide, elle vit au volant de la berline un homme coiffé d'une casquette Red Sox qui lisait un journal. Quand elle arriva au bout de Walnut Street, elle mit le clignotant. La berline avait disparu.

Ce n'est qu'en arrivant à la sortie de l'autoroute que Marina la vit de nouveau. La berline se trouvait deux véhicules derrière elle, au niveau d'un feu rouge. La casquette du conducteur était parfaitement reconnaissable, ainsi que le fond jaune d'or de la plaque d'immatriculation. Marina se redressa pour essayer de lire le numéro dans son rétroviseur. Une plaque new-yorkaise, commençant par *FBY*. Elle se retourna pour tenter de voir les derniers chiffres, mais le feu passa au vert et le conducteur derrière elle klaxonna.

Elle prit la nationale 44, la berline sur les talons. Bien que cette dernière restât deux ou trois voitures derrière elle, Marina comprit qu'elle était suivie. Son cœur se mit à battre à tout rompre. Voyant s'approcher la sortie pour Lakeville sur la gauche, elle se mit sur la file de droite. La berline fit de même. Elle accéléra comme si elle allait passer la sortie sans la prendre, puis tourna brusquement le volant et traversa les deux voies à gauche. Un quatre-quatre freina en lui adressant un coup de klaxon furieux. Marina lui passa devant et parvint de justesse à prendre la sortie, tandis que la berline restait sur la nationale. En s'arrêtant au feu à la sortie de la bretelle, Marina ferma les yeux et poussa un long soupir. Elle l'avait échappé belle, mais il n'y avait plus personne derrière. La berline avait disparu.

Dix minutes plus tard, elle se garait devant la maison de ses parents. Elle n'avait pas prévu d'aller les voir, et n'avait pas vraiment le temps de le faire, mais au moins, pour le moment, elle avait semé la berline.

Elle n'avait pas vu Richard et Alice depuis ses fiançailles. Elle leur disait toujours qu'elle allait passer, mais entre les préparatifs pour le mariage, son boulot et les obligations sociales de la famille Ellis, elle avait l'impression de ne pas avoir une minute à elle. Quand elle invitait ses parents à New York, c'était à reculons, que se soit pour assister au gala de la fondation Ellis, par exemple, ou bien pour aller voir *Casse-Noisette* au New York City Ballet – tout en sachant qu'ils ne viendraient pas. Ils détestaient New York. Depuis l'attaque de son père, ils se déplaçaient encore moins qu'avant. En arrivant devant la porte d'entrée de la maison, elle remarqua avec tristesse que leur haie, autrefois impeccable, avait un air négligé, et que la coquette peinture bleu de perse que sa mère aimait tellement s'écaillait sur la porte. Richard Tourneau était un homme qui s'enorgueillissait de ne dépendre de personne. Il ne faisait pratiquement jamais appel à un artisan. Outils, pots de peinture, tondeuse et fertilisant s'amoncelaient dans le garage. Marina devinait à quel point il devait se désoler de voir les contours irréguliers de sa haie, les plaques de terre nue au bord de sa pelouse. Sa santé devait avoir décliné depuis la dernière fois qu'elle l'avait vu.

Heureusement, les aboiements joyeux du chien de ses parents lui redonnèrent le moral. Et quand sa mère ouvrit la porte, son visage exprimait une joie sans mélange.

— Richard ! Devine qui est là !

Lorsque le père de Marina apparut sur le seuil, le sourire de la jeune femme se figea. Il était en fauteuil roulant, la jambe gauche plâtrée, avec sur la joue un pansement couvrant ce qui ressemblait à une vilaine plaie.

— Papa ! Que t'est-il arrivé ?

— Oh, rien. Un accident stupide. Approche-toi ! C'est si bon de te voir.

— Il est tombé dans la douche, expliqua Alice. Dieu merci, j'étais là.

— Ta jambe est cassée ? Oh, papa… Mais tu fais comment pour monter jusqu'à la chambre ?

— Pour l'instant, on dort dans le salon télé. Ce n'est pas un problème. C'est même plutôt confortable. Et c'est agréable d'avoir la lumière du matin.

— Pourquoi vous ne m'avez pas appelée ?

— Parce que tu étais à Paris, ma chérie. Hors de question d'interrompre ton séjour. Ensuite, avec ce qui est arrivé à Duncan…

— Il aurait pu tomber sur le crâne, se…

— Eh bien, non. Dis bonjour à Henry. Il est tellement content de te voir. C'est un très gentil chien,

Marina. Après la mort de Tucker, je n'aurais jamais imaginé qu'on adopterait un autre chien, mais ce sacripant-là, il m'a vraiment conquise. Tu as faim ? Je peux te préparer à manger. Mais peut-être que tu vas rester pour dîner ?

— Impossible. J'étais à Somerset et alors je me suis dit que je passerais vous voir pour vous faire un petit coucou.

Marina remarqua les regards déçus que ses parents échangeaient. Dans la voiture, elle s'était dit qu'une petite visite valait mieux que pas de visite du tout. Peut-être était-ce une erreur. Au moins, elle avait semé la berline qui la suivait. Cela seul suffisait à justifier ce passage chez ses parents.

— Enfin, pour le moment tu es là, dit Alice. Alors, raconte-nous... qu'est-ce que tu faisais à Somerset ? Tu regardais les endroits à louer pour le mariage ? Je pense à ce superbe domaine là-bas... ça s'appelle comment, Richard ? Snowden House, non ?

— Pourquoi irait-elle se marier à Somerset ? répondit Richard en se tortillant sur son fauteuil. Lakeville, c'est plus joli. Si tu comptes te marier dans le Connecticut, pourquoi pas carrément ici, chez toi ?

— Dans la maison ? s'exclama Alice. Oh, Richard, une fête de ce genre ici, ça serait trop pour nous ! Les Ellis doivent avoir un million d'amis ! Je suis sûre qu'ils ont mieux en tête pour fêter le mariage de leur fils.

— Je ne veux pas dire ici dans cette maison, Alice.

À Lakeville, c'est tout. L'Interlocken est un charmant hôtel. Et pourquoi pas à Hotchkiss School ? Ça serait super. Je peux en dire deux mots au président demain.

— C'est vrai que la chapelle est adorable, convint Alice. Et la réception, elle se ferait où ? Au Boathouse, peut-être ? Ou bien…

— Eh oh !

Les parents de Marina levèrent la tête, comme s'ils avaient oublié sa présence.

— C'est déjà décidé, annonça-t-elle. On se marie chez les Ellis à Southampton.

Il se fit un silence aussi bref que brutal.

— Je vois, fit Alice d'une voix pincée.

Marina devina ce qu'elle pensait : *À mon époque, c'était chez la famille de la future mariée que se déroulait la noce.*

— Vous avez choisi une date ?

— Euh… au début, on pensait à cet été, mais je me dis que l'été prochain, ça serait plus réaliste.

— Comment ? s'exclamèrent ses deux parents de concert.

— Marina ! C'est dans pratiquement deux ans !

— Une longue période de fiançailles, ça n'est pas bon, Marina. Ton père et moi sommes restés fiancés huit mois, et à mon avis c'était bien trop long.

— L'un de vous hésiterait-il ? C'est quoi, le problème ? demanda Richard en jetant à sa fille un coup d'œil par-dessus ses lunettes.

— Il vous reste encore plein de temps pour un

mariage cet été, chérie. Il faudrait commencer les préparatifs dès maintenant, bien sûr, mais…

— Stop ! fit Marina. Il ne s'agit pas d'hésitations. C'est juste que…

Elle laissa sa phrase en suspens. Elle n'avait pas prévu de se lancer dans des explications compliquées avec ses parents, mais la chose semblait maintenant inévitable.

— Le père de Grant se présente à la présidentielle, dit-elle finalement. Il va bientôt annoncer sa candidature. Et s'il remporte la primaire démocrate…

— Pour devenir président ? fit Alice, l'air stupéfait.

— Oui, maman. Président.

— Mais… mais… c'est un promoteur immobilier ! Il possède des milliards ! J'avais entendu des rumeurs, comme tout le monde, mais jamais je n'aurais imaginé qu'il irait jusqu'au bout. Pourquoi diable…

— Parce que c'est un homme intelligent qui n'est pas à la solde d'intérêts particuliers. Il a consulté un grand nombre de conseillers et, à l'heure actuelle, il y a une vraie dynamique derrière lui. Honnêtement, tous ceux auxquels il en a parlé estiment qu'il a des chances sérieuses de gagner.

Pendant quelques secondes ils restèrent tous les trois les yeux fixés au plancher. Ses parents aimaient Grant, Marina le savait. Impossible de ne pas l'aimer, d'ailleurs. Il s'exprimait bien, était attentionné, bien élevé. Il adorait leur fille. Bref, tout ce qu'on pouvait espérer trouver chez un gendre. En revanche, ses parents, les Ellis, c'était une autre histoire. Richard et Alice n'avaient jamais prononcé une parole négative contre eux. Mais Marina les connaissait. Ils n'appréciaient guère les gens qui en faisaient des tonnes. Or les Ellis, malgré tout leur bon goût, en faisaient vraiment des tonnes et des tonnes.

— Ils sont réellement démocrates, pour de vrai ? demanda Alice à voix basse.

Être autre chose que démocrate, c'était à ses yeux un grand défaut.

— Oui, ils sont réellement démocrates. Écoutez, je ne suis pas venue ici pour me disputer avec vous. Surtout à propos de politique. Ou du mariage.

— Bien sûr que non, reconnut Alice en passant la main dans ses cheveux argentés et courts à la coupe sage. Je m'excuse. Allons nous installer dans le salon. Ton père est plus à l'aise dans son fauteuil.

Une fois bien assis – Marina sur le vieux canapé en tweed avec sur les genoux une couverture arborant les armes de Hotchkiss School, son père en face de la cheminée avec les jambes posées sur un pouf –, Alice fila dans la cuisine. Chaque fois que Marina passait les voir, sa mère s'assurait qu'elle mangeait quelque chose. Elle affirmait avec une mine désapprobatrice que Marina « dépérissait », ou bien qu'elle « paraissait plus maigre que d'habitude », et ce, au moins une fois par visite. Marina s'étonna de constater que, pour l'instant, Alice n'avait fait aucun commentaire. Depuis la mort de Duncan, pourtant, elle avait perdu l'appétit. Ses jeans flottaient sur ses hanches, ses pommettes étaient saillantes. Pour la première fois de sa vie, Marina avait perdu du poids sans le faire exprès.

— Et voilà ! annonça Alice en apportant un plateau de cookies. Juste quelques petites choses à grignoter. Tu as l'air affreusement maigre pour quelqu'un qui revient de Paris.

— Je n'y ai passé que quelques jours.

— Tu sais, on est vraiment navrés pour Duncan, dit son père. Je sais que vous étiez très proches. J'imagine que ça a été dur, quand tu as appris la nouvelle.

— C'est une histoire tragique, ajouta Alice. Un cambriolage comme il y en a tant dans la région. On ne fermait jamais la porte avant, mais maintenant, on le fait. On n'est jamais trop prudent de nos jours.

— Tu es allée aux funérailles, Marina ?

— Oui, bien entendu. J'ai écourté mon voyage pour pouvoir y être.

— Les gens du magazine étaient tous là ?

— Oui.

— Duncan travaillait toujours là-bas ? J'ignorais. Je ne sais pas pourquoi, je croyais qu'il avait quitté son boulot.

— Il était en congé sabbatique.

— Je me souviens d'avoir bavardé avec lui à vos fiançailles. Tu te rappelles, Richard ? C'était quoi, le sujet sur lequel il nous a dit qu'il travaillait ?

— Je ne sais pas. Mon avis, c'est qu'il avait dépassé la dose limite.

— Richard, ce n'est pas très gentil de dire ça !

— Je dis ce que je pense, c'est tout. Je n'ai jamais aimé ce type. Je n'appréciais pas sa façon de traiter Marina. En fait, de traiter les autres. Il se croyait tout permis.

— Duncan a été un mentor extraordinaire et un excellent journaliste, papa.

— Eh bien, moi, j'ai trouvé qu'il se comportait grossièrement à tes fiançailles.

Marina fronça les sourcils. Elle savait bien que son père n'appréciait guère Duncan Sander, mais elle n'avait pas vraiment envie d'en discuter maintenant qu'il était mort.

— Qu'est-ce qu'il a fait à mes fiançailles ?

Elle se souvenait vaguement d'une scène vers la fin de la soirée qui s'était terminée avec James Ellis appelant un taxi pour Duncan.

— Il était saoul comme un Polonais, répondit Richard, les yeux écarquillés. Tu ne te souviens pas ? En plus, il bassinait James Ellis avec ses histoires de Morty Reiss, comme quoi ce type avait son fric planqué dans une banque suisse et que lui, Duncan, il allait le prouver.

Marina s'efforça de cacher sa surprise.

— Tu es sûr qu'il s'agissait d'une banque suisse ? Est-ce qu'il ne racontait pas plutôt cette interview qu'il a donnée il y a six mois, quand il tentait de prouver que Morty Reiss avait confié son argent à une banque des îles Caïmans ?

— Oh non, ce n'était pas de cette interview-là

qu'il parlait. Même si, bon sang, logiquement, le pauvre aurait dû arrêter de boire après l'avoir faite ! Non, il disait que l'argent était dans une banque suisse maintenant. Franchement, du grand n'importe quoi. Les Ellis étaient gênés.

Marina ferma les yeux et inspira profondément. *Bon Dieu, Duncan, tu as parlé de ça à mes fiançailles ? Et la prudence alors ?*

— Ça va, ma chérie ?

Marina ouvrit les yeux. Ses parents la regardaient, inquiets.

— Tu as l'air fatiguée.

— Désolée, j'ai très mal à la tête. Il vaut mieux que je reprenne la route, je crois.

— Prends un biscuit. Tu as mangé aujourd'hui ?

Elle se leva, plia la couverture et la posa sur l'accoudoir du canapé, là où elle l'avait trouvée. Elle avait hâte de rentrer à New York et, surtout, de retourner chez Owen Barry.

— Merci, maman. Je pourrais en ramener à la maison, non ? Je suis certaine que Grant les aimera.

— Très bien. Alors je vais chercher un sac Ziploc dans la cuisine. Peut-être que tu pourrais venir avec lui dîner ici un soir.

Marina hocha la tête. Elle se pencha et enlaça sa mère plus longtemps qu'elles ne s'y attendaient l'une et l'autre.

— Ça me ferait très plaisir, dit-elle, la gorge étranglée. Vous me manquez beaucoup. C'était chouette de vous voir.

— Toi aussi tu nous manques, Marina.

— Sois prudente, dit son père. Il fait nuit si tôt à cette période de l'année. En plus, c'est samedi soir. On ne sait jamais qui on va trouver sur la route.

Tu ne crois pas si bien dire, songea Marina.

— Je ferai attention, papa. Je te le promets.

Annabel

Khalid Nasser guettait Annabel dans le hall des arrivées de l'aéroport d'Heathrow. Même si officiellement on était le matin, il faisait encore sombre dehors. Toutes les personnes qui se trouvaient là, y compris Khalid, avaient l'air las de ceux qui auraient bien besoin d'un café. Le vol d'Annabel était pratiquement vide. Khalid vit avec une inquiétude croissante le dernier passager débarquer et se diriger vers l'endroit où on récupérait les bagages. Annabel avait-elle raté son avion ? Avait-elle paniqué ? Ou bien avait-il mal compris l'heure de son arrivée ? Il avait été réveillé par son coup de fil la veille, après une nuit arrosée. Très arrosée. Il était peut-être même encore saoul quand ils s'étaient parlé au téléphone. Sans trop s'expliquer comment, il avait réussi à comprendre, avant de s'effondrer de nouveau, qu'il devait mettre son réveil afin de pouvoir venir la chercher à l'aéroport. Elle lui avait paru nerveuse, craintive même. Elle devait quitter Genève immédiatement, avait-elle dit. Elle allait prendre le premier avion. Pouvait-elle séjourner chez lui ? *Bien sûr*, avait-il répondu. *Je viendrai te chercher*.

Cinq heures plus tard, quand son réveil avait sonné, il avait été tenté de roupiller encore un peu. Puis il s'était dressé brusquement, le cœur affolé, la tête dans un étau. Sans prendre le temps de se doucher, il avait enfilé un jogging, mis ses lunettes – trop pressé pour les lentilles de contact, et s'était dirigé vers l'aéroport, les dents sales, sa tignasse noire en bataille. Elles étaient rares, les personnes pour lesquelles il aurait fait ça, se dit-il en s'engageant sur la M4. Annabel Werner en faisait partie.

Une dame âgée avec toute une collection de valises Vuitton monogrammées le dévisageait. Khalid connaissait bien ce genre de regard – un regard d'inquiétude soupçonneuse, de vigilance extrême. Il le voyait posé sur lui partout, mais surtout à l'aéroport. Quand il était en voyage d'affaires, il prenait soin de mettre l'un de ses costumes sur mesure de Savile Row et de bien peigner ses cheveux avec une raie sur le côté, comme un vrai banquier. Il réservait en première classe, se montrait exagérément courtois avec tous ceux qui lui adressaient la parole. Sinon, il restait dans son coin. Ce qui n'empêchait pas les regards – c'était impossible. Mais en général, ça en limitait la durée.

Il passa la main dans sa tignasse pour y remettre un peu d'ordre. Visiblement, la vieille dame se demandait si elle n'allait pas le signaler à la police. Il y avait une pancarte en hauteur à propos des bagages abandonnés. « Si vous voyez quelque chose de suspect, signalez-le. » La dame cherchait du regard un agent de sécurité. Khalid regretta d'avoir choisi de porter son sweat-shirt *J'suis bourge, et alors ?* qu'un copain lui avait offert pour plaisanter quand il avait accepté le boulot chez Goldman Sachs. Il s'était dit que ça ferait rire Annabel, et Dieu sait si elle en avait besoin en ce moment. Mais en y repensant, il comprit qu'un homme d'1,90 mètre de type syrien en sweat-shirt à capuche, ça avait de quoi faire flipper les mémés.

— Annabel ?

Khalid la vit juste au moment où elle se dirigeait vers la livraison des bagages. Elle paraissait si jeune avec son jean et son sac à dos qu'il eut du mal à la reconnaître. Quand ils avaient fait connaissance à New York, il l'avait trouvée d'une beauté renversante. À l'époque, elle avait une coupe pixie, chose que d'ordinaire il n'aimait pas chez une femme mais qu'il avait trouvée sensuelle chez Annabel. Les cheveux courts mettaient en valeur son cou délicat, ses grands yeux attentifs frangés de cils noirs qu'elle soulignait d'un gros trait de khôl. Même le week-end, elle portait des vêtements cool à la coupe épurée mais jamais ouvertement sexy. Impressionné, mais aussi – il fallait bien l'admettre – jaloux, Khalid s'était dit que son copain de fac s'était fort bien débrouillé. Surtout, Khalid se félicita de ne plus avoir à endurer de dîner barbant en compagnie de l'une des précédentes conquêtes de Matthew. La fille avec laquelle il sortait avant Annabel – Kelly ? Casey ? impossible de se souvenir – était une décoratrice d'intérieur qui vivait avec sa maman dans un quartier huppé de Manhattan. Si Matthew l'avait épousée, il se serait immanquablement retrouvé – c'était juste une question de temps – à passer le week-end en voiture pour conduire ses trois gosses au tennis. Et Khalid aurait perdu tout contact avec lui.

Quand Annabel se retourna, sa queue de cheval voltigea par-dessus son épaule et son visage s'illumina.

— Khalid ! Dieu merci !

Elle courut vers lui et enfouit son visage contre sa poitrine. Khalid remarqua avec satisfaction que la vieille dame assistait à la scène. Il lui sourit pardessus la tête d'Annabel. Elle se détourna en faisant comme si elle ne l'observait pas.

— Tu n'étais pas obligé de venir me chercher.

— Je me suis dit que tu ne prendrais pas un vol aussi tôt si ça n'était pas important.

— Désolée. Je sais bien que je te demande beaucoup.

— Annabel, je ferais tout pour toi. Tu le sais. Et, mon Dieu, je suis vraiment désolé. Je ne trouve rien à dire. C'est affreux, ce qui est arrivé. C'est cruel.

— Merci. Matthew t'appréciait beaucoup. Même si on ne s'était pas vus depuis longtemps, je sais qu'il te considérait comme l'un de ses amis les plus proches.

— Moi aussi.

Khalid passa un bras affectueux autour de ses épaules.

— Tu as des bagages en soute ?

— Non, répondit Annabel en tapotant son sac à dos. C'est tout ce que j'ai pris.

Khalid hocha la tête. Il y avait tant de questions qu'il voulait lui poser, mais il décida que ça pouvait attendre jusqu'à ce qu'ils arrivent à la maison. Il avait besoin d'un café avant. Elle aussi sans doute.

Khalid habitait un loft immense près de Brick Lane à Shoreditch, un quartier artiste et vibrant de Londres. Le bâtiment était un ancien entrepôt converti en studios et logements pour les artistes. Parmi les habitants, Khalid était le seul cadre, ce qui lui convenait parfaitement. Il appréciait d'avoir des voisins intéressants. George, le tatoueur star, qui lui fournissait de temps à autre du *shatter*, un concentré de cannabis puissant qui le collait au plafond. Natalia, le mannequin aux jambes interminables qui, entre deux défilés, faisait, supposait-il, des petits à-côtés en tant qu'*escort girl*. Il aimait les bars de Brick Lane, le *street art* et les magasins éphémères nichés sous les viaducs de la voie ferrée ou dans des vieux entrepôts, et les galeries qui laissaient leurs portes ouvertes tard le soir le premier jeudi de chaque mois. Certes, le quartier se gentrifiait. C'était à la fois bien, et pas bien. Il y avait beaucoup d'hommes à catogan maintenant, du café hors de prix et des filles au brushing impressionnant qu'on voyait aller au boulot au Soho House. Mais pour Khalid, Shoreditch avait conservé son énergie et sa vibration, telle une tache de couleur dans une ville plutôt grise. C'était ici qu'il se sentait le plus chez lui.

Brick Lane offrait également un contrepoint agréable à ce que Khalid appelait sa vie diurne. Il s'était laissé acheter par Goldman Sachs, lui, le geek – pour le moment. Officiellement, Khalid était programmateur free-lance. Il lui arrivait d'accepter des missions temporaires et hautement lucratives pour des banques ou des cabinets d'avocats qui voulaient renforcer leur cybersécurité. Puis il prenait quelques mois pour voyager. Cela dit, cette mission à Goldman Sachs durait depuis deux ans et ne semblait pas près de s'arrêter. Ce qui ne le dérangeait pas vraiment : ça payait bien. Simplement, l'idée de travailler pour une grosse banque à perpétuité l'irritait, et il commençait à se sentir des fourmis dans les jambes. L'arrivée d'Annabel lui donnait une bonne excuse pour se faire porter pâle et prendre une petite pause dont il avait grand besoin.

— Désolé, il n'y a qu'une chambre, dit-il quand ils arrivèrent chez lui. Prends-la. Je dormirai sur le canapé.

— Oh non, surtout pas ! Et n'insiste pas. C'est moi qui m'excuse de débarquer comme ça chez toi. Pour tout te dire, je ne me sentais pas en sécurité dans un hôtel. Et je ne voyais pas qui d'autre pouvait m'héberger à Londres.

Khalid se mordit la lèvre. Il savait qu'elle lui raconterait le reste sans tarder. Il prit le sac à dos et le manteau de la jeune femme et les rangea dans le placard.

— Ne t'avise pas de t'excuser. Tu dors dans la chambre, c'est tout. Qu'est-ce qui te ferait plaisir ? Du café ? Une douche ? Une petite sieste ?

— Les trois ?

— En premier ?

— Du café. Et peut-être une douche rapide. Ensuite, on discutera.

Khalid lui montra la chambre.

— Là-dedans, tu trouveras des serviettes propres. Je prépare le petit déj'. Tout ce que je sais faire, c'est les œufs brouillés et les toasts, alors si tu veux autre chose, il faudra qu'on sorte.

— Des œufs, ça sera parfait. Merci. Pour tout.

— Ne me remercie pas. C'est cool de te voir.

Une demi-heure plus tard, installée dans la cuisine de Khalid, Annabel se jeta sur le café et les œufs. Khalid s'efforça de ne pas la regarder de manière trop insistante – on aurait dit qu'elle n'avait pas mangé depuis une semaine. Il lui resservit du café et s'affaira à nettoyer le plan de travail. Les cheveux châtains d'Annabel étaient encore humides après la douche et son visage aux traits délicats n'était pas maquillé. Elle était épuisée – Khalid le vit à ses yeux. Et elle avait perdu du poids, si tant est que cela fût possible. Mais surtout, elle était aussi belle que dans son souvenir. Elle portait les cheveux plus longs, et son front s'était un peu ridé, mais c'était la même Annabel qu'il avait connue à New York.

— Désolée de ne pas t'avoir prévenu pour la messe de souvenir, dit-elle enfin. J'aurais dû. Tout s'est passé tellement vite. La banque a tout organisé.

— Peu importe. J'ose à peine imaginer ce que tu as vécu. Je t'ai appelée quand j'ai appris la nouvelle, plusieurs fois en fait. C'était un homme, un certain Julian, qui répondait. Je ne savais pas trop si les messages te seraient transmis.

— Oui, il m'a dit. C'était gentil d'appeler. Merci. J'étais complètement sous le choc. Je me suis renfermée sur moi-même, je crois.

— C'est naturel.

— Tu savais qu'il était venu ici avant de mourir ? À Londres ?

Khalid ouvrit le robinet et commença à récurer la poêle.

— Oui, il me semble avoir entendu dire ça, répondit-il sans la regarder.

En fait, il avait appris bien plus que cela. Les tabloïds londoniens avaient raconté que Matthew séjournait chez Fatima Amir, la présidente d'un gros fonds d'investissement, et qu'il était mort à bord de l'avion privé de cette figure de premier plan. Les journalistes n'étaient pas allés jusqu'à dire qu'ils avaient une liaison, mais ils l'avaient largement suggéré. Khalid se refusait à y croire. Il connaissait Matthew et l'amour qu'il vouait à Annabel. Du moins, l'amour qu'il lui vouait il y a plusieurs années de cela, quand ils vivaient tous dans la même ville. Cela dit, même lui devait bien reconnaître que Fatima était d'une beauté à couper le souffle, et que la seule et unique photo de Matthew et elle qui avait été publiée – lors d'un dîner aux chandelles dans un restaurant de Soho – donnait l'impression qu'ils entretenaient plus qu'une simple relation professionnelle. Cette photo, est-ce qu'Annabel l'avait vue ? Il espéra que non.

— Sa cliente vivait ici. Fatima Amir. Tu as entendu parler d'elle ?

— Oui. Elle est syrienne. Les Syriens de Londres, c'est comme les New-Yorkais de Genève. On se connaît presque tous. Elle aussi a passé son enfance à St John's Wood. Pas loin de chez mes parents.

— Matthew était son conseiller en gestion de patrimoine. Du moins c'est ce qu'on m'a dit. Je n'avais jamais entendu parler d'elle jusqu'à…

— Elle dirigeait un fonds d'investissement, non ?

— Oui. Visiblement, elle se débrouillait bien. Matthew a laissé quelques affaires chez elle. Je voulais venir les chercher moi-même. Mais maintenant que je suis ici, je ne suis pas sûre de pouvoir.

— Je peux m'en occuper.

Annabel lui adressa un sourire las.

— Merci. Peut-être, oui. Donne-moi le temps d'y réfléchir. Il y a autre chose que je voudrais te demander. C'est moi qui remporte officiellement la palme de l'invitée la plus pénible ?

— De loin. Et sache que je te fais payer mille

livres sterling la nuit. Alors autant en avoir pour ton argent.

Annabel éclata de rire.

— Tarif spécial amis, j'espère.

— Bien sûr. Nous sommes dans un quartier chic, quoi qu'en pense ma mère.

— Tes parents habitent toujours à St John's Wood ?

— Oui.

— Tu connais les Amir ? Je veux dire, personnellement ?

— Non, pas personnellement. Mais je sais qui ils sont.

Khalid observa un temps de silence. Il voyait bien où menait cette discussion, et ça le mettait mal à l'aise. Les Amir – et en particulier leurs cousins, les Assad – n'étaient pas le genre de famille qu'on traite à la légère. Tout ce qu'il avait entendu convergeait vers l'idée que Fatima Amir était une authentique spécialiste de la finance. Mais quand il avait appris que Matthew était son conseiller personnel, il s'était inquiété. Entretenir des relations avec ce genre de famille, c'était entretenir des relations dangereuses.

— La Swiss United s'occupe des affaires bancaires de toute la famille. Ils ont des milliards de dollars planqués dans des comptes offshore.

Khalid ne put cacher sa surprise.

— Tu veux dire, Fatima ? Ou ses cousins ?

— Les deux.

— Mais… les cousins, les Assad, ils sont sur liste

noire ! Jamais Goldman Sachs ne toucherait à leur argent, même avec des gants. Attention, je ne dis pas que Goldman ne fait pas affaire avec des gens louches. Mais pas à ce point. Bachar el-Assad est un dictateur. Un criminel de guerre. Travailler avec ce genre de personnage, c'est illégal. Pour ne pas dire complètement immoral.

— Je sais. Et Jonas, le patron de Matthew, est le banquier d'Assad.

Khalid émit un sifflement discret. Ils restèrent un temps silencieux.

— J'espère que je ne vais pas te poser une question déplacée, dit Khalid lentement. Si c'est le cas, dis-moi de la fermer. Mais y a-t-il eu une enquête sur la mort de Matthew ?

— Oui. Qui a conclu à un accident. Du moins c'est ce qu'on m'a dit. Une histoire de système antigel.

— On a trouvé la boîte noire ?

— Apparemment oui.

— Mais tu as des doutes, poursuivit-il en étudiant son visage.

Elle redressa la tête, et ses yeux verts rencontrèrent les siens.

— Oui, dit-elle dans un murmure. Tu n'en aurais pas, toi ?

Khalid hésita.

— Si.

— Je suis allée voir la personne chargée de l'enquête. Bloch, de la Fedpol. Il m'a donné des photos du lieu de l'accident. Du moins il m'a affirmé que c'était le lieu de l'accident. Sauf que ce n'était pas l'avion de Fatima.

— Comment ça, ce n'était pas son avion ?

— C'étaient les photos d'un autre. D'un avion hollandais qui s'est écrasé un an plus tôt.

— Comment tu as découvert ça ?

— J'ai fait quelques recherches. Tout ce qu'on me disait sur l'accident – la défaillance du système antigel, le lieu de l'accident, tout –, c'était exactement ce qui s'était passé un an auparavant. Soit il s'agit d'une sinistre coïncidence, soit on me ment.

— Mais pourquoi ? Pourquoi un inspecteur de la Fedpol te mentirait-il ?

— Parce qu'on lui a graissé la patte, je suppose. Il voulait me faire croire que c'était un accident. Alors il m'a montré les données de la boîte noire et les photos d'un autre avion écrasé, un vrai accident celui-là, en espérant que je ne poserais pas plus de questions.

Khalid resta un moment à réfléchir.

— À ton avis, qui lui a graissé la patte ?

— Fatima aurait voulu rompre avec sa famille, visiblement.

— Donc, tu penses qu'ils l'ont supprimée ?

— Peut-être. Ou bien c'est Matthew qui était visé, et par malchance elle se trouvait avec lui.

— Mais pourquoi aurait-on voulu tuer Matthew ?

Les yeux fermés, Annabel inspira profondément.

— Promets-moi que cela restera entre nous. Je ne l'ai dit à personne d'autre.

— Promis.

— Une personne qui travaillait avec Matthew m'a dit qu'elle avait de bonnes raisons de croire qu'il collaborait avec quelqu'un au département de la Justice des États-Unis. Qu'il était un mouchard. Une taupe.

— Mon Dieu !

— Elle n'en était pas certaine. Mais il avait bel et bien des relations avec ce département. Il est même allé aux États-Unis pour voir son contact. Quelques semaines plus tard, son avion s'est écrasé.

— Tu as accès à sa messagerie ?

— Non. Mais j'ai son ordinateur portable. Seulement il est crypté.

— Eh bien, je devrais pouvoir t'arranger ça. C'est un peu mon rayon, vois-tu. Sans vouloir me vanter, je suis plutôt bon pour ce genre de truc. Sans doute meilleur que les gars qu'ils ont à la Swiss United de toute manière.

— C'est ce que j'espérais.

— La banque n'est pas venue chercher l'ordinateur ?

— Sa collègue – celle qui m'a expliqué qu'il collaborait avec la police –, m'a dit qu'il lui avait demandé de le cacher. Elle me l'a donné. C'est pour ça que j'ai pris le premier avion ce matin. Ils ne vont pas tarder à venir le chercher.

Les yeux pétillants, Khalid se frotta les mains.

— Dans ce cas, on va voir ce qu'il y a dedans avant qu'ils ne le trouvent.

Sur l'autre rive de la Tamise, Thomas Jensen, installé à son bureau du quartier général du MI6, pliait soigneusement en carré ses mouchoirs monogrammés. S'il détestait l'extérieur du bâtiment, qui ressemblait à son avis à une pile de briques Lego géantes, il appréciait la vue de sa fenêtre. Le matin, quand le temps était clair, il regardait le vol plané des mouettes passant silencieusement sous Hammersmith Bridge. Lui-même avait fait partie de l'équipe d'aviron d'Oxford plusieurs années auparavant. Il avait même, en tant que capitaine, mené l'équipe à la victoire lors de la régate d'Henley. Ces temps-ci, il s'entraînait quand il le pouvait, généralement sur un rameur dans quelque salle de sport d'hôtel à l'étranger, mais ça n'était pas du tout la même chose. Le spectacle des rameurs sur la Tamise le rendait nostalgique et pensif, et il avait pris l'habitude de le contempler en silence avant de s'occuper des affaires du jour.

Mais ce matin-là ne serait pas comme les autres. Son téléphone sonna juste au moment où sa secrétaire, Letty, lui apportait le café sur son bureau. Il était arrivé la veille de Bagdad et restait encore un peu étourdi par de nombreuses nuits sans sommeil. Mais quand il vit qui l'appelait, il décrocha immédiatement. Letty, qui travaillait pour lui depuis tellement longtemps que ni elle ni lui ne comptaient plus les années, était passée maîtresse dans l'art de s'éclipser gracieusement. Il le fallait bien quand on bossait avec un homme comme Thomas Jensen. Elle fila vers la porte, qu'elle ferma derrière elle.

— Jensen à l'appareil.

Il prit une longue gorgée de café et se prépara à recevoir encore une autre mauvaise nouvelle.

— Annabel Werner est à Londres, annonça la voix à l'autre bout du fil. Elle est arrivée ce matin. Visiblement, elle séjourne chez un ami à Shoreditch.

— Intéressant, dit Jensen parce que ça l'était.

— Mais délicat, à mon avis. Et si elle commence à fourrer son nez partout, à poser des questions ?

— Peut-être est-elle venue récupérer les affaires de son mari. Il a laissé quelques effets personnels chez les Amir.

— Je pensais que Bloch était censé les lui remettre.

— Elle a refusé, apparemment. Elle a dit qu'elle viendrait les chercher elle-même.

— C'est gênant. Très gênant. On n'a vraiment pas besoin de ça, Thomas. Si près du but. Il ne faut surtout pas qu'Annabel Werner mette le feu aux poudres. Si elle entre en contact avec un membre de la famille Amir…

— C'est une veuve éplorée. Il est tout à fait normal qu'elle pose des questions.

— C'est un danger, je te dis.

— Peut-être s'agit-il d'une simple visite à un vieil ami.

— Un vieil ami qui est syrien, comme par hasard ! Ça ne me plaît pas, Thomas. Je le sens mal.

Jensen finit sa tasse de café dans un soupir. Il lui en faudrait une deuxième pour tenir le coup ce matin, qui s'annonçait déjà comme une catastrophe.

— Je m'en occupe, dit-il. Il s'appelle comment, cet ami ?

— Khalid Nasser. Un camarade de fac de Matthew Werner. Il bosse chez Goldman Sachs maintenant, dans le domaine de la sécurité.

Jensen écrivit rapidement le nom de Khalid et, à côté, *Goldman Sachs* et *Shoreditch*.

— Je vais voir ce que je peux trouver. Laisse-moi m'occuper d'Annabel Werner. Toi, concentre-toi sur notre ami Mr Morse, du département de la Justice. C'est lui, le plus inquiétant.

— Je sais. On l'a placé sous surveillance.

— Il faut qu'on avance, là. Plus les choses traînent…

— Personne ne veut faire traîner cette histoire. En attendant, assure-toi qu'Annabel Werner ne s'amuse pas à jouer les Miss Marple.

— Pigé. Je vais m'en assurer.

Et sur ces mots, Thomas Jensen raccrocha. Il décrocha son manteau de la patère près de la porte et s'en alla, direction Shoreditch.

Marina

Au cours de la nuit, Owen s'était endormi sur son ordinateur. Quand l'interphone sonna, il l'entendit vaguement dans le brouillard de ses rêves et ne bougea pas. Mais comme la sonnerie se faisait plus forte et plus insistante, il finit par se redresser et par essuyer la bave au coin de sa bouche.

— Merde.

Des deux pouces, il appuya fort sur les muscles le long de son cou, qui paraissait s'être irrémédiablement tordu à force de dormir la tête posée sur la table de sa salle à manger.

L'interphone se remit à brailler. Cette fois-ci, on aurait dit que quelqu'un s'appuyait dessus de tout son poids.

— J'arrive ! cria Owen. Patience, putain !

— Au fait, bonjour ! lui dit Marina quand il ouvrit la porte.

Elle avait une mine resplendissante, comme si elle venait de faire un jogging à Central Park. Ses cheveux brillants étaient attachés en queue de cheval. Elle portait un legging en spandex noir et un K-Way près du corps dont la fermeture Éclair légèrement baissée révélait un petit bout de brassière. Owen s'efforça de la regarder dans les yeux.

Elle tenait dans les mains deux grands gobelets de café.

— La nuit a été difficile ?

— Longue, surtout. Quelle heure est-il ?

Il tendit le bras pour prendre un des cafés et la fit entrer.

— 8 heures. J'allais venir à 7 heures, mais je me suis dit qu'il valait mieux te laisser dormir un peu. Ou qui sait, faire tes adieux à quelque visiteuse nocturne.

— Merci.

Owen bâilla. Cela faisait longtemps qu'il n'était pas sorti du lit avant 8 heures un dimanche.

— Je crois qu'elle est sous la douche.

— Très drôle. Tu veux que je revienne plus tard ?

— Non. On a trop de choses à faire. Je suis resté debout toute la nuit, et je n'ai guère avancé.

Marina jeta un coup d'œil autour d'elle. Les stores étaient baissés dans tout l'appartement. Il y avait trois ordinateurs posés sur la table de la salle à manger, chacun relié à une jungle de câbles, comme autant de gorgones à têtes multiples. Éparpillés çà et là, des gobelets de café, une boîte de pizza, des clés USB et des piles de papier. Owen portait ses lunettes, ce qui voulait dire qu'il avait passé pratiquement vingt-quatre heures collé à ses écrans. Marina ne l'avait pas vu avec des lunettes depuis l'enquête sur la famille Darling huit ans auparavant. Celles-ci, à monture épaisse, étaient posées légèrement de travers. Elles lui donnaient un air un peu ringard, mais également attendrissant. Pourquoi ne les portait-il pas plus souvent ?

— J'ai l'impression de me retrouver dans une scène de ce film sur Edward Snowden, dit Marina.

— C'est encore plus gros que l'affaire Snowden. Tu n'as pas idée.

Owen déplaça une pile de dossiers et lui proposa de s'asseoir.

— Alors, le Connecticut ?

— Eh bien, pour commencer, je pense avoir été suivie. Il y avait une berline qui rôdait près de la maison de Duncan, et elle m'a suivie pratiquement jusqu'à chez mes parents.

— Pratiquement ?

— J'ai pris la sortie de Lakeville et l'ai semée.

— Quelle marque ?

— Je pense que c'était une voiture de location. Genre voiture haut de gamme.

— Tu as relevé le numéro ?

— En partie.

— Donne-le-moi. Je vais le faire vérifier par un pote qui est flic. À propos de flics, l'enquête avance là-bas ?

— On dirait un job de pro. Une balle en pleine tête. Du calibre .45 avec un silencieux. La voisine a vu une Kia faire le tour du quartier en début de journée. Miles va essayer de la retrouver. Les carnets de

Duncan ont disparu, de même que son ordinateur portable.

— Je parie que c'est la première fois que la police du comté de Somerset se retrouve face à un meurtre commandité.

— En fait, le commissaire pense qu'il s'agit simplement d'un cambriolage qui a mal tourné. À mon avis, il ne va pas tarder à essayer de classer l'affaire.

Owen haussa les épaules avec un air désabusé.

— Je suis pratiquement certain que, de toute façon, ces gars-là, ils ne réussiront pas à élucider l'affaire. Tu as obtenu le numéro d'immatriculation de la Kia ? Parce que ça aussi, je peux le faire vérifier.

— Juste les derniers chiffres : 434. Une plaque jaune, donc sans doute New York. Une autre chose intéressante : j'ai pu jeter un coup d'œil à l'agenda de Duncan sur les dernières semaines. Il avait appelé une personne au département de la Justice. Hunter Morse. Et indiqué dans son agenda qu'il devait se rendre à Washington DC. Avec Morse écrit à côté et souligné.

— Il avait un agenda, un vrai ? Genre Filofax ?

— Oui. Moi aussi j'en ai un. Ne me regarde pas comme ça ! Je trouve que c'est pratique. Tu savais qu'on retient une information deux fois mieux si on l'écrit à la main ? C'est Duncan qui m'a appris ça. En plus, un agenda papier, ça ne se pirate pas.

Marina sortit de son sac le sien, en cuir rose, et le fit glisser sur la table.

— Et si tu le perdais ?

— J'en mourrais. Mais ça ne m'est jamais arrivé.

Owen émit un grognement. Il prit l'agenda de Marina et l'inspecta.

— Bon Dieu, il y a encore des gens qui fabriquent ces machins-là ?

Il passa le doigt sur les initiales dorées, *MT*, estampées en bas à droite de la couverture en cuir.

— Et il se passe quoi après ton mariage ? Il va falloir que tu changes ça, non ? Que tu le remplaces par « Mrs Grant Ellis ».

— Peut-être que je n'aurai plus besoin d'agenda, rétorqua Marina en ignorant son ton moqueur, étant donné que je ne travaillerai plus. Peut-être me contenterai-je de demander chaque matin à ma secrétaire particulière de me donner mon emploi du temps de la journée. Comme Jackie Kennedy avec Letitia Baldrige.

— Touché. Cela dit, tu ne vas pas démissionner pour de vrai ?

— Si.

— Tu es une bonne journaliste, répondit Owen, brusquement sérieux. Duncan te préparait pour que tu prennes sa suite. Tu le savais ? Moi j'ai toujours pensé que tu devrais rejoindre le *Wall Street Journal*.

— Tu n'y travailles même pas, au *Journal* !

— Tu vois très bien ce que je veux dire. Bosser pour un journal sérieux. *Press*, c'est trop mondain pour toi. Ce que tu aimes, c'est les articles sans complaisance. Depuis toujours. J'ai vu comme tu t'éclatais avec l'enquête sur les Darling. Ça te plaît. Tu as ça dans le sang, Marina.

— À t'entendre, on dirait que je suis malade.

— Tu es malade. Moi aussi je l'ai. Le virus de la vérité. Malheureusement, il n'y a pas de vaccin.

Owen croisa les mains derrière sa nuque et se balança sur sa chaise avec un petit air satisfait.

— Au moins nous sommes d'accord pour dire que je ne devrais pas rester à *Press*. Pour moi, impossible d'imaginer le magazine sans Duncan.

— Je peux t'obtenir un boulot à *Deliverable*, si tu veux. Mais c'est peut-être pas assez consensuel pour toi maintenant que tu habites les beaux quartiers.

— Non, je suis hors jeu, Owen. Grant va bientôt prendre la tête des affaires familiales. On ne peut pas être sur les routes tous les deux en même temps. Surtout si on veut des enfants. J'ai toujours su qu'un jour je partirais. Je me disais que j'attendrais que le mariage soit passé, mais maintenant que Duncan n'est plus là…

— Alors papa Ellis se présente aux élections, hein ? La rumeur dit vrai ?

— Il va annoncer sa candidature d'un jour à l'autre. Qu'est-ce que ça veut dire, ce regard-là ?

— Ce regard ? Quel regard ?

— Je te connais, va !

Owen prit un air innocent.

— Je suis surpris, c'est tout. Je ne t'imagine pas en maman oisive des beaux quartiers. Ce qui est un compliment, soit dit en passant, pas une critique.

— Alors peut-être que je serai maman oisive dans une banlieue de Washington DC.

— Je vote pour vous. Il est démocrate, non ? Difficile de savoir avec les milliardaires. Ou peut-être qu'il préfère qu'on dise qu'il fait partie de la « gauche limo » – *limo* pour limousine.

— Qui est démocrate ?

Surprise par la voix féminine, Marina faillit tomber de sa chaise. Elle se retourna, et se retrouva face à une petite brune piquante au teint hâlé, aux yeux en amande, avec le genre de corps à faire pâlir d'envie un mannequin maillot. La brunette était pieds nus, avec le bas de son jean roulé. Marina ne put s'empêcher de relever le tatouage élaboré sur sa cheville gauche, qui visiblement se prolongeait le long de sa jambe jusqu'à Dieu sait où.

— Je me présente : Yaël. Je suppose que tu es Marina.

Marina fit signe que oui et lui serra la main. Pour une fois dans sa vie, elle restait sans voix.

— Tu aurais dû me réveiller, dit Owen à Yaël. Je me bavais dessus comme un débile.

Yaël éclata de rire.

— Tu avais besoin de te reposer, dit-elle avec un accent que Marina crut identifier comme israélien.

— Je plaisantais à propos de l'invitée nocturne.

— Je sais, Marina, dit Owen avec un grand sourire.

Marina se leva, récupéra ses affaires.

— J'y vais. Désolée. Je croyais que…

— Oh là ! Mais tu vas où ? On est ici pour bosser. Tu te joins à nous ?

Elle le regarda, regarda Yaël, puis de nouveau Owen. La gêne lui donna le vertige.

— Yaël est programmatrice, expliqua Owen. Je passe mon temps à essayer de l'embaucher, mais elle est trop chère pour moi. Bref, elle va nous donner un coup de main. Et putain, on en a bien besoin !

Marina sentit la colère monter.

— Quoi ? Owen, tu ne peux pas... Je peux te parler ? Seul à seul ? S'il te plaît...

Yaël adressa à Owen un regard éberlué.

— Écoute, Marina, dit Owen. Je comprends tes hésitations. Mais fais confiance à Yaël. C'est la meilleure. S'occuper de ça tout seul, c'est impossible. Laisse-moi te montrer ce qu'on a fait jusqu'à maintenant et tu comprendras, je pense. Ça te va ?

Marina hésita. D'une part, elle en voulait à Owen d'avoir associé quelqu'un à cette enquête sans lui avoir demandé son avis. Leur informateur était déjà assez nerveux comme ça ; comment réagirait-il s'il apprenait qu'elle montrait ses données à plusieurs personnes ? Il risquait de disparaître sans prévenir. D'aller voir un autre journaliste. Ou, pire encore, de prendre le risque de se livrer aux autorités.

D'autre part, elle savait que le volume de données qu'ils devaient traiter était énorme. Chaque minute qui passait était une minute perdue ; plus vite les informations étaient divulguées, mieux ça serait pour eux. Owen avait tendance à la jouer solo en matière de boulot : son incapacité à accepter les règles du jeu quand il s'agissait de travailler en équipe était un défaut bien connu chez lui. Alors s'il disait qu'ils avaient besoin d'aide, il y avait de grandes chances pour que ce soit le cas. Et s'il disait que Yaël était la meilleure, alors c'était certainement vrai. Même si elle ressemblait en effet à Jessica Alba.

— OK, dit-elle en se rasseyant. Désolée, je voulais juste…

Yaël lui fit signe qu'elle avait compris.

— Pigé. C'est un matériel ultrasensible.

— Debout, Maestra ! Debout, cocotte ! dit Owen à l'ordinateur en tapant un mot de passe. Allez, on se réveille !

— Maestra ?

— C'est comme ça que je l'appelle, expliqua Yaël, hilare. C'est la mienne, de bécane, soit dit en passant.

— Et elle est canon, commenta Owen.

— Mais… je pensais qu'on utilisait ton ordinateur, Owen ? s'étonna Marina. Je croyais qu'on s'était mis d'accord.

— Tu sais ce que c'est, un *air gap* ? lui demanda Yaël. Non ? Cet ordinateur-là, poursuivit-elle en pointant le doigt vers Maestra, son WLAN, c'est-à-dire son réseau local sans fil, est désactivé, si bien qu'aucun câble LAN ne pourra jamais s'insérer dans le boîtier.

Marina la regarda, muette.

— En gros, un ordinateur n'est protégé que si un *air gap* le sépare des autres systèmes. Cette protection nous donne la garantie que personne ne pourra nous pirater. En plus, Maestra a cinq cents gigas de mémoire. Elle est capable de traiter la masse de données envoyées par l'informateur. Du moins jusqu'à maintenant.

Owen lança un coup d'œil entendu à Marina.

— En gros, ce que je suis en train de faire, c'est établir une base de données protégée pour tous les documents. Pour l'instant, ils sont juste indexés. Plus tard j'aimerais construire des visuels pour que chacune des sociétés et ses filiales apparaissent, avec les noms de leurs actionnaires. Comme un organigramme. Comme ça, on pourra voir qui est lié avec qui. Mais on n'y est pas encore.

— Comment tu t'y prends pour les indexer ? Les documents, je veux dire. Il doit y en avoir des millions.

— J'utilise Nuix Investigator. Nuix est une boîte qui a créé un logiciel pour la médecine légale. En gros, un programme qui te permet de trier et de passer au crible des données en grandes quantités. Il peut même fouiller dans des trucs d'ordinaire impossibles à pénétrer, genre PDF ou documents scannés. C'est super génial.

Marina trouva remarquable que Yaël ne soit pas agacée par ses questions. En fait, la jeune femme semblait même ravie de pouvoir parler à quelqu'un de son projet.

— C'est hyper cher, ajouta Owen. C'est pas comme une nouvelle version d'Adobe Acrobat par exemple. Tu peux pas l'acheter comme ça.

— Au départ, le programme n'est utilisé que par la police et les cabinets d'avocats, précisa Yaël, la SEC[1], etc. Heureusement Christopher Martin m'a refilé une licence. Alors on se lance.

— Christopher Martin, le directeur de l'ICIJ ?

L'idée que le chef du Consortium international des journalistes d'investigation soit mis au courant ne lui plaisait pas. L'ICIJ était un réseau mondial de plus de cent cinquante reporters qui collaboraient pour des enquêtes approfondies impliquant plusieurs pays. Marina respectait sincèrement leur travail, mais ne se voyait pas avec cent cinquante reporters de toute la planète penchés sur cette affaire. Comment fonctionner avec autant de personnel en cuisine ? Et comment expliquer à son informateur qu'ils étaient passés d'une équipe de deux il y a vingt-quatre heures à peine à un bataillon de cent cinquante ? Si l'informateur avait souhaité impliquer autant de monde, il serait allé voir l'ICIJ dès le début. Logique.

— Christopher est un pote. Ne t'inquiète pas. Il ne sait pas à quoi va nous servir le programme. Il me fait confiance, dit Yaël.

---

1. SEC (Securities and Exchange Commission) : l'autorité américaine des marchés financiers, dont le siège est à Washington DC. (*N.d.l.T.*)

— Dis-toi que c'est comme un super Google, expliqua Owen. En gros, les dossiers que tu veux fouiller sont téléchargés dans le programme, qui les indexe automatiquement. Une fois l'index créé, on peut rechercher ce qu'on veut. Une personne, une société, n'importe quoi. Et Nuix te sort tous les documents pertinents pour ta recherche. Un truc de dingue.

— Impressionnant ! Même si c'est un PDF ou un fax ?

— Yes. C'est ça qui est top, dit Yaël, dont les yeux pétillaient. Nuix est un système sophistiqué, doté de la reconnaissance optique. Mettons qu'on a une photo de moi devant le siège d'un cabinet d'avocats, et avec en arrière-plan une plaque sur la porte qui dit

« Schmit & Muller ». Eh bien, Nuix l'identifiera. Ce que des outils de recherche lambda ne peuvent pas faire.

— Et l'index, il est terminé ? demanda Marina, incrédule.

Elle s'était imaginé qu'il leur faudrait des jours, des semaines peut-être, pour ouvrir manuellement chaque document. Et voilà qu'ils avaient des années-lumière d'avance. Maintenant, ils pouvaient passer à l'étape la plus intéressante – écrire l'article.

— Yes, répondit Yaël. On y a passé la nuit, mais c'est fait.

— Il envoie encore d'autres données, poursuivit Owen. Ça vient par fournées. Si ça se trouve, même

Maestra ne pourra pas traiter tous les docs que ce type détient.

— Sauf qu'on est prêts maintenant, corrigea Yaël. On a installé une base de données sécurisée. Il ne nous reste plus qu'à l'explorer. On n'aura qu'à ajouter les données à mesure qu'elles arrivent.

— Et ces données, elles viennent d'où ? Une idée ?

— Au début, on croyait que l'informateur travaillait dans une grande banque offshore – la CIB par exemple, ou la Swiss United. Mais maintenant, on dirait bien que tout ça vient d'un cabinet d'avocats basé au Luxembourg, Schmit & Muller. Visiblement, c'est le cabinet avec lequel traiter quand on est une banque offshore comme la CIB et la Swiss United. Il fait office d'intermédiaire, on va dire. Il aide ses clients à monter des sociétés-écrans avec faux directeurs. Ensuite, il dépose l'argent des sociétés-écrans à la banque. Que ce cabinet ait toujours pignon sur rue, pour moi, c'est un mystère. Je serais fort étonné s'il avait du temps à consacrer à des activités légales.

— Eh bien ! À ton avis, l'informateur, c'est qui ? Un ancien employé revanchard ?

— Non, répondit Yaël. Les données sont récentes. On nous transmet des mails envoyés hier. Je ne sais pas qui est notre informateur, mais il est vivant et travaille toujours chez Schmit & Muller. Et il peut accéder à toute la base de données du cabinet. C'est comme si on était à l'intérieur des ordinateurs de Schmit & Muller. On peut voir ce qui s'y passe en temps réel. Comme une petite souris dans ce cabinet profondément corrompu.

— C'est un risque fou.

— Un risque insensé, oui. Franchement, on devrait vérifier régulièrement qu'il est toujours vivant, notre informateur. Il en faut, des *cojones*, pour dérober des données en temps réel. La plupart des sources se carapatent illico. Lui, il vole les données, nous les envoie, et en vole d'autres.

— Voler n'est pas le terme adéquat, protesta Yaël. Il agit pour de bonnes raisons. Ce type, c'est le lanceur d'alerte de l'année. De la décennie peut-être.

— OK. T'as raison. C'est le cyber-Robin des Bois. Il vole aux riches corrompus. Et nous donne à nous autres, valeureux pauvres. Désolé, Marina. Je sais, tu n'es plus un membre du prolétariat maintenant que tu es fiancée à Grant Ellis.

Marina ignora sa remarque.

— Tu as vérifié, pour Morty Reiss ?

Owen et Yaël échangèrent un regard.

— Yaël et moi, on parlait justement de la meilleure façon de s'y prendre. On pense tous les deux qu'il est peut-être temps d'appeler la cavalerie. Si on informe l'ICIJ, on pourra mettre toute une équipe de journalistes sur le coup. Les meilleurs. On travaillera de concert avec Christopher pour décider des personnes à associer à l'enquête. Chaque journaliste couvrira une région du monde – la Russie, la Chine, le Royaume-Uni. Toi et moi, on choisira les cas sur lesquels on veut travailler aux États-Unis, et on répartira le reste entre les autres journalistes – des gens du *Los Angeles Times*, du *Wall Street Journal*, du *Washington Post*. Ensuite on publie tous en même temps. Même heure, même jour. Ça sera incroyable. La plus grosse fuite de données jamais vue.

— Non, je pense que c'est trop risqué.

— Cette histoire, ce n'est pas juste Morty Reiss, Marina. Morty Reiss est un petit poisson dans un immense lac d'eau très crade.

— Et Matthew Werner ?

— On a regardé. Tu avais raison : c'est louche en effet. Matthew Werner n'est pas très intéressant, mais Fatima Amir, la femme avec laquelle il est mort, c'est du lourd. Viens jeter un coup d'œil à ça.

Marina rapprocha sa chaise de celle d'Owen. Yaël vint se placer derrière eux, les bras croisés. Owen tapa « Fares Amir ».

Une photo fournie par un fonds d'investissement londonien, le groupe Amir, apparut. Beau, souriant, cheveux certes clairsemés mais parfaitement coiffés, lunettes à monture dorée et cravate Hermès bleu vif – Fares Amir était l'image même du banquier anglais dans toute sa splendeur.

— Je te présente Fares Amir, le frère de Fatima.

— « Fares Amir est P-DG plus spécialement chargé du service Clients au sein de l'Amir Group, un fonds d'investissement fondé par sa sœur, Fatima Amir, en 2009 », lut Marina. « Fares est diplômé d'Oxford et Cambridge, et avant de travailler pour l'Amir Group, il a passé plusieurs années au département Investissements fonciers de Goldman Sachs. »

— Impressionnant, ce CV, non ? Il oublie de mentionner que son plus gros « client » est son cousin Bachar el-Assad. Avec lequel il déclare en public n'avoir aucune relation. Sinon, il se retrouverait sur liste noire. Mais en privé, cela fait des années qu'il s'occupe de blanchir l'argent de ce coco.

D'un autre clic, Owen fit apparaître une photo un peu floue de deux hommes bruns en costume. Ils marchaient côte à côte, leurs visages tournés l'un vers l'autre, en pleine conversation. Marina regarda l'écran de plus près. L'un des hommes ne pouvait être qu'Assad. Quant à l'autre, il ressemblait à Fares Amir de manière frappante.

— Fares est un client de nos bons amis Schmit & Muller. Par leur intermédiaire, il a créé toute une série de sociétés-écrans aux noms innocents, genre « UK Land Corp. » ou « Island Properties Inc. ». Assad dépose des fonds sur le compte de UK Land Corp., généralement sous forme de lingots d'or provenant de ventes d'armes, ou bien il utilise l'or pour acheter un bien, lequel est ensuite vendu à Island Properties. Ça continue comme ça avec une série de sociétés-écrans, jusqu'à ce que l'origine des fonds soit si difficile à identifier qu'elle en devient impossible à retrouver. Pour finir, le bien est revendu à l'un des amis de Fares Amir à l'Amir Group. Le client est enchanté, car il bénéficie d'un rabais significatif. Et pour Assad, peu importe s'il perd un peu d'argent, puisque celui-ci a été blanchi et attend sagement sur un compte de la Swiss United d'être retiré par lui ou l'un de ses sous-fifres.

Marina contemplait l'écran, bouche bée.

— Et tu as des preuves de ce que tu dis ? Des traces écrites ?

— Tout à fait. Des mails – très explicites. En fait, c'est impressionnant, le niveau de malhonnêteté de ces gars-là. Ils parlent de ce qu'ils s'apprêtent à faire comme si c'était normal. « Mr el-Assad voudrait virer dix millions de dollars sur quatre sociétés nouvelles. Il a bien noté que les honoraires pour cette transaction seront de cinq cent mille dollars. Il souhaiterait que l'opération soit effectuée d'ici à vendredi soir. » Bref, tu vois le genre. Il y a aussi les numéros de comptes, les confirmations de virements, les documents relatifs à la création des sociétés-écrans. Le tout dans des dossiers soigneusement étiquetés et extraits de la base de données de Schmit & Muller.

— Ces gens ne se sont donc jamais dit qu'ils risquaient d'être piratés ? Ou que les données pourraient fuiter d'une manière ou d'une autre ? s'étonna Marina.

— Ils ont installé un système de sécurité incroyablement sophistiqué, expliqua Yaël. Schmit & Muller, c'est un vrai bunker. La seule façon dont des informations pourraient fuiter, c'est une source interne. Et à mon avis, ils ont leurs propres techniques pour empêcher ça.

— Pourtant, ils n'ont pas été capables de stopper cette fuite-ci.

— En effet. Mais je pense qu'ils ont essayé.

Owen ouvrit un mail entre Hans Hoffman et Julian White.

— Tu te souviens de ces cocos-là ? De leurs mails à propos de Morty Reiss ? Hoffman fait partie de la direction de Schmit & Muller. White travaille à la Swiss United. Il rend ses comptes directement à Jonas Klauser, le P-DG de la banque.

— Oui, je me souviens.

Marina parcourut l'e-mail puis, tremblante, croisa instinctivement les bras contre sa poitrine. Le message était court, mais glaçant.

De : Julian White
À : Hans Hoffman
Date : 20 octobre 2015
Sujet : HAUTEMENT CONFIDENTIEL : voir pièce jointe

Nous avons eu confirmation qu'à trois reprises au moins au cours des 45 derniers jours, Fatima Amir a rencontré un agent du MI6. Lors de leur deuxième rencontre, son conseiller à la Swiss United, Matthew Werner, était présent. Nous pensons qu'ils ont fourni, et continueront à fournir aux autorités, des informations confidentielles concernant Fares Amir, Bachar el-Assad et ses partenaires. Photos jointes.

Marina cliqua sur les photos. Elles étaient granuleuses et prises depuis un point en hauteur. On y voyait deux hommes et une femme sur le balcon de ce qui semblait être un hôtel. Ils étaient assis autour d'une table, et le visage de la femme était en partie dissimulé par un parasol. Elle était penchée en avant, la main posée sur une enveloppe en papier kraft. L'un des hommes avait une mallette. Les photos suivantes le montraient en train d'examiner le contenu de l'enveloppe, puis de la ranger dans sa mallette.

— Ainsi Fatima Amir fournissait au MI6 des informations compromettantes au sujet de sa propre famille ?

— Son frère est dans le blanchiment d'argent sale. Son cousin est un criminel de guerre. Ceux qui pensent qu'ils ont une famille de merde, ils n'ont qu'à aller voir du côté des Amir.

— Oui, mais notre taupe, elle est chez Schmit & Muller, objecta Marina. Et, jusqu'à preuve du contraire, vivante. Donc Fatima Amir et Matthew Werner n'étaient pas ceux qui ont fourni les informations à Duncan. Seulement, la coïncidence paraît troublante, non ? Qu'ils se fassent tous tuer le même jour ? Pour moi, il y a quelque chose qui cloche.

— Peut-être que Schmit & Muller ne savaient pas d'où venaient les fuites. Ils savent juste que quelqu'un donne des infos aux autorités. Et c'est ce que ces deux-là faisaient visiblement.

— OK, Fatima était une taupe, mais pas la nôtre.

Yaël ouvrit une autre fenêtre. On y voyait une épave d'avion, avec des débris éparpillés sur un sommet enneigé.

— Voilà ce qu'ils en font, des taupes.

— Mon Dieu !

— L'avion s'est écrasé quarante-huit heures pile après les mails. Le jour même où Duncan a été assassiné. Pratique, hein ?

— Tu veux dire diabolique.

— Au fait, tu te souviens du voyage de Duncan aux îles Caïmans ?

— Oui, le type de Schmit & Muller avait compris qu'il y avait une taupe au sein de la CIB.

— Eh bien, devine qui casse sa pipe le lendemain du départ de Duncan ? Dans un accident de bateau un peu bizarre.

— Un banquier de la CIB.

— Bingo.

— Alors on a deux banquiers morts, une cliente morte, et un journaliste mort, résuma Marina effondrée.

— Mais un informateur bien vivant, corrigea Owen en rapprochant son ordinateur. Regarde, il est en train de nous envoyer des infos. Allez, au boulot ! Si on tient à mettre l'ICIJ sur le coup, il nous faut d'abord une base de données sécurisée accessible par les utilisateurs partout dans le monde.

— Et l'accord de notre informateur. On ne peut pas inclure toute une équipe dans l'enquête sans l'en informer.

— Ce type est déjà en sursis, Marina. Je suis sûr qu'il comprendra le bénéfice qu'il y a à avoir le soutien de l'ICIJ.

— Christopher Martin est prêt à nous aider ?

— Tu plaisantes ? répondit Yaël. C'est le scoop d'une vie. Pour lui – pour nous tous.

Annabel

Fares Amir habitait dans une majestueuse demeure edwardienne à Lygon Place dans le quartier londonien de Belgravia. Toutes les bâtisses de Lygon Place étaient impeccables et d'aspect pratiquement uniforme. Elles avaient d'imposantes façades en brique rouge, des volets en bois noirs, des fenêtres à croisillons et des toits pointus qui rappelaient à Annabel les illustrations de Londres qu'on voyait dans *Peter Pan*. L'espace vert au centre de la place était parfaitement entretenu et protégé par une grille avec une loge de portier. Les mains tremblantes, Annabel ouvrit le portillon, puis le relâcha. Il se referma avec un petit clic. C'était un dimanche en milieu de matinée, mais l'endroit était aussi silencieux qu'une bibliothèque. La brise faisait bruisser les arbres. C'est à peine si Annabel perçut au loin le bruit de la circulation sur Ebury Street. Il régnait à Londres, et en particulier dans ce quartier-ci, une sérénité qu'on ne trouvait pas à New York. Annabel fut frappée qu'un homme responsable au moins indirectement de la destruction massive de villes entières en Syrie puisse vivre dans un lieu aussi paisible.

La porte s'ouvrit avant même qu'elle ait frappé. Un homme vêtu d'un uniforme lui fit signe d'entrer. Un majordome, un garde du corps, un associé ? Elle n'aurait su le dire. En revanche lui savait parfaitement qui elle était.

— Je vous en prie, entrez, Mrs Werner, dit-il en prenant son manteau. Je vous emmène dans la bibliothèque. Mr Amir vous y attend.

Annabel descendit à sa suite un long couloir menant à une bibliothèque lambrissée de chêne avec vue sur le jardin central. À l'autre bout de la pièce, se trouvaient deux fauteuils en cuir placés autour d'une petite table recouverte de piles de livres. Ne sachant pas si oui ou non elle devait s'asseoir, Annabel resta debout près de la cheminée, surmontée d'un ravissant Monet. Incapable de résister, elle s'approcha du tableau.

— Quelle œuvre merveilleuse, n'est-ce pas ? dit une voix derrière elle, celle de Fares Amir. Monet est un maître de la lumière et de la couleur. Cette façon de décrire le ciel, c'est exceptionnel. J'ai acheté ce tableau à une vente aux enchères il y a deux ou trois jours. Je trouve qu'il est parfait à cet endroit.

Gênée, Annabel se retourna et tendit la main.

— En effet, parfait, dit-elle, la gorge nouée. Je me présente : Annabel Werner. Merci de bien vouloir me recevoir.

— C'est tout naturel.

Fares l'invita à s'asseoir sur l'un des deux fauteuils près de la cheminée.

— Je vous offre quelque chose ? Du thé ? De l'eau ?

— Non, ça ira, merci.

Sur un signe de tête de Fares, le domestique ferma les portes de la bibliothèque, le laissant seul avec Annabel.

— Toutes mes condoléances, Mrs Werner. Je n'ai rencontré votre mari qu'une ou deux fois mais Fatima disait de lui le plus grand bien.

— Merci. À mon tour de vous adresser mes condoléances.

— Vous aviez fait connaissance avec ma sœur ?

— Non. Matthew faisait preuve de la plus grande discrétion en matière de travail. Jamais il n'a mentionné son nom devant moi.

— La discrétion, c'est peut-être la plus grande qualité pour un banquier.

Annabel fit un signe d'assentiment, même si la phrase lui parut étrange, voire inquiétante.

— Matthew pensait la même chose.

— J'ai ses affaires à vous remettre. Vous vous demandez certainement comment elles se sont retrouvées chez ma sœur. Moi aussi je me poserais la question, à votre place. Mais je peux vous assurer, contrairement à ce que les tabloïds suggèrent, que leur relation était d'ordre purement professionnel. Je ne connaissais pas bien votre mari, Mrs Werner, mais ma sœur, oui. Elle était d'un professionnalisme à toute épreuve et d'une extrême loyauté. Jamais elle n'aurait dérogé à l'éthique. Honnêtement, cela me paraîtrait impensable.

— Moi aussi je faisais confiance à mon mari, Mr Amir. Je suis certaine qu'il existe une raison parfaitement valable expliquant pourquoi il a logé chez votre sœur plutôt qu'à l'hôtel.

Fares hocha la tête, visiblement content qu'elle soit parvenue à cette conclusion.

— Il y en a une, hélas, dont je suis responsable. Voyez-vous, ma sœur était une femme puissante. Elle dirigeait un fonds d'investissement représentant vingt milliards de dollars. Je travaillais pour elle, même si elle-même ne l'aurait jamais dit ainsi. Elle disait toujours – avec générosité – que je travaillais avec elle.

Il se mit à rire. Annabel s'efforça d'esquisser un sourire. Il se montrait remarquablement détendu pour quelqu'un qui venait de perdre sa sœur dans un accident d'avion.

— Ma sœur avait accès à une grande quantité d'informations confidentielles. Matthew également, vu qu'il était son banquier. Mon boulot, c'était d'assurer la confidentialité de ces informations. Nous avions récemment eu quelques soucis avec des données transmises à l'extérieur. Si bien que, étant par nature prudent, j'ai insisté pour que Matthew loge chez Fatima plutôt que d'aller à l'hôtel. Je voulais être sûr qu'il utiliserait un réseau sécurisé. Avec les hôtels on ne sait jamais. Nous procédons de la même façon avec tous nos conseillers et leurs clients. Pas plus tard que le mois dernier, Jonas Klauser a passé quelques jours chez moi. Je vois bien à votre visage que ça peut paraître étrange, voire carrément déplacé ; mais c'était en fait uniquement une question de confidentialité.

Annabel fit signe qu'elle avait compris. Elle aurait aimé croire Fares. Seulement, son explication lui paraissait trop facile. Et même, bien rodée. Contrairement à la façon dont Bloch avait décrit l'accident.

— Merci, dit-elle. Je savais bien que son séjour pouvait s'expliquer, mais vous m'avez rassurée, maintenant que je connais la raison.

— Je suis ravie d'entendre ça.

— Vous avez dit qu'il y avait des problèmes de confidentialité dans votre entreprise ? Quand vous avez appris l'accident, vous ne vous êtes pas demandé si…

Elle laissa sa phrase en suspens, soucieuse de ne pas choquer Fares. Pourtant, elle aurait vraiment aimé voir ses réactions si elle lui demandait son avis sur l'accident.

— S'il y avait quelque chose de louche ?

— Oui.

— Forcément. Vous aussi, je suppose. Mais nous avons notre propre enquêteur. Il a conclu qu'il s'agissait d'un accident. Tragique, bien sûr, mais imprévisible.

— C'est bon de savoir ça. L'idée que quelqu'un

aurait pu vouloir s'attaquer à Matthew… Ça m'est très douloureux.

— Je comprends parfaitement.

Ils observèrent un moment de silence. Puis Annabel se leva, en espérant que son départ soudain ne paraîtrait pas trop impoli. Mais en vérité, le fait de se retrouver assise en face de Fares Amir et de tolérer ses mensonges lui faisait froid dans le dos.

— Je ne voudrais pas vous retarder dans votre travail, dit-elle. Merci de m'avoir reçue. Et de me rendre les affaires de Matthew.

— Tout le plaisir était pour moi, répondit Fares en se levant. Mon assistant, Emmet, va vous les donner. Il n'y a rien de valeur. Juste son manteau et une clé USB que, pour les raisons évoquées tout à l'heure, nous n'autorisons pas ici. J'espère que je vous ai rassurée sur le passage de votre mari à Londres. Si jamais vous aviez d'autres questions à me poser, ou si je peux faire quelque chose pour vous, n'hésitez pas à me contacter.

— Je n'y manquerai pas. Merci.

— Vous rentrez à Genève ?

— Je suis hébergée pendant un ou deux jours par un vieil ami ici à Londres. Ensuite, je pense rentrer pour vider notre appartement de Genève. J'aimerais retourner à New York dès que possible. C'est là que je me sens chez moi. Je pense que c'est l'endroit qui me conviendra le mieux pour le moment.

— Tout cela me paraît très raisonnable.

— Merci pour votre gentillesse, Mr Amir. Et

encore toutes mes condoléances pour votre sœur. Mes pensées sont avec vous et avec votre famille.

— Et les miennes avec vous.

Annabel ne put empêcher son regard de s'attarder sur le Monet.

— Il est vraiment magnifique. J'adore ses derniers tableaux. Il se dégage une telle élégance dans leur simplicité. Le ciel, les montagnes, la lumière, c'est tout. Celui-ci, il l'a peint lors de son séjour à Antibes, n'est-ce pas ? La qualité de lumière est tout simplement incroyable.

— Vous avez un bon œil, Mrs Werner.

— Je travaillais dans une galerie à New York.

— Vous devriez reprendre votre métier. Il existe peu de choses au monde qui offrent autant de consolation qu'un bon tableau.

— C'est vrai.

Ils se serrèrent la main, les yeux dans les yeux.

— Merci pour votre aide, Mr Amir.

— Bon voyage, Mrs Werner.

Quand elle arriva à Shoreditch, elle trouva la porte de chez Khalid ouverte. Elle entra d'un pas hésitant. L'appartement était sens dessus dessous. Le sol était jonché de vêtements, la table de la salle à manger couverte d'un amas de papiers. La musique rap beuglée par les haut-parleurs posés sur une étagère était si forte qu'elle sentit le sol vibrer sous ses pieds. Elle frissonna. La fenêtre était ouverte. Que faire ? Se sauver ? Quelqu'un était peut-être venu la chercher ici – ou voler le portable – et serait tombé sur Khalid. Si jamais quelque chose lui arrivait à cause d'elle, elle ne pourrait jamais se le pardonner.

— Khalid ? appela-t-elle.

Pas de réponse.

— Khalid ?

Elle entendit vaguement de l'eau couler du côté de la chambre. Elle se précipita dans cette direction. Au moment où elle posait la main sur la poignée de la porte, celle-ci s'ouvrit en grand. Elle lâcha un petit cri.

— Bon sang, Annabel ! s'exclama Khalid.

Tout juste sorti de la douche, il dégoulinait. Excepté la serviette autour de son cou, il était nu comme un ver. Il l'attrapa d'un geste vif et l'enroula autour de sa taille, mais le visage d'Annabel avait déjà tourné au rouge cramoisi.

— Tu m'as flanqué une de ces frousses !

— C'est toi qui m'as fait peur ! Quand je suis entrée, la porte était grande ouverte et la musique à fond et il y avait des vêtements partout… J'ai pensé que…

— Je suis allé courir. Et j'avoue, je suis bordélique. Pas habitué à vivre en coloc'.

— Ce n'est pas ça. Simplement j'ai cru que…

— Que j'avais été kidnappé ?

— Oui ! répondit Annabel en portant la main à son cœur. Bon Dieu, quelle peur ! Désolée. Je suis un peu tendue.

— Moi aussi. C'est pour ça que je suis allé courir.

Il faut qu'on parle de l'ordinateur de Matthew. Mais d'abord, comment s'est passée ta visite à Fares Amir ?

— Euh… tu devrais peut-être d'abord… Je te laisse une minute.

— Ah oui ! Désolé. Je m'habille.

Annabel ferma la porte de la chambre derrière elle. Elle ramassa les affaires de sport de Khalid. Ne sachant pas où les mettre, elle les empila soigneusement sur un fauteuil. Matthew aussi faisait pareil. Après le sport, il se déshabillait en laissant tomber ses vêtements par terre et sautait dans la douche sans se donner la peine de les mettre dans le panier à linge sale. Elle se demanda pourquoi cette habitude la dérangeait tellement autrefois. À New York, elle s'en fichait. Mais à Genève, elle la prenait comme une insulte. Comme s'il considérait qu'elle était là pour ramasser ses vêtements. Comme si elle n'avait rien de mieux à faire.

Elle commença à ranger le bazar sur la table de Khalid. Elle jeta un gobelet Starbucks vide, mit dans l'évier une assiette où il restait un bout de sandwich. Son regard fut alors attiré par une pile de mails imprimés. Elle s'en saisit, et repéra tout de suite le nom de Matthew. Avec une adresse mail différente, qu'elle n'avait jamais vue.

— Je suis entré dans son ordinateur, expliqua Khalid qui se tenait derrière elle. Ça m'a pris du temps. Il ne plaisantait pas en matière de sécurité.

Annabel souleva la pile de mails.

— Et ça, c'est quoi ?

— Ses mails. Envoyés à un gars du département de la Justice. Hunter Morse. Matthew était en train de négocier un accord avec lui. En échange de son immunité.

— Mais il n'avait rien fait de répréhensible.

— En fait, ce n'est pas tout à fait vrai. Tiens, viens t'asseoir. Ces gars-là – je veux dire, les banquiers privés –, leur boulot, c'est d'aider leurs clients à planquer leur fric offshore. Alors on va dire qu'au minimum Matthew savait probablement qu'il permettait à ses clients de faire de l'évasion fiscale.

— Comment est-il entré en contact avec cette personne du département de la Justice ?

— D'après ce que j'ai pu lire, c'est Hunter Morse qui s'est mis en rapport avec lui il y a quelques mois. Il enquêtait sur la Swiss United et cherchait un informateur. Apparemment, Matthew en avait assez des pratiques de Jonas Klauser, surtout avec des gens comme Bachar el-Assad. Alors il est allé rencontrer Hunter Morse à New York. Ensuite, il était censé retourner à Genève et commencer à rassembler des données provenant de la banque sur des clés USB. L'accord exigeait qu'il envoie les clés USB à des boîtes postales aux États-Unis, d'où les données seraient récupérées pour être ensuite transmises à Morse. Les infos devaient comprendre les noms et les coordonnées bancaires de tout citoyen américain dissimulant des actifs à la Swiss United, ainsi que de tout individu figurant sur les listes de sanctions internationales.

— Il était censé. Il l'a fait ?

— Ces mails ont été échangés une semaine environ avant sa mort. Il écrit qu'il a envoyé certaines des informations mais a besoin qu'on lui garantisse l'immunité judiciaire avant d'envoyer le reste. À mon avis, les infos manquantes concernaient des clients de Matthew. Si bien que s'il les envoyait à Morse, il se compromettait lui-même.

— Mais… c'était un lanceur d'alerte ! Il les aidait de son plein gré. Pourquoi le département de la Justice se serait-il retourné contre lui ?

— Morse écrit qu'il n'y avait pas de risque. Du moins du côté du ministère. Mais qu'il ne peut pas parler à la place de la SEC et du fisc. Il semble que Matthew se soit mis en colère ; qu'il exigeait également une garantie de la part de la SEC et du fisc. Morse, lui, répond que c'est trop risqué. Que moins il y a de personnes au courant, mieux c'est. Il demande à Matthew de lui faire confiance.

— Alors ? Matthew lui a envoyé les données ?

— J'ignore s'il en a eu l'occasion. Il est mort deux jours après.

Annabel s'affala sur sa chaise.

— Mon Dieu !

— Je comprends. Pauvre Annabel…

Ils restèrent silencieux. Plusieurs minutes passèrent. Enfin, elle releva la tête.

— Les données sont sur son ordinateur ? Celles qu'il a envoyées à Morse ?

— Oui, je ne sais pas s'il y a tout, mais il y a beaucoup de choses. Des trucs qui filent la chair de poule.

— Comment ça ?

— Il avait les données de cent dix-sept clients sur ce portable. La moitié sont juste des fraudeurs fiscaux lambda. Tu vois le genre : le P-DG qui planque ses sous en Suisse pour acheter des tableaux, des yachts et que sais-je encore. Sans payer le moindre impôt.

— Et le reste ?

— Nettement moins sympa. Ton pote Fares Amir, par exemple. Il faisait office d'intermédiaire pour Assad et ses hommes de main. Grâce à lui, plus de quatre milliards de dollars sont partis vers la Swiss United et ont disparu dans des comptes numérotés. Cette banque, c'est un gros trou noir bourré d'argent sale.

— Fatima Amir était-elle au courant de tout ça ? Son argent à elle, il était sale lui aussi ?

Annabel ne pouvait pas accepter l'idée que Matthew ait pu aider un criminel de guerre tel que Bachar el-Assad. Aider un P-DG à contourner les lois fiscales américaines, c'était une chose. Contribuer au financement d'une guerre interminable et brutale contre des civils innocents, c'en était une autre.

— Je ne crois pas. Matthew essayait de l'aider. Il avait demandé à Morse s'il pouvait obtenir pour elle l'asile aux États-Unis, en échange d'informations sur son frère et le réseau Assad.

— Et Morse a dit oui ?

— Il n'en a pas eu l'occasion.

Annabel ferma les yeux.

— Khalid. Je suis terrifiée.

— Moi aussi, franchement. Et au fait, Fares Amir, tu en as pensé quoi ?

— Il y a quelque chose de louche chez lui. Ce n'est peut-être pas lui qui les a fait tuer, mais en tout cas, il ne verse pas beaucoup de larmes pour eux.

— Je crains davantage Fares Amir que la Swiss United. Pourtant, honnêtement, la Swiss United, c'est assez flippant.

— Il a acheté un tableau. Un Monet. Après la mort de sa sœur.

— Ça paraît bizarre. Alors qu'elle vient de mourir. Dépenser des millions dans un tableau, c'est une drôle de manière d'exprimer son chagrin.

— Le problème, ce n'est pas qu'il ait acheté ce tableau. C'est le tableau lui-même qui me trouble.

Khalid pencha la tête, perplexe.

— Il représente les Alpes. Et il l'a accroché au-dessus de sa cheminée.

Khalid assimila l'information sous les yeux attentifs d'Annabel.

— L'avion, dit-il, les yeux écarquillés. Il s'est écrasé…

— Il faut que j'y aille, chuchota Annabel. Je ne pense pas être en sécurité ici à Londres. Nulle part, tant que je suis en possession de ce portable.

— Il faut que tu entres en contact avec Morse. Il pourra t'aider.

— Oui, c'est mon avis. D'abord je vais rentrer à

Genève. Faire mes valises. Donner l'impression que je m'en vais pour de bon. Ensuite, une fois aux États-Unis, j'apporterai l'ordinateur à Morse. Si je disparais maintenant, ils sauront qu'il se passe quelque chose et ils partiront à ma recherche. Et il y a de grandes chances qu'ils me trouvent.

Khalid réfléchit en silence quelques instants.

— C'est risqué.

— Je sais.

— Mais si ça se trouve, tu as raison. Si tu rentres et que tu joues celle qui n'a rien pigé et qu'ensuite tu t'en vas, ils ne te soupçonneront peut-être pas. Même quand des gens se feront arrêter, ils croiront que c'est Matthew qui avait filé les infos à Morse.

— Oui. Il faut que je rentre à Genève. C'est la seule solution.

— Laisse-le ici, dit Khalid.

— Le portable ? Je ne peux pas te demander de le garder.

— C'est plus sûr. Laisse-le ici. Quand tu retourneras aux États-Unis, prends un vol avec une correspondance à Heathrow. Je t'y retrouverai et te le redonnerai. Ensuite, tu vas direct voir Morse. OK ?

— Tu es sûr ? J'ai l'impression de t'avoir déjà suffisamment exposé.

Khalid sourit, prit la main d'Annabel et la serra dans les siennes.

— Tu peux toujours compter sur moi, ma vieille.

— Merci, murmura-t-elle. Puis, après s'être essuyé les yeux avec le dos de la main : Merci pour tout.

— Ne me remercie pas. Contente-toi de revenir en un seul morceau. D'accord ?

— D'accord.

Annabel se souvint de la dernière fois qu'elle avait parlé à Matthew, et comment il lui avait fait répéter ces mots :

Tu sais que je reviens toujours, n'est-ce pas ? Dès que je peux ? Dis-moi que tu le sais.

Bien sûr, avait-elle répété. *Je sais que tu reviens toujours.*

Marina

Salut, c'est Miles. Ai fait vérifier la partie d'immatriculation de la Kia. Rien donné. Analyses d'empreintes reçues. Rien non plus. Visiblement, la piste s'arrête là. Appelle quand tu as un moment.

Marina se tenait au milieu de la salle de bal du Mandarin Oriental Hotel, sous un lustre en cristal tellement grand qu'il imitait presque à la perfection une nuit étoilée. Les fêtards tourbillonnaient autour d'elle, papotant et riant, les femmes se complimentant sur leurs robes respectives tout en critiquant celles des autres. Certains entretenaient leur réseau, d'autres tentaient d'attirer le regard des journalistes mondains qui sillonnaient les lieux à la recherche d'invités méritant d'être photographiés. Il n'y avait pas si longtemps de cela, Marina était des leurs. À l'époque, elle trouvait les bals de charité comme celui-ci – où les tables coûtent cinquante mille dollars et sont vendues avant même que les invitations ne soient envoyées – aussi excitants qu'un safari.

À présent, elle faisait partie des invités, de ceux que l'on photographiait. Les tickets lui arrivaient dans la boîte aux lettres sans même qu'elle lève le petit doigt – parce que la famille de Grant donnait beaucoup aux associations caritatives, parce qu'elle comptait, et parce que la présence de ses membres était hautement désirable. C'était à cela qu'elle pensait aspirer quand elle avait commencé à travailler à *Press* presque dix ans auparavant. Pouvoir accéder à ce genre d'événement, et pas simplement parce qu'elle avait un badge d'accréditation autour du cou.

D'habitude, Marina trouvait les foules stimulantes. Surtout quand il s'agissait de gens intéressants, importants et bien habillés. Pourtant, ce soir-là, elle était trop nerveuse pour apprécier tout ça. Depuis l'incident avec la berline dans le Connecticut, elle ne pouvait se défaire de l'impression qu'elle était suivie. Partout, elle croyait voir son poursuivant : dans la rue, au supermarché, à la salle de sport. Dans une ville aussi animée que New York, il y avait de quoi devenir dingue. Trop de visages inconnus, trop de fenêtres derrière lesquelles il la guettait peut-être. Le fait qu'elle ne l'avait pas vu depuis le Connecticut ne voulait pas dire qu'il n'était pas là. Elle envoya un texto à Owen.

Tu as trouvé quelque chose pour les plaques minéralogiques ?

J'ai trouvé la berline. Appelle-moi dès que tu peux.

— Salut, Marina.

Marina ferma sa messagerie et leva la tête. En reconnaissant Leon Diaz, le photographe le plus demandé de *Press*, son visage s'illumina.

— Salut, Leon, dit-elle, soulagée, en s'approchant pour lui faire la bise. C'est un vrai plaisir de te voir !

— Oh, je t'en prie, je fais partie de la populace. Regarde-toi plutôt.

Leon fit un geste vers sa robe, un fourreau en shantung bleu marine accroché à son épaule gauche dans un plissé spectaculaire. Il lui allait à la perfection parce qu'il avait été taillé sur mesure pour sa silhouette gracile. La couleur faisait ressortir le bleu de ses yeux et resplendir son teint pâle. Elle portait des boucles d'oreilles en saphirs scintillants.

— Valentino ?

Marina fit signe que oui.

— Pas que. On dirait la saison prochaine, mais légèrement détournée. C'est du sur-mesure ?

— Oui. Merci.

— Et les boucles d'oreilles ! *Dios mío !*

— C'est un prêt ! Honnêtement, j'ai peur de les porter. J'ai l'impression qu'il me manque un garde du corps.

— Tu n'en as pas ? s'étonna Leon. Pourtant, tu devrais.

Marina prit un air confus. Grant avait suggéré de renforcer leur sécurité avant leur voyage à Paris, mais elle avait qualifié l'idée d'excessive et inutile.

Maintenant, elle commençait à regretter cette décision.

— Une femme aussi belle devrait absolument avoir un garde du corps.

Elle sursauta. Une main s'était posée sur ses reins. Son futur beau-père était apparu à côté d'elle, avec son smoking et son sourire généreux.

— Marina est la chose à laquelle mon fils tient plus que tout, dit-il à Leon. Hors de question qu'on nous la vole.

— Vous êtes trop gentil, répondit Marina avec un sourire forcé.

Le terme « chose » lui hérissait le poil, mais elle s'efforça de ne pas le montrer. Elle se décala légèrement, obligeant la main de James à se détacher de son dos.

— James, poursuivit-elle, je vous présente Leon Diaz. Un ami qui travaille à *Press*.

— Les amis de Marina sont mes amis, dit Ellis en tendant la main.

— C'est un grand honneur, monsieur, répondit Leon.

Marina prit une longue inspiration en se forçant à sourire. Cette façon que les gens avaient de faire des courbettes devant James maintenant qu'il allait se présenter aux élections présidentielles, elle la trouvait absurde. Elle se demanda, comme souvent d'ailleurs, s'il s'intéressait vraiment à la fonction, ou s'il désirait simplement la célébrité et l'autorité qui va avec.

— Je peux vous prendre en photo ? demanda Leon avec un regard avide. Pour le magazine ?

— Bien sûr.

Marina sentit la main d'Ellis la saisir à la taille. Ils prirent la pose, sourires figés. Les gens autour se tournèrent vers eux, bouche bée, certains sans même se donner la peine de dissimuler leurs commentaires. Marina commença à trépigner. Si seulement Leon pouvait se dépêcher un peu.

— Merci, dit ce dernier au bout de ce qui sembla à Marina une éternité. Superbes clichés.

James Ellis lui donna congé d'un hochement de tête. Marina aurait voulu le voir disparaître dans la foule, aller se mêler à des personnes plus importantes que sa future belle-fille. Le texto d'Owen était resté affiché sur son écran, planqué tout au fond de sa pochette ornée de pierreries.

— Marina, il faut qu'on parle, annonça James.

Son sourire avait disparu, remplacé par une expression inquiète. Il fit un signe en direction des immenses portes-fenêtres bordant la salle de bal.

— Allons admirer la vue.

Elle le suivit. Ils se postèrent derrière les vitres et observèrent en silence le panorama, avec Central Park et les gratte-ciel scintillants de Midtown Manhattan. Le profil sévère de James était souligné par les lumières de la ville. Avec son smoking à boutons en ivoire et ses cheveux gris argent impeccablement coiffés, il avait une allure des plus présidentielles.

— Je voulais te remercier.

— Me remercier de quoi ? s'étonna Marina.

— Te remercier de rendre mon fils si heureux.

— Oh là… Je ne sais pas quoi dire. C'est lui qui m'a rendue heureuse. J'ai de la chance qu'il veuille que je devienne sa femme.

— Grant est un type bien. Peut-être le meilleur que je connaisse.

— Ce n'est pas moi qui dirais le contraire.

— Cette campagne – ma campagne –, ça ne va pas être facile pour lui. Et je me sens coupable. Il n'avait rien demandé, lui. Toute cette publicité. Ces journalistes – excuse-moi, je sais que tu es journaliste – mais tous ces journalistes qu'inévitablement il aura sur le dos. Et la fonction qu'il va devoir assumer à Ellis Enterprise. Je lui demande beaucoup. Et il accepte tout avec une telle bonne grâce…

— Nous sommes tous très fiers de vous.

— C'est gentil de me dire ça. Mais je pense que s'il se montre si souple, c'est parce qu'il est heureux. Et ça, c'est grâce à toi.

— Eh bien, j'en suis ravie, murmura Marina, les joues empourprées.

— Toi aussi je te demande beaucoup. Sans doute plus que ce à quoi tu t'attendais. Se retrouver sous les projecteurs, ça n'est pas facile. Tu es belle, certes, et très équilibrée. Ton pedigree est impeccable, ta famille adorable. Tu as tout ce qu'il faut pour remplir à la perfection le rôle de femme d'homme politique. Simplement, je voudrais m'assurer que tu sais dans quoi tu t'embarques.

— J'ignorais que j'allais épouser un homme politique.

— Il ne l'est pas encore. Mais si je gagne – et j'estime que j'ai de grandes chances, Marina, réellement –, j'espère que Grant songera à se lancer lui aussi. Es-tu prête ?

Marina hésita. Que répondre ? Elle n'était pas sûre de comprendre la question. Lui demandait-il si cela ne la gênait pas de devenir célèbre ? Ou bien si elle planquait quelques cadavres dans son placard qui risqueraient de les mettre dans l'embarras, lui et sa famille ?

— Je crois que je suis aussi prête qu'on peut l'être, répondit-elle prudemment. J'aime Grant, et je le soutiendrai quelle que soit la décision qu'il prend pour sa carrière.

— Très bien.

— Alors comme ça, vous avez décidé d'annoncer votre candidature ? demanda Marina, tout en se rendant compte qu'elle n'avait jamais eu de tête-à-tête avec son beau-père aussi prolongé.

— Oui, ce soir, pendant mon discours.

— Ce soir ?

— J'ai décidé à la dernière minute. Mais je crois que c'est le bon moment. Le New York Police Department donne cette soirée en mon honneur. Le public est sympathique. Et demain, tous les journaux américains vont publier un article sur le sénateur Murphy et l'enfant illégitime qu'il a eu il y a dix ans avec sa femme de ménage. Laquelle, soit dit en passant, est entrée dans ce pays illégalement.

Marina resta bouche bée.

— Oh. Ça alors…

— Ça alors, en effet.

— Eh bien, toutes mes félicitations ! C'est une soirée palpitante.

— Pour nous tous.

— Pour nous tous. Oui.

— Grant m'a dit que tu pensais être suivie, ajouta James en regardant Marina droit dans les yeux. Tu aurais dû m'en parler. Tout de suite.

— Désolée. Je ne pensais pas que…

— Ne t'excuse pas. Je tiens juste à ce que tu saches que tu peux toujours me parler si tu as des soucis. Quels qu'ils soient.

— Bien sûr. Merci.

— Grant s'inquiète pour ta sécurité. Je lui ai dit qu'il y aura toujours un reporter pour essayer de salir la famille. C'est ce qu'ils font, vois-tu. Une fois que vous êtes un personnage public. Ils surveilleront tes faits et gestes jour et nuit.

— Je sais. Je suis prête.

— Mais tu étais quand même inquiète, d'après Grant.

— Je crois juste qu'on m'a suivie quand je suis allée dans le Connecticut voir mes parents. Ça m'a fait un peu peur.

Elle regretta d'en avoir parlé à Grant. Jamais elle n'aurait imaginé qu'il dirait tout à son père.

— Tous les deux, il vous faudra être méfiants. C'est pour cette raison qu'à partir de demain, je veux que vous commenciez à recruter des agents de sécurité. Je peux vous envoyer des hommes très compétents. Vous choisirez ceux avec lesquels vous vous sentez le plus en confiance. Ce sont tous des anciens de la police new-yorkaise, tous très qualifiés. Ils n'empiéteront pas sur votre vie. Mais ils seront là pour garantir votre sécurité. Je vais procéder de même pour moi. J'espère que cela te rassurera.

— Je ne suis pas certaine que cela soit nécessaire, mais merci quand même.

— C'est nécessaire. Crois-moi. Apprendre que ma future belle-fille se fait suivre, ça ne me plaît pas beaucoup.

— Ce n'était peut-être rien.

— Peut-être. Ou peut-être pas.

— Merci de vous préoccuper de moi.

— Nous faisons partie de la même famille maintenant, Marina.

— Je suis heureuse que vous pensiez cela.

— J'aimerais que tu fasses quelque chose pour moi. Puisque nous sommes en train de parler sécurité.

— Bien sûr. Tout ce que vous voulez.

— Grant m'a dit que tu travaillais sur un article pour *Press*. Il ne t'aurait presque pas vue depuis votre retour de Paris.

Incapable de soutenir le regard de son beau-père, Marina détourna les yeux.

— C'est vrai. Je suis assez occupée ces derniers temps.

— Mon fils a besoin de toi en ce moment, Marina. Et surtout, en tant que famille, s'il y a bien une chose dont nous nous passerions, c'est que tu te mettes en danger à courir après un scoop. Grant m'a expliqué que tu comptais quitter *Press* après le mariage. Cela me soulagerait si tu le faisais maintenant. Tu vas être très occupée avec la campagne. Pour moi, cela voudrait dire tellement – pour Grant aussi, même si je sais qu'il ne te le dira jamais – si tu voulais bien être là pour soutenir ta famille pendant cette période qui va forcément être très éprouvante.

— Je… euh…

— Ne me réponds pas maintenant. Penses-y. Parles-en avec Grant. Après les élections tu pourras envisager de reprendre le travail. Mais je ne pense pas que tu en auras envie. À mon avis, tu vas constater que faire l'info, c'est beaucoup plus intéressant que de la rapporter.

Marina sourit, les lèvres serrées. Elle connaissait suffisamment James pour savoir que c'était plus qu'une demande de sa part. C'était un ordre. Si elle voulait faire partie de la famille Ellis, elle devait se soumettre.

— Je comprends tout à fait.

— Parfait.

James posa la main sur son épaule et lui sourit, le visage enfin redevenu détendu et jovial.

— J'ai la trouille, Marina. J'ai prononcé beaucoup de discours dans ma vie, mais celui-ci…

— Vous allez très bien vous en sortir.

— Merci, chère Marina. Je savais que je pouvais compter sur toi.

La foule commença à applaudir. Marina et James se tournèrent vers l'estrade. Un micro à la main, Grant se tenait debout à côté du président de la NYPD Foundation. Il sourit à la foule. Enfin, le président fit signe à tout le monde de faire silence et Grant s'avança avec le micro.

— Merci beaucoup, New York, pour cet accueil chaleureux, commença-t-il.

Marina le trouva d'un calme impressionnant. À supposer qu'il soit nerveux, ça ne se voyait pas du tout.

— Cette soirée est toujours un événement particulier pour ma famille. Mon père et moi sommes tous les deux nés ici, à New York, où nous avons passé notre enfance. Cette ville a une très grande importance pour nous, et tout au long de notre vie professionnelle nous avons tenté de trouver le moyen de rendre à cette communauté autant que ce qu'elle nous a donné.

— C'est un orateur-né, chuchota James dans l'oreille de Marina. Regarde-le.

— J'ai fini mes études universitaires en 2001, poursuivit Grant. J'avais commencé mon stage dans une banque depuis un mois lorsque les attaques du 11 Septembre ont eu lieu. Trois ans plus tard, je suis entré dans l'armée. Je croyais que mon père serait furieux, ou au moins inquiet. Mais il a compris pourquoi je voulais servir sous le drapeau. Je dois reconnaître que ses cheveux se sont dressés sur sa tête quand il a découvert le montant de mon salaire, mais en même temps, il était fier de moi. Il a dit qu'il n'y avait pas plus grand honneur pour lui que de voir son fils se mettre au service du bien commun.

Grant remercia d'un hochement de tête la foule qui l'applaudissait. Plusieurs membres du NYPD, tous en uniforme bleu, se levèrent, encourageant le public à les imiter. Marina sentit son cœur se gonfler de fierté. Grant était d'une telle humilité. Il ne s'intéressait ni à la célébrité ni aux ovations. Même quand ils dînaient avec des amis, il parlait rarement de lui-même. Il avait cette façon incroyable de rediriger la conversation vers les autres. Contrairement à nombre de New-Yorkais, il écoutait bien plus qu'il ne parlait. C'était l'une des choses que Marina aimait et admirait chez lui. Alors, le voir pour une fois sur scène se faire applaudir par mille personnes, ça faisait plaisir.

— Le pays a besoin de gens comme Grant, lui chuchota James à l'oreille. Pour lui, peu importe les applaudissements. Ce qui compte, c'est de faire le bien. Si j'échoue – ce que je n'espère pas – je veux qu'il soit le prochain à se présenter. Il ne se rend pas encore compte, mais il est né pour être responsable politique. Au sens le plus noble du terme.

Marina regarda James. Ses yeux brillaient, ses lèvres frémissantes esquissaient un sourire. Les applaudissements se calmèrent. Grant leva de nouveau le micro.

— Ces derniers mois, mon père et moi avons beaucoup parlé de transmission. Du genre de marque que nous aimerions laisser sur le monde. Mon père, comme vous le savez tous, a accompli de grandes choses dans sa vie. Il a réussi sa vie professionnelle. Il soutient depuis des décennies les artistes et les bonnes causes. Depuis trente-neuf ans, il forme un couple fidèle et solide avec ma mère, Betsy. Pour moi c'est un père et un mentor extraordinaire. Pour toutes ces raisons c'est avec enthousiasme que je profite de cette occasion pour vous présenter mon père, James Ellis.

La foule se leva de nouveau pour l'acclamer. Tout le monde se tourna vers James et Marina, qui se tenaient côte à côte légèrement à l'écart. Marina plissa les yeux sous les flashes aveuglants des appareils photo braqués sur elle.

Elle sentit la main de James sur son épaule.

— Accompagne-moi, lui dit-il en la poussant délicatement vers l'estrade.

— Vous êtes sûr ?

Grant agitait la main en direction de la foule. Il sourit en croisant le regard de Marina, puis lui fit signe de le rejoindre. Betsy, quant à elle, était déjà en train de gravir les marches.

— Oui. Ils vont vouloir une photo de la famille.

James enroula fermement les doigts autour de son bras. Devant eux, la foule s'ouvrit pour leur ménager un chemin jusqu'à l'estrade. Il y avait un groupe de journalistes devant. Certains prenaient des notes et d'autres des photos. Elle les reconnaissait pour la plupart. Il y avait là son ami Leon, qui lui fit un clin d'œil au moment où elle passait devant lui. Elle s'arrêta une seconde pour lui envoyer un baiser. Puis elle se tourna et monta sur scène.

Annabel

Annabel se trouvait à Genève pour la dernière fois – du moins l'espérait-elle. À Heathrow, elle avait résisté à l'envie de fuir. De prendre un avion pour une autre destination et de disparaître, purement et simplement. Elle pourrait se teindre les cheveux. Changer de nom. Recommencer de zéro. Une partie d'elle-même se disait que si elle retournait à Genève, elle n'en sortirait jamais vivante. Mais elle savait aussi que si elle prenait la fuite, la personne qui avait tué Matthew la retrouverait. Se sauver lui donnerait un air coupable.

Une fois devant la porte de chez elle, les clés dans la main, elle se souvint de la première fois qu'elle avait vu cet appartement. Jamais elle n'aurait imaginé vivre dans un endroit aussi élégant, spacieux, majestueux. Rien que le vestibule faisait pratiquement la taille de leur appartement new-yorkais. Les vues – sur les rues pavées, les beaux bâtiments de la vieille ville et le ciel d'un bleu cristallin qui devenait gris ardoise par temps de neige – valaient largement un tableau. Après toutes les épreuves traversées – la fausse couche, la mort du père de Matthew – elle avait eu l'impression qu'ils méritaient ça. Un nouveau départ. Une belle vie.

Avant qu'elle ait le temps de tourner la poignée, la porte s'ouvrit toute seule en grinçant. Son cœur fit un bond. Elle l'avait fermée à clé en partant.

Elle la poussa avec le plat de la paume. La porte alla cogner contre le mur du vestibule. Sans même entrer, Annabel sut que l'appartement avait été saccagé. Par des gens qui voulaient qu'elle sache qu'ils étaient venus.

— Bonjour ! appela-t-elle d'une voix tremblante. Il y a quelqu'un ?

Elle entendit seulement le grondement du tramway passant dans la rue et le bruissement des rideaux. Elle se rendit alors compte que les fenêtres étaient ouvertes.

Frissonnante, elle ramena son manteau sur sa poitrine. La pièce était glaciale. L'air piquant de novembre entrait à grandes bouffées par les fenêtres ouvertes. Elle songea à faire demi-tour et s'enfuir. Mais son instinct lui souffla que l'appartement était vide. Les auteurs de l'intrusion étaient sans doute venus la nuit. Ils étaient partis depuis longtemps. Ou peut-être étaient-ils restés à l'affût, tout près. Peut-être l'observaient-ils depuis l'immeuble d'en face, suivant ses moindres faits et gestes au téléobjectif.

Annabel traversa l'appartement en silence pour constater les dégâts. Les placards avaient été vidés, et leur contenu éparpillé par terre. Les tiroirs de sa commode avaient été renversés. Le coffre-fort du placard – où elle avait mis ses bijoux de valeur, leurs passeports à tous les deux, leur certificat de mariage – bâillait, grand ouvert. Les bijoux étaient toujours à l'intérieur. Visiblement, rien n'avait été pris, en dehors du portable qu'elle avait laissé dans un tiroir fermé du bureau. Elle l'avait acheté juste avant son départ pour Londres : le même modèle que celui de Matthew, mais sans rien dedans. Elle avait fermé le tiroir à clé pour voir ce qui se passerait. Elle s'en félicitait maintenant.

Les canapés du salon avaient été éventrés et vidés comme des poissons morts. Les tableaux et les miroirs avaient été décrochés, sans doute pour vérifier qu'ils ne cachaient pas un coffre-fort. Celui qu'Annabel avait peint elle-même – pour l'anniversaire de Matthew – avait été sorti de son cadre. La toile gisait à ses pieds, la vue de Florence réduite en lambeaux gris et bruns.

Elle s'agenouilla. En rassemblant les fragments de toile, elle sentit quelque chose exploser. Perdre ce tableau – sans valeur aucune, excepté pour Matthew et elle, c'était trop.

— Ça suffit ! cria-t-elle dans l'appartement vide. Vous m'avez déjà tout pris !

Elle se redressa. La fureur à l'état pur fit voler en éclats le voile de chagrin qui l'enveloppait depuis la mort de Matthew. Pour la première fois depuis plusieurs jours, elle se sentit l'esprit clair et déterminé.

Si Jonas voulait se battre, il trouverait à qui s'adresser. Elle ne s'arrêterait pas tant que les personnes responsables de la mort de Matthew ne seraient pas mortes ou en prison.

Mais d'abord, elle allait leur donner ce qu'ils voulaient. Elle agiterait le drapeau blanc, leur ferait croire qu'ils avaient gagné.

Elle décrocha le téléphone et composa un numéro.

— Julian ! On m'a cambriolée ! L'appartement... il est entièrement saccagé !

— Et toi, ça va ? Tu n'es pas blessée ?

— Non, Dieu merci. Je n'étais pas à la maison. J'étais à Londres pour récupérer des affaires de Matthew. Et quand je suis rentrée directement de l'aéroport...

Elle lâcha un sanglot hystérique.

— J'arrive tout de suite. Tu as prévenu la police ?

— Non. Tu es la première personne que j'appelle. Je devrais le faire, non ? Désolée, je suis complètement bouleversée.

— Forcément. Ne t'inquiète pas. Je m'occupe de les appeler. Et je te rejoins tout de suite. Tu es sûre que tu ne cours pas de danger, là ?

— Je ne crois pas. L'appartement est vide.

— Ils ont pris quelque chose ? Des objets de valeur ?

— Je ne sais pas. Je n'ai pas vraiment vérifié. Je t'en prie, fais vite, Julian. J'ai besoin de toi.

— Bien sûr. Ne t'en fais pas, Annabel. Je m'en occupe. Je m'occupe de tout.

Non, songea Annabel en raccrochant. *Certainement pas. C'est moi qui m'occupe de tout.*

Elle alla dans la salle de bains, s'aspergea le visage pour faire couler son mascara, s'ébouriffa les cheveux. Le spectacle pouvait commencer. Elle était prête.

Avant que Julian n'arrive, elle passa un dernier appel.

— Office de la police, répondit une voix féminine. Inspecteur Du Prés.

— Pourrais-je parler à l'inspecteur Bloch, s'il vous plaît ?

Annabel vérifia le numéro écrit sur la carte de visite qu'elle tenait dans la main. C'était bien celui-là.

— Désolée, répondit la femme. L'inspecteur Bloch ne travaille plus à la Fedpol. Puis-je vous aider ?

— Passez-moi l'inspecteur Vogel, dans ce cas.

— Mais, madame, il n'y a pas d'inspecteur Vogel…

— Merci, répondit Annabel d'une voix aussi détachée que possible. J'ai dû me tromper.

— Puis-je…

Annabel raccrocha avant que la femme ait fini sa phrase.

Marina

Où es-tu ?? On est prêts à mettre sous presse.

C'est ton article. On le sort, OK ?

Marina se trouvait devant l'immeuble d'Owen lorsqu'elle lut son texto. Elle regrettait d'avance ce qu'elle allait faire. Owen aussi allait le regretter.

Je suis devant chez toi. J'appuie sur l'interphone.

Le visage d'Owen s'illumina en ouvrant la porte. Il tenait un tire-bouchon.

— Tu arrives juste à temps, dit-il en la faisant entrer. J'allais ouvrir une bonne petite bouteille.

— Ça ne serait pas un peu trop tôt pour faire la fête ?

— Comme disait mon père, il y a toujours un endroit du monde où il est l'heure de trinquer.

— Ce que je veux dire, c'est que c'est peut-être prématuré ? On publie l'article aujourd'hui ? Pour de vrai ?

— J'ai parlé à Christopher il y a une heure. Tout sera prêt d'ici à demain minuit, heure de New York. Les articles seront téléchargés en simultané. Le lendemain matin, on se retrouvera en une de tous les grands journaux du monde.

— Super, dit Marina en lui adressant un petit sourire forcé.

— Ton enthousiasme fait plaisir à voir.

— Désolée. Oui, c'est vraiment génial. Sincèrement. Je suis contente pour toi.

— Pour moi ? Et pour nous ?

Owen lui montra une bouteille de château-margaux.

— Ça te dit quelque chose ?

Marina étudia l'étiquette. Ses yeux s'écarquillèrent. Elle se souvenait.

— C'est Duncan qui te l'a envoyée, n'est-ce pas ?

— Oui, pour me remercier de l'avoir aidé pour l'enquête sur les Darling.

— Et tu l'as gardée tout ce temps-là ?

— Il m'avait dit de la boire avec quelqu'un de spécial pour moi.

Marina croisa son regard. Une vague de désir lui parcourut le corps. Les yeux d'Owen changeaient de couleur selon son humeur, et aujourd'hui, ils étaient verts pailletés d'or. Il se pencha et l'espace d'un instant elle crut qu'il allait l'embrasser.

Je devrais m'éloigner de lui, se dit-elle. Pourtant, elle resta immobile, clouée sur place, et ferma les yeux.

C'est alors qu'elle sentit le tire-bouchon dans sa main. Elle rouvrit les yeux.

— À toi l'honneur, dit Owen.

— Où est Yaël ? demanda-t-elle, toute troublée.

Brusquement, ne tenant plus en place, elle retira son manteau et inspecta l'appartement du regard.

— Elle dort.

Marina tourna la tête vers la chambre.

— Non, chez elle.

— Et vous deux, vous… ?

— Non, pas du tout. On a été ensemble. Très brièvement. Il y a trois ans environ. Mais maintenant, on est amis, point barre.

— C'est vraiment possible, ça ? D'être ami avec une ex ?

— Parce que tu ne crois pas que les hommes et les femmes puissent être amis ?

— Je ne pense pas qu'un homme et une femme qui ont couché ensemble puissent être amis.

— Alors sans doute qu'il vaut mieux qu'on ne couche pas ensemble, répliqua Owen, les yeux pétillants, mais sur un ton sérieux.

— Sans doute.

Owen la contempla quelques secondes, puis se détourna. Il lui fit signe de lui donner la bouteille. Il inséra le tire-bouchon, le fit tourner, puis extirpa le bouchon dans un seul et même mouvement fluide.

— Parfait. Parce que j'ai une proposition à te faire.

— N'oublie pas : je suis déjà fiancée, dit-elle avec un rire nerveux.

— Je veux que tu viennes bosser avec moi.

— À *Deliverable* ?

— Oui, j'ai besoin d'un directeur de la rédaction. Tu pourras aussi écrire des articles. Tu choisiras tes sujets. Simplement j'aimerais que tu commences par l'affaire Morty Reiss. Il y a beaucoup d'éléments d'où on peut partir dans ce qu'on vient de trouver.

— C'est très généreux, comme proposition !

— Tu serais mon adjointe. Avec ton nom juste en dessous du mien dans l'ours.

— Merci, Owen. Je suis flattée, sincèrement.

— Mais tu vas me dire non.

Marina se sentit incapable de le regarder en face. Elle avait perçu la note de déception dans sa voix.

— Je suis désolée, dit-elle, la gorge nouée, mais je ne peux pas.

Owen fit signe qu'il avait compris. Ils restèrent silencieux quelques instants. Puis il souleva la bouteille de Château Margaux et remplit les deux verres qu'il avait posés sur la table.

— OK. Bon. Si tu changes d'avis, ma porte est toujours ouverte.

— Merci. C'est gentil.

— On va quand même trinquer. À cette enquête. Pour Duncan, de notre part à tous les deux.

Marina leva son verre et l'inclina vers Owen. Son cœur battait à tout rompre. Elle avait vécu beaucoup de ruptures dans sa vie – quelques-unes affreuses. Mais celle-ci était pire encore.

— À propos de cette enquête…, commença-t-elle en reposant son verre.

— Oui, dis-moi.

— Je veux que tu la publies sous ton nom.

Owen prit un air sincèrement perplexe.

— Pourquoi ? C'est ton enquête. C'est toi qui as révélé l'affaire. Ça va lancer ta carrière, Marina.

— Je sais. Mais je te la donne. D'accord ?

— C'est à cause des Ellis ?

— Non, c'est ma décision à moi. Je ne peux plus m'exposer au danger. Je déteste être suivie. Ça m'a vraiment fait peur. Et les médias sont déjà suffisamment sur le dos de Grant et sa famille. Inutile que je les excite davantage.

— Que tu les excites davantage ? Comment ? En faisant ton boulot ?

Elle lui décocha un regard.

— Ne me rends pas les choses plus difficiles qu'elles ne le sont.

— Je ne sais pas quoi penser. C'est Grant qui te demande d'arrêter ?

— Grant me soutient quelle que soit ma décision. Mais je vais avoir des obligations maintenant, Owen. Il va falloir que je l'accompagne dans ses déplacements. Que je participe à la campagne. Ma carrière est terminée, que je publie ou non cette enquête. Alors pourquoi le mérite ne devrait-il pas t'être attribué ?

— Parce que ce n'est pas comme ça que je travaille ! fit Owen en tapant du poing sur la table.

Marina sursauta.

— Pas besoin de me crier dessus.

— Désolé, mais notre métier est fondé sur l'idée de vérité. Du moins, c'est ainsi que je le conçois. Je pensais que c'était ton cas aussi.

— J'ai la même vision. Bien sûr. Simplement je… je veux protéger Grant. Je vais me faire plein d'ennemis si je publie cette enquête. Certains sont peut-être des amis de la famille, des partenaires. Peut-être même des chefs d'État. Je ne peux pas faire ça à Grant et à son père. L'effet risquerait d'être dévastateur pour leurs carrières. Et pour quoi ? Pour avoir mon nom en bas d'un article ?

— Il ne s'agit pas d'une putain de signature en bas d'un article ! Il s'agit d'être fière du travail que tu as accompli. Ces gens, Marina, ce sont des criminels. Et toi tu t'inquiètes de savoir si ton mari peut continuer à entretenir de bonnes relations avec eux ?

— Je ne peux pas être associée à cette enquête, c'est tout.

— Alors, dans ce cas, autant te le dire, rétorqua Owen en la fusillant du regard, les bras croisés.

— Me dire quoi ?

— Yaël a découvert un autre scandale il y a deux jours. Je lui avais demandé de le passer sous silence par respect pour toi, mais vu que tu ne fais plus partie de l'équipe, je suppose qu'on peut le révéler.

— Il s'agit de quoi ?

— Ton beau-père ne s'est pas montré tout à fait honnête en ce qui concerne sa feuille d'impôts. Il s'avère que Papa Ellis a planqué la coquette somme de trente millions de dollars à la Swiss United. Pas sous son nom, bien entendu, mais sous celui d'une société-écran qui s'appelle – admire l'effort de créativité – Offshore Properties.

— Non. Ce n'est pas possible. Jamais de la vie. James Ellis est un type droit. En plus, il a tellement d'argent… aucune raison qu'il en veuille plus ! Je refuse de croire qu'il puisse tricher sur ses impôts.

— En fait, il ne s'agit pas simplement de grappiller sur ses impôts. Il s'agit de sommes d'argent provenant de transactions illégales.

— De quelles transactions illégales ?

— James Ellis fait des affaires juteuses avec notre vieil ami Assad.

— C'est ridicule, déclara Marina d'un ton sec. Quel genre d'affaires James pourrait-il bien faire avec Assad ?

— En 2007, Ellis s'est mis à acheter à tour de bras des hôtels de luxe dans toute l'Europe. Il comptait lancer sa propre chaîne, comme Starwood ou Hilton, et pour cela il s'est endetté jusqu'au cou. C'est alors que la crise financière a éclaté. Ellis était au bord de la faillite. À la dernière minute, un ange mystérieux est apparu qui, par le biais d'une série d'opérations fantômes, lui a racheté les hôtels, pour ainsi dire du jour au lendemain. Ellis a perdu des centaines de millions de dollars, mais pas tout. En fait, une fois toutes ces histoires terminées, il se trouvait toujours sur la liste Forbes des quatre cents Américains les plus riches. Il a eu de la chance de pouvoir s'en sortir indemne sans y laisser sa chemise.

— Quelqu'un s'en serait aperçu. Il est impossible de…

— Oui, certains s'en sont aperçus. Pendant quelque temps les rumeurs ont circulé au *Wall Street Journal* comme quoi Ellis avait été renfloué par une grande famille du Moyen-Orient. Sans que personne ne sache vraiment de qui il s'agissait. Tout ce qu'on a pu prouver, c'est qu'une société-écran du nom de Zara avait acheté les hôtels d'Ellis. En fait, derrière Zara, devine qui il y a ? Bachar el-Assad en personne. Et puisque Assad figure sur la liste noire, Ellis va être dans la merde quand l'enquête sortira. Il va devoir sérieusement réfléchir à sa candidature à la Maison Blanche.

— Je refuse de te croire.

— Pourquoi j'irais inventer ça ? Je peux le prouver, tu sais. Sinon, je ne te le dirais pas.

Marina fit une grimace. Oui, Owen disait la vérité. Il n'avait aucune raison de mentir. Et il avait accès aux données des clients de la Swiss United. Simplement, elle n'arrivait pas à admettre l'idée que James ait pu garder ça secret pendant si longtemps. Il pensait vraiment pouvoir continuer ainsi tout en faisant campagne pour la présidentielle ? Le monde entier avait les yeux braqués sur lui à présent. Le risque était insensé. Elle se renfonça dans son fauteuil.

— Il a recruté des conseillers pour vérifier qu'il est inattaquable. Pourquoi le laisseraient-ils se présenter s'il cachait un magot d'argent sale sur des comptes offshore ?

— Ils l'ignorent certainement. C'est le problème avec les comptes offshore. Il est impossible de les localiser. À moins d'avoir une source interne prête à lancer l'alerte.

— Mon Dieu ! dit Marina en fermant les yeux. De tous les scoops que tu vas sortir, c'est le plus gros.

— En tout cas, c'est un scoop.

— Mais pourquoi tu ne m'as rien dit ?

— Parce que je voulais te protéger, quelle question ! Il s'agit de ta famille, tout de même.

— Et maintenant que je lâche l'enquête, ça ne te gêne pas de la détruire.

— Lâche-moi la grappe, merde ! Ce n'est pas moi qui ai créé cette situation, c'est James Ellis.

— Tu aurais dû m'en parler.

— Peut-être, en effet, soupira Owen. J'avais peur…

— Peur de quoi ? De détruire ma vie ?

— Je ne voulais pas que tu penses que j'essayais de te faire rompre avec ton fiancé.

— Pourquoi tu aurais voulu que je rompe ?

— Sérieusement ? Parce que j'ai des sentiments pour toi ! Tu ne t'en es pas aperçue ? Vraiment ?

Marina resta bouche bée.

— Désolée, je ne sais pas quoi dire. Je ne m'attendais pas à ça.

— À ce que j'aie des sentiments pour toi ? Ou à ce que ton fiancé soit un fraudeur fiscal ?

— Mon futur beau-père, pas mon fiancé. Et non, je ne m'attendais à rien de tout cela.

— Comme journaliste d'investigation, t'es pas très douée, hein ?

Ils se regardèrent dans les yeux pendant quelques secondes. Avant de partir d'un grand fou rire libérateur.

— Au fond, tu as de la chance que j'abandonne l'enquête, dit Marina en détournant le regard.

Son cœur cognait dans sa poitrine. Elle se rendait compte que l'aveu d'Owen n'était pas une surprise. Elle se serait refusée à l'admettre jusque-là, mais il y avait toujours eu quelque chose de spécial entre eux. En revanche ce qui la surprenait, c'est qu'il l'avoue aussi facilement. La vulnérabilité d'Owen était désarmante. Il y gagnait une douceur et une maturité qu'elle n'aurait jamais crues possibles chez lui.

— Tu comptes vraiment le faire ? dit-il à voix basse. Tu comptes vraiment abandonner l'enquête ?

— Oui. Désolée, mais ma décision est prise. Tu peux la publier sous ton nom, bien sûr. C'est ton enquête à toi aussi.

— Et en ce qui concerne Ellis et ses liens avec Assad ? Cette partie de l'histoire, j'en fais quoi ?

La mâchoire de Marina se crispa.

— Ça, c'est à toi de décider.

— Les faits seront révélés, un jour ou l'autre. Comme toujours.

— Peut-être, dit Marina en le regardant dans les yeux. Elle se leva et remit son manteau. Mais nul besoin que ça soit par un ami.

— C'est un sale type, Marina. Tu mérites mieux.

— Non. Tu te trompes. Grant est l'homme le plus droit que je connaisse. Peut-être bien que son père a fait des erreurs. Peut-être. Mais Grant ne mérite pas de tout perdre à cause de ça. Si tu essaies de le faire tomber, sache que je serai à ses côtés, ma main dans la sienne. Elle se dirigea vers la porte. Owen l'appela, en vain.

Elle laissa la porte claquer derrière elle.

— Ça ne t'intéresse pas de savoir qui te suit depuis plusieurs jours ? Tu ne vas pas aimer la réponse, cria Owen.

Mais elle était déjà trop loin pour l'entendre.

Annabel

Jonas Klauser. Il était là, devant sa porte. Vêtu d'un jean et d'un sweat à capuche en cachemire avec une fermeture Éclair. Décontracté, mais impeccable. Sa chevelure argentée était parfaitement peignée, à peine soulevée par le vent qui secouait les vitres de l'appartement depuis le milieu de la matinée. Malgré la neige, il portait une simple veste en daim, et ni veste ni écharpe. Il avait des mocassins, pas des après-ski. Il s'habillait toujours de la sorte, comme s'il n'avait pas besoin de se protéger des éléments. De fait, grâce à sa flotte de jets privés et de voitures avec chauffeur, ses pieds ne touchaient pratiquement jamais le trottoir, à moins que ce ne soit un choix de sa part. Annabel était convaincue que c'était intentionnel. Tout chez Jonas était intentionnel. Il voulait que vous sachiez qu'il était au-dessus de vous. Il était même au-dessus de la météo !

— Jonas ! s'exclama Annabel, tout aussi incapable de masquer sa surprise que d'échapper à l'accolade qu'il lui donna. Je ne m'attendais pas à vous voir.

— Julian arrive, dit Jonas après qu'Annabel se fut dégagée. Il m'a appelé au sujet du cambriolage. J'étais tellement inquiet pour vous. L'idée que vous soyez ici toute seule ne me plaisait pas.

— Comment avez-vous fait pour venir aussi vite ?

— J'étais dans le coin. Vous avez l'air toute pâle. Asseyez-vous. Je peux aller vous chercher quelque chose à boire ? De l'eau peut-être ?

Il entra sans attendre qu'elle l'y invite. Elle le suivit. Il fit le tour du salon en ramassant quelques objets ici et là comme s'il était chez lui. *C'est son appartement à lui*, songea Annabel, l'estomac noué. *Il appartient à la Swiss United.*

— Mon Dieu ! s'exclama Jonas en se baissant pour remettre une pile de livres sur la table basse. Que s'est-il passé ici ? Tout est sens dessus dessous.

— Je ne sais pas. Je rentre tout juste de Londres et c'était comme ça quand je suis arrivée.

— Vous n'auriez pas dû aller à Londres toute seule, Annabel. On aurait pu envoyer quelqu'un à votre place. Ça a dû être éprouvant pour vous.

— Je voulais y aller. J'ai séjourné chez un ami. J'ai rencontré Fares Amir. Il m'a reçue très chaleureusement. Je suis contente d'avoir fait ce voyage. J'avais besoin de tourner la page.

— Je suis content de l'entendre. Fares aussi est bouleversé.

— Oui, c'est l'impression qu'il m'a faite.

— Vous avez appelé la police ?

— Oui, mentit Annabel.

Elle se demanda si Julian s'était donné la peine de les prévenir, ou s'il s'était contenté d'appeler Jonas.

— Parfait. C'est affreux. Je suis désolé.

— Ne vous en faites pas. Ce n'est pas de votre faute.

Elle chercha son regard. Il ne cilla pas. À supposer qu'il se sente coupable, il le dissimulait avec grand art. En fait, il paraissait même triste. Inquiet. Sincèrement.

Effet d'optique, songea Annabel. *Rappelle-toi que tout n'est qu'effet d'optique.*

— Ils ont pris quelque chose ?

— Non. C'est ça le plus bizarre. Je n'ai pas l'impression qu'il manque quoi que ce soit.

— Et dans le bureau de Matthew ?

— Là aussi, tout a été mis à sac. Je n'y entrais jamais, alors je serais incapable de dire s'il manque quelque chose.

— L'ordinateur de Matthew peut-être ? Ses dossiers ?

— Vraiment, je n'en sais rien. Mais son ordinateur devrait être dans son bureau à la banque, non ?

— Non, je parle de son portable. Celui qu'il utilisait en déplacement.

— Oh, honnêtement, je ne sais pas, répondit Annabel sur un ton aussi désinvolte que possible. Je me suis dit qu'il était avec lui. Dans l'avion, je veux dire.

Jonas hocha la tête, puis se détourna. Elle crut

le voir cligner des yeux pour empêcher les larmes de couler.

— Vous pouvez m'aider à fermer les fenêtres ? Il fait un de ces froids.

— Bien sûr.

En silence, ils se mirent tous les deux au travail. Jonas remonta les manches de son pull et ferma les fenêtres, jusqu'à ce que les bruits montant de la rue soient assourdis et que le calme revienne dans l'appartement. Annabel ramassa les papiers tombés de la table basse qui jonchaient le tapis. Elle remit en place sur le canapé les coussins éventrés qui laissaient échapper des plumes. Elle rangea les livres sur les étagères. Une fois le salon en ordre, ils passèrent dans la salle à manger. Il y avait moins de désordre et de fenêtres à fermer. Ce fut dans la cuisine qu'ils eurent le plus à faire. Les placards avaient été vidés, les bocaux de sucre et de café jetés par terre. Jonas demanda où se trouvait la buanderie. Annabel désigna une porte. Il revint avec un aspirateur, un balai et une pelle. Annabel le regarda s'activer. Quand il eut fini, il s'attaqua au plan de travail, qu'il nettoya, puis essuya avec une précision silencieuse.

Puis vint le tour du bureau de Matthew. Annabel s'efforça de ne pas regarder Jonas avec trop d'insistance pendant qu'il en faisait le tour et poussait les tiroirs, redressait la lampe et le fauteuil. Il se mouvait avec rapidité et efficacité. S'il cherchait quelque chose – des bribes d'informations, des feuilles volantes, des clés USB – il n'en montra rien. Elle se sentit presque coupable quand il se mit à genoux pour mettre des lambeaux de papiers et de vieux emballages à la poubelle.

— Ne vous sentez pas obligé.

— Ne dites pas n'importe quoi. Si nous travaillons ensemble, ça sera fini en un rien de temps. Non pas que je souhaite vous voir passer la nuit ici. Mais on peut remettre de l'ordre.

— On devrait attendre peut-être, vous ne pensez pas ? Pour la police, je veux dire. C'est une scène de crime, non ?

— Oh, si rien n'a été pris, je ne vois pas vraiment ce qu'ils pourront faire.

— Vous avez raison. Je ne pense pas que ça vaille le coup que la police vienne, tout compte fait. Merci de m'avoir aidée à ranger tout ça. Je vais faire mes valises et partir, je pense.

— J'aimerais que vous veniez chez nous, à Cologny, Annabel. Comme ça, je serai sûr que vous êtes en sécurité.

— C'est très gentil de votre part. J'accepte votre invitation, juste pour cette nuit si ça vous va.

— Vous pouvez rester aussi longtemps que vous le désirez.

— Je ne resterai pas longtemps, répondit Annabel. Il est temps pour moi de rentrer à New York. Rester ici à Genève, c'est difficile.

— Je comprends. Je prendrai toutes les dispositions que vous estimez nécessaires.

Ils entrèrent dans la chambre en dernier. Faire

le lit d'une autre personne avait, pour Annabel, quelque chose de délicatement intime. Jonas accomplit cette tâche avec un soin remarquable. Il remonta la couette, lissa les plis avec la main, tapota les coussins pour leur redonner du gonflant. En quelques minutes, l'enchevêtrement de draps avait retrouvé une apparence immaculée.

— Vous vous en sortez à la perfection, remarqua Annabel. Puis, souriant, elle ne put s'empêcher d'ajouter : C'est vous qui faites le lit à la maison ?

Jonas éclata de rire.

— Ça fait un bail. Vous pouvez quitter l'école militaire, mais elle ne vous quittera jamais.

— J'ignorais que vous aviez fait l'école militaire.

— Eh oui. À onze ans. Mes parents étaient morts, alors on m'a envoyé là-bas. Une expérience formatrice, ça c'est sûr.

— Moi aussi mes parents sont morts. Quand j'avais onze ans.

— Et qui s'est occupé de vous ?

— Ma tante. Elle m'a envoyée au pensionnat. Mais pas à onze ans. Si jeune, c'est terrible.

— Oh, vous savez, j'ai grandi vite cette année-là.

— Et vous avez appris à faire votre lit au carré.

— En effet. Elsa a de la chance.

Jonas s'assit par terre, le dos contre le montant du lit.

— Vous et moi avons beaucoup de choses en commun, Annabel.

— Vraiment ?

— Oui. La raison pour laquelle nous nous sommes installés à Genève.

— Pourquoi êtes-vous venus en Suisse ? demanda Annabel, intriguée.

Difficile d'imaginer Jonas vivre ailleurs qu'ici. Bien sûr, il était bien sorti de quelque part. Il n'avait pas toujours été le roi du offshore.

— Je suis venu pour recommencer de zéro. Après la mort de Charlotte, ma première femme.

— Oh, désolée, dit Annabel en s'installant par terre à côté de lui.

— Matthew ne vous en a jamais parlé ?

— Non. Je ne savais pas.

— Je ne lui ai raconté l'histoire qu'une seule fois. Quand je lui ai proposé ce travail. Je ne parle pas beaucoup d'elle. C'est encore difficile pour moi de prononcer son nom, même après toutes ces années.

— Bien sûr.

Annabel sentit son cœur se serrer. Serait-elle un jour capable d'évoquer Matthew sans éprouver la détresse qui la ravageait en ce moment ?

— Nous étions ensemble depuis la fac. Elle étudiait à Radcliffe et moi à Harvard. Nous nous étions rencontrés en deuxième année, lors du traditionnel match de football Harvard-Yale. Je l'ai demandée en mariage le jour de notre remise de diplôme. On s'est mariés en août, chez ses parents dans le Maine, puis installés à Boston. Charlotte s'y sentait chez elle, car elle avait grandi à Milton. L'un de mes profs de fac m'avait trouvé un boulot dans une banque privée.

On habitait une petite maison de Beacon Hill, sans air conditionné – un enfer l'été. Mais on y était heureux. J'aurais aimé avoir un jardin mais Charlotte ne voulait pas que je fasse des longs trajets pour aller au boulot. Elle appréciait le fait que je puisse dîner à la maison. On avait des petites jardinières bleues qu'elle remplissait de fleurs au printemps. Elle les appelait nos jardins. Je crois que ça a été la période la plus heureuse de ma vie.

Annabel hocha la tête. Elle se rendit compte qu'elle avait envie d'entendre la suite.

— À l'époque, je voyageais beaucoup pour le travail. J'étais en train de monter ma propre boîte. Je rencontrais des clients. Je me constituais un réseau. Les parents de Charlotte ne m'aimaient pas. Ils pensaient que je n'étais pas assez bien pour leur fille. Son père était issu d'une vieille famille de la Nouvelle-Angleterre – un vrai Brahmane de Boston. À ses yeux, je n'étais rien, et même s'il avait raison – en effet, je n'étais rien –, j'ai voulu à tout prix lui montrer qu'il se trompait. Alors j'ai fait la seule chose que je savais faire : gagner de l'argent. C'est devenu mon but. Je voulais prendre le contrôle de la banque. Ne pas y arriver aurait été un échec à mes yeux.

« La première année, je m'en suis plutôt bien sorti. Charlotte a tout géré à merveille, sans jamais se plaindre. Même quand elle est tombée enceinte, elle est restée pleine d'entrain. Jamais elle n'a dit quoi que ce soit au sujet de tous ces dîners où je n'étais pas là, de toutes ces vacances que nous n'avons pas prises. Quand elle se sentait mal – et je savais que ça lui arrivait, la grossesse avançant –, elle n'en parlait pas. Elle ne voulait pas que je me fasse du souci pour elle. Elle acceptait tout avec une telle grâce.

Annabel sentit les larmes venir. Elle connaissait la douleur d'une grossesse qui se passe mal. Cela faisait longtemps qu'elle n'avait pas pensé à la sienne. Elle avait voulu enfouir cette perte tout au fond de son esprit. De temps en temps, le souvenir remontait à la surface, douloureux, cruel. Comme en ce moment.

— J'étais à Chicago quand elle est morte. Elle entrait dans son troisième trimestre. Il lui arrivait de s'évanouir et le médecin lui avait prescrit un repos total. Ce voyage était censé être le dernier où je ne dormais pas à la maison. J'avais promis qu'après, je rentrerais tous les soirs. Même si cela voulait dire me lever à l'aube et faire un aller-retour dans la journée. Je voulais dormir à ses côtés. Je savais qu'elle n'écoutait pas les médecins qui la suivaient. Elle m'appelait après être allée au marché ou dans les magasins. Elle continuait à jardiner. Elle n'était pas du genre à rester assise. Ce n'était pas dans sa nature. Pour être honnête, c'était l'une des choses que je préférais chez elle.

« Sa mère m'a appelé alors que j'étais en route pour l'aéroport. Jamais je n'oublierai. Je me souviens de cette journée dans les moindres détails : ce que je portais, où je me trouvais, le temps qu'il faisait. C'était l'après-midi mais le ciel était devenu noir. J'ai eu peur de rater mon avion. J'ai finalement réussi à le prendre, mais ça ne changeait rien. Charlotte était déjà morte. Vidée de son sang. Décollement placentaire. Vous savez ce que c'est ? Quand le placenta se sépare de l'utérus. Dans le cas de Charlotte, complètement. Le bébé n'a pas survécu. Ils étaient tous les deux morts quand je suis arrivé à la maison.

— Mon Dieu, Jonas, j'imagine à peine ce que vous avez dû éprouver !

— Je pense que si, vous pouvez l'imaginer parfaitement. Chaque perte est différente, bien sûr, mais j'ai compris que la douleur, elle, est universelle. Nous parlons cette langue, vous et moi. Et nous ne l'oublierons jamais.

Annabel baissa la tête, les joues ruisselantes.

— Après, j'ai voulu m'éloigner de Boston le plus possible. Je ne supportais pas l'idée de revenir dans notre petite maison avec les jardinières bleues. J'ai appelé l'un de mes clients qui habitaient à Genève et l'ai supplié de me trouver un boulot. J'ai débuté à la Swiss United en tant qu'assistant, en gros. Avec un salaire équivalent à la moitié de ce que je gagnais aux États-Unis, et des journées de travail deux fois plus longues. Peu m'importait. J'étais content de pouvoir être ailleurs. C'était cela que j'espérais pouvoir offrir à Matthew. Après la mort de son père, après votre perte à tous les deux. Je savais qu'il aurait besoin d'une nouvelle vie. Que vous en auriez besoin tous les deux. C'est pour cela que je vous ai fait venir à Genève.

— C'est de ma faute si nous sommes venus. J'ai poussé Matthew à accepter ce poste. J'avais besoin de recommencer de zéro encore plus que lui. Je l'ai supplié de dire oui.

— Vous n'avez rien à vous reprocher.

— Je sais. Mais je me sens coupable. Pas vous ?

— Oui. Tous les jours. C'est notre croix, Annabel. Parce que nous avons perdu un être cher. Parce que nous n'avons pas pu le sauver.

À ce moment-là, il lui sourit, les lèvres serrées. Ils se regardèrent un instant, les yeux dans les yeux.

— Et vous trouvez toujours la force de continuer ? lui demanda-t-elle. De vous lever tous les matins, même quand votre conscience vous torture ?

— Oui. Et vous aussi, vous verrez. Il était impossible de les sauver. C'est cela qu'il nous faut garder en tête, Annabel. Il y a des événements qu'on ne peut pas empêcher, tout aussi tragiques qu'ils soient.

La sonnette d'entrée retentit. Annabel sursauta.

— Excusez-moi, murmura-t-elle, la gorge nouée, je crois que…

— Ah, très bien. La police est arrivée.

Mais ce n'était pas la police. Forcément, puisque personne n'avait appelé le commissariat. C'était Julian White. Et Annabel se retrouvait seule dans l'appartement avec eux deux.

Marina

Elle arriva, hors d'haleine, au 5, East 65th Street. Le cœur cognant dans sa poitrine, elle grimpa les marches du perron de la maison de ville de James Ellis. Le vent qui soufflait de Central Park lui glaçait les joues, les oreilles et les chevilles. Elle n'avait pas prévu de rester dehors si tard ni d'avoir à affronter ce froid, et elle portait des vêtements beaucoup trop légers. Une petite voix – celle de la lâcheté – lui souffla de rentrer chez elle. Elle se força à appuyer sur la sonnette. Elle avait une affaire à régler avec James Ellis. Une affaire qui ne pouvait pas attendre.

Pendant une minute, elle n'obtint pas de réponse. Elle sentit le soulagement monter en elle. Elle allait tourner les talons quand elle entendit un cliquetis familier de pattes de chiens sur le sol en marbre. Les verrous s'ouvrirent. Flanqué de ses deux pointers, James Ellis apparut dans l'encadrement de la porte. Il portait un pantalon en toile, une chemise à carreaux dont il avait remonté les manches, et les pantoufles doublées de laine polaire que Marina lui avait offertes pour Noël l'année précédente. En les voyant, la jeune femme s'attendrit. Si seulement elle pouvait faire demi-tour et s'enfuir ! Mais elle n'avait pas le choix. Impossible de revenir en arrière. Owen allait envoyer l'article à l'impression d'ici vingt-quatre heures.

— Bonsoir, James, dit-elle avec un sourire contraint. Désolée de débarquer comme ça sans prévenir.

— La maison t'est toujours ouverte. Je t'en prie, entre.

Elle le suivit. Le rez-de-chaussée était plongé dans l'obscurité. Une pile de valises vert sapin patientait près de la porte de la cuisine. James arrivait, ou bien il était sur le départ – difficile de dire. Il voyageait constamment maintenant que sa campagne avait officiellement commencé. Elle pouvait s'estimer chanceuse de le trouver chez lui.

Ils descendirent le couloir jusqu'à la bibliothèque. Un petit feu crépitait dans la cheminée. Sur une ottomane, une pile de documents était posée à côté d'un verre de whisky sec.

— Il fait sombre ici, désolé, dit James en appuyant sur l'interrupteur pour allumer les plafonniers. Je suis rentré de Washington il y a deux ou trois heures. Betsy est à Long Island. Tu as appris, pour la fuite ?

— La fuite ?

— Oui, au sous-sol. Dans notre maison de Southampton. Grant t'a dit ?

— Pas du tout. C'est grave ?

— Je ne sais pas encore. Ça a commencé pendant

la période de grand froid de la semaine dernière. Un tuyau a éclaté. Visiblement, il y a de l'eau partout. Ces vieilles maisons, il y a toujours quelque chose à réparer. Je me serais contenté d'une construction récente, mais tu connais Betsy. Pour elle, toutes ces maisons modernes dans les Hamptons n'ont aucun charme. De toute façon, c'est elle qui s'occupe de la fuite. Si bien que, ce soir, je suis seul. Il n'y a que moi, les chiens, et mes gardes du corps. Et toi, maintenant. J'en ai, de la chance ! Je te propose un verre ?

— Non merci.

— Allons… Je me suis déjà versé un whisky. Un petit verre de vin ? Pour tenir compagnie à un vieux monsieur. Rouge ou blanc.

— Rouge. Merci.

James se dirigea vers le bar à l'autre bout de la pièce. Il en sortit deux bouteilles de rouge, les examina, et en choisit une, qu'il ouvrit.

— Grant nous rejoint ? demanda-t-il en remplissant généreusement le verre de Marina.

— Non, je suis seule.

— Tiens. En voilà une bonne surprise. Santé !

— Santé.

Marina trempa ses lèvres. Le vin rouge était délicieux, généreux, riche. Cher, forcément. Elle se sentit coupable de lui avoir fait ouvrir cette bouteille pour elle.

— Alors, dit James en s'installant dans son fauteuil, je suppose que ce n'est pas qu'une visite de courtoisie…

— Vous avez raison.

— Que puis-faire pour toi ?

— Me répondre en toute franchise.

— Cela va de soi.

— Vous détenez combien sur des comptes off-shore ?

James haussa un sourcil, l'air amusé.

— Parce qu'il s'agit d'argent ?

— N'est-ce pas le nerf de la guerre ?

— Je ne te croyais pas si intéressée. En fait, j'espérais même que tu ne l'étais pas.

— Si c'est ce à quoi vous pensiez, je ne suis pas en train de vous soutirer de l'argent.

— Je ne sais pas quoi penser.

— Quelqu'un est en train d'écrire un article sur vous. Quelqu'un que je connais. Au sujet de vos liens avec Bachar el-Assad.

— Toujours la même histoire.

— En effet. Sauf que là, il y a des preuves écrites.

— Impossible. Je n'ai aucun lien avec Bachar el-Assad, ainsi que je l'ai déjà dit. J'ai l'intention de publier ma déclaration d'impôts de façon à le prouver.

— Non, ça ne prouvera rien. Vos transactions avec lui ont été effectuées par l'intermédiaire de sociétés-écrans. Avec des sommes provenant de comptes de la Swiss United Bank. Pas précisément le genre d'opérations qui figurent sur une feuille d'impôts.

— On dirait le début d'un roman de gare.

— Sauf que nous parlons de faits, pas de fiction. Ce que nous savons parfaitement vous et moi.

Le visage de James se durcit. Marina l'avait déjà vu se mettre en colère, mais jamais contre elle. Agrippant les bras de son fauteuil, elle se prépara à la tempête.

— Alors venons-en aux faits, dit-il froidement. Vous avez commencé quand, à travailler ensemble tous les deux ? Avant que tu ne rencontres mon fils, ou après ?

— À travailler avec qui ?

— Avec Duncan Sander. Tu pensais que j'ignorais qu'il préparait un reportage sur la Swiss United ? Dans ce cas, tu n'es pas très douée, comme journaliste d'investigation.

— Vous savez que vous êtes la deuxième personne à me dire ça aujourd'hui ? répondit Marina avec un sourire en s'efforçant de garder son sang-froid.

— Tout le monde à la Swiss United le savait. On m'avait prévenu de me méfier de lui. De me protéger. C'est alors que Grant débarque avec toi à son bras. Je vais être franc : j'étais sûr que tu étais une taupe. Malin, comme plan de la part de Sander. Demander à sa jeune et jolie assistante de baiser avec mon fils, il n'y avait pas mieux pour obtenir un scoop sur moi.

Marina le regarda, bouche bée.

— C'est ce que vous pensez ? Que depuis le début, je suis avec Grant pour pouvoir espionner votre famille ?

— Écoute-moi bien. Tu es une grande actrice.

Tu m'as trompé un temps. Ensuite j'ai confié mes doutes à Grant, mais il a répondu qu'il était fou amoureux de toi, et que tu étais sincèrement très attachée à lui. À nous tous. Si bien que je me suis dit qu'il s'agissait d'une malheureuse coïncidence.

L'espace de quelques secondes, elle lui fit face, muette de stupeur.

— Mon Dieu ! murmura-t-elle enfin, c'est vous qui avez tué Duncan.

Il la défia du regard.

— Ne dis pas n'importe quoi. Je participais à un colloque sur l'immobilier à l'université de New York. Tu n'as qu'à vérifier. Les témoins ne manquent pas. De toute façon, Sander avait des ennemis par dizaines. J'étais loin d'être le seul dont il a tenté de détruire la vie.

— Peut-être, mais vous l'avez fait tuer. Et vous ne le regrettez pas.

Elle n'avait pas besoin de réponse. En prononçant ces mots, elle se souvint de ce que Grant lui avait dit à Paris : *La famille, c'est la chose la plus importante au monde. Le reste, c'est juste des dommages collatéraux.*

Soudain, elle fut prise de vertiges. Brusquement, il faisait extrêmement chaud dans la bibliothèque. Elle s'essuya le front avec le revers de sa manche.

— Ça n'a pas l'air d'aller, Marina…

James s'avança vers elle. Instinctivement, elle lança le contenu de son verre dans sa direction.

— Qu'est-ce que vous avez fait ? hurla-t-elle. Pourquoi ?

— Ne crie pas, rétorqua James avec hargne. Mes gardes du corps sont en bas.

Il plongea vers elle. Surprise, Marina se protégea le visage. James lui arracha le verre de la main. Quand elle ouvrit les yeux, il s'éloignait d'elle, et avançait vers le bar. Il posa son verre dans l'évier, sortit une serviette d'un tiroir et épongea le vin sur son visage.

— Il ne fallait pas le tuer, sanglota Marina. C'était quelqu'un de bien.

— Duncan Sander était tout sauf un ange. Un ivrogne, un menteur et un escroc, oui. Je ne l'ai pas tué, mais ça ne me gêne pas de te dire que je suis ravi de le savoir mort.

— Duncan Sander, un escroc ? N'importe quoi !

— C'était un escroc, si. Prêt à tout pour un article. Tu savais qu'il avait tenté de faire chanter le président de la Swiss United ? Qu'il avait menacé de publier une histoire sordide de liaison avec une actrice si Jonas ne lui fournissait pas des infos sur certains de ses clients ? Ce jour-là, il s'est fait un ennemi très puissant.

— Ce n'était pas sur vous qu'il enquêtait, figurez-vous ! Vous ne l'intéressiez pas. Il essayait de retrouver la trace de Morty Reiss. C'est pour ça qu'il tournait autour de la Swiss United.

— D'accord, c'est peut-être ainsi que ça a commencé. Mais Sander était un malin. Il savait qu'il pouvait s'avérer précieux d'avoir des infos en interne. Morty Reiss, c'est du menu fretin par rapport à certains autres clients de la Swiss United.

— Des clients comme vous.

— Comme moi.

— Donc, vous avouez. Vous avez de l'argent à la Swiss United.

— Tu tiens à ce que je te raconte toute l'histoire ? Ce que tu vas entendre risque de ne pas te plaire.

— Bien sûr que je veux savoir. C'est pour ça que je suis venue.

— Parce que tu veux la vérité.

James se moquait d'elle, mais peu importait. Il était sur le point de craquer. Il avait l'intention de tout lui dire. Peut-être prévoyait-il de la tuer ensuite. Ou bien de la faire chanter, ou encore d'acheter son silence. Mais comme nombre de criminels qu'elle avait interviewés, il n'avait de toute évidence pas honte de ce qu'il avait fait. Il en était même probablement fier.

— Oui, je veux la vérité. Vous ne me croirez sans doute pas, James, et je n'ai aucun moyen de vous le prouver, mais j'aime Grant, profondément. Je suis venue chez vous ce soir parce que j'étais inquiète. Et je voulais vous prévenir que quelqu'un écrivait cet article. Pas Duncan. Pas moi. Un journaliste du *Wall Street Journal*.

Il se fit un moment de silence. James s'assit, le front soucieux. Marina devina qu'il ne savait pas trop s'il pouvait la croire, mais qu'il allait l'écouter.

— Pourquoi Sander espionnait-il la Swiss United ?

— Il était obsédé par Morty Reiss. Depuis longtemps il voulait prouver que Reiss avait mis en scène sa propre mort, mais qu'il était toujours vivant. C'est pour ça qu'il a commencé à fouiller du côté des banques offshore. Parce qu'à son avis, le meilleur moyen de trouver Morty Reiss, c'était de trouver son argent. Il ne m'a jamais révélé qui étaient ses sources. En fait, il était muet comme une carpe pour tout ce qui concernait cette enquête. En revanche, je sais qu'un informateur lui a fourni pas mal de données. Des relevés de compte, des mails, tout. Je suppose que, juste avant de mourir, Duncan les a transmises à d'autres journalistes. C'est une énorme enquête à présent, impliquant beaucoup de personnes travaillant pour plusieurs journaux. Les articles vont sortir. D'ici peu.

— Et l'un d'eux porte sur moi.

— Exactement.

— Et sur mes avoirs à la Swiss United.

— En effet. Ainsi que sur vos relations avec Bachar el-Assad.

James soupira. Il se massa entre les deux yeux avec le pouce et l'index, l'air brusquement très las.

— Alors tu es venue parce que tu voulais savoir si c'était vrai.

— Pas en tant que journaliste. En tant que belle-fille.

James hocha la tête, pensif.

— Tu sais que j'ai engagé des conseillers. Pour m'assurer que j'étais inattaquable sur le plan légal. Je les ai payés une fortune. Ils n'ont rien trouvé.

— Alors vous vous êtes dit que vous pouviez vous présenter sans risques.

— Je suis loin d'être le premier responsable politique à avoir de l'argent sur des comptes offshore.

— Certainement.

— Cette histoire avec Bachar el-Assad, c'était il y a tellement longtemps. Ça n'a plus d'importance.

— C'est un dictateur.

— C'est un négociateur. Moi aussi. Il m'a aidé à me sortir du pétrin un jour, c'est tout. Et le deal lui a beaucoup rapporté. Tous ces hôtels, ça a été un super coup pour lui.

— Pour votre image, en revanche…

— Oui, ce n'est pas beau. À cause de ces listes noires et tutti quanti. Ce que les gens ne comprennent pas, c'est que ces listes noires n'ont rien à voir avec la justice. Il s'agit de moyens de pression. D'une façon pour un pays d'exercer son pouvoir sur un autre.

— Alors vous pensez qu'elles ne devraient pas exister, c'est ça ?

— Je pense que nous vivons dans une économie mondialisée. Si nous voulons qu'elle fonctionne, nous devons garantir la possibilité de commercer en toute liberté, avec les personnes de notre choix.

— Même si cela suppose de passer des accords avec des criminels.

— Ce n'est pas parce que les États-Unis n'aiment pas tel dirigeant étranger et ajoutent son nom sur une liste noire que ça fait de lui un criminel, tout de même ! Il ne faut pas croire tout ce qu'on lit dans les journaux, Marina. Si tu tombais sur un journal syrien, je parie que tu y trouverais des critiques virulentes contre notre président actuel. C'est une question de point de vue.

— Plutôt une question d'honnêteté journalistique.

— Tu veux que je te dise ce qui à mon avis est criminel ? De se procurer des relevés bancaires illégalement et de les publier.

— Grant est au courant au sujet de vos avoirs à la Swiss United ? Ou de vos relations avec Bachar el-Assad ? Il sait ce qui est arrivé à Duncan ?

— Non, répondit James en lui décochant un regard glacial. Ne t'avise pas de le mêler à ces histoires.

— D'accord, dit Marina en poussant un soupir de soulagement.

— Si cette histoire sort, ça détruira sa carrière, Marina. La mienne forcément. Mais aussi la sienne.

— Je sais.

— Et tu l'aimes. Enfin c'est ce que tu dis.

— Je l'aime profondément.

— Alors comprends bien que j'ai fait, et que je ferai, tout ce qui est en mon pouvoir pour étouffer cette histoire.

— Je comprends.

— Et toi, tu ne diras rien.

Ce n'était pas une question. Marina fit oui de la tête. Il lui était impossible d'ouvrir la bouche.

— Bien. Alors nous sommes une vraie famille maintenant, Marina. Toutes les familles ont leurs secrets. Celui-ci sera le nôtre. Se levant, James poursuivit : Je te prie de m'excuser, mais les chiens attendent leur promenade. Et j'ai un avion à prendre tôt demain matin.

— Pas de problème. Inutile de me raccompagner.

— Ne sois pas ridicule. Mon chauffeur va te ramener. La nuit est tombée. Deux précautions valent mieux qu'une.

Elle le suivit jusqu'au vestibule. Il prit deux laisses posées sur une table. En entendant le bruit métallique des anneaux sur le sol en marbre, les deux chiens arrivèrent en courant. Ils s'assirent docilement aux pieds de James tandis que celui-ci serrait leurs colliers et y attachait les laisses.

— Bons chiens, murmura James entre ses dents en leur donnant à chacun une friandise.

Il ouvrit la porte. La Cadillac Escalade était garée devant la maison, le moteur ronronnant. Marina inspecta la rue à droite et à gauche. C'était devenu une habitude. En face, elle vit scintiller les lumières d'un coquet petit café français. Une domestique arrosait les topiaires de la maison de l'un des voisins. Les rues aux alentours étaient vides. Le soir, il régnait toujours un calme étrange dans ce petit quartier entre la Cinquième Avenue et Madison Avenue. Marina commença à descendre les marches.

Arrivée au milieu de l'escalier, elle se tourna.

— James…, dit-elle alors que son beau-père s'apprêtait à fermer la porte.

— Oui ?

— Cet homme qui me suit, c'est vous qui l'avez envoyé ?

James lui sourit. À son visage, elle sut que la réponse était oui.

— Tu sais, ce matin, j'ai demandé à Betsy de donner congé au gardien de notre propriété de Southampton.

— Pourquoi ?

— À cause de la fuite. Ces problèmes-là, au début, ça n'est rien, mais si on ne s'en occupe pas, ils peuvent vous détruire toute une maison.

— Alors vous estimez qu'il aurait pu être plus vigilant.

Marina frissonna. Une pluie fine s'était mise à tomber et ses cheveux commençaient à être trempés.

— Avec une maison aussi chère, il aurait dû tout surveiller de près. C'est pour cela que je le paye. Une fuite, ça peut être mortel.

Marina hocha la tête. Les chiens s'étaient tapis aux pieds de James, malheureux mais silencieux. La pluie tombait plus dru à présent. Impossible de l'ignorer.

— Rentre chez toi, chère Marina. Sois prudente. Je compte sur Manuel pour te ramener à bon port.

James tira sur les laisses. Les chiens se dressèrent. Marina les regarda descendre les marches et se diriger vers Central Park. Elle pivota sur les talons et passa d'un air de défi devant la voiture de James. Elle rentrerait à pied. Et tant pis pour la pluie.

Annabel

— Ma pauvre Annabel, dit Julian en l'attirant sur sa poitrine et en la serrant bien fort. J'étais tellement inquiet.

— Ne t'en fais pas pour moi. Jonas est là. Il m'a aidée à remettre un peu d'ordre dans l'appartement.

— C'était dans un état ! fit la voix de Jonas juste derrière elle. Heureusement que tu m'as appelé, Julian. Il ne faut pas laisser Annabel seule. Ça commence à devenir inquiétant, tout ça.

Les deux hommes échangèrent un regard. Annabel perçut leur inquiétude, ce qui augmenta la sienne. Si c'était eux qui avaient fait ça, ils auraient dû avoir l'air confiants, non ? Voire menaçants. Or Julian paraissait réellement préoccupé par l'état dans lequel se trouvait son appartement. Jonas aussi semblait bouleversé. S'ils jouaient la comédie, alors ils s'en sortaient comme des chefs.

— Qu'est-ce qui commence à devenir inquiétant ?

— Asseyons-nous, Annabel, répondit Jonas. Il faut qu'on parle.

Ils entrèrent l'un derrière l'autre dans le salon, sans dire un mot. Même s'ils avaient effacé la plus grande partie des dégâts, les traces du cambriolage étaient partout présentes. Les tableaux par terre. Les canapés éventrés. Les piles de documents sur la table basse. Il faisait encore froid dans l'appartement. Annabel s'installa sur le bras d'un fauteuil.

Pendant quelques instants, personne ne brisa le silence. Puis Julian leva la tête vers Jonas, qui lui adressa un signe de tête.

— Annabel, commença-t-il en s'éclaircissant la voix, il y a quelque chose que nous ne t'avons pas dit. Nous ne voulions… euh… pas t'inquiéter, après tout ce qui s'est passé. Mais je crois que le moment est venu de te parler en toute franchise.

— De la franchise, répondit Annabel d'un ton sec. En effet, j'apprécierais.

— Nous savons que tu as vu Zoé Durand juste avant ton départ pour Londres. Elle est venue chez toi, est restée environ une heure. Tu avais des contacts avec elle auparavant ?

— Comment avez-vous su que j'ai vu Zoé ?

— Cela fait un certain temps que nous la suivons, répondit Jonas. Nous sommes convaincus qu'elle vole des données sur nos clients pour les vendre. Ne sachant pas à qui elle les vend, nous l'avons fait suivre. Nous voulions voir si nous pouvions coincer celui qui les achetait. Nous pensons que quelqu'un a des griefs personnels contre la famille Amir. Laquelle a de puissants ennemis. Bref, ma théorie, c'est que la personne qui achète les infos dérobées par Zoé a causé la mort de Matthew.

— Mais… pourquoi ? fit Annabel, le souffle coupé.

— Nos données clients sont extrêmement précieuses, répondit Julian. Pense au genre de personnes qui font appel à nos services. À ce qu'elles sont, à leur secteur d'activité. Certains seraient prêts à verser des sommes faramineuses pour avoir accès à ce genre d'information. C'est pour cette raison que nous choisissons avec soin nos collaborateurs. Zoé était une candidate atypique pour nous. Des origines sociales peu reluisantes. Sortie d'une toute petite ville du sud de la France. Très peu d'argent. C'est une jeune femme brillante, douée pour les langues. Elle en parle cinq je crois. Très ambitieuse. Mais je pense qu'au bout du compte, l'argument financier a été trop tentant pour elle.

— Qu'est-ce que tu as pensé de Zoé ? demanda Julian à Annabel. Tu as passé beaucoup de temps avec elle ?

— Non. Je ne la connaissais pas vraiment. Juste vaguement.

— Matthew t'en parlait ?

Annabel se rappela avec une certaine gêne de la façon un peu légère dont Matthew lui parlait de Zoé.

— Non, pas vraiment.

— Pourquoi est-elle venue vous voir ? Le soir des obsèques de Matthew…

— Je n'en ai aucune idée, répondit Annabel,

en regardant Jonas droit dans les yeux. Elle m'a apporté un carton contenant quelques affaires de Matthew. Des bricoles. Des objets personnels qui avaient atterri sur son bureau à elle. Je pense qu'elle regrettait qu'elle et moi n'ayons pas fait plus ample connaissance.

— As-tu envisagé qu'elle et Matthew aient pu entretenir une liaison ?

Annabel se tourna vers Julian.

— Oui, répondit-elle le plus calmement du monde. L'idée m'a traversé l'esprit. Mais je l'ai chassée.

— Pourquoi ?

— Parce que je faisais confiance à Matthew. J'avais foi en notre amour.

— Zoé est une jeune femme très persuasive. Nous pensons qu'elle a peut-être convaincu Matthew de l'aider. Nous savons qu'il lui avait permis d'accéder à des données clients que, normalement, les banquiers ne confient pas à leurs assistantes.

— Cela ne veut pas dire pour autant qu'ils étaient amants. Ni que Matthew commettait une faute professionnelle.

Julian plongea la main dans la poche de poitrine de sa veste et en tira une enveloppe, qu'il tendit à Annabel avec un soupir profond.

— J'aurais préféré ne pas te donner ça.

Elle regarda l'enveloppe, puis glissa un doigt sous le rabat pour l'ouvrir. À l'intérieur se trouvaient des photos. La première était si floue et sombre qu'elle dut la lever à la lumière pour distinguer quelque chose. Elle parcourut rapidement les suivantes et s'arrêta sur la dernière. L'image était nette. Impossible de ne pas identifier leurs visages. Matthew et Zoé, allongés sur un lit qu'Annabel ne reconnut pas. La jeune femme avait les yeux fermés. Elle ne portait qu'un soutien-gorge, suffisamment transparent pour qu'on voie les pointes de ses seins. Ses cheveux s'étalaient sur l'oreiller. Ils n'étaient pas en train de s'embrasser ou de faire l'amour. C'était pire. La tête de Zoé reposait tendrement sur la poitrine de Matthew, sa main sur son torse nu.

— Désolé, dit Julian, sincèrement.

Annabel remit les photos dans l'enveloppe.

— Pourquoi tu me les montres ?

— Pour te faire comprendre à quel point Zoé Durand peut être dangereuse, dit Jonas en se penchant vers elle pour poser la main sur ses genoux. Nous pensons qu'elle s'est fait embaucher à la Swiss United dans le but de dérober des données. Séduire Matthew faisait partie de son plan.

— Et vous êtes d'avis qu'il l'a aidée.

— C'est probable. Sauf qu'il s'est rendu compte de ce qui se passait. Il allait la dénoncer. Et c'est pour cela qu'il est mort.

— Alors qu'est-ce que vous attendez de moi ?

— Aidez-nous à trouver Zoé.

— J'ignore où elle est.

— Elle a disparu après être venue vous voir. Elle ne vous a pas dit où elle allait ?

Annabel se renfonça dans son fauteuil. Elle sentit ses os se plaquer contre le dossier, et une profonde lassitude envahit son corps. Elle ferma les yeux. Le silence et l'obscurité momentanée lui firent du bien. Puis l'image du corps à demi nu de Zoé à côté de son mari s'imprima sur ses paupières, comme un film que son esprit ne pouvait effacer. Ses yeux s'ouvrirent instinctivement.

— Elle m'a dit de vous dire qu'elle rentrait chez elle. Pour s'occuper de sa mère malade.

— Elle vous a dit ça. Ou elle vous a dit de nous le dire ?

— Elle m'a dit de vous le dire.

Julian échangea un regard avec Jonas.

— Est-ce qu'elle a parlé d'un ordinateur ? Du portable de Matthew ?

— C'est Zoé qui l'a, répondit Annabel en regardant Jonas droit dans les yeux. Si vous la trouvez, vous l'aurez.

— Merci, Annabel. Vous nous avez beaucoup aidés.

— La journée a été longue. Ça ne vous dérange pas si je vais prendre une douche pour me rafraîchir un peu ?

— Pas du tout.

Les deux hommes se levèrent.

— Annabel, tu ne peux pas rester ici ce soir, dit Julian. C'est dangereux ici.

— Venez chez nous, à Cologny, proposa Jonas.

— Accepte, Annabel. Tu seras en sécurité là-bas.

Il faut qu'on trouve Zoé. Ensuite, on pourra comprendre qui lui achetait les infos. Si cette personne a tué Matthew, elle va venir. D'ailleurs, elle est déjà venue.

— D'accord. Laissez-moi juste le temps de prendre ma douche et de rassembler quelques affaires.

— Pas de problème. Prenez tout votre temps. Nous vous attendrons en bas dans le hall.

Jonas fit un signe de tête en direction de Julian. Les deux hommes sortirent. Dès qu'elle fut certaine de leur départ, Annabel se couvrit le visage et fondit en larmes.

Il faisait sombre dans l'appartement quand Marina rentra chez elle. Les mains tremblantes, elle défit son manteau, ôta ses chaussures à talons, complètement trempées à cause de la pluie. Elle les laissa dans l'entrée et s'avança pieds nus vers le minibar.

Elle avait besoin d'un remontant. Pas de vin, mais de quelque chose de plus fort. Elle sortit une bouteille de whisky et se servit généreusement. Elle fit tourner le liquide, le huma, puis l'avala cul sec, les yeux fermés, en savourant la sensation de brûlure à l'arrière de sa gorge.

— Alors, on fête quelque chose ?

Elle ouvrit les yeux. Grant était là, appuyé contre la porte de la bibliothèque, les mains dans les poches. Toujours très attirant avec son blazer, son jean et ses mocassins, malgré son air fatigué.

— Nom de Dieu ! dit Marina en posant son verre. Tu m'as fait peur. Je ne savais pas qu'il y avait quelqu'un à la maison.

— Je viens de rentrer. Tu étais où ?

— J'étais sortie.

— Je t'ai attendue au Chat Noir. Pendant plus d'une heure. J'ai fini par trouver ça gênant, alors je suis parti.

— Pourquoi tu ne m'as pas envoyé un texto ?

— Je ne pensais pas que tu aurais besoin qu'on te rappelle l'anniversaire de notre rencontre.

Marina porta la main à son front.

— Oh non ! Désolée ! J'ai eu un boulot de dingue, c'est pour ça.

— Pourtant, tu voulais que ça devienne une tradition si je ne m'abuse…

— Mais oui ! Oui ! Oh, je suis navrée, Grant… Si on s'asseyait pour parler un peu ?

— OK. On trinque ? Après tout, c'est notre anniversaire.

— Je te le sers sec ?

— Comme toujours.

Marina versa un verre à Grant. Ils s'installèrent tous les deux sur le canapé. Côte à côte, mais sans que leurs corps se touchent.

— J'étais chez ton père, annonça Marina.

— Pourquoi ?

— Je voulais l'interroger sur ses actifs offshore.

Les sourcils froncés, Grant posa son verre sur la table basse.

— Ses actifs offshore ?

— Oui.

— Je ne comprends pas.

— Ce journaliste que je connais, il est en train de préparer un article sur ton père. Sur ses actifs à la

Swiss United Bank. Et sur ses relations avec Bachar el-Assad. Pas la peine de le défendre, Grant. Il a tout reconnu.

Le visage de Grant passa de la perplexité à la stupéfaction.

— Quoi ? Non ! Je ne te crois pas !

— Il a précisé que tu n'étais pas impliqué.

— Je ne le suis pas.

— Je sais. Je te crois.

— Comment tu as été mise au courant ?

— C'était une enquête sur laquelle travaillait Duncan. Un ami l'a reprise après sa mort. Je voulais que ton père l'apprenne de ma bouche, avant la publication.

— Duncan Sander ?

— Oui. Tu savais que ton père me faisait suivre ?

— Ce que je sais, c'est qu'il se méfiait de Duncan. Moi aussi, à dire vrai.

— Il m'a demandé si je couchais avec toi pour avoir des infos confidentielles sur ta famille.

Grant leva les yeux au ciel.

— Nom de Dieu ! Désolé, Marina, mais papa peut vraiment se comporter comme un malotru quand il est en rogne. Ça ne correspond pas à ce qu'il pense de toi. Tu le sais, j'espère.

— Il n'en reste pas moins qu'il ne me faisait pas confiance. Et toi ? Tu t'es déjà posé des questions à mon sujet ?

Grant s'approcha d'elle et posa la main sur la joue de Marina. Puis, doucement, il fit tourner son visage jusqu'à ce qu'ils se retrouvent face à face, les yeux dans les yeux.

— Jamais, répondit-il d'un ton ferme. Pas une seule fois.

Elle fit signe qu'elle avait compris.

— OK, je suis au courant des rumeurs à propos de papa. De cette histoire d'argent offshore. Sans vouloir justifier quoi que ce soit, il y a beaucoup de gens qui font ça. Pour des raisons fiscales. Non pas que j'approuve, mais...

— Eux aussi ils entretiennent des relations avec des dictateurs ?

Grant prit une longue inspiration avant de répondre.

— Malgré ce que Duncan ou d'autres ont bien pu te raconter, jamais mon père ne traiterait avec Bachar el-Assad.

— Il m'a dit que si, Grant.

— Ce n'est pas vrai.

— Et ce n'est pas tout. Il a commandité l'assassinat de Duncan. Pour étouffer l'affaire.

Grant tourna la tête vers elle. Ses yeux lançaient des éclairs.

— Non, articula-t-il froidement. Tu te trompes.

Il serra les dents. Sa mâchoire se crispa. Marina fut frappée de sa ressemblance avec son père quand il était en colère.

Il fit quelques pas vers la fenêtre.

— Qu'est-ce qui te fait dire ça ?

— Il l'a plus ou moins reconnu, Grant.

— Non mais… tu plaisantes !

Marina se leva. Ils se firent face, chacun à un bout de la pièce.

— Ton père n'est pas l'homme que tu crois.

— Mon père est l'homme le plus intègre que je connaisse. Tu peux croire ce que tu veux, mais c'est faux.

— Je comprends que ça soit difficile à entendre. Grant, tu dois te tenir prêt. Ton père se présente aux présidentielles. La vérité va sortir. Elle finit toujours par sortir.

— Allons donc ! À supposer que mon père ait fait quelque chose, ça n'est rien comparé à ce qu'ont fait d'autres types importants.

— Peut-être, en effet.

— Il fera un président exceptionnel. Meilleur que Hayden Murphy, bon sang ! Papa est un esprit brillant. Sans préjugés. S'il a fait quelque chose, c'était pour le bien commun. Tu dois voir les choses avec plus de recul.

— Désolée, mais je pense que la fin ne justifie pas systématiquement les moyens. Surtout quand il s'agit de tuer l'un de mes amis.

— Il n'a pas tué Duncan, Marina ! hurla Grant, furieux.

— Et si tu lui posais la question ?

Grant prit une longue inspiration. Ils restèrent là à se contempler en silence. Marina perçut le grondement distant des voitures sur Park Avenue et le martèlement régulier des gouttes de pluie sur les vitres.

Lorsque Grant se déplaça légèrement, la lumière tomba sur ses cheveux. Pour la première fois, elle remarqua ses tempes grisonnantes. Ces dernières semaines avaient été éprouvantes pour eux tous. Grant lui parut également amaigri. Il ne dormait pas bien en ce moment, ne faisait pas de sport – et ça se voyait. Jamais il n'avait autant ressemblé à James.

Elle se sentit assaillie par la culpabilité. James était le père de Grant. Que ferait-elle s'il était le sien ? Certes, Richard n'oserait même pas traverser hors des clous. Sur ce plan-là, Marina avait de la chance. Elle n'avait jamais eu à se préoccuper du sens moral de ses parents, sauf peut-être pour s'y mesurer.

Qu'est-ce qui lui permettait de juger Grant ? Il croyait en la famille. Il était loyal. Ces valeurs étaient celles-là mêmes qui feraient de lui un bon mari. Mais elles pouvaient également provoquer sa chute. Il suivrait son père jusqu'au bout du monde. À elle de décider si oui ou non elle les accompagnerait.

— Tu veux qu'on aille parler à papa ensemble ? proposa Grant d'une voix adoucie. Il peut tout expliquer. Je le sais.

— Oh, si tu savais comme je suis désolée !

Elle courut vers lui et se jeta à son cou. Il baissa la tête, frotta le nez contre sa joue. Elle se rendit compte qu'il pleurait.

— Je dois y aller.

— Je t'en prie, ne pars pas !

— Il le faut. Impossible pour moi d'oublier ce que j'ai appris ce soir.

— Marina, tu m'aimes encore ?

Elle recula pour pouvoir le regarder. Ils restèrent quelques instants les bras tendus, les doigts enlacés.

— Oui, murmura-t-elle. Je t'aime. Je t'aimerai toujours.

Les larmes inondaient ses joues et celles de Grant.

— Alors réfléchis bien à ce que tu es en train de faire. Pense à la vie que nous pourrions avoir ensemble. Toutes ces histoires n'ont rien à voir avec nous.

— J'aurais aimé pouvoir y croire.

Elle porta les mains de Grant à ses lèvres et les embrassa. Puis elle fit demi-tour et s'échappa avant que le courage ne lui manque. Elle se baissa pour ramasser ses chaussures et son manteau et sortit en laissant la porte se fermer derrière elle. Si Grant essayait de la rattraper, elle risquait fort de rester. Elle appuya sur le bouton de l'ascenseur. À sa grande surprise, celui-ci s'ouvrit immédiatement. Elle entra dans la cabine, pieds nus, serrant ses chaussures contre sa poitrine.

Annabel

Elle pleura jusqu'à en avoir mal à la gorge, en plus de sentir son cœur palpiter. Une fois versées toutes les larmes de son corps, elle se releva et se força à prendre une douche. Quand elle sortit de la salle de bains, la chambre était glaciale. Debout au pied du lit, elle sentit ses épaules humides frissonner. *Avaient-ils couché ensemble plusieurs fois ? L'avait-il amenée ici, dans leur appartement ?* Cette pensée lui donna la nausée.

Ses yeux tombèrent sur le clou planté dans le mur au-dessus du lit. C'était là qu'avait été accroché le tableau de Marshall Cleve que Matthew lui avait offert peu avant sa mort. Sa gorge se serra. Où était cette toile à présent ? Avait-elle été endommagée ? Détruite ? Volée ? En l'imaginant déchirée, l'épais cadre argenté cassé, son cœur se brisa. Comme s'il n'était pas déjà brisé.

Elle regarda à gauche, puis à droite du lit, où elle découvrit le tableau, posé contre le mur. Elle se mit à genoux et agrippa le cadre des deux mains. Il était visiblement intact. Elle se demanda pourquoi ses visiteurs avaient pris la peine de le décrocher. Peut-être se disaient-ils qu'il y avait un coffre-fort caché derrière. Elle frissonna. Si ce n'était pas Jonas ou Julian qui avaient envoyé ces personnes pour fouiller son appartement, qui était-ce ? Et qu'espérait-on y trouver ?

Elle regarda attentivement le tableau, les yeux embués de larmes.

Je tiens à ce que tu aies cette peinture, avait dit Matthew. *Je veux pouvoir t'acheter des œuvres d'art. Pour que tu puisses avoir ta propre galerie privée.*

Zoé l'avait-elle convaincu de vendre des données clients au plus offrant ? Annabel n'y croyait pas. Mais il est vrai qu'elle n'aurait pas cru Matthew capable de coucher avec Zoé, jusqu'à ce qu'elle voie les photos. Et l'appétit qu'il manifestait pour l'accumulation de richesses l'avait toujours troublée. À présent, toutes sortes d'hypothèses, aussi affreuses les unes que les autres, lui donnaient le vertige. Soit Zoé lui avait dit la vérité, et les photos étaient une mise en scène orchestrée par Jonas pour faire chanter Matthew. Soit Jonas et Julian étaient sincères, et Zoé avait convaincu Matthew de trahir la banque en vendant les données clients. Annabel s'était toujours méfiée de Zoé, et les photos l'y encourageaient. La question maintenant, c'était de savoir à quel point elle faisait confiance à Matthew.

Si jamais quelque chose m'arrive, lui avait-il dit en lui offrant le tableau. Savait-il alors qu'on en voulait à sa vie ? Annabel ferma les yeux dans un effort pour se souvenir de leur conversation. *Si jamais quelque chose m'arrive…* qu'avait-il dit après ?

Elle ouvrit les yeux.

Le cadre a une grande valeur.

Voilà ce qu'il avait dit.

Le cadre a une grande valeur. Je veux que tu te souviennes de ça.

À l'époque, ces mots lui avaient paru étranges. Mais à présent…

Elle se leva brusquement, laissa glisser la serviette par terre. Elle posa la toile sur le lit et examina soigneusement le cadre, passant les doigts sur les bords pour tenter de déceler des fissures ou des interstices dans le bois.

Rien.

Le cadre était beau, mais pas vraiment original. Entre tous les objets qu'ils possédaient, il était loin d'être le plus précieux.

— Annabel ? fit la voix de Julian de l'autre côté de la porte. Tout va bien ?

Elle releva la tête et ramassa instinctivement la serviette pour s'en couvrir le corps.

— Oui oui ! Je sors tout juste de la douche.

— Très bien. C'est simplement que je m'inquiétais.

— Désolée. Je ne serai pas longue.

— Prends ton temps.

Elle retourna le tableau. Passa la main sur le papier recouvrant l'arrière. Le long de l'un des bords, un petit renflement. Elle écarquilla les yeux.

Alors, le plus discrètement possible, elle alla fermer la porte à clé. Puis elle passa rapidement dans la salle de bains pour y prendre dans un tiroir une vieille trousse de toilette qui avait appartenu à Matthew. Dans le bazar qui s'y entassait, elle trouva un vieux rasoir. Des sparadraps. Du désinfectant en spray. Par la tuyauterie lui parvenaient des voix étouffées. Le temps pressait. Ses doigts se refermèrent sur ce qu'elle cherchait : un vieux canif.

Elle se précipita vers le tableau et glissa la lame entre le papier et le cadre, puis souleva délicatement l'adhésif jusqu'à ce qu'il se détache. Et là, scotchée à l'intérieur du cadre, elle découvrit une clé USB. Avec en dessous, un message.

Annabel le fit sortir de sa cachette et le déplia, les doigts tremblants. Les larmes lui montèrent aux yeux lorsqu'elle reconnut l'écriture de Matthew et vit la petite tache sur le bord laissée par sa main gauche en glissant sur l'encre.

Annabel, mon amour,

Si tu lis ceci, c'est que quelque chose de terrible s'est produit. Merci de m'avoir écouté et de t'être souvenue de ce que je t'avais dit au sujet de la valeur de ce cadre. Tu restes la personne la plus intelligente que j'aie jamais connue.

Je m'excuse pour tout. Je n'aurais jamais dû te faire venir ici. La Swiss United est un endroit malsain. On y exécute des tâches malsaines pour des gens malsains. J'ai été, je dois le reconnaître, séduit au début par tout cet argent. Mais il n'en vaut pas la peine. J'ai voulu nous protéger de tout ça, mais peut-être ai-je agi trop tard.

Si tu lis ceci, cela veut sans doute dire que je suis mort. Zoé peut-être aussi. Apporte cette clé USB à Lorenzo Mora. Je me fie à lui pour la transmettre à qui de droit. Il pourra tout t'expliquer.

Sache, Annabel mon adorée, que je t'ai aimée dès le premier regard. Cet amour n'a jamais vacillé. Il n'a fait que devenir plus fort encore. J'ai commis des erreurs et en assume l'entière responsabilité. Mais je n'ai jamais, jamais cessé de t'aimer. S'il fallait que tu ne croies qu'une seule chose, alors c'est celle-là.

Tendrement, pour toujours,
Matthew

Annabel froissa le message, puis ferma les yeux en plaquant la main sur sa poitrine. Ses larmes coulèrent jusqu'au sol. Ses cheveux encore humides dégoulinaient sur son dos nu.

— Annabel ? fit la voix de Julian. Jonas aimerait prendre la route rapidement. Tu es bientôt prête ?

— J'arrive, répondit-elle d'une voix enrouée.

Elle courut vers le placard, enfila un jean et un sweat trop large et fourra la clé USB au fond de sa poche arrière.

Elle trouva un tube de colle dans le tiroir de son bureau. Il était vieux, mais il allait falloir faire avec. Le plus vite possible, elle appliqua la colle sur l'arrière du cadre et, du bout des doigts, referma le papier protecteur. Ensuite elle replaça le tableau contre le mur, dans la position dans laquelle elle l'avait trouvé.

Elle jeta dans une valise quelques objets de première nécessité : trousse de toilette, brosse à cheveux, vêtements de rechange. Elle prit dans la petite boîte posée sur sa table de nuit les boucles d'oreilles en perle qui avaient appartenu à sa mère et un bracelet offert par Matthew pour leur premier anniversaire de mariage. Elle sortit du placard le carton contenant les messages de Matthew. Après quelques secondes de réflexion, elle choisit celui qu'il lui avait écrit le jour où il l'avait demandée en mariage, quelques mots griffonnés sur une page arrachée d'un agenda. Elle l'embrassa, le plia et le rangea dans son portefeuille. Le reste, elle pouvait le laisser.

Avant de fermer son sac, elle prit le canif et le glissa dans sa trousse de toilette. Petit, émoussé, il n'avait rien d'une arme efficace. Malgré tout, le fait de savoir qu'elle l'avait avec elle lui donna de la force. Et de la force, elle en aurait bien besoin là où elle allait.

Marina

Douze articles. Tous prêts à sortir le lendemain en une des journaux les plus influents du monde. Christopher Martin, de l'ICIJ, avait fait le choix judicieux de les faire écrire par les meilleurs journalistes du *New York Times*, du *Wall Street Journal*, du *Telegraph*, du *Daily Mail*, du *China Daily*, d'*El País*, du *Financial Times*, du *Monde*, du *Süddeutsche Zeitung*, du *Moscow Times*, du *Yomiuri Shimbun* et du site d'Owen, *Deliverable*. Ensemble, ces articles montreraient comment le cabinet Schmit & Muller avait pendant des dizaines d'années fait passer des sommes d'argent provenant de divers chefs d'État, barons de la drogue, terroristes, grands patrons, trafiquants d'armes, financiers, hommes d'affaires, scheiks et autres membres des élites mondiales sur des comptes numérotés de la Swiss United et de la CIB dans le but avéré de dissimuler lesdites sommes.

Les conséquences allaient être désastreuses. Les personnes incriminées seraient arrêtées, contraintes à payer des amendes et déshonorées. Plusieurs leaders mondiaux se verraient poussés vers la sortie.

Plusieurs relations et accords secrets deviendraient publics. Des familles se déchireraient à la suite de la découverte d'actifs dissimulés, de biens mal acquis, d'impôts non versés, de cadeaux faits à des maîtresses, et dans certains cas, d'entretien d'une seconde famille. Mais ce n'était que le début. Owen et Christopher avaient choisi de publier ces douze articles-là en premier parce qu'ils étaient les plus percutants. La suite, ce serait d'autres révélations défilant pendant des semaines, des mois, des années. Il restait dans le ventre de Maestra d'énormes quantités de données non traitées. Assis à son bureau, Owen faisait nerveusement tourner un stylo entre ses doigts. Au moment de composer le numéro pour la dernière conférence audio avant la mise sous presse, il avait conscience d'avoir sous le coude l'article sans doute le plus explosif de tous. Simplement, il n'était pas certain de ce qu'il allait en faire.

— Owen Barry à l'appareil. Désolé pour le retard.

— Salut, Owen, fit la voix de Christopher Martin. Nous sommes tous en ligne, je crois. Du nouveau sur l'affaire Ellis ?

— Yes. C'est pour ça que je vous ai fait attendre quelques minutes. J'espérais pouvoir vous donner quelque chose, mais je crois que je n'ai rien. Il va falloir lancer le truc avec les articles qu'on a.

— On pourrait retarder la publication d'un ou deux jours si ça peut aider, proposa Mike Sheeran, du *New York Times*. Cette affaire Ellis, c'est de la dynamite.

— Je m'inquiète pour notre informateur, répondit Owen. Cela fait vingt-quatre heures que c'est silence radio de son côté. Je pense qu'on lui jouerait un sale tour en retardant la publication.

— On est d'accord, dit Sergei Ivanov, l'un des journalistes russes du *Moscow Times*. Pour nous, attendre, c'est trop de risques. Un de nos journalistes s'est fait poignarder ce matin dans une ruelle près de chez lui. On lui a pris son portable en le laissant pour mort. Il se trouve dans un état critique. On attend de savoir comment s'est passée l'opération. D'après la police, il s'agit d'une attaque banale. Cette théorie, on n'y croit pas. Notre crainte, c'est que certaines personnes commencent à entendre parler d'une enquête sur des actifs offshore. Nous sommes tous menacés ici.

— Vous avez quitté Moscou ?

— Oui. Pour l'instant, tout va bien. Mais plus on attend…

— Pour nous aussi, c'est le même sentiment, annonça Andres Gomez, d'*El País*. Le cartel Moca a des yeux partout. Il faut publier cet article maintenant. On ne peut plus le garder sous le coude.

— Bon, fit Owen en se renversant sur son fauteuil, les mains croisées derrière la nuque. C'est d'accord. L'article sur les Ellis peut attendre.

Du coin de l'œil, Owen vit s'ouvrir les portes de l'ascenseur. Marina apparut, vêtue d'une jupe noire qui virevoltait autour de ses hanches et d'un chemisier blanc suffisamment échancré pour laisser deviner ses épaules délicates. Elle se mit sur la pointe des pieds pour tenter de le voir. En faisant tourner son fauteuil, Owen faillit tomber en arrière.

— Putain merde ! marmonna-t-il en s'agrippant au bord de la table.

— Owen, tu es là ?

— Oui, oui. Désolé, les gars, je vous rappelle.

— Il faut donner l'ordre de publication ce soir, sinon…

— Oui, oui. Pigé. Je vous rappelle.

Owen raccrocha. Il était encore en train de retirer ses écouteurs lorsque Marina apparut devant son bureau.

— Comment t'as fait pour entrer ?

— Au fait, bonjour.

— Désolé, je me suis dit, quand tu m'as claqué la porte à la figure, qu'il faudrait attendre quelques jours pour que tu te calmes avant de se fréquenter de nouveau.

— Je m'excuse pour tout ça. J'étais bouleversée.

— J'avais cru comprendre, en effet.

— Toi aussi tu étais en colère.

— Écoute, Marina, ça me fait plaisir de te voir et tout et tout, mais j'ai à faire là. On peut pas se rabibocher un autre jour ?

— Je ne suis pas là pour ça. Je suis là pour t'aider. Je peux m'asseoir ?

Owen la regarda, dubitatif. Puis il attrapa la chaise vide à côté de lui avec son pied et la rapprocha de Marina.

— Si tu es venue pour me convaincre de ne pas publier l'article sur les Ellis, tu perds ton temps. Et le mien.

— Je suis ici pour t'aider à le finir.

La surprise arracha à Owen un éclat de rire.

— C'est pour ce genre de chose que je ne suis pas marié. Putain, qu'est-ce qui s'est passé ? Tu t'es disputée avec Ellis Junior ? Avec cette famille, tu passes d'un extrême à l'autre, franchement.

— Je comprends que tu sois fâché contre moi. Et j'en suis désolée. On en parlera plus tard. Cet article, il faut qu'il soit prêt quand ?

— À 17 heures pour les versions papier, à 23 heures pour les versions en ligne. Il faut que tout soit fini avant minuit heure de New York.

— Parfait, je pense qu'on y arrivera.

— Seulement si tu as des preuves tangibles. Parce que je n'ai pas assez d'éléments pour faire un article qui se tient. Je n'ai que des traces écrites entre James Ellis et la Swiss United et quelques virements entre des sociétés-écrans qui appartiennent, je pense, soit à Ellis, soit à Assad. Mais c'est tout, et ça reste fragile. Il nous faut quelque chose qui étaye ces éléments.

Marina mit la main dans son sac et en sortit son portable.

— Par exemple un aveu enregistré ?

— Arrête de te foutre de ma gueule !

— Tu crois que je plaisanterais sur ce genre de sujet ?

— Tu as parlé avec James Ellis ?

— Je suis allée chez lui tout de suite après être sortie de chez toi. Je voulais des réponses à mes questions. Je l'ai questionné sur ses comptes à la Swiss United et sur ses liens avec Bachar el-Assad. Il a tout reconnu. Et il m'a fait promettre de ne jamais le dire à personne sous peine de détruire la vie de Grant – et la mienne.

— Il a raison. Ça va détruire ta vie.

— Je sais. Celle de Grant aussi. Et ça, il ne le mérite pas.

— Dans ce cas, pourquoi tu es venue ?

— Parce que James a commandité le meurtre de Duncan.

Le visage d'Owen passa de la surprise à l'horreur.

— James Ellis ? Responsable de la mort de Duncan ?

— Oui.

— Et ça, tu en as la preuve ?

— Pas exactement. Mais il l'a nié très mollement. Et je pense savoir comment le prouver. Mais il va falloir faire vite. Il faut que j'aille à Washington DC.

— Pourquoi ?

— Hunter Morse. Tu te souviens ? Au département de la Justice. Duncan avait entouré son nom sur son agenda. Il était censé aller le voir le lendemain du jour où il est mort. Mon avis, c'est que c'est lui, la clé de toute cette histoire.

— Tu penses qu'il voudra bien te parler à toi ?

— Je n'en sais rien. Mais ça vaut le coup d'essayer.

Owen jeta un coup d'œil à sa montre.

— Si tu pars maintenant, tu peux y être avant 18 heures.

Marina se leva et reprit son sac.

— Je t'enverrai l'enregistrement audio d'Ellis depuis la voiture.

— OK. Eh ! Marina !

Elle le regarda, un sourcil interrogateur formant un arc parfait.

— Ce type, on va lui faire la peau.

Annabel

Debout derrière la fenêtre, Annabel regardait l'immense étendue du lac Léman. C'était le moment de la journée où l'eau scintillait, offrant un miroir aux bleus électriques et aux roses célestes du ciel de l'aube. Au loin, les reliefs accidentés des montagnes blanches se dressaient, silencieux et imposants, telles des sentinelles veillant sur le lac. Les parois verticales de leurs falaises avaient quelque chose de terrifiant. Annabel se demanda combien de personnes avaient perdu la vie dans ces montagnes. Elle imagina, ensevelis sous les avalanches, des hommes équipés de crampons et de piolets. Des randonneurs partis au petit matin, et jamais revenus. L'avion de son mari, transformé par l'impact en lambeaux métalliques éparpillés sur l'un de ces sommets, un endroit tellement loin de tout que pas un homme n'y avait jusque-là posé le pied. Elle songea aux cendres de Matthew, emportées par le vent, comme de la fumée.

Elle avait l'impression d'être enfermée dans une prison dorée. Les murs de la pièce étaient laqués de bleu canard. Les rideaux avaient été taillés dans un chintz de qualité supérieure. Quant au lit, il était à baldaquin. Comme à Versailles. Jonas et Julian avaient insisté pour qu'elle dorme là, chez les Klauser, à Cologny. Pour sa sécurité, avaient-ils ajouté. Elle se retrouvait donc dans une chambre d'amis somptueuse, avec un mobilier XVIIIe et un tapis au toucher si soyeux qu'on l'aurait dit en cachemire. Le tout à trois mètres de la chambre de Jonas et Elsa. Jamais elle ne s'était sentie autant en danger.

Elle n'avait pas fermé l'œil de la nuit, ne s'était même pas donné la peine de défaire sa valise. Hors de question de s'installer confortablement ici. L'idée de se retrouver nue dans la maison de Jonas Klauser la faisait frémir. Elle était déjà assez vulnérable comme cela. D'ici une heure, une voiture l'emmènerait à l'aéroport. De là, elle pourrait reprendre l'avion pour Londres, où Khalid l'attendrait à Heathrow. Il lui confierait l'ordinateur portable de Matthew et elle s'envolerait pour New York. Et là, elle prendrait le train jusqu'à Washington pour aller voir Hunter Morse.

Tout cela, Jonas Klauser n'en savait rien, bien entendu. Il savait juste qu'elle avait pris un aller simple pour New York. Impossible pour elle de rester en Suisse, lui avait-elle expliqué. C'était trop dur. Tout ce qu'elle voulait, c'était rentrer chez elle.

Il s'était occupé de tout, lui avait pris un vol en première classe sans escale. Elle avait attendu qu'il s'endorme et appelé la compagnie aérienne pour changer son billet afin d'avoir une heure de battement à Londres. Elle avait également modifié le mode de paiement, pour que la somme soit prélevée sur sa carte bancaire à elle plutôt que sur celle de Jonas. Sans doute Jonas ne remarquerait-il rien. Et si jamais il s'apercevait de quelque chose, il penserait qu'elle avait agi ainsi par politesse. Du moins c'est ce qu'elle espérait.

À ce moment-là, quelqu'un frappa à la porte.

— Annabel ? fit la voix étouffée d'Elsa. Le taxi vous attend.

— Merci, répondit Annabel d'une voix faussement calme. Je sors dans une minute.

Elle regarda par la fenêtre pour la dernière fois. Le soleil se levait au-dessus de la ligne d'horizon, baignant les montagnes de sa lumière dorée. Elle appuya les doigts sur la vitre. Elle sentit le froid du verre sur sa peau. Il ne faisait pas loin de zéro. La luminosité du soleil, trompeuse, donnait au lac un aspect engageant, alors qu'il était glacial.

— Au revoir, Matthew, murmura-t-elle, les yeux clos. Je t'aime.

Puis elle s'écarta de la fenêtre, s'éloigna du spectacle du lac et des montagnes. Telle serait sa dernière image de Genève. Elle tira les rideaux et se dirigea vers la porte.

Jonas et Elsa l'attendaient dans le couloir. Jonas prit sa valise avec empressement. Elsa et lui avaient l'air tout aussi nerveux qu'elle. Jonas descendit les escaliers sa valise à la main. Elsa le suivit, visiblement sans trop savoir ce qu'elle pouvait faire pour aider.

— Désolée que vous ne puissiez rester pour le petit déjeuner, dit-elle. Je pourrais vous donner quelque chose à grignoter sur le chemin…

— Non, ce n'est pas la peine. Je ne voudrais pas abuser de votre gentillesse.

— Ne dites pas de bêtises. Vous n'êtes restée qu'une nuit.

— Merci, c'était très aimable à vous. J'ai hâte de rentrer chez moi. Le moment est venu.

Elsa prit un air troublé. Puis elle hocha la tête.

— Vous auriez pu prendre mon chauffeur, dit Jonas. Pour nous, ce n'était vraiment pas un problème.

— Non, non. Vous avez déjà suffisamment fait pour moi.

À présent venait l'instant qu'Annabel redoutait. Jonas la prit dans ses bras. Au moment où ses bras se refermaient sur elle, elle se sentit prise de vertige. Se retenant de crier, elle ferma les yeux et attendit. Puis elle lui adressa un sourire forcé.

C'est presque fini, songea-t-elle. Demain, à cette heure-ci, *Jonas Klauser se retrouvera les menottes aux mains.*

— Le moment est venu de se dire au revoir, dit-elle, frissonnante comme si son corps lui-même se révoltait au contact des mains de Jonas. Je n'oublierai jamais tout ce que vous avez fait.

— Gardons le contact, répondit Jonas. Ça me fera plaisir de savoir comment vous allez.

— Bien sûr. On se dit à bientôt.

— À bientôt.

Elle lui adressa un signe de tête puis se détourna. La gorge nouée, elle sortit de la maison des Klauser et monta dans la voiture.

Une fois à l'aéroport, elle sentit ses épaules se détendre. Le plus dur était fait. Son départ de Genève s'était déroulé sans encombre. Elle avait un plan, trois autres étapes à franchir : récupérer le portable, l'apporter à Hunter Morse, et enfin attendre les arrestations.

Jonas et Julian seraient les premiers. Viendraient ensuite Fares Amir et les avocats de Schmit & Muller. D'après ce que lui avait dit Khalid, le portable de Matthew était bourré de preuves accablantes, des centaines de documents prouvant de façon indubitable qu'ils s'étaient associés pour dissimuler les actifs de centaines de criminels internationaux, de Bachar el-Assad à Vladimir Poutine. Il y aurait plein d'autres arrestations. Avocats, comptables, banquiers. Des personnes qu'elle avait rencontrées, peut-être même appréciées. Des personnes présentes à la messe de souvenir pour Matthew. Qui pour certaines le considéraient comme un ami. Qui avaient peut-être pris des décisions criminelles. Sans doute en ne faisant que ce qu'on leur ordonnait. Des personnes comme Zoé, suffisamment naïves pour penser que la Swiss United était une banque comme les autres. Elle-même l'avait pensé. Comme elle s'était trompée !

Comme ils s'étaient tous trompés, ces rouages pris dans le mécanisme d'une entreprise criminelle à grande échelle.

L'embarquement avait commencé. Annabel se leva et s'avança vers la porte. Elle était sur le point de montrer sa carte d'embarquement à l'hôtesse quand son téléphone sonna. Elle recula pour permettre à la personne suivante de passer devant elle. Elle ne reconnaissait pas le numéro, mais devina en voyant le code du pays qu'il s'agissait d'un appel en provenance du Royaume-Uni.

— Annabel, écoute. Tu es où ? fit la voix de Khalid, éraillée, presque inaudible, couverte par le bruit de ce qui ressemblait à un train.

— Khalid ? fit Annabel en collant l'appareil à une oreille et plaquant la main sur l'autre. Je t'entends très mal.

— Tu es où ?

— À l'aéroport. Pourquoi ? On embarque, là. Je te rejoins bientôt.

— Annabel, ne va pas à New York. Morse…

— La ligne est très mauvaise, Khalid.

— Je me suis renseigné sur Morse. Il est à la solde de James Ellis. Ellis est un client de Jonas Klauser. Je pense qu'il a soudoyé Morse pour savoir qui était l'informateur à la Swiss United. On ne peut pas lui faire confiance.

— Tu veux dire Morse, du département de la Justice ?

Annabel se sentit prise de vertige. Le dernier

passager embarquait. Elle vit sur les écrans une ligne rouge apparaître sous le numéro de son vol.

— Oui, il travaille pour…

Annabel entendit alors un bruit sourd. Puis plus rien.

— Khalid ? hurla-t-elle. Khalid ?

Mais il n'y avait plus que le silence à l'autre bout de la ligne.

Les gens autour d'elle la regardaient, éberlués.

— Ça va ? vint s'enquérir une dame au visage inquiet.

— Vous parlez français, mademoiselle ? demanda un monsieur. *Qu'est-ce qu'il y a ?*

— Dernier appel pour les passagers à destination de Londres, madame, dit l'hôtesse.

Annabel pivota sur ses talons. Une foule s'amassait. À l'arrière, elle aperçut un visage familier. Celui de l'homme qui lui était rentré dedans à la bibliothèque, alors qu'elle sortait de la salle des microfilms. Le choc avait fait jaillir les photos de son sac. Elle le regarda bien droit dans les yeux. Il détourna le visage et disparut dans la foule.

Hagarde, elle dévisagea l'hôtesse.

— Vous embarquez, madame ?

Elle secoua la tête.

— Non, dit-elle d'une voix faible. Non.

Elle prit son bagage et recula. En sortant au pas de course de la salle d'embarquement, elle manqua de se cogner contre la dame qui lui avait demandé si ça allait.

Zoé

Zoé avait presque terminé sa journée de travail au café Hugo. L'après-midi tirait à sa fin, de même que le service de midi. Celui du soir allait commencer dans une heure environ, avec l'arrivée des pêcheurs et commerçants qui venaient prendre une bière et des huîtres après le boulot. L'oncle de Zoé, Clément, avait l'habitude de fermer les cuisines pendant une ou deux heures avant le dîner pour pouvoir fumer et jouer aux cartes avec ses amis. Pendant la journée, Zoé était seule au service. Rose, qui devait la relever, était censée arriver avant 16 heures, mais en général, elle ne se pointait pas avant 17 heures. Elle n'aimait pas Zoé, c'était clair. Elle affichait sa désapprobation à travers des petits détails. En arrivant en retard, en laissant des restes de nourriture dans les éviers. Mais au fond, peu importait. On ne pouvait pas dire qu'on croulait sous le travail. À cette époque de l'année, le café Hugo avait des besoins réduits en personnel. La saison touristique était terminée. Il faisait trop froid pour pouvoir profiter de la terrasse – seul véritable atout de l'établissement.

La veille, Zoé avait demandé à Clément s'il voulait qu'elle descende les tables et les chaises dans la cave. *La semaine prochaine*, avait-il dit. C'était en général cela qu'il répondait à pratiquement toutes les questions. Zoé avait oublié à quel point les gens étaient lents à Sainte-Thérèse-de-la-Mer. Autrefois, cette vie au ralenti la rendait folle. Impossible d'avancer, se plaignait-elle à ses amis. Les gens vivaient au jour le jour, sans véritables projets d'avenir. Autrefois, elle aurait descendu les chaises sans attendre la réponse de Clément. Il faudrait bien le faire, alors pourquoi attendre ? Mais aujourd'hui, elle se contenta de hocher la tête et continua à passer le chiffon sur le comptoir. La semaine prochaine, ça lui allait très bien.

Elle défit le nœud de son tablier et le fit passer par-dessus sa tête. Elle entendit des rires venant de la ruelle et perçut l'odeur vaguement terreuse des cigarettes roulées de Clément. Elle s'assit à une table pour compter ses pourboires. En une semaine, elle gagnait moins ici qu'en un jour à la Swiss United. Mais ici, elle n'avait pratiquement besoin de rien pour vivre. Clément lui prêtait l'appartement au-dessus du restaurant. En plus, il la nourrissait, surtout avec les restes de la cuisine. Bien sûr, elle ne pourrait pas se reposer sur sa générosité trop longtemps. Mais tout cela n'était que temporaire. Les choses finiraient bien un jour ou l'autre par s'arranger. Simplement, elle espérait vivre assez longtemps pour le voir.

Elle avait fini de compter ses pourboires. En relevant la tête, elle constata avec surprise qu'il y avait un homme assis en terrasse. Elle ne l'avait pas entendu arriver. Il avait choisi la table tout à gauche, celle avec la meilleure vue sur la mer. On y voyait l'eau scintillante entre les rangées de toits couleur abricot. C'était la meilleure table du café Hugo. Peut-être cet homme était-il l'un des clients réguliers de Clément. Certains se souvenaient d'elle quand elle était enfant. Ils lui posaient des questions sur Genève, lui demandaient si elle était mariée, combien de temps elle comptait rester à Sainte-Thérèse. Elle avait perfectionné l'art de répondre sans donner une seule information.

Elle se leva, remit son tablier et coinça son stylo derrière son oreille. En ouvrant la porte, elle eut un frisson – la température chutait à mesure que le soleil baissait sur l'horizon. Une bourrasque de vent glacial vint faire claquer le store défraîchi qui protégeait la terrasse. L'homme ne semblait pas gêné par le vent. Il tourna la tête, coinça une cigarette entre ses lèvres, plaça sa main autour de la flamme de son briquet pour la protéger.

C'est uniquement lorsqu'il rejeta la tête en arrière qu'elle sut qui il était. Son profil était reconnaissable entre tous. Julian White avait un nez aquilin très effilé et le cou fin, presque féminin. Il dégagea son front des quelques mèches blondes qui le recouvraient et, les yeux fermés, savoura sa première bouffée. Puis il croisa les jambes et se renfonça dans sa chaise. Les échos du rire de Clément parvinrent aux oreilles de Zoé. Là-haut dans le ciel, une mouette cria avant de descendre en piqué. Sinon, ils étaient seuls.

Zoé eut l'impression que ses pieds s'étaient transformés en enclumes. Elle avait bien tenté de se préparer à ce moment-là, au moment où quelqu'un de la Swiss United la retrouverait. Elle resta immobile, figée sur place. *Je devrais fuir*, songea-t-elle. Mais si Julian la voyait ? Il saurait qu'elle avait quelque chose à cacher. En fuyant, elle signerait son acte de mort.

Se forçant à mettre un pied devant l'autre, elle arriva près de Julian.

— Julian ? fit-elle en plaquant un sourire sur son visage. Quelle drôle de coïncidence !

Il leva la tête. En croisant son regard, elle sut qu'il savait. Quoi exactement, impossible de le dire. Mais Julian White savait quelque chose. Son arrivée au café Hugo n'avait rien d'une coïncidence ou d'une visite amicale. Forcément. Zoé avait travaillé suffisamment longtemps à la Swiss United pour le savoir. Personne à la Swiss United n'avait la moindre raison de se pointer ici, dans le café d'un petit port de pêche du sud de la France fréquenté surtout par les gens du coin. Et surtout pas Julian White, qui, la dernière fois qu'elle l'avait vu, se plaignait de l'absence de caviar sur le menu du room service du Grand-Hôtel du Cap-Ferrat. Non, s'il y avait bien quelqu'un de calculateur et réfléchi, c'était Julian

White. Il était venu pour régler un problème, et le problème, c'était elle.

— Zoé, dit-il sur un ton détendu. Quel plaisir de vous revoir !

— Et vous. Qu'est-ce qui vous amène à Sainte-Thérèse ?

Julian fit un geste en direction de la mer.

— Oh, j'adore cette région de la France. Regardez-moi cette vue. Pas étonnant que Van Gogh aimait cette ville.

— Vous pensez aux Saintes-Maries-de-la-Mer. De l'autre côté d'Arles.

— Ah oui ? Peu importe, la côte est magnifique. Vous avez de la chance de vivre ici.

— C'est provisoire. Ma mère est malade.

— Oui, c'est ce que j'ai appris. J'en suis navré.

— C'est le restaurant de mon oncle, ici. Il cherchait une serveuse.

— C'est gentil de votre part de lui donner un coup de main.

— Vous séjournez à Sainte-Thérèse ?

— Je ne sais pas encore. J'ai à faire dans le coin. Je ne sais pas trop combien de temps ça va me prendre. Vous me conseillez un endroit ?

— Le Vila de la Mar est bien. Mais à mon avis, il y a des endroits plus jolis. Nice. Saint-Tropez.

— Tenteriez-vous de vous débarrasser de moi ?

— Bien sûr que non ! s'exclama Zoé, le visage empourpré. Tenez, le menu. La cuisine est fermée mais…

— Je ne voudrais pas vous déranger.

— Ça ne fait rien. Vraiment. Choisissez ce que vous voulez.

Julian sourit. Elle sentit son regard glisser le long de son cou et de son buste, et s'attarder entre ses cuisses.

— Dans ce cas, juste un verre, dit-il après l'avoir examinée. Vous iriez me chercher une bonne bouteille de rouge ?

— Bien sûr.

— Et deux verres.

Zoé se précipita vers le bar et agrippa le comptoir, les mains tremblantes. Elle sentait sur elle le regard de Julian qui l'épiait de l'autre côté de la vitre. Elle se baissa, comme pour prendre quelque chose sur une étagère basse. Une fois certaine que Julian ne la voyait plus, elle sortit son portable de sa poche et envoya un texto à son petit ami, Arthur.

Julian White est ici. Je fais quoi ?

Elle attendit une réponse, en vain. Elle remit alors le portable au fond de sa poche, sortit une bouteille de rouge du placard, la posa sur un plateau, et se dépêcha de ressortir en espérant que son absence prolongée n'avait pas éveillé les soupçons.

— Le vin préféré de mon oncle, annonça-t-elle en montrant à Julian la bouteille. Un rouge épicé qui a du corps. Un corbières.

— À vous entendre, on dirait que vous vous y connaissez en vins.

— Non, pas vraiment. Juste suffisamment pour conseiller les clients.

— Ou travailler à la Swiss United.

— J'ignorais que la connaissance des vins y était exigée.

— Pourtant, ça l'est, répondit Julian en riant. Dans une banque privée, ces détails sont essentiels.

— Je n'étais qu'une assistante.

— Ce n'était pas l'avis de Matthew. Il vous faisait confiance. Il comptait vraiment sur vous.

— Je faisais de mon mieux pour être utile.

— Asseyez-vous. Prenez un verre avec moi.

— Merci beaucoup, mais j'ai du travail.

Julian contempla la terrasse vide.

— Il n'y a personne ici. Vous avez dit que la cuisine était fermée. Allez, un verre avec un vieil ami !

Zoé s'assit. *Dieu merci il fait encore jour*, se dit-elle tandis que Julian la servait. *Clément est en bas. Les clients vont bientôt arriver.*

— Vous êtes partie juste après la messe de souvenir pour Matthew. Sans dire au revoir. Pourquoi ?

— J'ai dit au revoir. À Annabel Werner, du moins. Ma mère était malade. Tout s'est passé tellement vite.

— Votre mère.

— Oui.

— C'est bizarre… Dans mon souvenir vous aviez dit à Matthew que votre mère était morte quand vous étiez enfant.

Zoé pâlit.

— Oui, en fait, ma langue a fourché. C'est ma tante qui est malade. Ma mère est morte quand j'étais bébé. Alors ma tante m'a élevée. Pour moi, elle est comme ma mère.

— Je vois. C'est elle la propriétaire de ce bar ?

— Oui, avec mon oncle. Il est aux cuisines.

— Et vous séjournez où ?

— Ils me prêtent l'appartement en haut.

— Vous auriez dû dire au revoir. À Jonas au moins. Il s'est inquiété.

— Je… Oui, bien sûr, j'aurais dû. Mais je n'avais pas les idées claires après la mort de Matthew.

Julian hocha la tête, but une gorgée de vin, puis contempla la mer.

— Une histoire terrible.

— Oui, terrible…

— Matthew était mon ami le plus proche à la banque. Vous le saviez ?

Elle fit oui de la tête.

— Un type merveilleux. Très drôle. Pourtant, juste avant sa mort, j'ai eu l'impression que quelque chose avait changé. Quelque chose de sombre qui pesait sur lui. Vous voyez ce que je veux dire ?

— Je ne sais pas trop. C'était un boulot dur, répondit Zoé en déchiquetant une serviette en papier pour en faire des boulettes.

— C'est vrai. De longues journées de travail… Mais je parle d'autre chose. À l'époque, je ne savais pas trop comment le définir.

— Et maintenant, vous pensez que c'était quoi ?

— Je crois qu'il avait des soucis.

— Des soucis ?

— Oui. J'ignore s'il s'agissait de problèmes financiers ou autres. Mais certaines rumeurs circulaient.

— Quelles rumeurs ?

— Des rumeurs selon lesquelles il vendait des informations financières. Des données internes de la Swiss United.

— Non, ce n'était pas le genre de Matthew.

— Je suis d'accord. Ça ne colle pas avec sa personnalité. Pourtant, il y avait bien des informations qui fuitaient. Certaines sont peut-être tombées dans les mains des journalistes.

— Des journalistes ?

— Oui. Jonas est au courant. Vous imaginez bien dans quel état ça le met. L'idée que des informations financières privées sortent de la banque, c'est un sacré choc. C'est criminel, en fait.

— Et vous pensez que Matthew était à l'origine des fuites ?

— C'est là que la chose devient intéressante, dit Julian en finissant son verre de vin. Au début oui, je supposais que c'était lui. Sauf que visiblement, les fuites continuent.

Zoé regarda les mouettes. Il n'y en avait que deux aujourd'hui. La semaine dernière, elles étaient plus nombreuses. Les autres devaient être parties à la recherche de climats plus chauds. Elles criaient en virevoltant dans la ruelle derrière le restaurant. Zoé entendit le froissement des sacs-poubelle qu'on changeait, le grincement de la porte arrière. Des effluves de bouillabaisse sortirent de la cuisine. Une mouette passa rapidement au-dessus de sa tête, un crabe dans le bec. Victoire. Elle le ferait tomber sur les marches en pierre au bout de la rue. Toutes les mouettes faisaient ça. L'été, les commerçants étaient obligés de passer le balai deux fois par jour pour se débarrasser des morceaux de carapace et des carcasses de crabe.

— J'ai ma petite théorie, annonça Julian. Vous voulez l'entendre ?

— Bien sûr.

— Vous connaissez Arthur Maynard ? Du cabinet Schmit & Muller ?

Zoé sentit le sol se dérober sous ses pieds. Sans même lui donner le temps de répondre, Julian partit d'un grand ricanement.

— Bien sûr que vous le connaissez. Où avais-je la tête ? Je vous ai vus ensemble à Zermatt.

— À Zermatt ?

— Oui, l'hiver dernier. Vous ne vous souvenez pas ? Vous descendiez du télésiège ensemble.

— Ah oui ! Je me souviens maintenant. Vous avez une mémoire extraordinaire.

— Je n'oublie jamais rien. C'est l'une de mes nombreuses manies.

— Et vous disiez que vous aviez une petite théorie ?

— Oui. Il y a quelques mois de cela, j'ai carrément

suggéré à Jonas que les fuites provenaient de chez Schmit & Muller. Après tout, ils ont accès à beaucoup de nos fichiers clients, de même que ceux de la CIB et de plusieurs autres banques.

— Et Jonas, qu'est-ce qu'il en pensait ?

— Que la piste était intéressante. On a commencé à surveiller de près tous nos chargés d'affaires, de même que les avocats de chez Schmit & Muller ayant accès à nos fichiers.

— Et qu'est-ce que vous avez trouvé ?

— Je crois que vous savez ce que nous avons trouvé.

Zoé sentit une larme couler sur sa joue. Les yeux rivés sur la ligne d'horizon et le ciel perdant peu à peu ses teintes dorées, elle ne se donna pas la peine de l'essuyer.

— Arthur et moi…

— Il est marié, vous savez.

— Séparé.

— Ce n'est pas ce que pense sa femme. Elle nous a été d'une grande aide.

Zoé se tourna, les yeux lançant des éclairs.

— Qu'est-ce que vous avez fait à Arthur ?

— Vous n'avez pas envie de savoir ce qu'Arthur nous a fait ? Ou alors vous le savez déjà ?

— Je ne sais rien, répondit Zoé, en larmes. Sauf que c'est un type bien, et que je l'aime.

— Il volait des informations confidentielles et les livrait à des journalistes américains.

— Vous en avez la preuve ?

— Plus qu'il n'en faut. Mais vous savez ce qui m'intrigue le plus ?

— Dites.

— C'est que ces deux hommes, Matthew Werner et Arthur Maynard, aient tous les deux décidé de livrer des informations secrètes à peu près au même moment. Matthew est allé voir le département américain de la Justice, Arthur, la presse. Et vous, vous vous retrouvez là, au milieu de tout ça.

— Peut-être qu'ils ont tous les deux fini par se réveiller. Après avoir appris que ces établissements faisaient affaire avec la famille Assad. Qu'est-ce que vous pensez de cette théorie ?

— J'en pense que vous ne pouviez pas ne pas connaître le rôle d'informateurs de ces deux hommes.

— Je n'ai rien fait de mal. Arthur non plus.

— Ça, c'est à voir. À mon avis, Jonas ne va pas tarder à rendre une petite visite à Arthur. Il est à Paris, vous savez. Dans l'appartement qu'il possède là-bas. Sa femme l'a chassé de leur maison de Luxembourg après avoir appris la vérité sur vous deux.

La porte menant à la terrasse s'ouvrit dans un grand bruit. Julian et Zoé se retournèrent. C'était Rose, arrivée en retard comme d'habitude et nouant son tablier derrière son dos.

— *Je suis désolée*, dit-elle en avançant vers Zoé. Puis, remarquant Julian : *Oh, excusez-moi*.

— Rose, commença Zoé d'une voix incertaine, je te présente un vieux collègue de Genève, Julian.

Désolée, Julian, mais il faut que je retourne travailler. Le service du soir va commencer.

Elle se leva sans tenir compte du regard étonné que lui lança Rose.

— Bien sûr, fit Julian en se levant lui aussi. Ravi d'avoir fait votre connaissance, Rose. C'était chouette de se revoir, Zoé.

— Oui. Une sacrée surprise.

— Bon, il se fait tard. Je vais aller voir cet hôtel dont vous me parliez – je ne me souviens plus du nom – pour voir s'ils ont une chambre.

— Le Vila de la Mar.

— Oui, c'est ça. Si je reste plusieurs jours, on se reverra peut-être.

— Peut-être.

— Je vous dois combien ? Pour le vin…

— C'est offert par la maison.

— *Alors, merci. Bonsoir.*

Il enfonça les mains dans ses poches et se dirigea vers la porte. Avant de l'ouvrir, il s'arrêta une seconde.

— Au fait, Zoé… Une dernière chose.

— Oui ?

— Après la mort de Matthew, personne n'a réussi à mettre la main sur son ordinateur portable.

— Son portable ?

— Vous savez bien. Celui qu'il utilisait dans ses déplacements.

— Je suppose qu'il l'avait pris avec lui dans l'avion.

— Peut-être. Je me disais juste que vous sauriez où il était. Il contient tellement d'informations confidentielles.

— Désolée, mais non.

— Je ne perdais rien à demander. Bonne nuit. Et à bientôt. J'espère.

Annabel

Khalid était mort. Elle l'avait entendu mourir. Ça l'avait rendue physiquement malade. Elle avait vomi deux fois – une fois à l'aéroport à Genève, une autre fois dans les minuscules toilettes de l'avion. Elle n'avait cessé de se repasser leur conversation dans la tête. La voix de Khalid était hachée, son ton urgent, comme s'il lui parlait en marchant vite, avec en arrière-fond les bruits de la ville – klaxons, rafales de vent, sons parasites, bruit blanc. La ligne ne cessait de couper. Elle avait eu du mal à l'entendre. Se trouvait-il dans une rue de Londres ? Dans une gare ? Il avait dit quelque chose qu'elle n'avait pas réussi à comprendre. Ensuite, il y avait eu des bruits sourds de bagarre. Puis plus rien.

Y avait-il eu un coup de feu ? Elle n'en était pas sûre. Au début, elle avait cru que le bruit sourd était celui du téléphone tombant sur le trottoir. Mais ça aurait pu également être un coup de feu. Ou bien un coup porté à la tête. C'était de sa faute à elle. Si elle ne lui avait pas donné le portable, il serait toujours vivant.

Dix heures après sa conversation avec Khalid, Annabel atterrit à l'aéroport Las Américas en République dominicaine. La chaleur était insupportable. Elle s'était habillée pour affronter le froid d'un mois de novembre new-yorkais, pas pour un voyage sous les tropiques. Elle tira sur le col de son pull en attendant sa valise. Si l'aéroport était climatisé, elle ne s'en aperçut pas. Elle sentit son dos se tremper de sueur. Son sac fut le dernier à arriver. Annabel le prit, puis inspecta les alentours. Elle n'avait pas mangé depuis son départ de Genève. Il était minuit passé et tous les commerces étaient fermés. Elle s'avança vers un distributeur automatique, introduisit sa carte de crédit, pour se rendre compte qu'il ne marchait pas. Soupirant, elle alla boire à la fontaine publique.

Les compagnies de location de voitures se trouvaient à l'autre bout du terminal. La personne au comptoir bavardait avec un porteur de bagages. Annabel s'attarda près de la fontaine jusqu'à ce que le porteur se soit éloigné. Quand il eut disparu de sa vue, elle avança et sourit au loueur.

— *¿Habla usted Inglés ?* demanda-t-elle, trop fatiguée pour communiquer dans une autre langue.

L'employé était jeune, âgé de vingt-cinq ans tout au plus. Il avait les cheveux longs et portait des écouteurs autour du cou. La pancarte au-dessus de lui indiquait que le bureau fermait dans dix minutes. Il consulta sa montre avant de répondre.

— *Si, señorita*. Que puis-je faire pour vous ?

— Je dois me rendre à Isla Alma. Vous pouvez m'arranger ça ?

— Isla Alma est une île privée. Vous voulez peut-être dire La Palma.

— Non, c'est bien Isla Alma.

— Il va falloir rejoindre le port de Boca Chica. C'est à plusieurs kilomètres d'ici. On vous attend sur l'île ?

— Non.

— La seule possibilité de liaison avec l'île, c'est par bateau privé.

— Il n'y a pas de ferry ? Pas de bateau-taxi ?

— Pour Isla Alma ? répondit l'employé dans un grand éclat de rire. Non, *señorita.*

Le désespoir d'Annabel dut se lire sur son visage, car l'employé, poussant un soupir, lui fit signe de s'approcher de lui.

— Écoutez, j'ai un cousin… il a une limousine. C'est un type honnête. Il a fini sa journée de travail. Il m'attendait en haut. Il peut vous emmener si vous voulez. Pour que vous ne soyez pas obligée de conduire vous-même. Vous avez l'air fatiguée. Vous ne devriez pas prendre la route à cette heure.

— En effet, je suis fatiguée.

Annabel hésita, brièvement. Entre tous les risques qu'elle courait, celui de se retrouver seule dans une voiture avec un inconnu était sans doute le moindre.

— OK. Merci. Ça me va.

— Généralement, il prend vingt-cinq dollars. Vous êtes américaine, non ?

— Oui. Pas de problème pour moi.

— OK. Je vais le chercher. Attendez-moi ici. Il vous conduira au port de Boca Chica. Après, ça sera à vous de vous débrouiller. Isla Alma, ce n'est pas vraiment le genre d'endroit où les visiteurs sont bien accueillis.

— Je prends le risque.

— *Es tu vida*, commenta l'employé en haussant les épaules.

— Je peux utiliser votre téléphone ? Mon portable est complètement déchargé.

— Je ne suis pas censé laisser les clients l'utiliser.

— Je vous en prie. Je ne serai pas longue, je vous le promets.

Annabel tira de son portefeuille un billet de vingt dollars, qu'elle posa sur le comptoir.

L'employé le prit en lui adressant un regard interrogateur.

— C'est tout ce que j'ai, dit-elle. À moins que vous n'acceptiez les euros. Désolée.

Il fourra le billet dans sa poche arrière.

— OK, mais faites vite. Je vais chercher mon cousin.

— Merci.

Annabel attendit qu'il soit parti pour sortir la carte de visite de Lorenzo. *Appelez-moi si vous avez besoin d'un ami*, lui avait-il dit après la messe de souvenir de Matthew. Pourvu qu'il tienne parole.

Le téléphone sonna. Une fois. Deux fois. Trois fois.

De grâce, de grâce, chuchota Annabel intérieurement, *répondez.* Elle n'avait jamais envisagé l'éventualité de ne pas pouvoir contacter Lorenzo une fois arrivée en République dominicaine. Isla Alma était son dernier recours. En dehors de cela, elle n'avait pas de solution.

— *¿Aló ?*

— Lorenzo ? fit Annabel, la voix tremblante.

Elle regarda derrière elle. L'employé était à l'autre bout du terminal, en train de discuter avec deux hommes. Il lui tournait le dos. Elle se pencha sur le téléphone.

— Qui est à l'appareil ?

— Annabel Werner. La femme de Matthew.

— Annabel ? dit Lorenzo d'une voix adoucie. Où êtes-vous ? Vous allez bien ?

— Je suis à l'aéroport. Las Américas. Je suis venue vous voir. J'allais prendre un taxi jusqu'au port.

— Je vous envoie mon chauffeur. Ne prenez pas de taxi. Attendez devant le terminal dans quinze minutes.

— Vous êtes sûr ? Désolée, je sais que je vous appelle en pleine nuit et…

L'employé se retourna et la montra du doigt. Les deux hommes qui l'accompagnaient la regardèrent avec curiosité. Annabel se sentit brusquement mal à l'aise. La façon dont ils la contemplaient lui paraissait malsaine.

— Je suis content que vous ayez appelé… Annabel ?

— Oui.

— Ne parlez à personne jusqu'à ce que vous retrouviez mon chauffeur. N'utilisez pas votre carte de crédit. Faites-vous discrète. D'accord ?

— D'accord. Merci, Lorenzo. Merci beaucoup.

— Soyez prudente, chère amie.

Annabel raccrocha. Quand l'employé et ses amis revinrent, elle avait disparu.

Zoé

Dans la pénombre, Zoé mit sa valise dans le coffre de la Peugeot de son oncle. Clément la prévint que la voiture était vieille, les pneus lisses, et qu'elle ne survivrait peut-être pas aux sept heures de route jusqu'à Paris. Selon lui, elle aurait mieux fait de prendre le bus jusqu'à Arles, puis le train.

Mais Zoé ne pouvait pas attendre jusqu'au lendemain matin. Elle répondit à Clément qu'Arthur, son petit ami, était malade. La vérité, c'est qu'elle craignait qu'il soit mort ou ne tarde pas à l'être. Elle n'avait pas eu de nouvelles de lui depuis l'arrivée de Julian à Sainte-Thérèse.

C'était elle qui avait eu l'idée de confier les données à Duncan Sander. Au début, Arthur s'y était opposé. Certes, il fallait bien faire quelque chose, avait-il dit. Impossible de rester passif pendant que leurs entreprises respectives cachaient de l'argent pour le compte de terroristes, de trafiquants de drogue et de criminels de guerre comme Bachar el-Assad. Mais que pouvait faire un journaliste, en dehors d'écrire un article ? Des mots, ça ne les protégerait pas. Ça n'arrêterait pas Jonas Klauser, Fares Amir, les avocats du cabinet Schmit & Muller. Les mots, ça ne pouvait pas agir. Non, Arthur était d'avis qu'il fallait aller voir la police.

Peut-être, mais quelle police, et où ? Jonas Klauser était ami avec le chef de la Fedpol. Zoé les avait vus skier ensemble à Zermatt. Pour les autorités fédérales au Luxembourg, c'était la même chose. Les patrons de Schmit & Muller avaient des amis partout. C'était pour cela qu'ils pouvaient gérer leurs petites affaires comme ils le faisaient depuis si longtemps. Contrairement à la Swiss United, qui comptait parmi ses clients des personnes honnêtes et d'autres beaucoup moins, Schmit & Muller avait pour seule et unique activité le montage de sociétés-écrans pour des banques offshore. Tous leurs clients avaient quelque chose à cacher. Verser des pots-de-vin, ça allait de soi. Arthur suggéra d'aller voir les autorités américaines, mais Zoé doutait que le département de la Justice se soucie de les protéger, étant donné qu'ils n'étaient pas citoyens américains. Non, il fallait trouver une autre porte de sortie.

C'était finalement Duncan qui avait pris contact avec Arthur, par l'intermédiaire de Tim Morris, banquier à la CIB et ami d'Arthur. Duncan recherchait Morty Reiss, dont Tim avait géré le compte à la CIB jusqu'à ce que Schmit & Muller le ferme sans prévenir et transfère l'argent de Morty en Suisse. Arthur pouvait-il aider Duncan à trouver Reiss ?

Au début, Arthur ne répondit pas aux appels

de Duncan. Puis il apprit la mort de Tim. Victime d'un étrange accident en bateau, à ce qu'il paraissait. Arthur resta sous le choc. Pas Zoé. *Je te l'avais dit*, lui répéta-t-elle. *Ils n'ont aucun scrupule, dans ces banques. Ils sont capables de tout, contre n'importe qui.*

Cela, Zoé était bien placée pour le savoir. Elle le savait déjà quand elle avait accepté le poste à la Swiss United. Jonas avait été très clair : Zoé travaillait pour lui, et pour personne d'autre. Elle faisait ce qu'il lui ordonnait de faire. En échange, elle recevait un salaire de quatre-vingt mille euros par an, plus une jolie prime si elle donnait satisfaction. Pour quelqu'un comme Zoé, l'offre était alléchante. Le genre qu'on ne pouvait pas refuser.

Matthew avait été sa seule et unique mission. Chaque semaine, elle était censée faire son rapport à Jonas : sur les personnes que Matthew rencontrait, sur les échanges de mails qui pourraient présenter un intérêt, sur ses déplacements, que ce soit pour le travail ou les loisirs. Jonas voulait tout savoir sur sa famille et ses amis, sur sa femme en particulier. Il aimait, expliquait-il, surveiller de près ses nouveaux collaborateurs, surtout ceux dans lesquels il plaçait beaucoup d'espoirs.

Très vite, Jonas encouragea Zoé à coucher avec Matthew. Elle savait qu'à la Swiss United, d'autres jeunes femmes le faisaient, avec des clients et des banquiers. Ça serait une façon de mieux le connaître, se justifia Jonas. Zoé devina qu'en réalité cela servirait de moyen de pression si jamais Matthew était tenté de passer à l'ennemi.

Le scénario avait été assez simple à mettre en place : un week-end à l'Hôtel Métropole, fameux établissement de luxe de Monte-Carlo, pour récompenser les collaborateurs qui rapportaient le plus à la banque et leurs assistantes, avec tous les soirs des dîners somptueux et copieusement arrosés, suivis d'un accès à des salons privés du casino de Monte-Carlo, le tout payé par la Swiss United. Certains des banquiers firent venir des call-girls, d'autres louèrent des voitures de sport et claquèrent des centaines de milliers de dollars au black-jack, à la roulette ou aux dés. Avec les robes de grands couturiers et les bijoux incroyables qu'Elsa Klauser avait choisis pour elle, Zoé avait joué son rôle. Habillée comme elle l'était, elle aurait pu s'offrir n'importe quel homme à Monaco. Mais c'était Matthew qu'elle visait. Elle était payée pour.

Elle s'était dit que tout cela ne portait pas à conséquence. Elle avait eu beaucoup d'aventures sans lendemain. En plus, elle appréciait beaucoup Matthew. Il était beau, gentil et drôle. Et, de toute façon, c'était quand même pour cela qu'elle était entrée à la Swiss United, non ? Dans l'espoir de se trouver un riche banquier et de l'épouser ? Si elle jouait finement, elle pourrait devenir femme de banquier genevois. C'était ça, son plan. Si on lui avait dit l'année précédente qu'elle coucherait avec Matthew dans la suite d'un hôtel cinq étoiles à Monte-Carlo, elle aurait trouvé ça génial. Sauf qu'en vérité, ce fut différent. Cette fois-là, elle trouva ça moche.

Peut-être parce qu'on l'avait filmée. Elle savait qu'une caméra de surveillance avait été dissimulée dans la chambre, juste au-dessus de la télévision. On lui avait donné pour instruction de se positionner de façon à offrir à l'objectif de bons clichés de Matthew et d'elle.

Peut-être que la résistance de Matthew avait souligné le côté malsain de la chose. Zoé l'attira dans sa chambre en faisant semblant d'être saoule au point de ne pas pouvoir y retourner seule. Quand, dans l'ascenseur, elle se mit sur la pointe des pieds pour l'embrasser, il eut un mouvement de recul. Il fallut qu'elle le fasse boire dans la suite pour le persuader de la rejoindre au lit. Ils n'avaient même pas fait l'amour, juste quelques caresses avant que Matthew ne s'effondre sous l'effet de l'alcool. Au milieu de la nuit, il avait crié le nom d'Annabel dans son sommeil. Quand Zoé se réveilla, il était parti.

Le lendemain, Zoé s'était abrutie d'alcool et de Xanax. Elle avait fait semblant d'être malade pour rester au lit toute la journée et éviter ses collègues de la Swiss United. Impossible de se débarrasser de l'idée qu'elle avait été violée, même si de toute évidence c'était elle qui avait pris les initiatives. Matthew était tellement hébété qu'elle se demanda s'il n'avait pas été drogué. Elle doutait même qu'il se souvienne de ce qui s'était passé. Quelques jours plus tard, il vint s'excuser, le visage rouge de honte.

Il parut soulagé quand elle lui dit qu'il n'avait rien à se reprocher, et qu'il ne s'était rien passé entre eux.

Pourtant, il s'était bien passé quelque chose. Zoé changea, prise d'idées noires, pleine d'une agressivité rentrée. Peu à peu, le dégoût d'elle-même se mua en colère. Elle se mit à détester Jonas Klauser de toutes les fibres de son corps. À le détester pour ce qu'il lui avait fait, pour la façon dont il la traitait elle, mais aussi les gens autour d'elle. Elle décida de lui faire payer ça.

Lentement, prudemment, elle commença à rassembler des preuves contre Jonas. La tâche n'était pas trop compliquée : elle avait accès à tous les dossiers et mails de Matthew, ainsi qu'à la base de données de la banque. La difficulté, c'était de ne pas se faire pincer. Après avoir fait la connaissance d'Arthur, elle se rendit compte qu'elle travaillait en réalité sur une affaire qui ne mettait pas en cause que Jonas Klauser, loin de là. Le système tout entier était pourri de l'intérieur. Mais à eux deux, ils causeraient sa perte.

À la suite de la mort de Tim, Arthur accepta de se mettre en contact avec Duncan Sander. Zoé et lui fourniraient au journaliste suffisamment d'informations pour non seulement retrouver la trace de Morty Reiss, mais également faire exploser le monde du système bancaire offshore. C'était la seule issue, avait jugé Zoé. De toute façon, le système finirait bien par s'effondrer, et il y avait assez de preuves contre eux pour que Zoé et Arthur se retrouvent en prison jusqu'à la fin de leurs jours. Mais en collaborant avec Duncan, ils seraient les premiers à quitter le navire avant qu'il ne sombre. Il ne leur restait plus qu'à tenter de rester en vie suffisamment longtemps pour assister à la publication de la vérité dans la presse.

Avec tout ce qu'elle l'avait poussé à faire, Zoé ne supporta pas l'idée de voir Matthew payer pour Jonas Klauser. Il ne le méritait pas. Si bien qu'un soir, alors qu'ils rentraient chez eux, Zoé lui avait annoncé qu'il y avait une taupe à la Swiss United. Quelqu'un qu'elle connaissait et qui faisait passer des informations confidentielles à un journaliste américain. Un article les incriminant tous n'allait pas tarder à sortir.

Sauvez votre peau, lui avait-elle dit. Allez voir les autorités avant qu'elles ne viennent vous chercher. C'est ainsi que Matthew avait fini par coopérer avec Hunter Morse, un agent du département américain de la Justice.

À présent, Matthew était mort, de même que Duncan. Et si elle ne partait pas, Zoé savait qu'elle ne verrait pas le jour se lever.

Une fois sortie de Sainte-Thérèse, elle respira un peu mieux. Elle alluma l'autoradio, leva le pied de l'accélérateur.

En entrant dans les montagnes du Vaucluse, elle se rendit compte qu'on la suivait. En fait, c'était plus une impression qu'autre chose. Un frisson sur sa peau, une conscience accrue des phares derrière elle. Cela pouvait être n'importe qui, se dit-elle. Mais non, c'était Julian. Au plus profond de ses tripes, elle le savait.

Zoé avait choisi cet itinéraire pour une raison précise. Les routes de cette partie de la région étaient sinueuses et dangereuses, surtout la nuit. À certains endroits, des tunnels avaient été creusés dans la roche, laissant à peine la place pour une petite voiture. Il arrivait que la partie gauche de la chaussée disparaisse. Pour le conducteur imprudent, un virage serré ou mal pris pouvait se terminer en bas de la falaise.

Même si elle était une conductrice expérimentée, Zoé redoubla de vigilance. Elle accéléra légèrement, pour tester les réactions de la voiture de derrière. Celle-ci accéléra aussi. Le conducteur ne cachait plus son jeu. Il voulait qu'elle sache qu'il la suivait. Les deux véhicules poursuivirent leur ascension dans les montagnes, jamais à plus de trente mètres l'un de l'autre. La situation rappela à Zoé ces petites voitures avec lesquelles son frère jouait, enfant. Le pare-chocs de l'une aimantait celui de l'autre. Mais quand on les retournait, les voitures se repoussaient.

La pluie se mit à tomber, tout d'abord finement, puis si fort que les essuie-glaces ne suffirent plus. Zoé sentait bien que les pneus, lisses, dérapaient à chaque virage. Elle serra le volant, comme si elle pouvait contrôler la voiture rien que par le pouvoir de sa volonté. Un indicateur se mit à clignoter sur le tableau de bord, mais elle roulait à une allure si vive et les virages se succédaient tellement vite qu'elle eut peur de baisser les yeux. Pourvu que le signal s'éteigne tout seul. Clément l'avait prévenue que la Peugeot était capricieuse, à tel point qu'il ne s'était pas donné la peine de lui faire la liste de ses bizarreries.

L'indicateur resta allumé. Enfin, au milieu d'une portion de route relativement droite, Zoé baissa les yeux et se rendit compte, horrifiée, qu'il signalait un réservoir pratiquement vide.

Comment était-ce possible ? Au moment où elle avait quitté Sainte-Thérèse, le cadran indiquait que le réservoir était plein. Or voilà que l'aiguille était passée complètement à gauche. Peut-être une erreur, se dit-elle. L'une des bizarreries de cette guimbarde.

Ou peut-être que la bizarrerie, c'était que la vieille Peugeot consommait beaucoup plus qu'elle ne le pensait, et ne vous le faisait savoir qu'à la toute dernière minute.

Il n'y avait pas de station-service avant longtemps. La seule autre voiture circulant sur cette route, c'était celle qui la suivait. Si jamais Zoé s'arrêtait, c'en était fini d'elle. Surtout si Julian était armé. Il lui serait facile de venir à bout de ses résistances, de la faire sortir de force de la voiture et de la pousser au fond de l'un des innombrables ravins du canyon. On ne retrouverait jamais son corps. Et, de toute façon, les gens se diraient qu'elle avait sauté. Elle n'avait pas de travail, pratiquement pas de famille, alors personne ne serait surpris d'apprendre que Zoé Durand s'était suicidée. Le suicide, elle l'avait déjà envisagé. S'ils avaient supprimé Arthur, elle n'avait plus vraiment de raison de vivre.

Pourtant, maintenant qu'elle se trouvait confrontée à l'éventualité de la mort, elle réagissait comme un animal menacé. Son esprit s'apaisa, pour se concentrer sur une seule idée : survivre. Ses sens s'aiguisèrent. Elle percevait chaque irrégularité de la chaussée sous les pneus. Le battement de la pluie cessa, remplacé par celui de son sang dans ses oreilles. Elle se pencha en avant, tenta de percer du regard la pénombre devant elle.

Elle savait précisément où elle était. Elle avait très souvent pris cette route avec Clément. Un peu plus loin, à moins de deux cents mètres, commençaient les gorges de la Nesque. Clément lui avait raconté que plus d'un siècle auparavant, ses ancêtres avaient travaillé sur le chantier d'une voie de chemin de fer traversant les gorges. Le projet ayant été abandonné, la famille s'était installée plus au sud, à Sainte-Thérèse, où ils étaient devenus pêcheurs. Aujourd'hui, la D942, la route étroite sur laquelle roulait Zoé, était le seul axe traversant ce canyon. Zoé allait atteindre le premier d'une série de tunnels taillés dans la roche. Celui-ci ne faisait que deux mètres et demi de hauteur. Pas assez pour un camion ou même un quatre-quatre. Quand Zoé était petite, Clément lui avait raconté que des trolls y habitaient. À l'époque, l'idée l'avait tout à la fois enthousiasmée et terrifiée. Elle se souvenait de la sensation de vertige qu'elle avait éprouvée à la sortie d'un virage, en regardant par-dessus le petit rebord qui séparait la route du vide.

Ce tunnel, c'était l'occasion. Elle savait qu'il n'était plus très loin. Pas Julian. Il lui suffisait d'en profiter. En approchant du tunnel, elle accéléra. La voiture derrière elle fit de même, réduisant légèrement la distance qui les séparait. Elle n'avait pas dit de prières depuis bien longtemps, mais cette fois-ci, elle en murmura une. Autant mettre toutes les chances de son côté.

La bouche du tunnel apparut à la sortie d'un virage : un trou noir sur fond d'obscurité bleu nuit. Zoé prit une longue inspiration et freina à fond. La voiture dérapa, et l'arrière se déporta vers le bord de la falaise. Les yeux fermés, Zoé se prépara au choc. La voiture n'était pas équipée d'airbags, la courroie de la ceinture de sécurité était usée jusqu'à la corde et l'attache rouillée. Si elle calculait mal son coup, c'en était fini.

L'avant de la Peugeot percuta le bord du tunnel. Zoé fut projetée vers le tableau de bord. Elle leva les bras juste à temps pour protéger son front de l'impact contre le volant. La force de la collision fit reculer la voiture, qui se retrouva perpendiculaire à la route, pile devant l'entrée du tunnel. Zoé tourna la tête vers la droite. Les yeux écarquillés, elle vit la voiture de Julian foncer sur elle. Les phares étaient aveuglants. Elle ferma les paupières. Une seconde plus tard, le bruit assourdissant du métal frappant la roche retentit. Elle poussa un cri.

Elle laissa passer quelques minutes avant de baisser les bras et de lever la tête. La première chose qu'elle remarqua, ce fut le bruit discret de la pluie tombant sur le pare-brise. Sinon, tout n'était que silence.

Comme dans un rêve, elle détacha sa ceinture, ouvrit la portière et sortit du véhicule. En quelques secondes, ses cheveux se retrouvèrent plaqués sur son crâne et ses pieds trempés à l'intérieur de ses bottes. L'odeur des pins maritimes détrempés lui envahit les narines. Les bras croisés sur la poitrine, elle contourna la voiture pour inspecter le bord de la route.

Il y avait une béance dans le muret en pierre qui séparait la D942 des gorges. Un trou bien net, sans débris autour, comme si quelques pierres manquaient. Comme quand on vous arrache une dent et que ça laisse un vide dans la mâchoire. Elle se baissa et passa la main sur l'endroit évidé.

Au-delà du muret, il n'y avait rien. Rien qu'un abîme noir. Zoé se pencha par-dessus le muret aussi loin que son courage le lui permettait. Impossible de voir quoi que ce soit dans cette obscurité, mais son corps était parcouru de frissons, comme la première fois qu'elle avait regardé par-dessus ce muret. Et, comme si son corps se souvenait de l'endroit, elle remarqua alors une toute petite lueur tout au fond de la gorge. Deux lueurs. Dirigées vers le ciel, telles des étoiles tombées de l'espace. Ses phares. Julian était-il toujours vivant, piégé dans les débris métalliques de sa voiture ? Peut-être était-il inconscient, le sang coulant de son crâne, respirant à grand-peine ? Ou peut-être n'avait-il rien senti du tout. Peut-être que son cœur avait explosé en l'air, comme, du moins elle l'espérait, celui de Matthew quand il avait compris que son avion allait s'écraser. Peut-être que, dans ces dernières secondes précédant sa mort inévitable, Julian n'avait eu qu'une simple sensation d'apesanteur avant d'être enveloppé par les ténèbres.

Zoé retourna à sa voiture. La clé était sur le contact, le frein à main serré. Le moteur tournait encore, et le signal rouge indiquait toujours qu'elle n'avait pas d'essence. Peu lui importait à présent. Elle s'affala sur le siège conducteur et, sentant monter en elle une vague de soulagement, se mit à sangloter. Julian était mort. Pour le moment, elle était hors de danger. Quelqu'un d'autre se lancerait à sa recherche, très vite. Mais elle allait sortir de ces montagnes saine et sauve et, pour le moment, cela lui parut largement assez.

Marina

Il faisait nuit lorsque Marina arriva dans le quartier de Washington qu'on appelle Adams Morgan. Le taxi se gara dans une partie tranquille de Kalorama Road bordée d'arbres. Hunter Morse occupait une maison de ville en brique rouge de style victorien, identique aux autres maisons du quartier. Côté rue, une petite pelouse soignée s'étendait derrière la grille en fer forgé dont le portillon était ouvert. En gravissant les marches menant à la porte d'entrée, Marina remarqua une pile de colis sur le perron. Jusqu'à ce moment-là, elle n'aurait jamais imaginé que Hunter Morse pouvait être parti. Elle sentit son courage flancher. Elle sonna à la porte, espérant malgré tout un miracle.

Un bruit de pas se fit entendre. Elle patienta, hésitant à sonner une deuxième fois. Sa main s'approchait du bouton lorsqu'elle entendit le bruit d'un verrou qui tournait. La porte s'ouvrit sur une jeune femme brune et mince au teint pâle. Elle ne paraissait guère plus âgée que Marina. Il était encore tôt dans la soirée, mais elle portait une robe de chambre et un pyjama noir. Des cernes sombres soulignaient ses yeux inquiets.

Cette jeune femme n'était pas Mrs Morse. Marina avait fait quelques recherches sur Hunter Morse avant d'arriver, et d'après ce qu'elle avait appris, il n'était pas marié. Il était totalement absent des réseaux sociaux, n'avait jamais écrit le moindre article, ni donné la moindre interview. En fait, les deux seuls endroits où son nom était mentionné, c'était le bulletin des anciens élèves de la faculté de droit de Columbia, et un site Internet pour amateurs de poker.

— C'est pour quoi ? demanda la jeune femme.

— C'est bien ici le domicile de Hunter Morse ? J'aurais aimé lui parler quelques instants, répondit Marina avec un sourire amical. Je m'excuse de débarquer à l'heure du dîner.

— Vous le connaissez comment, Hunter ?

— Je ne le connais pas. C'est l'ami d'un ami. D'un ami qui est mort il y a quelques semaines.

— Désolée.

— Duncan était censé rencontrer Hunter le lendemain du jour où il est mort.

— Vous voulez dire… Duncan Sander ?

— Oui.

— Et vous êtes ?

— Marina Tourneau. Je travaillais avec Duncan depuis pratiquement dix ans. C'était un ami très proche.

La brune ouvrit en grand la porte et lui fit signe d'entrer.

— Vous avez du courrier et…

— Laissez tout ça là.

Marina entra dans la maison. Le vestibule était sombre, les volets fermés. La jeune femme l'entraîna jusqu'au bout du couloir. En passant devant la porte de la cuisine, Marina remarqua une énorme pile de courrier sur le plan de travail.

— Hunter est là ? demanda-t-elle, incapable de résister à la curiosité.

La femme se retourna. Malgré la pénombre, Marina comprit qu'elle avait peur. La brune posa un doigt sur ses lèvres, puis désigna d'un signe de tête la porte ouvrant sur l'arrière de la maison.

— Dehors, dit-elle à voix basse.

Marina fit signe qu'elle avait compris. Elles arrivèrent dans un patio pavé de brique, avec un tout petit bout de pelouse au fond. La femme s'assit à une petite table en bois, tira un paquet de sa poche et alluma une cigarette. Marina s'approcha, sans savoir si oui ou non elle devait s'asseoir. La brune tira sur sa cigarette, puis envoya la fumée dans sa direction. Enfin, elle indiqua le banc en face d'elle.

— Vous fumez ? dit-elle en lui présentant le paquet.

— Oui, merci.

Marina prit une cigarette qu'elle plaça entre ses lèvres. Elle se pencha en avant vers le briquet que la jeune femme lui tendait.

— Désolée, mais je n'ai pas bien compris votre nom.

— Agnes. Je travaille avec Hunter. En plus d'être sa petite amie. Ce que vous avez sans doute deviné étant donné que je porte sa robe de chambre.

— Vous vivez ici ? C'est vraiment une jolie maison.

— Non. Elle appartient à Hunter. Je ne fais qu'y séjourner.

— Et lui, il…

— Il est parti. Disparu depuis quatre jours.

— Disparu ?

— Oui. Parti courir. Pas revenu.

Agnes fit tomber ses cendres dans un gobelet qui faisait office de cendrier.

— Vous avez prévenu la police ?

Les lèvres serrées, Agnes fit signe que non.

— Peut-être s'est-il…

— Enfui ? fit Agnes avec un rire sardonique.

— Non. Je ne voulais pas dire ça. Peut-être qu'il est blessé. Ne faudrait-il pas partir à sa recherche ?

Agnes lui décocha un regard agacé.

— À vous de me dire. Votre ami journaliste, il lui est arrivé quoi ? Il est mort, je crois, non ?

— Oui.

— Cambriolage, hein ? C'est ça qu'ils disent ?

— Oui. Pour l'instant du moins.

— Et vous pensez que c'est ce qui s'est passé ?

— Non, répondit Marina, confuse.

— Bon, eh bien, Hunter, il ne s'est pas fait agresser dans Rock Creek Park, OK ? Ils l'ont supprimé. Tout comme ils ont supprimé votre ami. Voilà.

— Quand vous dites « ils »…

— « Ils », cette banque. La Swiss United. Les problèmes ont commencé quand Hunter a voulu enquêter sur eux. Il ne voulait pas, soit dit en passant. C'est une affaire dont il a hérité. D'un collègue qui avait décidé de prendre sa retraite à quarante-cinq ans et de s'installer aux îles Caïmans. Drôle de coïncidence, pas vrai ? Cette manière qu'ils ont, tous ces gens qui enquêtent, de disparaître ?

— Il avait commencé quand ? Je veux dire, l'enquête…

— Il y a un an à peu près. Au début, Hunter voulait lâcher l'affaire. Nous autres au département de la Justice, on est débordés. Ces enquêtes qu'on nous refile, en général, elles finissent au fond d'un tiroir. Mais là, sur un coup de tête, Hunter a décidé de vérifier les chiffres.

— Les chiffres ?

— Oui. Combien de milliards de dollars sont planqués dans des comptes offshore. Sauf que c'était pas des milliards. C'était beaucoup plus.

— Trente-deux milliards de milliards.

Agnes leva la tête vers elle, surprise.

— Exactement.

— Donc, les pertes en termes de revenus fiscaux sont énormes.

— C'est le moins qu'on puisse dire.

— Alors il s'est dit que ça valait le coup de poursuivre l'enquête.

— Exact. Et là, il commence à fourrer son nez

partout, et il se rend compte qu'un ancien camarade de fac de droit travaille à la Swiss United.

— Matthew Werner.

— C'est ça. Vous savez, pour lui ?

— Je sais qu'il est mort.

— Accident d'avion, dit Agnes en levant les yeux au ciel. *Un autre accident !*

— Hunter a-t-il convaincu Matthew de parler ?

Agnes poussa un long soupir, écrasa sa cigarette et en alluma une autre.

— Je pense que oui, mais sans en être sûre. Ce que je sais, c'est qu'il s'est rendu à New York pour le rencontrer.

— C'était quand, ça ?

— Il y a environ trois mois. Ensuite, Hunter a refusé de m'en dire plus sur son travail. Au début, j'ai cru qu'il voulait rompre. Tu parles ! Avec le recul, ça paraît stupide comme idée.

— Il voulait vous protéger.

— C'est ce que j'aimerais croire. Cela dit, il était loin d'être parfait, figurez-vous.

— Comment cela ?

— Il avait ses problèmes. Il aimait les jeux d'argent. Ce qui lui avait attiré des ennuis. On s'est beaucoup disputés à ce sujet.

— Il était endetté ?

— Ça oui ! Jusqu'au cou.

— Pourtant, elle est plutôt chouette, cette maison.

— Elle appartenait à sa mère. Il en a hérité à sa mort. Je voulais qu'il la vende. On a tous les deux un salaire de fonctionnaires. Alors, entretenir ce genre de baraque… En même temps, on parlait d'avoir des enfants. Pour lui, ça faisait une raison de plus de garder la maison. Il disait qu'il essayerait de trouver un boulot dans une entreprise. Il a fait ses études à Columbia. Alors il aurait pu gagner beaucoup plus dans le secteur privé.

— Pourquoi est-ce qu'il ne partait pas ?

— Parce qu'il aimait son boulot. Moi aussi.

— Je comprends. Je suis pareille. Quand on est journaliste, ce n'est pas pour l'argent.

— Il y a un mois environ, Hunter a dit qu'il avait trouvé la solution pour payer ses dettes.

— Il vous a dit de quoi il s'agissait ?

— Non. Mais je savais. James Ellis. C'était ça la solution.

— James Ellis… Le candidat à la présidentielle ?

— Oui. C'est un client de la Swiss United.

— Vous en êtes sûre ?

— Oui. Hunter me l'a confirmé. Il était déçu, vu qu'il était fan d'Ellis. En tant que candidat, je veux dire. Il craignait que, si jamais le public apprenait qu'Ellis avait du fric planqué sur des comptes offshore, ça gâche toutes ses chances de gagner les élections.

— Je vois. Alors vous pensez que James Ellis l'a payé pour étouffer l'enquête ? C'est ça que vous êtes en train de me dire ?

— Pas James directement.

— Quelqu'un qui travaille pour lui, alors ?

— Son fils.

Marina se figea. Elle perçut le bruit de la circulation sur Kalorama Road, le grincement de la porte d'un voisin. Quelqu'un faisait cuire quelque chose au barbecue dans son jardin. L'odeur de bœuf grillé emplit ses narines. Au-dessus de sa tête, les feuilles brunies voltigeaient dans le vent.

— Son fils ?

— Grant Ellis. Comme je viens de vous dire, je croyais que Hunter voulait me quitter. Alors je suis allée voir sur son ordinateur. J'ai ses mots de passe. Je sais que ça peut vous paraître dégueulasse, mais je voulais juste savoir s'il me trompait. Vous pensez peut-être que je suis folle…

— Non. Moi aussi ça m'est arrivé.

— Ah oui ? On dirait que toutes les femmes y viennent un jour ou l'autre.

— Et qu'est-ce que vous avez trouvé ? Au sujet de Grant Ellis.

— Il est venu ici et a déjeuné avec Hunter. Une semaine plus tard, le compte en banque de Hunter a gonflé de deux cent cinquante mille dollars.

— Et vous êtes sûre que l'argent provenait de la famille Ellis ? demanda Marina en pesant chacune de ses paroles, soucieuse de tout comprendre sans aucune ambiguïté.

— Oui. D'une société enregistrée sous le nom de Grant. Offshore. Forcément.

— Vous avez interrogé Hunter à ce sujet ?

— Il m'a raconté qu'une vieille connaissance lui

avait offert un petit boulot. Du consulting ou un truc du genre. Il ne m'a pas dit de qui il s'agissait. Il ignorait que j'avais consulté son agenda. Et ses relevés bancaires.

— Peut-être que c'était un vrai boulot de consultant. Ça vous paraît possible ?

— Pour deux cent cinquante mille dollars ? C'est quatre fois plus que ce que Hunter gagne en un an !

— Il se pourrait que ça soit pour la campagne, non ? suggéra Marina, consciente de la note de désespoir dans sa voix. Ou bien Grant l'avait embauché dans son entreprise… Ils ont besoin d'experts en fiscalité.

— Vraiment ? Hunter était en relation avec un informateur travaillant à la Swiss United. Il savait qu'Ellis y détenait de l'argent. Et là, Ellis le paye, et une semaine plus tard, l'informateur est mort ? Pour moi, ça ne ressemble pas à un boulot de consultant. Ça ressemble à un type qui paie un fonctionnaire en échange du nom de son informateur.

— Et en plus Duncan commence à enquêter et à poser des questions.

— Ça, c'est la partie de l'histoire que je déteste, fit Agnes, les lèvres tremblantes. Hunter n'était pas un mauvais bougre. Je pense sincèrement qu'il ne souhaitait la mort de personne. Peut-être que… qu'il croyait simplement que ces types voulaient qu'il lâche l'enquête. Rien de plus.

— Je sais. Je comprends.

Les yeux d'Agnes s'emplirent de larmes.

— Il est mort, hein ? Lui aussi ils l'ont tué.

— Ça, nous n'en savons rien.

— Tous ceux qui se sont intéressés d'un peu près à l'enquête sont morts.

— Il aura pris peur. Peut-être qu'il se cache quelque part.

— Qu'il se cache ? Il attend quoi ? Ellis n'est pas près de renoncer. Ça sera lui, le prochain président des États-Unis. Il va s'en tirer sans être inquiété. Et vous savez quoi ? La seule personne qui sait, la seule personne en mesure de le démolir, c'est Hunter. Bien sûr qu'ils l'ont tué ! Vous feriez quoi, à leur place ?

— Il n'est pas la seule personne. Vous avez toujours accès à son ordinateur ? À son compte en banque et au reste ?

Agnes essuya ses larmes du dos de la main.

— Qu'est-ce que ça change ? Vous voulez que je prévienne les flics ? Je ne leur fais pas confiance.

— Moi non plus. C'est pour ça que je veux publier toute cette histoire. Une fois l'information sur la place publique, Ellis sera arrêté. De même que les banquiers de la Swiss United. C'est notre seule protection.

— Si Hunter est vivant, alors il sera arrêté lui aussi.

— En effet. C'est fort probable. Mais arrêté, c'est mieux que mort.

— Et moi ? Vous pouvez me protéger ?

— Je vais essayer.

— Comment ? Pourquoi je vous ferais confiance ?

— À cause de ça.

Marina sortit la clé USB de son sac.

— Duncan Sander avait un informateur dans un cabinet d'avocats, Schmit & Muller. Ce sont eux qui s'occupent des affaires de la Swiss United. Avant qu'il ne meure, j'ai rencontré cet informateur à Paris. Et il m'a donné ceci. Je peux vous montrer le contenu, si vous voulez. Il s'agit de données financières provenant de la banque.

— Alors vous êtes foutue, comme moi.

— En gros, oui.

— Vous avez besoin de quoi ?

— De tout. Ses mails. Ses communications téléphoniques. Ses agendas. Et ses relevés de compte. Tout. Maintenant.

Zoé

Le voyant rouge clignotant sur le tableau de bord se trompait. Zoé réussit à sortir des gorges sans se retrouver en panne de carburant. Le moteur commença à devenir poussif au moment où elle approchait de Lyon. Elle s'arrêta à une station-service BP le long de l'autoroute qui était complètement déserte, à l'exception du caissier. Zoé sentit néanmoins son cœur battre à tout rompre au moment où elle sortit de la Peugeot. Elle n'avait pratiquement pas rencontré de voiture sur la route depuis les montagnes, mais ne pouvait se débarrasser de cette impression qu'elle était toujours suivie.

Il est mort, se dit-elle. Julian White est mort sous tes yeux.

Mais il y en avait d'autres. Il y en aurait toujours d'autres. Jonas Klauser avait des yeux partout. Quand elle était entrée à la Swiss United, les autres assistantes faisaient circuler la rumeur à voix basse – leur version d'un mythe urbain ou d'un conte de fées. *Les espions industriels*, comme les appelait Jacqueline, la fille assise en face d'elle dans son box.

Les petits curieux, pour Matthew. Zoé les imaginait le visage dissimulé sous une cagoule, mettant les lignes téléphoniques sur écoute et prenant des photos au téléobjectif. À présent, elle comprenait qu'il s'agissait de personnes comme toutes les autres. Ça pouvait être votre logeuse. Votre ex. Votre colocataire. L'employé de la banque qui venait de vous donner l'autorisation pour transférer le contenu de votre compte en banque sur une banque des îles Caïmans. On pouvait acheter n'importe qui, moyennant finance. Or la Swiss United disposait de réserves inépuisables, assez pour réaliser ce genre de dépense sans l'ombre d'une hésitation.

Zoé régla en liquide. Son boulot de serveuse se révélait bien utile – elle avait été payée au noir, en petites coupures qu'elle avait conservées dans un sac marin sous son lit avec le reste de son argent, plutôt que de les déposer à la banque. En six mois, elle avait peu à peu vidé son compte. Des retraits de deux cents euros, de mille euros. C'est Arthur qui le lui avait conseillé. Au début, elle avait trouvé que c'était faire preuve d'une parano infondée. Maintenant, elle s'en félicitait. À son départ de Genève, il ne restait plus que huit cents euros sur son compte courant. Elle pouvait vivre sans.

Le type à la caisse la regarda avec insistance. Zoé sentit ses petits yeux de fouine s'attarder sur elle tandis qu'elle sortait son argent. Malgré le froid dans la boutique, l'homme était trempé de sueur. Derrière Zoé, un écran de télévision diffusait une chaîne d'information locale. Le présentateur parlait d'un conducteur qui avait pris la fuite après avoir causé un accident. Un enfant était mort. Elle regarda sa Peugeot de l'autre côté de la vitrine. On voyait clairement que le pare-chocs était bosselé. Les yeux de l'homme glissèrent sur ses yeux, ses pommettes, la ligne de son nez. Peut-être était-il en train de la reluquer. Ou de vérifier si elle correspondait à la description donnée à l'antenne. Il y a quelques mois, elle n'y aurait accordé aucune importance – elle attirait toujours les regards des hommes. Aujourd'hui, elle ne pouvait se permettre ce genre de désinvolture. Si ce type appelait les flics, ça serait catastrophique pour elle. Elle posa son argent sur le comptoir sans lever les yeux. Elle sentit les doigts de l'homme frôler les siens. Le contact lui envoya une décharge électrique dans le dos.

Elle courut jusqu'à sa voiture, mit le contact les mains tremblantes. Elle était en train de reculer lorsque son téléphone sonna. Un numéro parisien, qu'elle ne connaissait pas. Dans la boutique, le type était au téléphone.

— Allô ?

— Zoé, c'est moi.

Elle trembla de soulagement. C'était Arthur.

— Tu es où ? J'ai essayé de t'appeler mais…

— À Paris. C'était trop dangereux pour moi de rester à Luxembourg.

— Ils savent où tu es. Ne retourne pas dans ton appartement. Jonas Klauser te cherche.

— Je sais. Il est chez moi.

— Tu sais ? Comment ?

— Je suis à l'hôtel en face de mon immeuble. Je le vois depuis ma fenêtre. Il a des gardes du corps avec lui. Ils sont au pied de l'immeuble. Et toi ? Tu es où ? En sécurité ?

— Non, répondit Zoé en sanglotant. Je monte à Paris en voiture. Oh, Arthur… il y a eu un accident…

— Ça va ? Tu es blessée ?

— Oui, ça va, je ne suis pas blessée, mais…

— Tu me raconteras plus tard. Écoute-moi bien, Zoé. J'ai parlé avec Owen Barry. Les articles vont être publiés à minuit, heure de New York. En gros, dans quelques heures. Une fois qu'ils seront sortis, des mandats d'arrêt ne tarderont pas à être lancés contre les gros pontes de la Swiss United et de Schmit & Muller.

— Ça peut prendre des jours, des semaines même, pour qu'on les arrête.

— Je ne pense pas. Ces types, ils ne s'y attendent pas, alors ils ne pourront pas s'enfuir. D'après Owen, tout pourrait être fait dans l'heure.

— Alors on fait quoi ? Jusqu'aux arrestations…

— On sauve notre peau.

— C'est ce que j'essaie de faire. Tu me conseilles d'aller où ?

— Owen nous suggère de nous réfugier au siège du journal *Le Monde* à Paris. Simon Cressy y est. Il travaille avec eux. Il a dit qu'on serait en sécurité là-bas.

— Et tu as confiance en lui ?

— Il faut bien.

— Je te retrouve là-bas alors ?

— Oui. Je reste ici, dans cet hôtel, jusqu'à ce que Klauser sorte de chez moi. Il ne va tout de même pas rester planté là toute la journée.

— Surtout, Arthur, sois prudent.

— Je te le promets. Je t'aime.

— Moi aussi.

— À très bientôt.

Il raccrocha. Zoé laissa tomber son portable sur le siège passager et jeta un dernier coup d'œil à l'employé de la station-service. Il la fixait. Sans même se donner la peine d'attacher sa ceinture, elle passa une vitesse et appuya sur l'accélérateur. Quand elle atteindrait Paris, il ferait jour. Les journaux seraient en kiosque. Elle avait un réservoir plein, et pour l'instant, personne ne la suivait. Elle était presque arrivée à bon port.

Marina

Kalorama Road était plongée dans l'obscurité, en dehors de rares lampadaires à la lueur jaunâtre et sinistre. Dans les maisons voisines, la plupart des lampes étaient éteintes. Il s'agissait d'un quartier tranquille, composé de maisons de ville occupées par des familles avec de jeunes enfants. Les quelques voitures garées le long du trottoir étaient des modèles spacieux de banlieues aisées – Subaru Forester, Volvo Cross Country, Toyota Sienna. Des voitures conçues pour y loger des équipements sportifs, des glacières et des bagages pour le week-end. Toutes, sauf une. Juste en face de la maison de Hunter Morse se trouvait une berline noire aux vitres teintées. Marina ne distinguait pas l'intérieur, mais se doutait que quelqu'un était assis sur le siège conducteur. Et que cette personne l'observait tout autant qu'elle-même l'observait.

Elle sortit son portable et composa le numéro d'Owen.

— Salut, dit celui-ci. Alors, du nouveau ?

— Il m'a suivie jusqu'ici.

— Jusqu'à Washington ?

— Oui. Il est garé devant chez Hunter Morse.

— Ce type est un détective privé. Un ancien flic. Ça fait pas mal de temps qu'il bosse pour Ellis.

Les mâchoires serrées, Marina inspecta la rue. Elle n'était pas surprise d'apprendre qu'Ellis la faisait suivre.

— Dis-moi, Owen, fit-elle en se haussant sur la pointe des pieds pour voir le véhicule garé juste derrière la berline, et si la voisine s'était trompée ? Et si la voiture qu'elle avait vue était une Honda Element ? Il y en a une juste devant moi, là. Une petite bagnole. Qui ressemble vraiment beaucoup à une Kia.

— Sur ce coup, tu ne m'apprends rien, figure-toi. Mon pote se disait la même chose. En fait, il a identifié une Honda immatriculée à New York, avec 434 comme derniers chiffres sur la plaque, qui est entrée dans le Connecticut plusieurs fois dans les jours précédant la mort de Duncan, en plus du jour où il a été tué. Et la meilleure : elle a été achetée d'occasion par un ancien des forces spéciales de la marine américaine, un SEAL. Charlie Platt. Un sniper pro. Je n'ai pas encore pu établir de lien entre lui et Ellis, mais…

— Ça va venir. Je te connais. Bon, moi je me tire. Ellis sait que je suis ici. Tu as reçu les dossiers qu'on t'a envoyés ? Les mails de Morse et son agenda ?

— Oui. Ça sort en ligne dans une heure. Christopher Martin t'attend au siège de la ICIJ.

— Merci, Owen.

— Sois prudente.

Marina raccrocha. Agnes se tenait sur le seuil de la porte.

— Vous êtes sûre qu'il faut que je vienne avec vous ? demanda-t-elle, l'air hésitant.

— Vous ne pouvez pas rester ici. C'est trop dangereux.

— Mais… Et si…

— Agnes, il ne reviendra pas. Du moins pas maintenant. Compris ?

— Compris, dit Agnes.

Pourtant, elle ne bougea pas d'un pouce.

— Écoutez, je ne voudrais pas vous faire peur, mais vous voyez cette voiture en face ? Le conducteur nous surveille. À mon avis, on ferait mieux de ne pas sortir par la porte d'entrée.

— Vous êtes sûre ? Ça pourrait être n'importe qui.

— Faites-moi confiance sur ce point. Il y a un moyen de sortir d'ici par l'arrière ?

— Peut-être par la haie qui nous sépare du voisin, si on trouve un endroit où ramper par-dessous…

La portière de la voiture s'ouvrit. Le conducteur apparut, vêtu de noir, avec une casquette dissimulant son visage. Marina s'éloigna de la vitre.

— Il faut partir. Vite.

Elle courut vers Agnes, la poussa dans le hall. Sans un mot, les deux femmes se ruèrent vers la porte de derrière. Agnes trébucha en descendant les marches menant au patio et tomba sur les genoux. En entendant la porte d'entrée s'ouvrir et se fermer, elle poussa un cri terrorisé. Marina se tourna vers elle, l'attrapa par le poignet et la remit sur ses pieds.

C'est alors qu'elle aperçut ce qui semblait être un trou dans la haie. Elle pointa le doigt dans cette direction.

— Là-bas.

— Non ! siffla Agnes en lui montrant l'autre bout du terrain. Là.

— On n'a pas le temps !

— Faites-moi confiance. Par là, insista Agnes en la prenant par le coude et en l'entraînant vers les ténèbres. Vite !

Elle poussa Marina vers la haie. Marina sentit la pointe d'une brindille lui érafler la joue. Se couvrant le visage, elle se força un passage entre les branches et se retrouva face à la véranda d'une maison voisine.

Agnes s'avança, grimpa les marches du perron et, soulevant le coin du paillasson, prit une clé.

— Quand il n'est pas là, il nous demande de nourrir ses chats.

— Il y a quelqu'un dans votre patio. Vite !

Agnes essaya désespérément d'ouvrir la porte. Enfin, au moment où Marina s'apprêtait à s'enfuir, elle entendit la porte céder. Les deux femmes se retrouvèrent dans la maison du voisin. Les mains tremblantes, Marina ferma la porte derrière elles. Le jardin était plongé dans l'obscurité.

— Je suppose qu'il dort. Mais il laisse toujours ses clés de voiture sur la table de l'entrée.

— Vous allez prendre sa voiture ?

— Parce que vous avez une meilleure idée ?

Marina se figea. Dehors, quelqu'un était en train de franchir la haie.

— Vite !

Elles coururent vers la porte d'entrée, Agnes se baissant au passage pour récupérer les clés sur la table. Des bruits de pas étouffés leur parvinrent depuis l'étage.

— Je lui expliquerai demain ! lança Agnes.

Elles se retrouvèrent d'un bond sur le trottoir. Agnes appuya sur l'un des boutons de la clé et les phares d'un quatre-quatre garé en face s'allumèrent.

— C'est sa voiture. Allez !

Agnes prit place derrière le volant. Marina se glissa sur le siège passager et ferma la portière tandis qu'Agnes reculait. Le quatre-quatre déboîta, les pneus crissant sur la chaussée.

Marina se retourna. L'homme sortait de la maison et fonçait dans leur direction, franchissant la petite haie avec l'aisance d'un champion olympique. C'est alors qu'il se figea, le bras tendu.

— Foncez ! hurla Marina.

La vitre arrière explosa dans un vacarme assourdissant. D'un geste instinctif de la main, Marina força Agnes à se baisser en même temps qu'elle. La voiture fit un écart. Les pneus vinrent s'écraser contre le trottoir dans un bruit inquiétant. Agnes se releva d'un coup et redressa le volant, pied au plancher. La voiture recula, puis repartit.

— Mais il sort d'où, ce type ?

— Je ne sais pas. Je ne m'étais pas aperçue qu'il m'avait suivie jusqu'ici.

— Attendez... Parce que c'est vous qu'il suivait ? s'étonna Agnes en décochant à Marina un regard soupçonneux.

— Oui. Ce n'est peut-être pas le meilleur moment pour en parler, mais je suis fiancée à Grant Ellis. Du moins je l'étais.

— Quoi ? hurla Agnes.

Elle grilla un feu rouge, provoquant un coup de klaxon de la part d'un automobiliste.

— Vous savez quoi ? Vous allez me dire précisément qui vous êtes et ce que vous voulez, sinon, je m'arrête !

— Je vous l'ai dit, qui j'étais. Je suis journaliste. Je travaillais avec Duncan Sander. Après sa mort, j'ai commencé à mener mon enquête. Ce qui m'a menée à Hunter. Et, malheureusement, à la famille Ellis.

— Et vous persistez à vouloir écrire cet article, même si ça veut dire que votre fiancé ira en taule ?

— Cet article, il faut que quelqu'un l'écrive.

Elles restèrent muettes quelques instants. Agnes s'arrêta à un feu. Marina aperçut cinq cents mètres plus loin le bâtiment abritant le siège de l'ICIJ. Elle consulta sa montre : 22 h 45. À 23 heures précises, Owen publierait en ligne les articles sur les Ellis. Il y aurait tout dedans. Les millions que James Ellis planquait sur des comptes offshore. Ses relations avec Bachar el-Assad. Le chantage exercé sur lui par un agent du département de la Justice. Et son implication dans le meurtre de Duncan Sander. La seule chose que Marina ne lui avait pas révélée, c'était que Grant trempait dans ce scandale à un degré qu'elle n'aurait jamais imaginé.

— C'est dur, hein ? lui dit Agnes d'une voix adoucie. Quand ils ne sont pas ce qu'on croyait qu'ils étaient.

— Très dur, répondit Marina en fondant en larmes.

— Vous êtes courageuse. Vous avez pris la bonne décision.

Le feu passa au vert. Agnes se tourna en silence vers Marina.

— Allez-y, dit celle-ci.

Agnes fit signe qu'elle avait compris. Elle appuya sur l'accélérateur, un sourire déterminé aux lèvres.

Annabel

Ses cheveux noirs à peine visibles au-dessus du pare-brise de son hors-bord Donzi de sept mètres à la ligne épurée, Lorenzo Mora tenait la barre. Annabel regarda le bateau s'approcher du quai, sa coque tranchant les eaux obscures comme un requin. Le quai lui-même était mal éclairé, mais la lueur de la pleine lune se reflétait sur la surface ondulante de l'eau, éclairant le bateau juste assez pour qu'elle puisse lire le nom peint sur son flanc : *Caballo Oscuro*, le « Dark Horse », celui qu'on n'attend pas. Lorenzo coupa les gaz. Sur la banquette passager était assis un gros homme barbu, qui sortit du bateau avec l'aisance d'un habitué. Malgré la chaleur, lui et Lorenzo portaient des coupe-vent. Annabel se demanda si l'un d'entre eux était armé. Elle espérait que non.

Elle jeta un œil derrière elle. Il était minuit passé, mais il restait encore du monde dans le port de Boca Chica. Cela faisait trente minutes qu'elle attendait à l'arrière de la voiture envoyée par Lorenzo. Les sonorités suaves des airs de mérengué remplissaient l'air chaud. Devant le bar situé sur le port – un simple toit de chaume au-dessus de chaises et de tables en plastique installées sur le trottoir –, une file de gens attendaient de pouvoir s'asseoir. La saison battait son plein en République dominicaine. Des couples se promenaient, enlacés, sur Calle Duarte. La plupart avaient l'air de touristes. Les hommes au visage rougi par des heures de golf sous le soleil marchaient d'un pas rendu incertain par l'excès de Santo Libres. Les femmes portaient des robes légères à imprimés fleuris et des sandales qu'elles n'auraient jamais osé mettre dans leur vie de tous les jours. Personne ne remarqua la présence d'Annabel. Certains passèrent juste à côté de la voiture sans même un coup d'œil. Annabel trouva leur proximité étrangement rassurante. À supposer qu'un tueur ait fait la moitié du tour de la Terre à sa poursuite, il l'aurait déjà liquidée. Et même s'il l'épiait depuis une planque quelque part, l'endroit n'était pas propice à l'exécution de sa mission. Trop de monde. Trop de risques d'être vu. Le chauffeur de Lorenzo était armé. Non, un tueur entraîné attendrait son heure. Celle où Annabel se retrouverait dans une chambre d'hôtel, peut-être. On bien seule sur une petite route tranquille la nuit.

Maintenant que Lorenzo l'avait rejointe, elle se trouvait en sécurité, pour l'instant. Bien sûr, s'associer à un homme tel que Lorenzo Mora n'était pas sans risques. Mais comme Matthew lui faisait confiance, elle avait décidé qu'elle ferait de même.

Annabel ne pouvait pas se permettre de réfléchir aux conséquences à long terme des décisions qu'elle prenait dans l'urgence. Tout ce qu'elle voulait, c'était rester vivante jusqu'au lendemain matin.

Lorenzo lui adressa un signe de la main au moment où elle émergeait de la Mercedes. Annabel remarqua les regards insistants de quelques passants. Elle devina que Lorenzo devait être une sorte de célébrité locale. Le Roi du Sucre de Cane Bay. L'Homme d'Isla Alma. Se montrait-il souvent dans les ports des environs ? Sans doute pas.

— Merci, lui dit-elle. C'est très gentil de venir me chercher.

— Tout le plaisir est pour moi. Annabel, je vous présente Maurizio. Il vous aidera avec vos bagages.

Maurizio lui adressa un signe de tête. Annabel lui tendit sa valise en le remerciant.

— Vous avez apporté un maillot de bain ? Nous avons de très bons spots pour la plongée sous-marine.

— J'ai bien peur de ne pas être équipée pour des vacances.

Lorenzo éclata de rire.

— Oui, je m'en doute bien. Venez. On vous trouvera des choses à mettre à la maison.

Maurizio tendit la main à Annabel pour l'aider à monter à bord. Puis il défit les amarres et sauta dans le bateau. Lorenzo enclencha une vitesse et le moteur recommença à ronronner. Très vite, ils se retrouvèrent au large.

— Le trajet jusqu'à l'île ne dure que quelques minutes, indiqua Lorenzo.

Il faisait tellement sombre qu'Annabel aurait été incapable de dire où l'eau finissait et où le ciel commençait. Les lumières du port s'éloignaient. Au-dessus de leurs têtes, le ciel était troué d'étoiles.

— Je suis vraiment désolée de débarquer au beau milieu de la nuit. Vous devez me prendre pour une folle. J'ai cru qu'on me suivait à l'aéroport de Genève et j'ai paniqué. Je n'avais pas d'autre endroit où aller.

Lorenzo fit signe qu'il comprenait. À supposer qu'il soit surpris de la voir, il n'en montrait rien.

— Je vous l'ai dit, vous serez toujours la bienvenue ici. Matthew m'a aidé une fois, à un moment où j'en avais vraiment besoin. Chez nous, on n'oublie jamais ce genre de chose.

— Je peux vous demander quelque chose ?

— Essayez toujours.

— Vous saviez que Matthew jouait les informateurs pour le compte du département de la Justice ?

Lorenzo n'eut aucune réaction.

— Ce n'est peut-être pas tout à fait exact, corrigea Annabel. Il était en relation avec une personne du département de la Justice. J'ignore s'il leur a fourni des informations. Il était censé rencontrer cette personne juste avant l'accident. À mon avis il a probablement été tué pour que les infos ne sortent jamais de la banque.

— Comment avez-vous découvert ça ?

— J'avais son ordinateur personnel.
— Vous l'avez toujours ?
— Non. Je l'ai confié à un ami.
— Un ami ?
— Un ami à Londres. Qui est mort maintenant.
Lorenzo se tourna vers elle, stupéfait.
— Votre ami est mort ? Vous en êtes sûre ?
— Non. Pas à cent pour cent. Mais il lui est arrivé quelque chose. J'étais censée le retrouver à Heathrow avant de prendre l'avion pour les États-Unis. Il m'a appelée juste au moment où j'embarquais. Il m'a dit que Hunter Morse, l'agent que Matthew avait contacté, était corrompu. Qu'il ne fallait pas que j'aille le voir. Et là, j'ai entendu un bruit sourd et la communication a été coupée.
— C'était quand, ça ?
— Quand j'étais à l'aéroport de Genève. Tout de suite après, j'ai repéré quelqu'un qui me suivait. Je savais que je devais quitter la Suisse, mais j'ignorais où aller. Matthew m'a dit que je serais en sécurité ici, chez vous. J'ai vu qu'il y avait un avion pour Miami, alors j'ai sauté dedans.
— Vous avez bien fait.
— Merci. Pour tout ce que vous avez fait. J'ignore la nature de votre dette envers Matthew, mais vous l'avez largement remboursée.

Un quai et une plage bien éclairée apparurent droit devant eux. Là où le sable s'arrêtait se trouvait un mur en pierre, et derrière, les frondaisons des palmiers. Des hommes étaient postés sur la plage à intervalles réguliers le long du mur. Même à cette distance, Annabel vit qu'ils étaient tous équipés d'armes automatiques. Un frisson la parcourut. Le vent frôlant la surface de la mer était vif. Elle sentit des gouttelettes d'eau sur son visage et le goût du sel sur sa langue.

Elle avait un jour lu un article dans le magazine *Town & Country* sur Cane Bay, le club privé de la famille Mora sur Isla Alma. D'après le magazine, le club était composé d'une maison principale et de trente villas éparpillées un peu partout sur les promontoires dominant la baie. La plus grande de ces villas était la résidence privée de Lorenzo Mora. Les autres pouvaient être louées par les membres du club et étaient, disait-on, plus luxueuses encore que les plus beaux des hôtels des Caraïbes.

La liste des membres du club était un secret, mais y figuraient selon la rumeur des chefs d'État, des célébrités, et des grands capitaines d'industrie. Les règles du club étaient d'une extrême rigueur et peu de gens avaient pu pénétrer sur l'île. Les photos de *Town & Country* furent les premières à paraître dans un magazine. Annabel se souvenait encore de la double page montrant la piscine à débordement de Casa Blanca, avec cette eau bleu-vert étincelante se confondant avec la mer des Caraïbes en arrière-plan. On y voyait Lorenzo allongé sur une chaise longue, les pieds croisés, les mains derrière la tête, encadré par deux actrices célèbres qui portaient non pas des maillots de bain, mais de longues robes de soirée. Quant à Lorenzo, il était vêtu d'un smoking avec des chaussons noirs arborant le blason de Cane Bay. Il regardait la caméra bien en face avec un petit sourire, visiblement tout à fait conscient de sa bonne fortune. À l'époque, la photo avait rappelé à Annabel le monde représenté par le photographe Slim Aarons : un monde de luxe et d'élégance, un aperçu d'un mode de vie dont elle pensait qu'il avait disparu. Jamais elle n'aurait imaginé que Cane Bay était financé par l'argent de la drogue et surveillé par des hommes armés. À l'époque, elle avait encore beaucoup à apprendre sur l'univers des super riches.

Elle s'enfonça dans la banquette en cuir du hors-bord et ferma les yeux, vidée de tout ce qu'il lui restait d'énergie. Elle avait réussi à rejoindre Isla Alma. Son refuge de la dernière chance. Après cela, elle n'aurait plus d'autre endroit où aller. Un étrange sentiment de paix l'envahit. Peut-être Lorenzo travaillait-il pour Jonas Klauser. Peut-être serait-elle morte le matin. Mais au moins elle pouvait cesser de fuir. Elle refusait de fuir un jour de plus.

— Vous avez l'air épuisée.

— Je le suis. Désolée, mais la journée a été longue.

— Vous êtes en sécurité ici. Reposez-vous bien ce soir. Nous parlerons demain matin. Je pense pouvoir vous aider à tout comprendre. Mais tout d'abord, bienvenue à Isla Alma.

Annabel se leva. Elle sentit la coque du bateau cogner contre les parois du mouillage. Brusquement, tout le monde s'affaira sur le quai. Quatre hommes vêtus de treillis militaires et de chemises sombres aidèrent Maurizio à amarrer. Un autre tendit la main à Annabel et l'aida à rejoindre le quai. Elle resta immobile quelques instants à regarder la vue. Baigné par la lumière de la lune, le sable fin blanc nacré de la plage luisait. Les palmiers bruissaient. Les grenouilles coassaient. Tout là-haut, les étoiles paraissaient encore plus brillantes, et l'air apportait des odeurs de jasmin.

C'est le paradis ici, songea Annabel. À ce moment, un garde portant une arme en bandoulière s'approcha d'elle.

— *Buenas noches, señora*. Je vais vous montrer votre villa.

Ce n'était pas une proposition. Annabel tourna la tête vers Lorenzo, qui lui adressa un signe de la tête.

— Suivez-le. Reposez-vous. Je viendrai vous chercher demain matin.

Marina

Il était 12 h 01. Les articles étaient sortis, partout dans le monde.

Debout devant une rangée d'écrans dans les bureaux de l'ICIJ, Marina lisait les gros titres, avec à sa gauche Agnes et à sa droite Christopher Martin. Tous trois observaient le silence. Derrière eux retentissait un concert de sonneries de téléphones.

« FUITE DE DONNÉES DU SIÈCLE », titrait le *Wall Street Journal*. « LES DOCUMENTS SECRETS D'UN CABINET D'AVOCATS RÉVÈLENT L'EXISTENCE DE MILLIARDS DE DOLLARS SUR DES COMPTES OFFSHORE. »

« LUXEMBOURG : LES DONNÉES SECRÈTES D'UN CABINET D'AVOCATS MONTRENT COMMENT LES CARTELS CACHENT LEUR ARGENT », déclarait *El País*.

« POUTINE : DES MILLIONS SUR DES COMPTES OFFSHORE », annonçait le *Moscow Times*. « DES LIENS ILLÉGAUX AVEC LA MAFIA RUSSE, ET CERTAINS OLIGARQUES ET GRANDS DIRIGEANTS. »

« TOUT SUR JONAS KLAUSER, BANQUIER PERSONNEL DE LA FAMILLE ASSAD », expliquait le *Financial*

Times, « ET SUR FARES AMIR, DIRIGEANT DE FONDS D'INVESTISSEMENT ET EXPERT EN BLANCHIMENT D'ARGENT SALE. »

« MORT DE DEUX BANQUIERS PRIVÉS : DES LIENS POSSIBLES AVEC LES RÉVÉLATIONS SUR UNE BANQUE SUISSE », pouvait-on lire dans *Le Monde*.

Sur le dernier écran s'étalait la une de *Deliverable* :

« FUITE DE DONNÉES DANS UNE BANQUE SUISSE : LIEN ÉTABLI ENTRE JAMES ELLIS ET BACHAR EL-ASSAD. ELLIS SOUPÇONNÉ DANS LA MORT DE DUNCAN SANDER, PREMIER JOURNALISTE À AVOIR TENTÉ DE RÉVÉLER LE SCANDALE. »

Marina eut un mouvement de recul en découvrant la photo affichée sous le titre. On y voyait James et Grant Ellis en train de marcher, accompagnés d'un homme qu'elle ne reconnut pas. En se penchant, elle parvint à lire la légende : *James Ellis à Genève en compagnie de son fils Grant et de Julian White, banquier privé à la Swiss United.*

— Bon Dieu, ça réchauffe le cœur ! se réjouit Christopher. C'est le triomphe du journalisme d'investigation. Depuis que j'exerce ce métier, jamais je n'avais rien vu de comparable !

Depuis l'autre bout de la pièce, un homme lui fit un signe.

— Le chef de la police à l'appareil !

— Veuillez m'excuser, dit Christopher avant de s'éloigner pour prendre l'appel.

— Rien sur Hunter, chuchota Agnes à l'oreille de Marina.

— Patience. Ces titres, ce n'est que le début. Il va y avoir une avalanche d'articles dans les jours qui viennent. Des articles plus fouillés.

— Quand va-t-on les arrêter ? Les Ellis, je veux dire…

— Bientôt. Je suis certaine que la police fait de son mieux.

— Et s'ils tentent de partir à l'étranger ?

— Je n'y crois pas. Ellis est un personnage public. Où voulez-vous qu'il aille ?

— Et Grant ?

Marina n'eut pas le temps de répondre. Christopher les rejoignait avec une mine défaite. Quand il se tourna vers Agnes, les deux jeunes femmes comprirent ce qu'il allait dire.

— Non…, murmura Agnes.

— Je suis vraiment navré, Agnes. Ils ont trouvé Hunter.

— Qu'est-ce qui s'est passé ? demanda Marina.

— Il s'est suicidé. Du moins c'est ce qu'on dit. Dans le garage d'un ami. L'ami en question était parti. Je n'en sais guère plus.

Agnes laissa échapper un gémissement, un son guttural qui, l'espace de quelques secondes, fit taire tout le monde dans la salle bondée. Marina s'approcha d'elle, et elles s'enlacèrent. Le corps d'Agnes était secoué de sanglots. Marina s'accrocha à elle, jusqu'à ce que le pire de la crise soit passé.

— Ils l'ont tué, Marina. C'est eux ! Je le sais. Jamais il n'aurait… Hunter n'aurait pas…

— Il va y avoir une enquête, déclara Christopher. Je vous le promets.

Marina resta silencieuse, sans savoir quoi dire. Que Hunter Morse ait appuyé lui-même sur la détente ou pas, Agnes avait raison. Les Ellis l'avaient tué. De même qu'ils avaient tué Duncan. Et son intuition lui soufflait qu'ils avaient tué Matthew Werner, Fatima Amir et Omar Khoury. Et ce banquier de la CIB. Et combien d'autres ? Elle ferma les yeux, le ventre noué.

— Excusez-moi, dit-elle.

Elle se rua vers les toilettes, arrivant juste à temps pour vomir dans la cuvette.

Puis elle s'affala sur les genoux et pleura. Les parois étaient minces, si bien qu'elle entendait tous les bruits de la rédaction – téléphones, conversations, téléviseurs. Ce qui voulait dire qu'on l'entendait. Mais peu lui importait. Elle se mit à crier à pleins poumons, tout en tapant des poings sur la porte métallique jusqu'à s'entailler le doigt qui se mit à saigner.

Enfin elle s'arrêta, les poings engourdis et les poumons douloureux. Elle se remit péniblement debout, alla au lavabo s'asperger le visage d'eau. Elle se rinça la bouche, tira ses cheveux en arrière, les attacha avec l'élastique qu'elle gardait toujours au poignet. Elle contempla son image dans le miroir. La lumière halogène donnait à sa peau un aspect luisant. Elle eut l'impression d'avoir vieilli, avec ses joues pâles, creusées, et ses rides profondes sous les yeux. Elle ne se sentait pas belle, mais puissante, oui. Le sang coulait de son doigt, mais la coupure ne lui faisait rien. Elle la rinça à l'eau froide puis retourna dans la salle de rédaction, prête à livrer bataille.

Zoé

Elle appuya le front contre la vitre et admira le jardin des Tuileries. Les arbres, blanchis par la neige, brillaient sous la lumière du matin, illuminés comme des sapins de Noël. En tendant bien le cou, elle pourrait voir le Louvre à sa gauche, dont les toits gris ardoise se confondaient avec le ciel de l'aube. À droite, la tour Eiffel se dressait, flèche solitaire au-dessus de l'horizon. Si seulement elle pouvait sortir sur le balcon. Depuis toujours elle rêvait de dormir dans une chambre du 1er arrondissement. De préférence au Meurice, l'hôtel qui se trouvait juste à côté, dans l'une de leurs suites somptueuses avec balcon offrant une vue sur tout Paris. Le genre de suites dans lesquelles descendaient les amants pour le genre de petite escapade romantique qu'Arthur et elle s'offraient, en choisissant de séjourner uniquement dans des villes où ils savaient qu'ils ne connaissaient personne et ne risquaient pas d'être reconnus. Bruges. Ljubljana. Budapest. Mais jamais Paris : Arthur y avait des amis et des collègues, mais surtout sa femme y avait de la famille.

À présent, Zoé se demandait s'ils retourneraient un jour dans un hôtel. Combien de temps allait-on les parquer ici, dans un appartement payé par le département de la Justice ? À leur arrivée, le garde leur avait dit de ne pas sortir. De ne pas aller se promener, de ne pas fumer sur le balcon. Trop dangereux. Ils devaient même éviter de s'approcher des fenêtres. Comme si des snipers pouvaient se planquer dans les arbres des Tuileries ! Zoé se demanda si ce garde était toujours là. Un certain Joe, un Américain du genre brutal avec les cheveux en brosse, une carrure de déménageur et un cou épais qui enflait quand il parlait. À leur arrivée, il se tenait debout près de la porte, les mains derrière le dos. Peut-être avait-il été remplacé par un collègue. Personne ne leur avait dit combien de temps ce cirque allait durer, combien de temps ils allaient devoir vivre comme des rats en cage. Des mois peut-être, voire des années. Le prix à payer pour ce qu'ils avaient fait. Au lieu d'aller en prison comme leurs collègues, ils témoigneraient contre eux. Zoé se demanda quel était le pire.

On frappa à la porte. Zoé hésita : il était encore trop tôt pour parler business. Arthur dormait. Ils étaient arrivés à minuit passé. La décision avait été prise à la dernière minute. Personne ne savait vraiment que faire d'eux. Ils ne pouvaient pas rester au siège du *Monde* éternellement. Pas plus qu'ils ne pouvaient rentrer chez eux, pour des raisons de sécurité. Impossible de prendre une chambre à l'hôtel. Finalement, Owen Barry avait négocié avec le département de la Justice un dispositif de protection. Si les agents du DOJ voulaient que Zoé et Arthur témoignent, ils avaient intérêt à les garder vivants.

À présent, la réalité de ce qu'ils avaient fait commençait à devenir plus nette. Si, aux yeux du monde extérieur, Zoé Durand et Arthur Maynard étaient des sources anonymes, pour leurs boîtes respectives, leur identité n'avait plus rien de secret. C'étaient eux, les fuites. Ce qui voulait dire qu'ils passeraient leur vie entière avec une cible sur le dos.

On frappa de nouveau à la porte, cette fois-ci de façon plus insistante. Zoé entendit Arthur bouger dans la chambre. Elle traversa le salon et regarda par le trou de la serrure. En voyant qu'il s'agissait de Simon Cressy, le rédacteur en chef du *Monde*, elle ouvrit la porte.

— Bonjour, Zoé.

Derrière Simon se tenaient deux hommes qu'elle ne reconnut pas.

— Désolé de vous déranger si tôt. Vous avez réussi à vous reposer ?

— Pas vraiment. Je vous en prie, entrez.

Elle fit signe aux trois hommes de s'asseoir.

— Je vous présente Bill Holden, du département de la Justice, fit Simon, et Mark Moyes, de l'IRS.

C'est alors qu'Arthur apparut dans l'encadrement de la porte de la chambre. Il portait les mêmes vêtements que la veille : un jean et une chemise froissée, dans lesquels il avait dormi. Et dans lesquels il dormirait ce soir, à moins qu'on ne lui apporte des vêtements de rechange. Il se passa la main dans les cheveux et embrassa Zoé sur la joue.

— Désolé, je ne savais pas qu'on allait avoir de la visite si tôt le matin.

— Toutes nos excuses pour le dérangement, dit Bill Holden.

Lui aussi avait l'air d'avoir dormi dans ses vêtements de la veille. Sa chemise était froissée et on y voyait une petite tache sur le col.

— On a pris le premier avion, et on s'est dit qu'il valait mieux venir directement ici. Je n'irai pas par quatre chemins, Mr Maynard : nous craignons que vous ne soyez pas en sécurité ici à Paris.

— Nous aussi, commenta Arthur. J'ai vu Jonas Klauser investir mon appart' avec deux types armés il y a moins de vingt-quatre heures.

— Mr Klauser est sous mandat d'arrêt. Ce qui, comme vous vous en doutez, ne veut pas dire que vous et Mlle Durand pouvez vaquer à vos occupations en toute quiétude.

— Je suppose que pour nous, la quiétude, c'est fini.

— Votre sécurité dépend de la coopération de plusieurs gouvernements, pas seulement du nôtre. Les règles sont différentes selon qu'il s'agit du Luxembourg ou de la Suisse. Mr Klauser est citoyen américain, mais pas Hans Hoffman et Peter Weber.

— Je n'ai pas grande confiance dans la police

luxembourgeoise, répondit Arthur. Sinon, je serais allé les voir immédiatement.

— Nous comprenons. Habituellement, le département de la Justice fournit ce genre de protection uniquement aux gens qui se sont adressés à nous directement en tant que lanceurs d'alerte. Mais dans votre cas, nous savons pourquoi vous êtes allés vers la presse.

— Le problème, ce n'est pas seulement les autorités luxembourgeoises, précisa Zoé. Matthew Werner s'est adressé au département de la Justice, lui. Et il est mort.

— La mort tragique de Mr Werner est le résultat de l'action d'un franc-tireur au sein du département de la Justice. Je peux vous assurer que nous faisons notre possible en interne pour que ce genre de chose ne se produise plus.

— Hunter Morse a été arrêté ?

— Hunter Morse est mort. Suicidé.

Zoé agrippa la main d'Arthur.

— C'est affreux !

— Malheureusement, il n'est pas le seul. On a également retrouvé le corps de Julian White hier.

— Julian White ? De la Swiss United ? fit Zoé, la gorge nouée.

— Oui.

— Qu'est-ce qu'il s'est passé ?

— Accident de voiture. Il gisait au fond d'un ravin dans les montagnes du Vaucluse.

— Il y a d'autres blessés ?

Même si Zoé n'avait pas l'intention de poursuivre la conversation sur Julian White, il lui parut approprié de réagir ainsi. Elle se blottit contre Arthur. Jamais elle n'aurait imaginé qu'on retrouverait Julian aussi vite. En fait, elle avait entretenu l'espoir qu'on ne le retrouverait jamais.

— Non. Il était seul dans la voiture. On soupçonne un accident intentionnel.

— Intentionnel ?

— Un suicide.

Zoé sentit un poids se soulever de sa poitrine.

— C'est affreux, dit Arthur.

— Oui, en effet. Nous n'avons pas exclu l'hypothèse de l'acte criminel, bien sûr. Dans les deux cas. Il y aura des enquêtes.

— Et à propos de la mort de Matthew Werner ? Une enquête est en cours ? insista Arthur.

— Oui.

Zoé ferma les yeux. Elle sentit le bras d'Arthur la serrer plus fort encore.

— Ça va, mademoiselle Durand ?

— Oui. C'est juste que… Tous ces morts…

— Vous bossiez dans un secteur à haut risque, mademoiselle Durand.

— C'est ce que j'ai compris.

— Au stade où nous en sommes, deux possibilités s'offrent à vous, à notre avis. La première consiste à vous faire bénéficier du dispositif de protection des témoins. On vous donne de nouvelles identités, de nouveaux visages, de nouveaux passeports. Vos noms ne sont jamais mentionnés en relation avec ces histoires de fuites.

— Il faudrait qu'on témoigne ? Lors d'un procès, ou devant le sénat américain ?

— Oui. Mais vous pourriez le faire tout en dissimulant votre identité.

— Klauser sait déjà que c'est nous, les informateurs. S'il souhaite nous supprimer, il nous trouvera.

— Depuis vingt ans que je travaille au département, jamais nous n'avons perdu un témoin sous protection.

— Mais jamais vous n'avez eu affaire à un accusé de la trempe de Jonas Klauser.

— Nous avons fait témoigner des gens contre des membres de cartels, des parrains de la mafia, et j'en passe. C'est notre boulot.

Arthur partit d'un rire sarcastique.

— Témoigner contre Klauser, c'est témoigner contre tous ces gens-là en même temps. Ce sont eux, ses clients.

— Je comprends vos hésitations, Mr Maynard. Je me permettrai simplement de vous rappeler que Mlle Durand et vous faisiez partie de cette entreprise criminelle. Si vous choisissez de ne pas témoigner, vous ferez l'objet de poursuites, au même titre que vos collègues.

— Même si nous avons transmis toutes les données ? demanda Zoé, les sourcils froncés. Ça ne me paraît pas très juste.

— Désolé que vous pensiez cela, mademoiselle

Durand. Mais dans notre pays, nous ne faisons pas preuve de beaucoup d'indulgence envers ceux qui aident et encouragent les terroristes.

— On resterait ensemble ? s'inquiéta Arthur. Je veux dire, si nous bénéficions du dispositif de protection des témoins…

— Ça serait moins dangereux si vous n'étiez pas tous les deux.

— On a besoin de rester ensemble, protesta Zoé en adressant à Arthur un regard suppliant. Arthur, s'il te plaît… Je ne veux pas me retrouver seule à nouveau. Pas après tout ce qui s'est passé. Tu es tout ce qu'il me reste.

— Je ne te quitterai pas, déclara Arthur d'un ton ferme. Il doit bien y avoir une autre solution.

— En effet, il y en a une autre, dit Moyes.

Arthur et Zoé se tournèrent vers lui, pleins d'espoir.

— Vous témoignez. Sauf que vous le faites à visage découvert. Vous donnez des interviews. Vous ne vous cachez pas. Vous devenez les Edward Snowden des banques offshore.

— C'est de la folie ! s'alarma Arthur. Ça nous ferait courir encore plus de risques !

— Vraiment ? Ils savent qui vous êtes. Ils savent que vous avez fait fuiter les données. Si vous devenez des héros – des célébrités, de fait –, ça leur compliquera la tâche pour vous supprimer. Et vous pourrez engager des gardes du corps. Vous ne vous retrouveriez pas sans protection.

Ils restèrent silencieux quelques instants. Zoé se tourna de nouveau vers le balcon. Le ciel était lumineux à présent, d'un bleu transparent, froid, azuré. Les magasins de la rue de Rivoli ne tarderaient pas à se remplir. La queue devant l'entrée du Louvre s'allongerait. Les touristes traverseraient le jardin des Tuileries avec à la main des gobelets de chocolat chaud ou de café. La grande roue sur la place de la Concorde tournoierait.

Elle songea que si elle se plaçait sous le dispositif de protection des témoins, elle ne reverrait plus jamais Paris. On l'enverrait peut-être dans une petite ville comme celle d'où elle venait, sauf qu'elle n'y connaîtrait personne, qu'elle ne posséderait rien, ne serait rien. L'idée lui serra le cœur.

— Ces gardes du corps, comment on les paierait ? demanda Arthur. Pour ma part je ne pourrai plus jamais travailler dans mon domaine.

— Je vous explique. Si vous coopérez complètement – ce qui veut dire nous donner le nom de tous les clients avec lesquels vous avez eu un contact, ou dont vous saviez qu'ils avaient un compte offshore – l'IRS va pouvoir d'après nos calculs récupérer au moins un milliard en pénalités et impôts dus.

— Au moins un milliard…

— Saviez-vous que l'IRS verse aux informateurs une récompense qui peut aller jusqu'à trente pour cent ?

— Pardon ? fit Arthur, pas sûr d'avoir bien compris.

— Vous nous donneriez de l'argent ? demanda Zoé.

— Si les informations fournies nous permettent de récupérer les fonds, oui.

— Trente pour cent ?

— Jusqu'à trente pour cent. Mais à dire vrai, nous n'avons jamais récupéré autant qu'avec cette affaire. Alors il faudrait qu'on en discute en interne…

— Ça veut dire trois cents millions de dollars. Au moins, annonça Arthur.

— Peut-être bien plus, en fait. Et bien sûr, il vous faudrait payer les impôts et…

— Et Annabel ? demanda Zoé.

Les deux hommes se tournèrent vers elle.

— Annabel ? s'étonna Arthur. Qu'est-ce que tu veux dire ?

— Elle aussi devrait récupérer une partie de cet argent, poursuivit Zoé, ignorant le coup d'œil que lui lançait Arthur. Mr Holden, Matthew Werner est mort pour avoir livré des informations au département de la Justice. Il faisait la même chose que nous, sauf que lui s'est fié à la mauvaise personne. Sa femme devrait recevoir sa part à lui.

— On va bien s'occuper d'Annabel Werner, je peux vous l'assurer.

— Elle est où, en ce moment ?

— Nous… nous ne savons pas vraiment.

— Vous ne savez pas ? Elle est en sécurité ?

— Nous l'ignorons. Mais ne vous en faites pas, nous sommes à sa recherche.

— Eh bien, trouvez-la. Et quand vous l'aurez trouvée, assurez-vous qu'elle soit protégée. Quel que soit le montant de la récompense qu'on recevra, Arthur et moi, un tiers lui revient. Pour moi, c'est ça ou je refuse le deal.

— D'accord, mademoiselle Durand, fit Bill Holden avec un petit sourire crispé. Vous avez ma parole. Je ferai tout ce qui est en mon pouvoir pour m'assurer qu'Annabel Werner est en sécurité.

— Alors, demanda Moyes, vous choisissez quoi ? La détention provisoire comme mesure de protection ou le statut de héros ?

— Des héros avec un compte en banque à neuf chiffres ? répondit Arthur. Ça nous va !

— Arthur, tu es sûr ? L'argent, on en aurait de toute manière.

Arthur se tourna vers Zoé, lui prit les mains et les posa contre ses joues.

— Zoé, je t'aime. Je ne peux pas vivre sans toi. Je m'y refuse. Je préfère qu'on soit ensemble, et tant pis si c'est risqué.

Zoé sentit les larmes monter. Arthur se pencha vers elle pour l'embrasser, longuement, sensuellement, son corps plaqué contre le sien. Elle ferma les yeux, légère comme elle ne l'avait plus été depuis le début de son histoire avec lui.

Holden se racla la gorge.

— Désolé, dit Arthur.

Il recula, regarda Zoé, les doigts mêlés aux siens.

— Prête, l'héroïne ?

— Oui, mon héros.

— Parfait, dit Moyes. On va encore vous garder en détention provisoire avant et pendant les procès. Et il faudra que vous donniez une interview. Le plus tôt sera le mieux.

— Marina Tourneau, annonça Arthur. Je veux le faire avec elle.

— Vous ne préférez pas le *New York Times* ? Ou le *Wall Street Journal* ?

— Non. Ça sera Marina Tourneau. Du magazine *Press*. Sans elle, nous ne serions pas ici.

— Très bien. Marina Tourneau. J'ignore qui elle est, mais elle est sur le point de remporter le prix Pulitzer. Quant à vous deux, vous êtes sur le point de devenir les informateurs les plus célèbres depuis « Deep Throat ».

Tout sourire, Zoé se hissa sur la pointe des pieds et chuchota dans l'oreille d'Arthur :

— Mark Felt, je t'aime.

Arthur reconnut avec bonheur le nom qu'il avait donné à Duncan Sander lors de leurs premiers contacts, le véritable nom de celui qui avait révélé le scandale du Watergate. Duncan, dont les recherches à l'époque se concentraient sur Morty Reiss, avait ri en reconnaissant la référence. Il n'avait jamais exigé d'Arthur qu'il lui dise son vrai nom. Arthur et Zoé pouvaient lui en être reconnaissants.

À présent, Zoé sentit une vague de tristesse l'envahir en comprenant que Duncan Sander ne connaîtrait jamais la véritable identité de ses sources, pas plus qu'il ne verrait éclater la vérité sur cet énorme scandale, ou qu'il ne saurait que Morty Reiss, l'homme qu'il avait passé des années à rechercher, allait enfin devoir répondre de ses crimes.

La jeune femme serra la main de son amant.

— Ça va ? lui demanda Arthur.

— Ça ira.

Une fois les deux agents partis, elle sortirait sur le balcon. Elle admirerait les Tuileries. Embrasserait Arthur sous les yeux du monde entier. Et ça, ça valait tous les sacrifices. Même si ce baiser ne durait qu'une seconde, il valait tout l'or du monde.

Marina

Un petit groupe de journalistes l'attendait devant chez elle. Marina les vit quand son taxi s'arrêta pour la déposer. Il lui fallut un moment pour se rendre compte que c'était pour elle qu'ils patientaient. Son nom n'avait pas encore été mentionné au bas des articles. Elle s'en était assurée, ne voulant pas être associée à l'opération de dénonciation de la famille Ellis. Officiellement, elle demeurait la fiancée de Grant Ellis. Elle passa instinctivement le doigt sur son annulaire gauche. Pas de bague. Elle l'avait laissée dans une soucoupe sur sa table de nuit. Jamais plus elle ne la porterait.

Il était trop tard pour leur échapper. Ils l'avaient repérée. Martin Wilkes, un reporter ami d'Owen qui travaillait au *Wall Street Journal*, l'appela.

Marina mit ses lunettes de soleil et sortit du taxi. Les journalistes s'amassèrent autour d'elle. Elle garda les yeux baissés.

Les questions fusèrent. Au moment où elle atteignait l'entrée de l'immeuble, Hugh, le portier, s'avança pour la protéger.

— Désolé, mademoiselle Tourneau, je n'avais pas vu que c'était vous. Vous allez bien ?

— Ça va, Hugh, merci.

— Marina, appela Martin, ça fait quoi de voir son nom associé dans les journaux au plus gros scandale de l'année, pour quelqu'un qui d'habitude tient le stylo ?

Elle se retourna et le regarda bien en face.

— Ce que ça fait ? C'est comme si j'étais du mauvais côté de la barrière. Maintenant, je vous prie de m'excuser.

Baissant la tête, elle força le passage.

— Grant est rentré ? demanda-t-elle à Hugh.

— Oui, mademoiselle.

Marina avala sa salive et hocha la tête.

— Ils ont arrêté son père ce matin. J'ai vu ça aux infos.

— Oui, je sais.

— Je suis vraiment navré, mademoiselle.

— Vous n'y êtes pour rien, Hugh.

— Mr Ellis est un monsieur très bien. Grant, je veux dire. Toujours poli. Il connaît les noms de mes enfants, me demande de leurs nouvelles. Non pas que son père ne soit pas un type bien. Je voulais juste dire que…

— Ne vous en faites pas, Hugh. Je comprends, dit Marina en lui souriant. Bon, il faut que je monte.

Hugh lui adressa un signe de la tête, ouvrit la porte de l'ascenseur et appuya sur le bouton pour le onzième étage. Une fois les portes fermées, Marina s'affala sur la banquette installée au fond de l'ascenseur. Après plus de vingt-quatre heures passées debout, elle avait brusquement l'impression qu'elle ne pourrait pas rester sur ses pieds une minute de plus.

Les portes s'ouvrirent. Elle se leva, jeta un coup d'œil dans le couloir. Le onzième étage semblait vide. Par bonheur, elle n'avait croisé aucun de ses voisins. Elle se mit à courir, le cœur battant la chamade. Elle ouvrit la porte les mains tremblantes.

— Grant ?

— Tiens, tiens… Te voilà de retour.

Grant était assis sur un fauteuil dans le salon, les jambes croisées. Ses cheveux étaient ébouriffés et il avait l'air de quelqu'un qui n'avait pas dormi. Il portait une sorte de veste d'uniforme, bleue avec des lettres blanches sur la poche de devant.

Marina s'approcha de lui, puis pila net. Il tenait dans la main droite un calibre .45 avec le canon pointé vers elle.

— Alors, ce petit voyage à Washington ? demanda-t-il froidement. Tu n'as pas oublié j'espère de transmettre toutes mes amitiés à Hunter Morse.

— En fait, il est mort.

— Ah bon ? Dommage. Je l'aimais bien. Un type très serviable.

— Tu l'as acheté. Pour qu'il te donne le nom du lanceur d'alerte qui travaillait à la Swiss United. Que tu as ensuite tué.

— Tu t'emportes, Marina. Tout ce que j'ai fait, c'est déjeuner avec ce gars.

— Tu me prends vraiment pour une idiote !

— Pas du tout. Tu serais plutôt trop intelligente, en fait. Quand je pense que pendant tout ce temps-là, j'ai cru que tu étais avec moi pour de bonnes raisons.

— Je l'étais ! Tu crois vraiment que je l'ai voulu, tout ça ? Pour moi, c'est l'enfer, Grant. Je te faisais confiance. Je t'aimais.

— Alors pourquoi as-tu fait ça ? hurla Grant avant de se lever et de pointer son arme sur Marina. Tu as déchiré notre famille !

— Non. Je t'ai protégé. J'ai cru ton père quand il m'a dit que tu n'étais pas impliqué dans ces affaires criminelles. Je l'ai cru jusqu'au moment où j'ai appris que c'était toi qui avais acheté Hunter Morse, et que c'était ton vieux pote Charlie Platt qui avait tué Duncan.

Ils restèrent là les yeux dans les yeux pendant de longues et pénibles secondes.

— Il le méritait, dit enfin Grant. Il t'avait retournée contre moi.

— Pas du tout !

— Votre conversation à Paris, je l'ai entendue. Il te disait de rencontrer une personne de la Swiss United. Ne nie pas !

— Ça n'avait rien à voir avec toi.

— Tu parles ! Ce salaud, il ne m'a jamais aimé. Il t'utilisait parce que tu lui donnais accès à notre famille. Un procédé répugnant. Ce type, il n'avait aucune limite. Aucun sens de la famille.

— Donc tu l'as fait supprimer.

— Tu parles que j'ai hésité ! Et toi aussi je devrais te tuer, pour ce que tu as fait.

Il agita le pistolet dans sa direction. Que faire ? Fuir ? À quoi bon ? Grant était un excellent tireur. Il ne se trouvait qu'à trois mètres d'elle. Elle serait morte avant d'avoir atteint le couloir.

Elle leva les mains en l'air.

— Tu le regretteras, Grant. Pose cette arme.

— Donne-moi une bonne raison de ne pas appuyer sur la détente maintenant.

— Une bonne raison ? Tu vas te faire arrêter. Il y a une foule de journalistes en bas. Sois raisonnable.

— Tu me fais rire. Pourquoi je porte cette veste à ton avis ? C'est Hugh qui me l'a prêtée ce matin.

Tout en continuant à la viser, il sortit de sa poche arrière une casquette, qu'il mit sur sa tête. Brusquement, Marina reconnut son uniforme : c'était celui de l'homme à tout faire de l'immeuble. Elle se trouvait suffisamment près de Grant pour lire les lettres sur la poche de devant : Mendoza, avec l'adresse de l'immeuble en dessous.

— Un brave type, ce Hugh. Il a compris que j'aurais peut-être besoin de filer discrètement.

— Et tu comptes aller où ? Ils te cueilleront à l'aéroport.

— C'est ça, l'avantage d'avoir un avion privé et un nouveau passeport. Il y a beaucoup de pays dans ce vaste monde qui ne pratiquent pas l'extradition.

— Alors tu vas partir et laisser ton père croupir en prison ? Et Charlie Platt aussi ?

— Pas du tout. Tu sous-estimes lourdement Charlie. C'est l'un de nos meilleurs agents spéciaux. Disparaître, c'est l'une de ses spécialités. Je parie qu'en ce moment il se prélasse sur une plage avec un verre de mai tai. Grâce à moi, il dispose de suffisamment de cash sur un compte suisse pour couler des jours heureux. Quant à papa, je ne me fais pas de souci pour lui. On n'arrive pas là où il est arrivé si on trébuche chaque fois qu'il y a un caillou sur la route.

Il consulta sa montre pour vérifier l'heure.

— Bon, on a passé un moment sympa, Marina, mais moi, j'ai une voiture qui m'attend dans la ruelle derrière l'immeuble.

Il leva son arme, la tête penchée pour viser. Elle savait qu'elle devait fuir, mais la peur la figeait sur place. Elle ouvrit la bouche pour protester mais aucun son n'en sortit. Un coup de feu retentit dans l'appartement. Elle sentit une douleur lui déchirer l'épaule. Puis elle s'écroula. Et tout devint noir.

Annabel

Elle regarda par le petit hublot rond de l'avion privé de Lorenzo Mora. À travers les nuages, elle distinguait le bleu étincelant de l'océan Pacifique et les lignes déchiquetées de la côte de la Basse-Californie. Elle ignorait où précisément l'avion était censé se poser, en dehors du fait qu'il s'agissait d'une piste privée appartenant à la famille Mora, située quelque part au nord de Cabo San Lucas. À part le pilote, elle était seule à bord. Lorenzo avait proposé de faire le voyage avec elle, mais elle avait dit non. Il avait déjà fait suffisamment pour elle.

L'avion décrivit des cercles et commença sa descente. Annabel se sentit envahie par le soulagement. Elle était arrivée. C'était fini.

La porte de l'avion s'ouvrit. Annabel descendit rapidement les escaliers jusqu'au tarmac, clignant des yeux sous la lumière éclatante. Le soleil mexicain était au zénith. La main placée en visière pour se protéger, elle inspecta les alentours.

Tout là-bas, à l'ombre de la structure de plain-pied qui faisait office de terminal, se trouvait Matthew.

Il s'était laissé pousser la barbe et sa peau était bien bronzée. Il portait une chemise en lin, un jean et des sandales. Annabel lui trouva une façon différente de se tenir. Il avait les mains dans les poches, paraissait détendu. Il ne ressemblait que de très loin à l'ancien Matthew, celui qui portait des costumes. Mais Annabel le reconnut immédiatement.

— Matthew !

Elle lâcha son sac et se jeta dans ses bras.

— Annabel, murmura-t-il en enfouissant son visage dans le cou de la jeune femme.

Il la souleva et la fit tournoyer. Elle sentit la pression familière de son avant-bras autour de sa taille.

Ils restèrent enlacés un long moment. Puis Annabel se dégagea.

— Tu as une barbe ! dit-elle.

Ils éclatèrent de rire.

— Elle te plaît ?

— Ça te va bien, comme look. Ça fait cool.

— Vois-tu, c'est que j'ai été obligé de prendre une retraite anticipée.

— Tu as choisi l'endroit idéal.

— Je n'avais pas beaucoup de choix, mais je m'en contenterai. La pêche est bonne et les couchers de soleil sont spectaculaires. Je pense qu'on va être heureux ici.

Annabel fondit en larmes. Matthew l'attira à lui, pressa son visage contre sa poitrine.

— Allons, allons, c'est fini. Tout va bien.

— J'ai cru que tu étais mort.

— Je sais. Je suis vraiment désolé. J'ose à peine imaginer ce que tu as vécu.

— On a même organisé tes funérailles.

— C'était la seule solution, Annabel. Je ne voulais pas te faire courir de risques. Je me suis accroché à l'idée que tant que tu me croyais mort, ils ne te feraient pas de mal.

— C'est fini, tout ça ? Ça finira un jour ?

— Je crois que oui, c'est fini. Les journaux ne parlent que de ce scandale. Jonas a été arrêté. Julian est mort. La chasse à l'homme est ouverte pour retrouver Fares Amir.

— Et Fatima ? Elle est où ? Et le pilote ?

— Je l'ignore. Mais je sais qu'ils sont en sécurité. Nous sommes tous sous protection de la CIA maintenant. En fait, je voudrais te présenter deux messieurs.

Matthew lui montra d'un signe de la tête la porte ouverte du terminal. Malgré l'absence d'air conditionné, la température dans le bâtiment était agréable. Un ventilateur ronronnait au-dessus de leurs têtes. Dans un angle, deux hommes étaient assis sur des chaises pliantes autour d'une table en plastique. L'un, coiffé avec soin, portait un pantalon en lin immaculé et des mocassins. Des lunettes de soleil modèle Aviator étaient posées sur son nez tordu. L'autre, un type rougeaud et costaud, suait à grosses gouttes. Il leva le bras pour leur faire signe, laissant apparaître des taches humides sous ses aisselles.

— Annabel, je te présente Thomas Jensen et Alexei Popov. Mr Jensen travaille pour le MI6, Alexei Popov pour la CIA. Ce sont eux qui ont tout orchestré. C'est grâce à eux que je suis vivant.

Au lieu de serrer la main que Popov lui tendait, elle serra l'agent dans ses bras. Surpris, le Russe éclata de rire, lui tapota le dos d'un geste maladroit, puis se dégagea. Elle prit alors Jensen dans ses bras.

— Merci, dit-elle, de nouveau secouée par une crise de larmes. Merci d'avoir sauvé mon mari.

— C'est un héros. Grâce à lui, nous avons pu mettre un terme aux activités de blanchiment d'argent de Fares Amir. Mr Amir était le plus gros pourvoyeur de fonds au Royaume-Uni des organisations terroristes syriennes. Nous le savions, mais sans preuves nous ne pouvions rien entreprendre contre lui.

— Et ça, ça n'est qu'un exemple, ajouta Popov. Cela faisait des années que la CIA cherchait un moyen d'infiltrer l'une de leurs banques offshore. Sans Mr Mora, votre mari n'aurait jamais pu entrer en contact avec nous et nous n'aurions jamais pu dénoncer les agissements de la Swiss United.

— Lorenzo travaille pour la CIA ? Je ne comprends pas comment il se retrouve mêlé à tout ça.

Popov et Jensen échangèrent un regard.

— Non, il ne travaille pas pour nous, répondit Popov, mais il nous a été d'une grande aide. Nous avions besoin d'une personne proche de Jonas Klauser. Solliciter les employés de la banque, c'était trop risqué. Alors on a décidé de lui envoyer un client.

Mr Mora est pile-poil le genre de client que Jonas Klauser recherche. Très riche, et très corrompu. Avec une quantité importante d'actifs à dissimuler sur des comptes offshore. Et Mr Mora faisant partie d'une organisation criminelle bien connue, Jonas Klauser ne risquait pas de le soupçonner d'être un agent de la CIA.

— Le frère de Mr Mora fait l'objet d'accusations de blanchiment d'argent au Royaume-Uni, poursuivit Jensen. Alors on lui a proposé un deal : il nous aidait à infiltrer la Swiss United, et en échange, son frère échappait à la prison.

— Au cours d'une réunion, Jonas a dit à Lorenzo être en contact avec quelqu'un au département de la Justice qui m'avait identifié comme lanceur d'alerte, raconta Matthew. Il a suggéré que Lorenzo coupe tout contact avec moi. Lorenzo a proposé de se charger du problème mais Jonas a répondu qu'il le ferait lui-même. Alors Lorenzo est tout de suite allé voir Jensen pour lui dire qu'il y avait un lanceur d'alerte au sein de la banque qui courait un grand danger.

— Il a fallu faire vite, dit Jensen. On savait qu'il fallait exfiltrer Matthew et Fatima, qui informait le MI6 sur les relations de son frère avec Bachar el-Assad. On s'est dit que s'ils disparaissaient tous les deux en même temps, ça ferait louche, alors on a décidé de faire croire à un accident d'avion. Il y avait tellement de gens qui voulaient leur mort – la banque, la famille Assad, Schmit & Muller – que tout le monde soupçonnerait un accident provoqué. Très ingénieux, en fait.

— C'était ton idée à toi, commenta Popov en riant.

— Et c'est la raison pour laquelle le MI6 tient autant à moi.

Popov leva les yeux au ciel.

— Vous, vous étiez l'électron libre, dit-il à Annabel. On ne savait pas si vous auriez le cran d'enquêter. Vous l'avez eu. Je dois dire que vous vous êtes très bien débrouillée. Jamais je n'aurais cru que vous dégoteriez ces photos de l'épave à la bibliothèque.

— Comment avez-vous persuadé les agents de la Fedpol de me donner ces fausses photos de l'accident ? demanda Annabel.

— Vogel travaillait pour nous. Bloch pour la Fedpol. Jusqu'à ce qu'on le sollicite. Maintenant, il est avec nous de manière permanente.

— L'homme qui m'a suivie ce soir-là… c'était un agent de la CIA ?

— Non. Il était à la solde de Jonas Klauser. Il vous surveillait, pour voir si vous saviez quelque chose. Heureusement pour vous, vous ne saviez rien.

— Pourquoi m'avoir laissée aussi longtemps dans l'ignorance des faits ? Deux semaines ! Pourquoi ne pas avoir arrêté Jonas et les autres une fois Matthew sous protection ?

— C'était hélas impossible. Matthew avait téléchargé des données financières sur son ordinateur personnel pendant des semaines. Il avait également maintenu le contact avec Hunter Morse au DOJ, pour qu'on puisse prouver que Morse fournissait effectivement des infos à Klauser. C'est alors qu'on a eu vent de l'existence d'un tireur d'élite engagé par la Swiss United. Il fallait exfiltrer Matthew et Fatima, mais on ne pouvait pas courir le risque que Fares fouille dans l'ordinateur de Matthew. Alors Matthew l'a confié à Zoé Durand. On espérait le récupérer plus tard, une fois Matthew et Fatima en sécurité.

— Or, c'est à moi qu'elle l'a remis. Et moi je l'ai confié à Khalid. Mon Dieu, Khalid… Est-ce que…

— Il est en sécurité, la rassura Jensen. Avec un œil au beurre noir, j'en ai peur, mais sinon, sain et sauf. Il a fallu mettre en scène une agression pour lui prendre l'ordinateur. On s'est dit que s'il était suivi et qu'on le voyait remettre un portable à un agent du MI6, notre couverture volerait en éclats. Alors on s'est débrouillés pour que des voyous lui piquent son sac devant une station de métro.

— Dieu soit loué ! Je pensais que…

— Il va bien.

— Il a dû avoir la peur de sa vie. Vous pouvez lui dire que je suis en sécurité ? S'il vous plaît ? Après tout ce qu'il a fait pour nous…

Popov et Jensen échangèrent un regard.

— OK, fit Jensen. On lui dira.

— Merci. Alors vous avez récupéré le portable.

— En effet. Sauf qu'en réalité, c'était inutile. Zoé avait pris les choses en main. Depuis le début elle transmettait des informations à un journaliste.

— Zoé ? fit Annabel, interloquée.

— Zoé m'a prévenu qu'un article allait sortir sur la banque, intervint Matthew. Si bien qu'en recevant l'appel de Morse, j'ai décidé de coopérer. Pour sauver ma peau.

— Zoé et son amant, Arthur Maynard, étaient en relation avec un journaliste new-yorkais depuis des mois. En tant qu'avocat chez Schmit & Muller, Arthur avait accès à des informations concernant plusieurs banques offshore, et pas seulement la Swiss United. Et Zoé avait accès à la plupart des fichiers de la Swiss United. La plus grosse fuite de données de l'histoire, à ce qu'il paraît.

— Mon Dieu ! Alors je comprends pourquoi c'est dans tous les journaux.

— Oui. Et la bonne nouvelle, c'est que ça va vous faciliter les choses à tous les deux pour disparaître.

— Parce que tout le monde pensera que Zoé et Arthur sont à l'origine de toutes les fuites – et de toutes les arrestations.

— Exactement.

— Qu'est-ce qui va leur arriver ? Ils sont en sécurité ?

— En fait, non, soupira Popov. Leur couverture a été détruite. Mais ils ont pour eux d'être devenus des figures publiques maintenant. Tout le monde les considère comme des héros, des grands militants. Si bien qu'il devient un tantinet plus difficile de les supprimer.

— Et puis il y a la question de l'argent, ajouta Jensen. S'ils ont besoin de protection, ils pourront se le permettre.

— L'argent ?

— La récompense. De l'IRS. Jusqu'à trente pour cent des fonds récupérés.

— Ce qui représente…, fit Annabel en se tournant vers Matthew.

— On ne saura pas avant plusieurs mois. Mais les estimations les plus basses sont de trois cents millions de dollars.

— Trois cents millions de dollars d'impôts dus ?

— Non. De récompense. Avant impôt bien sûr. Et à partager en trois.

— En trois ?

— Entre Zoé, Arthur et moi, détailla Matthew avec un grand sourire. Alors ça devrait faire dans les cinquante millions. Pas mal, comme petite retraite.

— Pardon, reprit Annabel, mais serais-tu en train de me dire que l'IRS va te donner cinquante millions de dollars ?

— Nous donner, corrigea Matthew.

— Nous donner, répéta Annabel, abasourdie.

Jensen prit une mallette, qu'il posa sur la table. Il l'ouvrit d'un geste rapide et en sortit deux enveloppes de papier kraft. Il en tendit une à Matthew, et l'autre à Annabel.

Annabel ouvrit la sienne. Elle en tira tout d'abord un passeport canadien. En l'ouvrant, elle constata avec surprise qu'il contenait sa photo à elle, une vieille photo prise à l'époque où elle habitait à New York. Elle avait les cheveux courts, et les oreilles bien dégagées.

— J'ai toujours aimé ce look, lui chuchota Matthew en l'embrassant dans le cou.

Elle sourit.

— Josephine Ross, lut-elle. Pas mal.

— Ça a de la classe.

— Et toi, tu es qui ?

— Ton mari. L'homme que tu as épousé.

— Je sais qui tu es.

Elle lui prit les mains et les embrassa.

— Quel que soit le nom que tu porteras, je sais qui tu es.

— Appelle-moi Nathan.

— Un riche chef d'entreprise de Toronto, expliqua Jensen. Vous êtes tombés amoureux lors de vacances passées ici. Et vous avez acheté une grande maison avec une véranda tout autour et vue sur la mer.

— Comment saviez-vous…

— Eh bien, fit Matthew, j'ai posé quelques conditions…

— Il n'y aurait pas par hasard un studio d'artiste ?

— Bien sûr que si.

Annabel se jeta au cou de Matthew.

— Et il y aura toi. Tu seras là.

— Jamais plus on ne sera séparés.

— Vous aimeriez la voir ? demanda Jensen en sortant de sa poche une clé de voiture.

Matthew fit un signe de tête en direction d'Annabel.

— À elle de décider.

— Oui, dit Annabel, bien sûr que j'aimerais la voir.

Jensen lui lança les clés. Elle les attrapa d'une main et tendit l'autre à Matthew. Ils sortirent ensemble du bâtiment, suivis par Jensen et Popov. En arrivant au parking, Annabel s'arrêta, prise d'un éclat de rire. Il y avait deux voitures : une Jeep et une Porsche couleur argent décapotable.

— Qu'est-ce qui te fait rire ? fit Matthew. Je te l'ai dit, que j'ai posé certaines conditions.

— Peut-être, mais c'est moi qui conduis.

— Comme tu veux, Josephine.

Matthew ouvrit la portière. Elle se glissa derrière le volant. Elle enclencha les vitesses, la main de Matthew sur sa cuisse. La capote était baissée. Ses cheveux volaient dans le vent. Il faudrait qu'elle les coupe bien court, se dit-elle en accélérant. Surtout si elle voulait conduire cette voiture sur cette autoroute déserte et sous ce ciel bleu infini. L'idée la réjouit. Elle pencha la tête en arrière et se mit à rire. Elle allait suivre la Jeep de Jensen pendant encore vingt minutes, puis s'engagerait dans une allée privée qu'il était facile de rater si on ne la cherchait pas.

Nous y sommes, songea-t-elle en arrivant devant la maison. Et pour la première fois depuis des années, elle eut l'impression d'être chez elle.

Épilogue

Deux mois plus tard

Marina sentait qu'on la regardait. Elle cligna des yeux, éblouie par le soleil de cette fin d'après-midi. Un livre ouvert était posé sur son ventre. Sans doute s'était-elle endormie au milieu de sa lecture. En se redressant, elle ressentit une douleur vive dans son épaule au point d'entrée et de sortie de la balle. La blessure ne se situait qu'à dix centimètres du cœur. Elle avait eu de la chance. Si Owen n'avait pas appelé le FBI pendant qu'elle retournait chez elle se confronter à Grant, un agent n'aurait pas forcé la porte de l'appartement au moment où il allait lui tirer dessus. Et si l'agent n'avait pas tiré en premier, la balle se serait logée dans son cœur.

Grant était encore à l'hôpital. Ses avocats essayaient de négocier un accord avec le procureur pour, entre autres accusations, les charges de tentative de meurtre. Il passerait au moins dix ans en prison, lui avait-on dit, pour ce qu'il lui avait fait. Charlie Platt, son copain de l'armée, était encore en cavale. Si la police le trouvait et obtenait son témoignage contre Grant pour le meurtre de Duncan, tout accord deviendrait impossible, et Grant passerait le reste de ses jours à l'ombre.

Marina s'allongea en grimaçant de douleur. Elle n'aurait pas dû s'appuyer sur sa main gauche. Après deux opérations, son épaule était plus ou moins réparée. Marina continuait toutefois les séances de rééducation, et devrait attendre plusieurs mois pour que son côté gauche soit de nouveau complètement opérationnel. D'après les médecins, elle risquait de ne pas récupérer toutes ses capacités. Les muscles avaient été considérablement endommagés. Mais les médecins ne savaient pas à quel point Marina pouvait se montrer déterminée quand elle s'était fixé un but. Hors de question de se laisser ralentir par une épaule faiblarde. Elle avait du pain sur la planche.

— Tout doux, ma belle au bois dormant.

C'était Owen, en maillot de bain et chemise de lin, qui lui tendait un cocktail, une concoction bien fraîche avec un quartier d'ananas.

— J'allais nous préparer une bouteille de champagne, mais…

Il désigna le sable blanc et, au loin, la mer des Caraïbes turquoise.

— À Rome, il faut vivre comme les Romains.

Marina s'assit, basculant ses jambes hors du hamac. Elle se pencha pour prendre son verre.

— J'ai dormi longtemps ?

— Peu importe.

— Tu as raison. J'oublie toujours que nous vivons à l'heure insulaire. Puis, buvant une première gorgée de son cocktail, suivie d'une deuxième : Mmmm, délicieux !

— Ça fait combien de temps que tu n'avais pas bu d'alcool ?

— Deux mois, non ? L'alcool et les antidouleurs, ça ne va pas trop ensemble, vois-tu.

— On a quelque chose à fêter. J'ai une surprise pour toi.

Il lui montra un magazine qu'il avait caché derrière son dos.

Marina se redressa, les yeux pétillants.

— Non… Ne me dis pas que tu… Comment as-tu fait ?

— J'ai mes petits secrets.

— Mais… Il ne sort que demain. Il a fallu que je me batte à la réception ce matin pour avoir le *New York Times* d'hier !

— L'heure insulaire… Ça ne peut que te faire du bien.

— D'être informée avec un jour de retard ? Coincée sur une île loin de tout, avec un wifi pourri ?

— Tu avais besoin de faire une pause, dit Owen avec un regard sévère. Et de toute façon, renoncer à être connectée, c'est payer peu cher le privilège de passer un petit week-end avec le mec le plus beau que tu connaisses.

— Allez, on trinque !

— Tu meurs d'envie d'y jeter un œil, pas vrai ? la taquina Owen en agitant le magazine sous son nez.

Elle se jeta en avant pour l'attraper. Il fit un geste, mais elle était trop rapide.

— T'as de bons réflexes pour un vieux monsieur, s'esclaffa-t-elle. Mais pas assez vifs.

— J'ai été distrait par ce maillot de bain très, disons... décolleté. C'est de la triche !

— Je ne lésine pas sur les moyens quand je veux obtenir des infos, répliqua-t-elle en feuilletant le magazine. C'est pour ça que je suis aussi efficace dans mon métier.

— Efficace, ça, on peut le dire. C'est une interview incroyable, Marina.

La jeune femme ne répondit pas, trop occupée par sa lecture. Son interview d'Arthur Maynard et de Zoé Durand s'étalait sur sept pages – l'un des articles les plus longs jamais publiés par *Press*. Elle l'avait écrit en grande partie sur son lit d'hôpital, en le dictant à Owen. Elle n'avait pas encore rencontré Zoé et Arthur, mais avait l'impression de déjà les connaître. Elle avait passé pratiquement vingt heures en leur compagnie sur Skype. L'interview la plus difficile – et la plus passionnante – de sa carrière. De toutes les personnes avec lesquelles elle s'était entretenue depuis deux mois, c'était Zoé qui l'avait le plus impressionnée. Au premier abord, la jeune femme discrète semblait traumatisée par son expérience à la Swiss United. Mais au fil des conversations, il parut clair à Marina que l'instigatrice des fuites et de la transmission des 2,5 téraoctets de données ayant abouti à plus d'une centaine d'arrestations et au démantèlement de plusieurs cartels de la drogue, circuits de blanchiment d'argent et d'un important réseau terroriste, c'était Zoé. Pas mal pour une jeune femme originaire d'une modeste bourgade du sud de la France.

Une fois l'article lu, Marina feuilleta le reste du magazine dans un silence empreint de déférence. Le numéro était entièrement consacré au scandale désigné maintenant dans le monde entier sous le terme Swiss Papers. Il y avait un article sur l'arrestation de James Ellis et l'accord sollicité par Grant Ellis, ainsi que sur le suicide de Hunter Morse. Un autre article donnait une liste détaillée des Américains soupçonnés de fraude fiscale, parmi lesquels figuraient trois sénateurs, deux membres du Congrès, deux juges fédéraux et plusieurs P-DG de grosses entreprises. Un reportage écrit par un correspondant de *Press* en Europe évoquait Fares Amir et ses relations avec la famille Assad. Tout à la fin, il y avait un texte sur Morty Reiss, arrêté en Argentine deux semaines après la chute de la Swiss United. Il vivait sous un nom d'emprunt, se faisant passer pour un entrepreneur de Miami à la retraite. On apprenait comment Reiss avait échappé aux recherches pendant huit ans, avec l'aide de banques offshore comme la CIB et la Swiss United. L'article était cosigné Marina Tourneau et Duncan Sander.

Pour finir, elle revint à la couverture et l'étudia

en se mordant la lèvre pour ne pas fondre en larmes. C'était l'une de ses photos préférées de Duncan, un cliché en noir et blanc pris lors de la soirée de gala du Metropolitan Museum quatre ans auparavant. On l'y voyait mince et sémillant dans son smoking, les cheveux bien courts et lissés, au centre d'un groupe de femmes de pouvoir élégamment vêtues. À ses côtés, Anna Wintour riait à quelque chose qu'il venait de dire. Il avait à la main un petit carnet en cuir dans lequel il notait non seulement les dates de ses rendez-vous mais également des bouts de conversations qu'il avait l'intention d'utiliser par la suite dans ses articles. En regardant de plus près la photo, on distinguait un stylo argenté dans sa main gauche, juste au-dessus du carnet. Marina savait qu'il s'agissait de celui qu'elle lui avait offert après les révélations sur les Darling. Y était inscrite la date du premier article qu'ils avaient écrit ensemble.

Sous la photo, en lettres blanches, on lisait : *En souvenir de Duncan Sander, rédacteur en chef, 1er mai 1958-11 novembre 2015.*

Le directeur artistique de *Press* avait protesté contre ce choix de couverture. Marina savait que son avis à elle était minoritaire, la plupart des journalistes estimant que devaient y figurer Zoé et Arthur, les visages des Swiss Papers. Elle avait rejeté leur avis, procédé auquel elle n'avait pas l'intention de recourir souvent. Mais en l'occurrence, le choix revêtait pour elle une importance vitale. À ses yeux,

Duncan serait toujours le visage des Swiss Papers. Après tout, c'était lui qui avait lancé l'enquête. Zoé et Arthur avaient été ses sources à lui. Sans lui, ce numéro – cette série d'articles – n'existerait pas. Elle avait profité de l'un des avantages de la fonction de rédactrice en chef, un titre qui la mettait encore un peu mal à l'aise. Mais qui, dans ce cas précis, avait joué en sa faveur à elle.

— C'est une super couverture, dit Owen.

— Merci. Je ne suis pas sûre que tout le monde soit d'accord, mais je l'aime beaucoup.

— Duncan l'aurait adorée.

— Je sais. Il la mérite, cette couverture.

— Il a fait plus que la mériter.

— Merci de t'être procuré ce numéro pour moi. Ce n'est pas rien de le tenir entre mes mains. Tout devient réel maintenant qu'il est sorti, tu ne trouves pas ?

Owen hocha la tête en souriant. Il comprenait. Il prit le verre qu'elle avait posé sur le sable et le lui tendit. Puis il se pencha derrière le hamac pour sortir une petite bouteille de bière du seau à glace. Il la décapsula.

— On trinque ? À Duncan !

— À Duncan ! dit Marina.

— À l'article de notre vie !

— Il l'avait prédit.

— Il avait presque toujours raison.

Marina fit tinter son verre contre la surface gelée de la bouteille d'Owen. Ils burent tous les deux une gorgée, puis contemplèrent le soleil qui s'enfonçait sous la ligne d'horizon.

— On fait quoi demain ?

— La même chose qu'aujourd'hui ?

— Pourquoi pas ? Sinon, si tu t'ennuies, il y a un article auquel je pense depuis quelque temps. Il faudrait qu'on aille faire un tour en République dominicaine. C'est juste là-bas – tu vois ? dit Owen en lui montrant une masse sombre sur l'océan.

Marina se redressa.

— Serais-tu en train de suggérer qu'on travaille pendant nos vacances ? demanda-t-elle en le regardant la tête penchée, l'air déconcerté.

Owen éclata de rire.

— On va dire que c'est pas du boulot, c'est de l'exploration. T'es partante ?

— Tu sais bien que oui. Mais ce soir, on a quelque chose à fêter, tu ne crois pas ?

— Ce soir, on fait la fête.

Ils trinquèrent. Le soleil commençait sa lente descente. Marina discerna la forme blanche d'un yacht sur la mer. Il devint de plus en plus petit, jusqu'à finalement disparaître en direction de la République dominicaine. Demain, elle irait là-bas elle aussi. Mais pas ce soir. Elle but une longue gorgée de champagne et se renfonça dans son hamac. Puis elle ouvrit le magazine et commença à lire dans la lumière déclinante.

REMERCIEMENTS

Je tiens à remercier les personnes suivantes : Sally Kim, Danielle Dieterich, Karen Fink, Alexis Welby, Ashley McClay, Emily Ollis et toute l'équipe à G.P. Putman's Sons ; Alexandra Machinist, Josie Freedman et leurs collègues d'ICM ; Pilar Queen, Andrea Katz, Ann-Marie Nieves, Julie Miesionczek, Todd Doughty, Anne Korkeakivi, Jovie Perkins, Elyssa Friedland, Leigh Ambramson, Lauren Brody, Charlotte Houghteling et Josephine Alger, qui ont tous et toutes joué un rôle capital dans l'écriture de ce livre. Je vous remercie pour votre aide, votre soutien, votre affection.

Ce livre est dédié à mon mari, Jonathan. C'est lui qui m'a appris le sens du mot couple. J'ai de la chance d'être avec lui.

De la même autrice
aux Éditions Albin Michel :

Park Avenue, 2013
Père et fils, 2017
Au nom de nos sœurs, 2023

CRISTINA ALGER

AU LIVRE DE POCHE

PAPIER CERTIFIÉ

Le Livre de Poche s'engage pour l'environnement en réduisant l'empreinte carbone de ses livres. Celle de cet exemplaire est de :
500 g éq. CO_2
Rendez-vous sur www.livredepoche-durable.fr

Composition réalisée par Soft Office

Achevé d'imprimer en novembre 2023 en Espagne par
Liberdúplex – 08791 St Llorenç d'Hortons
Dépôt légal 1re publication : décembre 2023
LIBRAIRIE GÉNÉRALE FRANÇAISE
21, rue du Montparnasse – 75298 Paris Cedex 06

78/4658/8